ये
कोठेवालियाँ

ये कोठेवालियाँ

अमृतलाल नागर

लोकभारती प्रकाशन
पहली मंजिल, दरबारी बिल्डिंग, महात्मा गाँधी मार्ग, इलाहाबाद-१

लोकभारती प्रकाशन
पहली मंज़िल, दरबारी बिल्डिंग, महात्मा गांधी मार्ग,
प्रयागराज-211 001
शाखाएँ : 1-बी, नेताजी सुभाष मार्ग, दरियागंज,
नई दिल्ली-110 002
अशोक राजपथ, साइंस कॉलेज के सामने,
पटना-800 006
36-ए, शेक्सपियर सरणी, कोलकाता-700 017
वेबसाइट : www.lokbhartiprakashan.com
ई-मेल : info@lokbhartiprakashan.com

पहला संस्करण : 1960
चौथा संस्करण : 2022

बी.के. ऑफ़सेट
नवीन शाहदरा, दिल्ली-110 032

YE KOTHEVALIYAN
by Amrit Lal Nagar

ISBN : 978-81-8031-257-1

मूल्य : ₹ 695

जीवन संगिनी प्रतिभा
को समर्पित

प्रस्तावना

सन् १९५० ई० में, राष्ट्रपति देशरत्न राजेन्द्रप्रसादजी ने यह इच्छा प्रकट की थी कि वेश्याओं से भेंट करके कोई व्यक्ति उनके सुख-दुख का हाल लिखे। वे स्वयं ही इनके सम्बन्ध में लिखना चाहते थे, परन्तु अवकाशाभाव के कारण ऐसा न कर सके। मेरे मित्र पण्डित रुद्रनारायण शुक्ल उस समय पत्रकार थे; उन्हें लगा कि यह काम किसी हिन्दी-लेखक को ही करना चाहिए और अपने इस तर्क से प्रभावित होकर उन्होंने 'प्रेस ट्रस्ट ऑफ़ इंडिया' के संवाददाता को यह सूचना दे दी कि नागर देशरत्न राजेन्द्रबाबू की इच्छापूर्ति के लिए यह काम करेगा। अपनी इस नई ज़िम्मेदारी की सूचना मुझे भी आम जनता के साथ-ही-साथ दैनिक समाचार-पत्रों से ही प्राप्त हुई।

जब किसी के बाल-बच्चे बड़े हो जाते हैं तब वह आमतौर पर भद्र-पुरुषों की श्रेणी में आ जाता है। अपने सम्बन्ध में भी मेरी यही धारण थी और इसीलिए यह समाचार पढ़कर मुझे अनख लगी। बन्धुवर रुद्रनारायण ने यह समाचार मज़ाक में नहीं बल्कि पूरी गम्भीरता के साथ प्रकाशित कराया था। प्रतिदिन शाम को हमारी गोष्ठी जमती है। आदरणीय भाई भगवतीचरणजी वर्मा उसके स्थायी अध्यक्ष हैं। चूँकि भगवतीबाबू पेशे से वकील भी रह चुके हैं इसीलिए हममें से कोई भी मित्र, जिसे अपने किसी गम्भीर अथवा अगम्भीर प्रस्ताव को मित्र मण्डली से पास कराना होता है, भगवतीबाबू को अपने साथ करने का प्रयत्न करता है, और भगवतीबाबू जिस मुकदमे को अपने हाथ में ले लेते हैं उसे जीते बिना छोड़ते नहीं—यदि तर्क से न जीतेंगे तो अपने ज्येष्ठत्व की डिक्टेटरी से तो जीत जाएँगे। इसीलिए हम लोग उन्हें अपना नेता कहा करते हैं। रुद्रनारायण ने नेता को अपने साथ में कर लिया। शाम की बैठक में मेरे संकोच का मनोवैज्ञानिक विश्लेषण किया जाने लगा। बन्धुवर ज्ञानचन्द जैन, रुद्रनारायण शुक्ल और भगवतीबाबू ने यह तय कर दिया कि मुझे यह काम करना है और पूरी गम्भीरता के साथ करना है। इस पुस्तक में वर्णित कुछ घटनाएँ मैं प्रसंगवश पहले कभी इस नित्य की गोष्ठी में सुना चुका था और यही मेरी इस विषय की योग्यता का प्रमाण माना गया।

इस सूचना के प्रकाशित होने पर हिन्दी के अनेक समाचार-पत्रों ने टिप्पणियाँ भी प्रकाशित कीं, हास्य-व्यंग्य के कालमों में भी इस समाचार का रसीला स्वागत हुआ, जन-जनार्दन के कुछ पत्र भी इधर-उधर से आए। इस काम के लिए मेरी तैयारी और संकोच दोनों ही साथ-साथ चलते रहे। खैर, काम आज

पूरा हुआ, इसका मुझे सन्तोष है। इसकी अच्छाई-बुराई की विवेचना विद्वान् और अनुभवी पाठक ही कर सकेंगे। अपनी ओर से इतना ही कह सकता हूँ कि इस विषय पर क्षेत्रीय खोज-कार्य (फील्ड-वर्क) के रूप में हिन्दी में यह शायद पहली ही पुस्तक है। इसकी अपनी सीमाएँ भी हैं।

वेश्याओं के सम्बन्ध में उनकी निन्दा के अतिरिक्त और कुछ भी लिखना आमतौर पर निन्दा का विषय माना जाता रहा है। स्कॉट ने अपनी प्रसिद्ध पुस्तक 'ए हिस्ट्री ऑफ़ प्रॉस्टिच्यूशन फ्रॉम एन्टिक्विटी टु द प्रेजेंट डे' की भूमिका में इस विषय पर लिखने वालों के संकोच का इतिहास भी दिया है। सन् १९५१ में फ्रेंच विद्वान लेक्रॉक्स ने दो भागों में वेश्या-जीवन का इतिहास प्रस्तुत तो किया, परन्तु उसके लेखक के रूप में अपना असली नाक देने में वे सकुचा गए। अमरीकी विद्वात् सेंगर महोदय को भी अपनी इस विषय की इतिहास पोथी की भूमिका में बड़ा तक़ल्लुफ़ बरतना पड़ा। सन् १८५७ ई० में एक्टन नामक एक अंग्रेज विद्वान् को भी अपनी पुस्तक की भूमिका लिखते हुए बड़ी झेंप भरी सफ़ाई देने की आवश्यकता महसूस हुई। डाइसन कार्टर ने अपनी पुस्तक 'सिन एण्ड सायन्स' की भूमिका में यह प्रकट किया है कि बहुतों ने उन्हें वह पुस्तक लिखने से रोका था।

वेश्याओं के प्रति आकर्षण और वेश्यागामिता के प्रति संकोच-भाव दोनों साथ-ही-साथ मानव-सभ्यता के इतिहास में चलते रहे हैं। मेरा अपना विचार तो यह है कि इस सामाजिक संकोच ने वेश्याओं के प्रति मानव-आकर्षण को बढ़ावा दिया है। जो हो, अब तो दुनिया-भर में क़रीब-क़रीब हर जगह सरकारें वेश्यावृत्ति के खिलाफ़ ज़ोरदार जेहाद बोल रही हैं।

सबसे बड़ी समस्या चकलेखानों की है। अगर इन चकलेखानों के खिलाफ़ सावधानी से पक्की-पोढ़ी छानबीन करके फिर उन पर जगह-जगह मुकदमे चलाये जाएँ तो जन-चेतना पर असर पड़ेगा। स्त्रियों को खरीदने-बेचने का धन्धा करने वाले स्त्री-पुरुषों को आजीवन कारावास की सजाएँ देनी चाहिए। हमारे सरकारी समाज-कल्याण-केन्द्रों का मुख्य काम एक तरह से केवल दूध के डिब्बे बाँटना ही रह गया है। लोकतन्त्रीय शासन में ऐसी बहुत गुंजाइश होती है, जिससे कि जनता और जनता की सरकार साथ-साथ पूरे जोश से कई समाज-व्यापी आन्दोलन चलाकर सफलता प्राप्त कर सकती हैं। इस सिद्धान्त-पालन की लकीर तो बराबर पीटी जाती है, मगर बड़ी बे असर है, वरना मैं सुझाव देता कि यह नैतिक आन्दोलन चलाकर जनता और जनता की सरकारें व्यावहारिक रूप से एक-दूसरे के अति निकट आ सकती हैं। हमारे सरकारी समाज-कल्याण-विभाग यदि सन् '३० के कांग्रेस-संगठन के समान नगरों और ग्रामों

के प्रत्येक क्षेत्र को अपने संगठन से बाँध लें, अपने क्षेत्र के हर घर से समाज-कल्याण-केन्द्रों का लगाव हो, तो सचमुच बड़ा काम बन सकता है।

इन पुस्तक को लिखने से पहले इतने वर्षों में मैं वेश्यावृत्ति के सम्बन्ध में धीरे-धीरे करके कई किताबें पढ़ गया। पहले योजना बनाई थी कि शास्त्रीय ढंग की किताब लिखूंगा; बड़े-बड़े नोट्स बनाये, पर जब लिखने बैठा तो मेरे कलाकार ने मेरे शास्त्री को अपने से आगे न बढ़ने दिया। खैर, यह हुआ तो उचित ही, इसलिए अपने से शिकायत नहीं, पर उन लोगों के लिए जो इस विषय के पंडित बनना चाहते हैं, मैं पुस्तक के अन्त में उन ग्रन्थों की सूची दे रहा हूँ। शायद किसी के काम आ जाए।

पाण्डुलिपि लवकुश दीक्षित ने लिखी। सहयोग बहुतों का मिला, पर यह सच है कि यह पुस्तक अपनी पत्नी के सहयोग के बिना मैं न लिख पाता। पिछले अक्तूबर मास में आगरा में मिलने पर मेरे अनन्य बन्धु डॉक्टर रामविलास शर्मा ने इस किताब में लिखे जाने की बात सुनकर मुझसे कहा था, "इसे तुम प्रतिभा जी को ही समर्पित करना।" बात मुझे भी सरस रीति से जँच गई। कोठे-वालियों के भेद भला घरवाली को न सौंपूं तो किसे सौंपूं! परम मित्र की इच्छा को मान देते हुए यह पुस्तक मैंने अपनी जीवन-संगिनी को ही समर्पित की है।

चौक, लखनऊ

—अमृतलाल नागर

अनुक्रम

बचपन, महफ़िलें और वेश्या का बेटा : १३
लूलू की माँ : वेश्या-जीवन का आदि : १७
बद्रेमुनीर : वेश्या-जीवन का अन्त : २७
अबी से लूलू का क्या होगा....? : ३३
प्रेमी या कामाचारी : ३६
सीता-सावित्री के देश का दूसरा पहलू : ४८
सुआ पढ़ावत गणिका तर गई : ५४
दिसम्बर की क़यामत और जनवरी की महफ़िल : ६४
डेरेदार तवायफ़ों से भेंट : ७०
कुट्टनीमतम् : ७३
ग्राम्य परम्पराएँ : पतुरियन पुरवा : ११०
सीने में जैसे कोई दिल को मला करे है : ११७
बनारस की गायिकाएँ : १३२
जसुरी : विद्याधरी का गाँव : १३७
बड़ी मोतीबाई : १४६
काशी की प्राचीन वेश्याएँ : १५२
बाईजी नहीं कसबियाँ : १६८
सुधार-विचार : १७३
करि सिंगार सेजहिं चली....
स्वकीया, परकीया और गणिका : १८१
काम विकारों का सामाजिक इलाज : १९०
परिशिष्ट : १९२

बचपन, महफिलें और वेश्या का बेटा

झूठ का रङ्गीनमिज़ाजी और वेश्यागामिता की लत से घना नाता है, इसलिये विषय को छूते हुए उसकी हुचकियाँ आ जाना स्वाभाविक ही है। दर्पण मेरे सामने नहीं, कमरे में अकेला हूँ, दृष्टि कागज पर है, दृष्टि अक्षरों से शब्द और शब्दों से वाक्य रचती हुई लेखनी के प्रवाह पर है, फिर भी, या शायद इसीलिये, मैं अपने समझदारी ज़िम्मेदारी-भरे अधेड़ चेहरे पर बार-बार तीव्र दौरों में शरम की लाली को आते-जाते देख रहा हूँ, उस लाली को लीलने वाली झूठ की कलौंस भी याद आ रही है, हम सफ़ेदपोशों की सभ्यता का वही तो एक सहारा है।

पर उस बात के लिये झूठ क्या बोलूँ जिसे मेरे मुँह पर तमाचे मारकर एक से अधिक जन सत्य सिद्ध कर सकते हैं। और अब झूठ की आवश्यकता भी क्या रही; जो बीत गया सो रीत भी गया। विगत क्षणों के रस रीते घटों को बाँधकर उस पर अब मेरे अनुभवों का पुल पैरता है।

मैं आत्मकथा लिखने नहीं बैठा। मेरे जीवन से वेश्या-प्रसंग इतना नहीं आया कि आत्मकथा द्वारा वेश्या-जीवन का सम्पूर्ण अनुभव बखान कर सकूँ। जिस लखनऊ में मेरा होश जागा वह नवाबी जमाने की विलासजन्य प्रवृत्तियों से मुक्त नहीं हुआ था। आस-पास के वातावरण में वेश्याओं की चर्चा समायी हुई थी। आरम्भ में जिस कोठी में हम रहते थे उसके नीचे बनी हुई दूकानों में बसी हुई तरकारी वाली कबीड़नें आपसी वाक्-युद्ध में कामेन्द्रियों से सम्बद्ध शब्दों का प्रयोग करते हुए एक-दूसरी के परकीय सम्बन्धों का यथार्थ उद्घाटन किया करती थीं। उनकी लड़ाइयों में चूंकि सर्वाधिक ऐसी ही गालियों और घटनाओं का समावेश होता था, इसलिये वे शब्द और वे बातें बरसों तक मेरे मन का प्रबल कौतूहल बनी रहीं। घर के संस्कार शुद्ध थे। अभिभावकों का नियंत्रण कठोर था। मैं अपने बचपन में कभी गली-सड़क पर लड़कों के साथ खेल नहीं सका, पतंग, ताश कुछ भी न जाना। घण्टे-सवा-घण्टे के लिये कम्पनी बाग में खेलने की आज्ञा कुछ बड़े होने पर अवश्य मिल गई थी, परन्तु उसके साथ-ही-साथ यह आदेश भी था कि 'चिराग़ घर पर जलें।' इतना नियन्त्रण होने पर भी बात का ज्ञान अटपटे ढंग से होने लगा।

मेरे साथ एक हिन्दू व्यक्ति के दो लड़के पढ़ते थे। उनमें से एक लड़का स्कूल

के मौलवी साहब के घड़े से भी अक्सर पानी पीता था। स्कूल में तो नहीं, परन्तु बाहर मैंने उसे दो-तीन फ़ैज़ टोपी लगाये पूरे मुसलमानी लिबास में भी देखा था। बड़ा अजब-सा लगता था। उसके बारे में लड़कों से कुछ विचित्र-सी बात भी सुन रखी थी। एक दिन मैं अपना कौतूहल दबा न सका; उस लड़के के दूसरे भाई से मैंने प्रश्न किया कि तुम्हारा भाई हिन्दू होकर भी ये हरकतें क्यों करता है और क्या वह बात सच है जो कि लड़के अक्सर तुम्हारे भाई के सम्बन्ध में कहते हैं। मेरा यह सहपाठी अच्छे लड़कों में गिना जाता था। उसने बड़े संकोच के साथ मेरी सुनी हुई बात का समर्थन कर दिया। मुसलमानी लिबास पहनने और मौलवी साहब के घड़े से पानी पीने वाला उसका भाई वेश्या-पुत्र था। पिता पैसे वाले थे; वे अपनी मुसलमान वेश्या के पुत्र को हिन्दुआने ढंग से रखना चाहते थे और इसीलिए उसे अपने घर में रखते थे। परन्तु बीच-बीच में वह अपनी माँ के घर पर भी जाया करता था और जब वहाँ जाता था तो मुसलमानी वेश धारण करता था। उसका एक मुसलमानी नाम भी था। बच्चों की बातों से धीरे-धीरे बड़ों का रहस्य बड़े अटपटे ढंग से मेरे सम्मुख प्रकट होने लगा। मेरे सहपाठी के पिता यों तो अपने व्यावसायिक कार्यवश प्रायः बाहर ही रहते थे, उसकी प्रिय वेश्या वहाँ भी उनके पास रह आती थी और अब यहाँ रहते थे तो भी वह अधिकतर अपनी वेश्या के घर पर ही रहते थे। वेश्या-पुत्र का लाड़-दुलार भी अधिक होता था। वह वेश्या अपने समय में लखनऊ की सरनाम गायिका थी। अपने घर में रहते हुए भी मेरे सहपाठी की माता अपने बच्चे से अधिक अपने पति की वेश्या के बच्चे का ध्यान रखने के लिए बाध्य थी। वेश्या-पुत्र के तनिक-सी शिकायत कर देने पर मेरे इन दोनों सहपाठियों के पिता अपनी पत्नी को इस बुरी तरह से फटकारते थे कि कोई घर की नौकरानी को भी न फटकारेगा। कभी-कभी वह वेश्या उनकी कोठी में भी आठ-दस दिन के लिए रह जाया करती थी। यद्यपि वह मरदाने भाग में ही रहती थी, परन्तु उसका शासन उन दिनों घर के अन्दर तक चलता था। पत्नी अपनी सौत वेश्या की दासी-मात्र रह जाती थी और उससे उत्पन्न दोनों बच्चे भी स्वयं अपने ही घर में गौण हो जाते थे। मुझे आज भी अपने सहपाठी की एक बात ज्यों-की-त्यों याद है। मैंने पूछा, "तुम्हारे पिताजी तुम्हारी माता के साथ ऐसा व्यवहार क्यों करते हैं ?" मेरे मित्र ने उत्तर दिया, "भाई वो तवायफ़ हैं, मेरी मदर से उनका मुक़ाबला ही क्या ? सभी लोग अपनी तवायफ़ों की इज्ज़त करते हैं। घर की औरतों को कौन पूछता है !"

मेरे मन में इस बात के साथ आज तक वे पुरानी महफ़िलें और उनमें नाचती-गाती, आदाब बजाती-मुस्कराती, कभी किसी बात से महफ़िल को हँसाती-लुटाती हुई तवायफ़ें झाँक जाती हैं। ठीक याद है, उस समय भी सह-

पाठी की वह बात सुनकर मेरे सामने उन अनेक छोटी-बड़ी महफ़िलों के चित्र आ गए थे जो उस ज़माने में चौक के बड़े-बड़े रईसों-साहूकारों की हवेलियों में विवाहादि शुभ-संस्कारों के अवसर पर प्रायः हुआ करती थीं। बाज महफ़िलें तो कई रोज़ तक हुआ करती थीं। हिन्दुस्तान की नामी तवायफ़ें आती थीं। उनके गुणों की धूम मचती थी। इसलिये सहपाठी की बात मन के रहस्य को और भी गहरा कर गई। वेश्या के सम्बन्ध में दोहरे भाव मेरे कच्चे मन में समा गए।

बड़ों के आदेशानुसार चिराग भले ही घर पर जलते रहे हों, मगर आयु बढ़ने के साथ-ही-साथ मेरी स्वतन्त्रता भी डिग्रियों में बढ़ने लगी। रहस्य यदि सक्रिय रूप में नहीं तो भी बातों में बहुत-कुछ समझ में आने लगा था। नई उम्र का रोमान समान वयवालियों के प्रति गुदगुदी उठाने लगा। महफ़िलों में सजी-बजी नाज़-नखरे दिखाती, नाचती-गाती वेश्या मेरे भी आकर्षण का केन्द्र बनने लगी। मेरे साथियों में भी अधिकतर ऐसे ही परिवर्तन होने लगे थे। हम लोग मोहल्ले के बड़ों में होने वाली वेश्या-सम्बन्धी बातों की चर्चा करते और प्रायः हममें से सभी के मन में यह बात घर कर गयी कि तवायफ़ें प्रेम करना जानती हैं और घरेलू स्त्रियाँ इस कला से नितान्त अनभिज्ञ होती हैं। प्रेम की महिमा है, इसलिये तवायफ़ की महिमा है, यह व्यवस्था अजब तरह से मन को बाँध गई।

इन्हीं दिनों विश्वम्भरनाथ शर्मा कौशिक लिखित हिन्दी के अमर उपन्यास 'माँ' और रतननाथ दर सरशार-लिखित तथा मुंशी प्रेमचन्द द्वारा अनुवादित उर्दू के अमर उपन्यास 'आज़ाद कथा' में वेश्याओं की धूर्तता और बनावटी प्रेम के वर्णन भी पढ़ने को मिले। वेश्याओं की चालबाज़ियों पर यों भी अक्सर बातें सुनने को मिला करती थीं। नवयुवा-काल की अबूझ यौन पहेली कभी इस पक्ष को लेकर आदर्शवाद के सहारे वेश्या के प्रतीक में प्रेम देवता की प्राण-प्रतिष्ठा करने से हिचक जाती और कभी रस-प्रवाह में बहते हुए, इस दृष्टिकोण पर अविश्वास करते हुए वेश्या द्वारा अपना सुलझाव प्राप्त करने के लिए तरह-तरह के रंग मन में भरती थी। मेरे दो-एक सहपाठी वेश्यागामी हो चुके थे। वे शेखी और रंगबाजी के साथ अपने अनुभवों का वर्णन कर बहुत से साथियों की प्यास भड़काया करते थे। तभी पड़ोस की एक घटना ने मुझे ऐसा प्रभावित किया कि उसके बाद दो-तीन वर्ष तक दृढ़तापूर्वक मन वेश्याओं की कल्पना तक से विमुख रहा। हमारे पड़ोस में एक खत्री सज्जन रहते थे। वे सर्राफ़े में दलाली का काम करते थे और खाते-पीते खुश थे। घर में उनके वृद्ध पिता थे और पत्नी थी। दलाल महोदय और उनकी पत्नी दोनों ही स्वरूपवान और भले थे। दलाल महोदय का किसी वेश्या से प्रेम हो गया। वे प्रायः उसी के घर पर रहने लगे।

पिता और पत्नी के लिये आर्थिक संकट के दिन आये। पिताजी पहले स्वयं भी सर्राफ़े की दलाली करते थे, परन्तु पुत्र के सब लायक हो जाने के बाद उन्होंने अवकाश ले लिया था। अब लड़के के नालायक हो जाने पर उन्होंने फिर काम करने का हौसला दिखलाया। साल-डेढ़ साल बाद ही वेश्या के जाल में कोई नया पंछी फँस गया। वह पैसेवाला था। वेश्या ने दलाल महोदय को दुतकारना आरम्भ किया, परन्तु ये उनके प्रेम में ऐसे बावले हो गये थे कि उसे छोड़ना न चाहें। शायद उनके मन में यह भी हो कि इतने दिन तक घर से अलग रहने के बाद अब किस मुँह से वहाँ जाएँ। बहरहाल, एक दिन उनकी वेश्या ने क्रुद्ध होकर उनके ऊपर तेजाब की पूरी बोतल उलट दी। वे दो-तीन दिन में तड़प-तड़पकर मर गये। वेश्या पकड़ी गई।

सौभाग्य से मेरी किशोरावस्था और नवयुवा-काल के दिन राष्ट्रीय आंदोलन और सामाजिक जागरण के दिन थे। यह बड़ी लहर मुझे अपने साथ ऊँची कल्पनाओं, विचारों और कामनाओं की मन्दाकिनी में बहा ले गई। फिर भी इतना तो कहना ही पड़ेगा कि बड़ों की दुनिया की हलचल का प्रभाव बच्चों की मानसिक दुनिया पर अवश्य पड़ता है। जो बातें जम जाती हैं वे कभी-न-कभी किसी-न-किसी रूप में फलती-फूलती भी हैं।

लूलू की माँ :
वेश्या-जीवन का आदि

सन् '४० की बात है। बम्बई के शिवाजी पार्क नामक मुहल्ले में रहता था। मोहल्ला तब नया-ही-नया बस रहा था। शिवाजी पार्क के तीन ओर नई इमारतें खड़ी हो चुकी थीं और चौथी ओर समुद्र-तट के पास ही कुछ पुराने बंगले और नई इमारतें भी इधर-उधर दिखलायी पड़ती थीं। मोहल्ला विशेष रूप से संभ्रान्त महाराष्ट्रियों एवं कतिपय गुजरातियों का था; फिल्म वाले भी वहाँ बस गये थे। उस ज़माने के कई छोटे-बड़े फिल्म स्टार वहाँ रहते थे। संगीत-निर्देशक, लेखक और फिल्मी पत्रकार भी थे। मैं भी कुछ महीने पहले एक फिल्म कम्पनी से नाता जोड़कर ही वहाँ रहता था। मेरे साथ आज के ख्यातनामा फिल्म-निर्देशक और निर्माता श्री महेश कौल भी रहते थे। नई चार मंजिल की इमारत थी; नीचे ईरानी चाय वाले की बड़ी दूकान थी और उसके ऊपर ही पहली मंजिल पर हमारा फ़्लैट था। महेशजी नागपुर से आये थे। उस जमाने के एक बड़े बैंक के मैनेजर का पद छोड़कर फिल्म-क्षेत्र के लिए अपनी अटूट लगन और गहन अध्ययन की पृष्ठभूमि लेकर आये थे। हम दोनों एक ही फ़िल्म कम्पनी से सम्बद्ध थे। मैं उस फ़िल्म कम्पनी के थैली-पति की ओर से कम्पनी में एक महीना पहले प्रतिष्ठित हुआ था और वे स्टार प्रोड्यूसर के पुराने मित्र तथा फ़िल्म गाइड थे। महेशजी बड़े शौकीन, दिन में चार पोशाक बदलने वाले, नाकजत-नफ़ासत, खातिर-तवाज़ह-पसन्द, बोलचाल में अंग्रेजी भाषा के लच्छे उछालने वाले, बड़े साहब-मिज़ाज, नवाब-मिज़ाज आदमी थे। शुरू में दो-तीन रोज हमारे बीच भद्र मुस्कानों या मिठास की कहन-सुनन का ही आदान-प्रदान होता रहा। इसके बाद एक दिन आउटडोर शूटिंग के लिए घोड़ बन्दर जाते हुए बस के ड्राइवर के पास वाली सीट पर हम दोनों का निराले में साथ हो गया। बातें हुई, दिल खुले, मैंने यह समझा कि महेश कोरे साहब ही नहीं, आदमी भी हैं और मेरे बारे में महेशजी की यह गलतफ़हमी भी दूर हुई कि 'पंडितजी' लिखते ही नहीं, बोलते भी हैं। मैं उन दिनों आम तौर पर अपनी कम कहने और दूसरों की अधिक सुनने का आदी था। नये वातावरण में यह आदत कुछ और बढ़ गई थी। खैर!

शिवाजी पार्क का वह फ़्लैट दरअसल महेशजी ने ही लिया था। मैं पहले सुकवि बन्धुवर प्रदीपजी के पड़ोस में विले पार्ले में रहता था। जब हम दोनों का साथ घनिष्ठ हो गया तो प्रायः ऐसा होता कि बातों के फेर में मैं चार-चार छः-छः दिन तक अपने घर न जा पाता था। अन्त में हमने तय किया कि महेशजी

को पूरे फ़्लैट की आवश्यकता नहीं; एक कमरे में वे रहें और एक कमरे में मैं। हमने फ़्लैट और फर्नीचर का किराया आपस में बाँट लिया। उस फ़्लैट के दोनों कमरों में स्नान-गृह बने थे। हमारे दिन अच्छे बीतने लगे। महेशजी उन दिनों बड़े शाहखर्च आदमी थे। अब भी उनका यह लॉर्डपन तो नहीं गया, हाँ उसके अन्दर का बचपन निकल गया है। दिन भर हमारे यहाँ फ़िल्मी यारों की मजलिस जुड़ी रहती। ईरानी होटल वाले को महेशजी की नवाबी से अच्छा मुनाफ़ा होता था। हम दोनों ही चूँकि उस फ़िल्म कम्पनी के बड़े देवताओं में थे, इसलिए काम चाहने वाले छोटे अभिनेता-अभिनेत्रियाँ हमारी खुशामद करने आते थे। एक खबीसनुमा बंगाली बाबू भी आया करता था। उससे हम लोग तंग आ चुके थे। वह आता तो अकेला था और फिर बातें करते-करते अपने साथ आयी हुई भद्र घर की लड़कियों को, जो बेचारियाँ हम जैसे 'महापुरुषों' के सामने आने में लाज-शील-संकोचवश नोचे होटल में रुक जाती थीं, हमारे ही छज्जे से गुहारकर बुलाता था। हमें उसकी यह आदत अच्छी नहीं लगती थी। लड़कियाँ ऊपर आतीं, तो उनकी विनम्रता, शील, भद्रता आदि कमरे में आते हुए कुर्सियों पर बैठते और क्षण बीतते ही क्रमशः ऐसी अदाओं में बदलने लगतीं जो कि भद्रता, शील आदि के विधानानुसार केवल पति-पत्नी के नाते में ही स्त्री द्वारा प्रदर्शित होती हैं। बंगाली बाबू कहता कि ये सब लड़कियाँ भले-भले घरों से आयी हैं, इनको खाली 'फ़िल्म आर्ट' का शौक है और वह बंगाली इन सबकी सच्चरित्रता का बीमा लिए हुए है। शुभचिन्तक बंगाली उन लड़कियों को हर किसी ऐरे-गैरे के पास ले भी नहीं जाता। हम लोगों की बात और थी हम लोग ऊँचे क्लास के आदमी थे। हमारे पास 'आर्ट' सीखने के लिए वे भले घर की लड़कियाँ यदि दो-चार घण्टों के लिए अकेली भी रह जाएँ तो भी उसे उनकी सच्चरित्रता और हमारी महापुरुषता पर किसी प्रकार का शक नहीं होगा। कभी-कभी महेशजी उसे बुरी तरह झिड़कते भी थे, परन्तु बंगाली बाबू पर उसका कोई असर न होता था।

बानक ऐसे बने कि हमारी फ़िल्म कम्पनी में विभ्राट हुआ, प्रबन्ध-परिवर्तन हुआ, अनेक लोगों को नोटिस मिला। सेठ और निर्माता में फूट पड़ गई। सुनने में आया कि उस समय की एक सुप्रसिद्ध फ़िल्म स्टार ने सलोने जवान भले-भोले सेठजी पर डोरे डाल रखे हैं। और भनक भी पड़ी कि एक सीमान्तवासी म्यूजिक डाइरेक्टर साहब ने अपनी नवोदिता फ़िल्म स्टार पत्नी भी सेठजी को ही सौंप रखी है। सेठजी के पिता, चाचा आदि बड़े संस्कारी पुरुष थे; उन्हें इन बातों का पता न था। सीमान्तवासी म्यूजिक डाइरेक्टर महोदय मामूली नहीं वरन् सीमान्त व्यभिचारी और गहरे चालबाज भी कहे जाते थे। जिस नवोदिता फ़िल्म स्टार के वे पति कहलाते थे उसकी वेश्या माता के साथ भी किसी समय उनका ऐसा

ही सम्बन्ध बतलाया जाता था, फिर उसकी बड़ी बहन के साथ भी रहा। उस म्यूजिक डाइरेक्टर को बरसों से जानने वाले लोग शुरू से ही कहा करते थे कि यह सेठ को अपने यहाँ बहुत बुलाता है, किसी समय उन्हें औघट घाट ही जा उतारेगा। यही हुआ भी। कहते हैं कि उसने अपनी तथाकथित पत्नी के साथ युवक सेठजी के अन्तरंग नाते के कुछ फ़ोटो चित्र उतार लिए थे और उन्हें सेठ के बाप बड़े सेठ को दिखाने तथा परायी पत्नी को अवैधानिक रूप से प्राप्त करने का आरोप लगाकर अदालत में खुलेआम मुक़द्दमा चलाने की धमकियाँ दे-देकर वही सेठजी से रुपया ऐंठता था। निर्माता और सेठजी के बीच में फूट भी उसी के कारण पड़ी, और भी अनेक दन्द-फन्द हुए। कम्पनी आगे चलकर बन्द हो गई।

महेशजी चूंकि निर्माता के आदमी थे इसलिए उन्हें नोटिस मिल गया। मुझे सेठजी वेतन दिलाते रहे। वेतन का कुछ भाग मैं अपने पास रखता, बाकी घर भेज देता था। महेशजी के घर से कुछ रुपया आने लगा। थोड़े बजट में हम दोनों काम चलाने लगे। नवाबी के दिन हवा हो गए; अब न फ़िल्मी यार-दोस्त आते थे, न चार मोटरें घर के दरवाज़े पर खड़ी होती थीं और न वह फ़िल्म-कला प्रेमी भद्र युवतियों की सच्चरित्रता का बीमेदार बंगाली ही आता था। ज्यों-ज्यों दिन गुज़रने लगे हमें खाने के भी लाले पड़ने लगे। हमारे पास इतना ही बजट था कि सुबह एक कप चाय के साथ चार कच्ची स्लाइसें खा लेते थे और शाम को तीन आने में आधा प्लेट मराठी खाणावल' (भोजनालय) का सस्ता मोटा और पानी के घूंटों उतरने वाला चावल। शाम की चाय की तलब हमें अक्सर मारनी ही पड़ती थी। पान सिगरेट की आदत भी मजबूरी के आगे बुझ गई। पैसे की आठ बीड़ियों में छः का तम्बाकू निकालकर बीड़ी वाले द्वारा दिये गए मुफ्त के चूने या अक्सर दीवार के चूने को खुरचकर हम सुरती चूने की चुटकी से पान की तलब मिटाते थे। दिन की दो बीड़ियों में महेशजी की पचीसों सिगरेटों की तलब बुझने लगी। ऐसी दशा में चालीस रुपये का फ्लैट हमें खलने लगा। हमारा मकान-मालिक एक सिन्धी मुसलमान था, शायर तबीयत आदमी था, हम दोनों के ही प्रति उसकी श्रद्धा थी। महेशजी ने जब उससे घर छोड़ने का प्रस्ताव किया तो वह बोला कि आप लोग न जाएँ। एक कमरे की माँग करने वाला कोई किरायेदार जब आएगा तो आपका आधा फ्लैट उसे उठा दिया जाएगा। इतना ही नहीं, उस भलेमानस ने उसी दिन से हमारा किराया आधा कर दिया। बड़ी बचत हो गई। पन्द्रह-बीस दिन के बाद ही तीन प्राणियों का एक परिवार महेशजी वाले कमरे में आकर आबाद हो गया। एक गोआ निवासी हिन्दू युवक, उनकी पत्नी और तीन-चार बरस का लड़का उसमें रहने लगे। हमें अटपटा तो अवश्य लगता था, पर क्या करते! गनीमत

इतनी थी कि वह कमरा पीछे की ओर पड़ता था और प्रायः बन्द ही रहता था ! उस फ्लैट का रसोईघर न हमारे समय में आबाद हुआ और न इस नवागन्तुक परिवार ने ही उसका उपयोग किया ! हम पड़ोस से मिर्च-मसालों की गन्ध अब आने, अब आने की कल्पना करते ही रह गये। प्रायः किवाड़ बन्द कर बैठने वाले इन पड़ोसियों के प्रति हमारे मन में सहज कौतूहल हुआ करता था। तीन-चार रोज़ तक तो पतिदेव और पत्नी देवी की सूरत भी हम लोग न देख पाये। खाली छोटा बच्चा दिन में कभी एक-आध बार हमारे दरवाजे पर मुँह में उँगली दबाए आकर खड़ा हो जाता था। माँ पुकारती 'लूलू' बच्चा चला जाता।

दस-पन्द्रह दिन बाद एक दिन उस कमरे से पति-पत्नी की तीखी कहा-सुनी के बोल सहसा फूट पड़े। हम दोनों के कान खड़े हो गये। भाषा हमारी समझ में आती न थी। उस विस्फोट में पत्नी का रुदन-भरा तीखा स्वर अधिक सुनायी पड़ता था, पति का स्वर उसके आगे दब जाता था। ऐसे दो-तीन छोटे-छोटे तीखे हल्ले आये, फिर दरवाज़े की सिटकनी खटकी, दरवाजे भड़ाभड़ हुए और पतिदेव बाहर निकल गए। हमारे दरवाजे लगभग बारह-एक बजे तक खुले ही रहते थे और फ्लैट के मुख्य द्वार पर चूँकि अब हमारा अकेला अधिकार नहीं रहा था इसलिए उसे बन्द करने की चिन्ता भी हम लोग न करते थे। रात में काफ़ी देर बाद लूलू की माँ हमारे दरवाजे पर आयी। इतने दिनों में पहली ही बार वह इस प्रकार आयी थी, बोली, "आगे का दरवाज़ा बन्द नइं करना हमेरा हस्बेंड अबी नइं आया।" कहकर जैसे ही वह महिला आयी थी चली भी गई।

पतिदेव चार-पाँच रोज़ तक नहीं आये। रात में ग्यारह-बारह एक-डेढ़ बजे तक जब नींद आने लगती तभी हम अपने दरवाजे बन्द करते थे। सुबह मेरी नींद जल्दी खुलती। महेशजी दस-ग्यारह बजे तक उठते थे। जब द्वार खोलता तब अपनी नई पड़ोसिन को फ्लैट के मुख्य द्वार के किवाड़ में आगन्तुकों को देखने के लिये जड़े नन्हें-से झरोखे में आँख गड़ाए खड़े हुए ही पाता। मेरे द्वार खोलने की आहट से वह इधर देखती। पति के घर से जाने के बाद उसका यही क्रम रहता। मुझे लगता कि वह वहाँ घण्टों से ख़ड़ी-खड़ी पथरा गई है। मैं पूछता, "आपके हस्बैंड आये ?" "नइं," छोटा-सा उत्तर तीनों दिन मिला।

हम तीनों दिन घण्टों आपस में इस बात पर बहस करते ही रह गए कि पड़ोसिन से पति के चले जाने का कारण पूछा जाए या नहीं। हमें संकोच तो होता ही था, साथ ही भय भी लगता था। बम्बई रहस्यों की नगरी है, होम करते हाथ जलने की वहाँ प्रायः सम्भावना रहती है। पड़ोसिन दिन में कई बार द्वार तक आती, हमारे कमरे के दरवाजे तक आते-आते उसके पैर पत्थर हो

जाते। दूसरे दिन दोपहर में मैं ईरानी के होटल से एक डबल रोटी की स्लाइसें कटवाकर लाया, अपने कमरे में घुसा। पड़ोसिन आहट पा कमरे से निकली, हमारे द्वार तक आयी, बाहर झाँका, हमारी तरफ देखा। मैंने कहा कि अगर आप बम्बई में कहीं अपने पति के आने-जाने के ठिकाने, कोई अता-पता जानती हों तो हम उन्हें खोजने जाएँ।

उत्तर न मिला। खोयी-पथरायी आँखों से पड़ोसिन ने देखा और अपने कमरे में चली गई। अपने दुख से दुखी तो हम थे ही, पराया दुख उससे भी अधिक लगा। बम्बई जैसी महानगरी में किसी जवान स्त्री का पति और तीन वर्ष के शिशु का पिता उन्हें छोड़कर चला जाए तो फिर उनका क्या होगा ? हम अखबार के टुकड़े पर नमक-कालीमिर्च की पुड़िया खोल स्लाइसों को अपने हाथ में उठाकर कौर तोड़ने ही जा रहे थे कि लूलू दरवाज़े पर दिखलायी दिया। मुझे लगा कि उसे पीछे से किसी हाथ ने हमारे द्वार पर ठेलकर बढ़ाया था। वह 'कोई' हाथ माँ का हाथ ही होगा इसमें मुझे तनिक भी नहीं सन्देह हुआ।

"आओ लूलू," हम दोनों ने ही उसे प्यार से बुलाया। स्लाइस का एक टुकड़ा महेशजी ने उसे दिखलाया। वह आ गया, टुकड़ा लेकर जल्दी-जल्दी मुँह में ठूँस गया, फिर हाथ बढ़ाया। धीरे-धीरे करके साढ़े-तीन स्लाइस बच्चा खा गया। हम समझ गये बच्चा भूखा था, तब माँ भी अवश्य भूखी होगी। पर उससे कैसे पूछा जाए ? हम तो आप ही मियाँ मँगते हो रहे थे, बाहर दरवेश भी खड़े हो गये। अपने अल्पाहार में भी एक शिशु का भाग हमने खुशी से ही बाँटा। शाम को हम बाहर खाते थे। लौटे तो लूलू हमारी राह देख रहा था—"अंकल, ब्रेड (रोटी)।"

लूलू की माँ बाहर निकली। घुड़ककर लूलू को पुकारा और हाथ पकड़कर पीटती-घसीटती हुई अन्दर ले गई।

हम परिस्थिति की करुणा से रोम-रोम बिंध गए; तुरन्त विचार हुआ, नीचे गये, ईरानी से एक डबल रोटी और 'सिंगल कप' (आधा कप) चाय लेकर आये। हम दोनों ही पड़ोसिन के द्वार पर गये, बड़ी विनय से पड़ोसियों की छोटी-सी सेवा स्वीकारने को कहा। पड़ोसिन ने बड़ी दयनीय कृतज्ञता-भरी दृष्टि से हमारी ओर देखा, कमजोर हाथों से रोटी ले ली, फिर प्याला भी ले गई। हम लौट आये।

उस रात मुझे ज्वर चढ़ आया। सुबह बड़ी देर से उठा। महेशजी के टाइपराइटर की खटखट कानों में पड़ी। मैंने सिर उठाकर उसी ओर देखा। महेशजी बोले, "पंडितजी, लूलू के फादर लौट आये।"

"कब ?"

"आज सबेरे।"

"कहाँ गया था ? तुमसे उसकी भेंट हुई थी ?"

"हाँ। यों ही, कहा था पूना चला गया था, नौकरी करने। उसकी बातें कुछ जँची नहीं यार, वह आदमी किसी फ्रॉड में फँसा है," महेशजी ने कहा। 'फ्रॉड' शब्द उन दिनों उनका तकियाक़लाम था।

"होगा। तुम नीचे से चाय और एस्प्रो ले आओ मित्र, मुझे बुखार है।" इतना सुनते ही महेशजी चिन्तित और व्यस्त हो गये। छज्जे से होटल के 'छोकरा' को आवाज दी।

महेशजी ने पड़ोसिन के पति से यह भी जान लिया था कि वह बम्बई की एक प्रसिद्ध जर्मन फर्म में क्लर्क था। दूसरी लड़ाई छिड़ने पर जब कि हिन्दुस्तान में जर्मन कारखानों और दफ्तरों पर ब्रिटिश ताले पड़ गये तो बहुतों के लिए बेकारी की समस्या सामने आ गई। हमारे पड़ोसी को बेकार हुए लगभग दस-ग्यारह महीने बीत चुके थे। नौकरी की तलाश में बम्बई की खाक छान डाली, मगर भाग्य ने अब तक कहीं साथ नहीं दिया था : हमारा गोवानी पड़ोसी देखने में बहुत ही सरल और भला आदमी लगता था। खुलता गेहुँआ रंग, लम्बा-छरहरा बदन, क्लीनशेव्ड पड़ोसी जब सामने पड़ता तो सबसे पहले उसकी दयनीय खिसियायी हुई मुस्कान और दोनों आँखों के किनारे वैसी बारीक झुर्रियाँ ही दृष्टिगोचर होतीं जैसी की बुढ़ापा आने पर अथवा गहन चिन्ता की प्रक्रिया-वश मुझ पर स्थायी प्रभाव बनकर दिखलायी देती हैं। आँखों में दम नहीं था, दर्द था। हमारी पड़ोसिन अपने पति के आगे साँवली थी। चौड़ा-चकला होने पर भी मुखमण्डल सलोना था, देह दुहरी और कद ठमका था। पड़ोसिन के चेहरे पर पथरायापन अपने पति के चेहरे से अधिक और स्पष्ट नजर आता था। इस साल-भर की बेकारी में पड़ोसी महाशय निश्चय ही अपनी जमा-पूँजी खो चुके होंगे, मकान भी किराये का भार कम करने के लिए बदला होगा। 'घायल की गति घायल जाने' वाले सिद्धान्त के अनुसार हमने पड़ोसी की यथार्थ परिस्थिति का अनुमान कर लिया, जो आगे चलकर सत्य भी सिद्ध हो गया।

महेशजी बेकार थे। मैं वेतन पाते हुए भी बेकार ही था, क्योंकि वेतन तो सेठजी की कृपावश ही मिल रहा था। महीने में एक-आध दिन जब मेरे ग्रह-नक्षत्रानुसार उत्तम भोजन करने का योग आ जाता तभी सेठजी की गाड़ी मुझे बुलाने आ जाती थी। वे बड़े ही भले, साहित्य-रसिक और उसके अच्छे मर्मज्ञ भी थे। दो-चार घंटे उनके यहाँ साहित्यिक गपशड़ाके लगा आता, भोजन कर आता, फिर उनकी गाड़ी पर लौट भी आता था। वेतन कभी कोई मुनीम कारिन्दा दे जाता या सेठजी भोजन के लिए बुलाकर दक्षिणा के रूप में नोटों का लिफ़ाफ़ा मेरे हाथ में रख देते थे। मैं हरदम सहमा रहता कि दया-दान की नौकरी का कोई भरोसा नहीं, इसलिए कोई स्थायी काम मुझे ढूँढ़ लेना चाहिए।

भाग्य न तो मेरा ही साथ दे रहा था, न महेशजी का ही। हमारी मनोदशा किसी भी दुख के मारे की मनःस्थिति के साथ ही मिल जाती थी। करुणा और पीड़ा का असीम सागर उसी प्रकार हमारे मनों में निरन्तर लहराया करता था जिस प्रकार हमारे मकान के सामने का अरब सागर। हर दुखी अपना सगा लगता था। उन्हीं दिनों बम्बई के अखबारों में एक गोरखा जवान के आत्म-हत्या प्रयत्न की बड़ी करुण कहानी छपी थी। गोरखा अपने देश में बम्बई के सम्बन्ध में जाने क्या-क्या सुनकर आया था कि वहाँ की सड़कों पर सोना बिखरा है, बटन दबाते रोशनी होती है और बटन दबाते ही कमरे मंज़िलों ऊपर-नीचे चढ़-उतर आते हैं। यहाँ आकर उसका भौंचक्का हो जाना स्वाभाविक ही था। विशाल जन-समूह में वह खो गया, पेट के लिए दर-दर की ठोकरें खाईं, पर कोई काम न मिला। तीन-चार दिन की भूख से बावला होकर उसने आत्महत्या का अनोखा उपाय रच डाला। रानीबाग के जिन्दा अजायबघर में किसी तरकीब से वह शेर के कटघरे में कूद पड़ा, परन्तु शेर अब जंगल का नहीं वरन् कठघरे का था। धमाके के साथ कूदने वाली इस नई विपत्ति से वह डर गया। गोरखा जवान भी मृत्यु को प्रत्यक्ष देखकर डर गया। डर के हंगामे ने रानीबाग के सारे दर्शक शेर के कटघरे पर जुटा दिए। गोरखा किसी प्रकार बाहर निकाला गया। गोरखे का यह दुःसाहस ही उसका सौभाग्य बन गया। शिवाजी पार्क में रहने वाले एक फ़िल्मी पत्रकार ने उसे अपने यहाँ नौकरी दे दी।

गोरखे की घटना तो प्रतीक रूप में ही सामने आई थी, मगर बम्बई में उस समय ऐसे हज़ारों नसीब के मारे पड़े थे। इनका क्या होगा, सोचने की आड़ में हम दोनों ही मित्र दरअसल अपने दुर्दिन की करुणा को ही कुरेदा करते थे। हम दोनों ही सौभाग्य से दुख और सुख को गम्भीरतापूर्वक अंगीकार करते थे। यह विशेषता किसी के लिए भी सुफलवती सिद्ध हो सकती है। चिंता और निराशा के दिनों में हम दोनों मित्रों की अध्ययन, मनन और चिंतन की प्रवृत्ति खूब बढ़ी। किसी निष्कर्ष, सिद्धान्त अथवा तर्क को हम व्यावहारिक कसौटी पर भी कसकर देखा करते थे। मनबहलाव और आस्था पाने के लिए भी हम न जाने कितनी बातों की वास्तविकता-अवास्तविकता को कसने की होड़ लिया करते थे। पड़ोसी की बेकारी और उसके भविष्य की चिन्ता और कल्पना भी हमने की थी। मुझे भय था कि पड़ोसी ने निश्चित रूप से आत्म-हत्या की होगी। जब वह लौट आया तब भी मेरा यही विश्वास बना रहा कि तब न सही तो अब सही, एक-न-एक दिन वह यही करेगा। महेशजी इसे न मानते थे। मैंने कहा, "तुम उसके चेहरे की मुर्दनी नहीं देखते, महेश! उसमें जीवन से लड़ने के लिए क्या स्पिरिट बाकी बची दिखलायी देती है तुम्हें?"

महेशजी अंग्रेजी में बोले, "सब-कुछ देख लिया। मैं तुम्हारी इस बात से

तो सहमत हूँ कि वह आत्म-हत्या करेगा या कर सकता है, मगर आज के बाद अब यह कहने को तैयार नहीं हूँ कि वह अपनी शारीरिक हत्या करेगा।"

"क्यों, आज ऐसी कौन-सी ख़ास बात हो गई है ?"

"वह लौट आया, इसलिए।"

"शारीरिक रूप से नहीं मरेगा तो कैसी आत्म-हत्या करेगा ?"

"वह अपराधी बन जायेगा, देखना। मैं निराशा में गहरे फँस जाने वाले सीधे-भोले व्यक्तियों को अपराधी बनते देख चुका हूँ। तुम जानते हो, मेरे पिता डी० एस० पी० थे।"

मैं महेशजी के तर्क से प्रभावित तो अवश्य हुआ, फिर भी मन में अपना यह विश्वास ही प्रबल रहा कि यह व्यक्ति दैहिक रूप से आत्म-हत्या के सिवा और कोई जुर्म नहीं कर सकता। मगर उसी दिन लगभग तीसरे पहर हमने देखा कि हमारा पुराना परिचित भद्र लड़कियों की सच्चरित्रता का बीमेदार बंगाली बाबू हमारे पड़ोसी के साथ-साथ उसके फ़्लैट में गया। थोड़ी देर बाद पड़ोसी और बंगाली बाबू बाहर चले गए, फिर घन्टे-डेढ़ घन्टे बाद वे दोनों एक और व्यक्ति को साथ लेकर आये और एक-दो मिनट के बाद ही पड़ोसी, बंगाली बाबू और लूलू हमें बाहर जाते दिखलायी दिए।

महेशजी ने फीकी मुस्कान के साथ कहा, "मैं इसी आत्म-हत्या की कल्पना कर रहा था, पंडित जी !"

वह शाम और रात हम दोनों के बीच ऐसी बीती मानो घर में कोई मुर्दनी हो गई हो। उस दिन दो बार वह बंगाली दो व्यक्तियों को लेकर आया और गया; हम दोनों को हर बार मुस्कराकर प्रणाम कर गया। मैंने सदा खुले रहने वाले अपने द्वार उढ़का लिये। रात तक मेरा शारीरिक ज्वर तो कम हो गया, पर मानसिक ज्वर हम दोनों की ही बुरी तरह से तपाता रहा। उस दिन आपस में भी बोलने-बतियाने की इच्छा बहुत कम हुई।

दूसरे दिन से हमारे पड़ोस का वेश्या-व्यापार विधिवत् आरम्भ हो गया। हमने देखा कि दो दिन बाद ही रसोई में खटर-पटर भी आरम्भ हो गई और मांस-मछली मसालों की गन्ध भी आने लगी। दोपहर में दो-ढाई बजे से हमारे पड़ोस में लोगों का आना-जाना आरम्भ हो जाता। हमारे दरवाज़े अब चूँकि भिड़े रहते थे, इसलिये आने-जाने वालों को हम न देख पाते थे, देखना चाहते भी नहीं थे। पैरों की आहट, पड़ोसी के दरवाज़ों का खुलना और बन्द होना तथा लूलू का कमरे से बाहर निकाल दिया जाना ही हमारे अनुभव में आता था। लूलू निकाला जाता तो धीमे-धीमे हमारा दरवाजा खटखटाता। हम दोनों में कोई खोलकर देखता तो लूलू महाशय मुँह में उँगली दबाये खड़े दिखलायी पड़ते।

लूलू अपनी भाषा में हमसे बातें करता था, उसका उत्तर हम 'हूँ-हाँ' में दिया करते थे। लूलू आता, हमारे कलेजे पर धक्का-सा लगता, गूँगी चिंता मन को आलोड़ित कर देती थी। थोड़ी देर बाद पड़ोसी के दरवाज़े की सिटकनी खटकती, बाहर जाते पैरों की आहट मिलती और उसके दो-चार मिनट बाद ही हमारे कमरे के दरवाज़े पर पड़ोसिन की धीमी आवाज़ आती, "लूलू !" लूलू चटपट हम से 'बाई-बाई' करके चला जाता। प्रतिदिन दोपहार से लेकर रात के साढ़े नौ बजे तक लूलू तीन-चार बार हमारे यहाँ आता और उतनी ही बार उसकी माँ दरवाज़े पर पुकारने भी आती। शाम को हम बाहर चले जाते थे। लौटने पर अक्सर हम लूलू को अपने दरवाजे पर सोता हुआ पाते थे। पड़ोस का कमरा उस समय बन्द होता था। हम उसे उठाकर अपने कमरे में ले जाते, उसकी माँ जब खाली होती तब उठा ले जाती। हमारी तरफ से उसको शरम पत्थर हो चुकी थी। पति को हमने कई रोज़ तक न देखा था। वह शायद हमसे कतराता था और सच तो यह है कि हम ही कतराते थे, दरवाज़ा इसीलिये बन्द किया था।

एक दिन फिर पड़ोसी के कमरे में हंगामा मचा। इस हंगामे में बंगाली बाबू का स्वर सबसे ऊँचा था। वह हमारे पड़ोसी की इज्जत धूल में मिलाने की धमकी दे रहा था, अपने उपकारों के दमामे पीट रहा था; स्त्री का रुदन-क्रोध-भरा अनजानी भाषा का स्वर सुनायी दिया, पड़ोसी का कमजोर स्वर भी सुना। फिर सन्नाटा हो गया। मैं और महेशजी दोनों ही अपने दरवाज़े पर कान लगाये खड़े थे। उस कमरे की सिटकनी खटकी, हम शीघ्रता से हट आए; दरवाज़ा अधखुला ही रह गया।

बंगाली बाबू बाहर निकला। महेशजी सामने बैठे थे, उनसे उसकी दृष्टि मिली। वह कमरे में आ गया और आते ही जोर-जोर से कहना आरम्भ किया, "अपने पड़ोस का लीला देखा बाबू अरे हम तो उपकार किया। भूखा मरता था, शाला, हम दाया किया, सोचा भद्र लोक है, अपना हिन्दू भाई है, कष्ट में है....।'

उसकी शेखी और जोर-जोर से बोलना मेरे लिये असह्य हो गया। मैंने डाँटकर उसे बाहर निकाल दिया और द्वार बन्द कर लिये।

कम-से-कम अपने लिये तो मैं यह कदापि नहीं कह सकता कि उस समय तक मैं परम सच्चरित्र दूध का धोया ही था। अपने समाज के मन के समान ही मुझ व्यक्ति का मन भी 'वेश्या' शब्द के प्रति रस-अनुराग-पूर्ण था। यही नहीं, उन दिनों मैं यह भी मानता था कि सद्गृहस्थों की लड़कियों, स्त्रियों को अपनी कामेच्छा की वेदी पर बलि करना नैतिक दृष्टि से अन्याय है। वेश्या पुरुष के

चुलबुले मन के लिए सामाजिक पिंजरा थी। उसके कारण वह प्रायः कुलललनाओं को नष्ट करने की स्फूर्ति नहीं पाता था।

यह सब होते हुए भी हम दो भद्र जन आर्थिक कारणों से एक भद्र महिला को भद्र कुल के पुरुष पति के आदेश से वेश्या बनते देखकर मन-ही-मन गूँगे-बावले हो गए थे। आस्था के जिस शैल-शिखर पर आम तौर पर भद्र कुलीन समाज के पाँव टिके रहते हैं मेरे लिए वह बालू का ढूह हो गया।

बद्रेमुनीर[1] : वेश्या-जीवन का अन्त

'चाँद' और चन्द्रलोक प्रकाशन के सामाजिक आन्दोलनों में वेश्याओं के प्रति सहानुभूति जगाने वाली, उन्हें नारकीय जीवन में डालने वाले कुचक्रियों, गुण्डों, व्यभिचारियों के प्रति घृणा जगाने वाली सामाजिक कहानियाँ, 'उग्र' जी की अलबली किताबें जमाने के साथ-साथ मैंने भी पढ़ी थीं। एक समय बनारस में प्रेमचन्द जी के दर्शन करने जाकर उनसे रूसी उपन्यास कुप्रिनकृत 'यामा' की प्रशंसा सुनकर उसे भी पढ़ चुका था। 'टु' बेग आई एम एशेम्ड' नामक अंग्रेजी में लिखी वेश्या बनने वाली एक पढ़ी-लिखी भारतीय तरुणी की कहानी भी पढ़ चुका था। किसी फ़िल्मी-स्टार वेश्या ने अपनी करुण कहानी सुनाकर नेताजी सुभाषचन्द्र बोस को द्रवीभूत कर दिया था, उसकी अखबारी हलचल से हम भी द्रवीभूत हुए थे। चेचक होने पर कुचक्रियों द्वारा त्यागी हुई एक पद-भ्रष्टा भयंकर सिफ़लिसग्रस्त परिचित वेश्या के अन्तिम काल का प्रत्यक्ष गवाह भी रह चुका था; तब भी मेरी चेतना के लिए भयानक भूडोल आया था। एक वेश्या के अन्त से अब वेश्या का आदि रूप देखते समय कड़ुवे-मीठे अनुभव-भरे जीवन के तीन वर्ष और बीत चुके थे। बद्रेमुनीर का अन्त देखकर भाव अपनी-अपनी भरपूर शक्ति लेकर उमड़े तो थे पर उस समय वे गूँगे, अनबूझे ही रह गए थे। आज लूलू की माँ के सम्बन्ध में वे भाव प्रश्न-बाण बनकर मन के कोने-कोने को बेध रहे थे—दोषी कौन है? वह रंडी-दलाल, वह बेकार पति, जीविका के लिए विवश होकर वेश्या बनने वाली वह सद्गृहस्था—कौन दोषी है? भयंकर रोग से मरने वाली वेश्या बद्रेमुनीर भी मूलतः वेश्याकुल में नहीं जन्मी थी। रफ़ीक नाम का एक गुण्डा दलाल था। वह उसे लखीमपुर के आस-पास किसी गाँव से उसके बाप को सवा सौ रुपये देकर बाकायदा निकाह पढ़ाकर लखनऊ लाया; अनवरी नाम की किसी वेश्या के यहाँ रखा। उसके यहाँ तीन लड़कियाँ और रहती थीं। एक बहुत जिद्दी थी, उसे बहुत मारा-पीटा जाता था। रफ़ीक और अनवरी दोनों ही बड़े सख्त थे, जूतों-लात-घूसों से लड़कियों को पीटने में ही उनकी सख्ती की इति न थी; वे गरम चीमटे या सलाख से ज़िद्दी लड़की की

---

१. इस कथा के पात्र-पात्रियों के नाम मैंने बदलकर काल्पनिक कर दिए हैं। इसका कारण यह है कि जिस नारी की यह कथा है उसकी स्मृति का मैं आदर करता हूँ।

पीठ, पसलियों के आस-पास, जाँघों पर, छातियों के निचले हिस्सों को दागते भी थे। बद्रेमुनीर यह सब देखकर इतनी सहम गई कि जैसा कहा जाता वैसा ही करती थी। उसने अपनी आज्ञाकारिता और सेवा से रफ़ीक और अनवरी दोनों को प्रसन्न कर रखा था, इसलिये करीब वर्ष-डेढ़ वर्ष तक उससे पेशा न कराया गया। हर लड़की को काम लायक नाच और गाने की तालीम दी जाती थी। बद्रेमुनीर का गला मीठा और कुदरती तौर पर सुरीला था। उसने सीखने में हौंसला भी अच्छा दिखलाया। लिखने-पढ़ने का शौक भी लगाया; हर काम में होशियारी दिखलायी। रफ़ीक को सूझ आई कि उसे अच्छी तालीम देकर बड़ी महफिलों में नाम कमाने योग्य बनाया जाये। अनवरी इतने दिन तक रुकने के पक्ष में न थी। दोनों में साझे की खेती थी, कहा-सुनी हो गई। अनवरी ने कह दिया कि अगर तुम्हें मनमानी करनी है तो इसका कहीं और इन्तज़ाम करो। रफ़ीक ने उसे चौक में कोठा दिला दिया, मुलम्मे के गहनों से सजा दिया, संगीत की अच्छी तालीम का प्रबन्ध भी कर दिया। तिकड़मी था ही, बद्रेमुनीर का नाम फैलाया। शाम को संगीत की एक-दो बैठकों में पाँच-छः रुपये तक कमा लेती थी। यह सन् '३५-३६ की बात है। इन्हीं दिनों मित्र-मण्डली के साथ गाना सुनने के लिए मैं भी उसके यहाँ गया। दो-तीन बार मित्र मण्डली के साथ और चार-छः बार अकेला गाना सुनने के लिये गया। तब तक मुझे उसका कोई इतिहास नहीं मालूम था, हाँ यह जानता था कि उसके यहाँ केवल संगीत-रसिकों का ही स्वागत होता है। वह प्रेमियों को प्रोत्साहन नहीं देती। वह अपने ही वर्ग में किसी की परिणीता है, खान्दानी है, इस बात से मेरे मन में बद्रेमुनीर के लिए इज़्ज़त हो गई थी।

इसके बाद जीवन बदला। हास्य-रस के साप्ताहिक पत्र 'चकल्लस' का प्रकाशन आरम्भ किया। उसके कारण शाम को भी नित्य-प्रति साहित्यिक बन्धुओं की बैठक मेरे यहाँ जमने लगी। सत्संग के प्रभाव से क्रमशः पुराने संग-साथ छूटने लगे। एक बार यों ही चलती रङ्ग-रौ में उसका ध्यान आया तो बाज़ार में एक मित्र से मालूम हुआ कि बद्रेमुनीर को भयंकर चेचक निकली थी, बड़ी बदसूरत हो गई है, उसके आदमी ने उसे निकाल दिया है, कहीं और कोठा लेकर रहने लगी है। खैर मैं भूल गया।

सन् '३७ की सरदियों की बात है। सन्ध्या-समय एक मैला-कुचैला आवारा क़िस्म का मुसलमान लड़का मेरे यहाँ आया, कहा कि बद्रेमुनीर बहुत बीमार है, आपको बुलाया है। मैंने पूछा कि वह कहाँ रहती है। उसने अकबरी दरवाज़े के बाहर जो जगह बतलायी वहाँ उस समय जाने में मुझे संकोच हुआ। पर मन का दया-भाव भी प्रबल था। मैंने कहा कि नौ बज़े आऊँगा, तुम मुझे कहाँ मिलोगे। उसने स्थान बतला दिया।

उस समय मेरे पास रुपये नहीं थे, एक मित्र से पचास रुपये उधार लेकर यथासमय पहुँच गया। जिस गली, जिस घर में वह लड़का मुझे ले गया उसमें कभी स्वप्न में भी रूपजीवाओं के बसने की कल्पना नहीं कर सकता था। सच तो यह है कि वेश्या-जीवन के नरक को उस रात पहली बार देखा। वेश्या शब्द के साथ उस समय तक मैं संगीत-नृत्य-कुशल, सभाचतुर, वाक्पटु, सुन्दर रमणी की ही आम तौर पर कल्पना करता था। पुरुषों की पाशविकता बुझाने वाली इतने निम्न स्तर की, रूप-गुण-कला-विहीन हाड़-मांस की जर्जर मशीनों के सम्बन्ध में पढ़-सुनकर भी मैंने उन्हें देखा या जाना नहीं था।

सरदी की रात थी; सड़कों-गलियों में सन्नाटा होने लगा था। वह लड़का मुझे दो छोटी-छोटी गलियाँ घुमाकर एक पुराने मकान में ले गया। बाहर चार दरवाज़े थे, तीन बाहरी कमरे के थे, एक घर के अन्दर का प्रवेश-मार्ग था। बीच में खड़ी लखौरियों-जड़ा आँगन, दो तरफ दालान, उनमें दो कमरे, एक कोठरी थी। दो दीवारों के सहारे छप्पर बाँसों पर खड़ा था, उनमें दो ओर टाट के परदे लटकाकर एक कमरा-सा बना लिया गया था। दोनों दालानों के दो दरों में भी टाट के फटे, झीने परदे और उसके अन्दर ढिबरियों का प्रकाश दिखायी पड़ रहा था। निकट-दूरागत, सहज और नशे के घोड़े पर सवार बहकी हुई शेखी और कलह-गालियों-भरी आवाजें दालानों के टाट-पड़े आवासों से आ रही थीं। एक दालान के खुले भाग में एक स्त्री चूल्हे के पास बैठी खाना पका रही थी।

लड़के की 'आ जाइए-चले आइए' की गुहारों ने उस छोटे-से घर में रहने वाले अनेक घरों के निवासियों को चौंका दिया। आज सोचता हूँ शायद इतनी सभ्य भाषा में वहाँ किसी का स्वागत न होता होगा, इसीलिए लोग-लुगाइयाँ चौंके होंगे। मैं टाट और छप्पर के बने कमरे में गया। सिरहाने और बगल की ओर दो दीवारों से सटी हुई चारपाई पर बद्रेमुनीर पड़ी थी, पायताने की ओर दीवार में बने एक आले में ढिबरी जल रही थी। एक कमज़ोर-सा मूढ़ा लड़के ने चारपाई के पास रख दिया और मुझसे बैठने को कहा। मैं नई उमर, नये वातावरण और करुण भावावेश में खड़ा ही रहा। उजाला कम होने से मैं उसे ठीक तरह देख नहीं पा रहा था।

बद्रेमुनीर ने ज्वर-ग्रस्त स्वर में धीमे से कहा, "आपको बड़ी तकलीफ़ दी। यह जगह आपके लायक न थी।

मैंने रोशनी माँगी; लड़का ढिबरी उठा लिया। मैं एकाएक पहचान नहीं सका कि वही बद्रेमुनीर थी। मेरे सामने फटे लिहाफ़ में लिपटी नारी का कंकाल-सा चेहरा और एक हाथ था; चेहरा बड़े-बड़े लाल दानों से भरा हुआ था, आँखें और खुलते दाँतों की पंक्ति भयानक लगती थी। रोशनी के सामने मेरे आश्चर्य-

स्तब्ध मुख को देखकर वह हँसी थी। मेरी ओर देखकर भी न देखती हुई उसकी फटी-सी डगर-डगर आँखें मुझसे देखी न गईं। मैंने पास ही खड़े हुए लड़के की तरफ़ ढिबरी बढ़ा दी। उसे आले में रखकर लड़का बोला, "महबूबन, अब हम जाते हैं।"

"अच्छा।" बद्रेमुनीर का धीमा स्वर फूटा। मैं चारपाई से ज़रा हटकर कमजोर मूढ़े पर सँभलकर पीछे दीवार का टेका लेकर बैठ गया। 'महबूबन' नाम मन में अटका। तब तक लड़का फिर बोला, "तुमने कहा था, पैसे दिलाएँगे।"

"हाँ, यह लो।" मैंने जेब से शायद अठन्नी या रुपया निकालकर दे दिया। लड़का चला गया।

उसका जीवन-वृत्तान्त मैंने उसी दिन सुना था। चेचक निकलने के बाद रफीक के जी से वह बिलकुल उतर गई। एक रोज़ उस कोठे में एक नई लड़की बसाने के लिए ले आया और बद्रेमुनीर को मार-पीटकर कोठे की सीढ़ियों पर ढकेल दिया। बेसहारा होकर वह अनवरी के पास गयी। उसने पास रखने से तो इन्कार कर दिया पर हमदर्दी से पेश आई। उसने इस चकलेघर की बड़ी-बूढ़ी को बुलाकर आमना-सामना करा दिया। यहाँ कमरा नहीं था, छप्पर डलवाने, चारपाई आदि खरीदने के लिए प्रोनोट लिखकर पच्चीस रुपये दिये। वह ब्याज दुहने वाले पच्चीस रुपये पिछले आठ महीने में भी अदा न हो सके। दैहिक व्यापार के लिए एक पुरुष से चवन्नी-अठन्नी से अधिक नहीं मिलता था। इस घर में सभी गत-हतयौवनाएँ ही थीं। यह वेश्या समाज का हीनतम वर्ग था।

लड़के के बाहर जाने के थोड़ी देर बाद दो-तीन स्त्रियाँ लालटेन लिये बद्रेमुनीर की मिज़ाजपुरसी के बहाने मुझे देखने आयी थीं। इस वातावरण में मेरे जैसे किसी भव्य सफ़ेदपोश का आना रात में सूर्य उदय होने के समान ही असम्भव-सी अनदेखी-अनसुनी बात थी। मैं स्वयं अपने अन्दर एक विचित्र संकोच में बँधा हुआ था। लगभग एक-डेढ़ घण्टे तक वहाँ रहा। बद्रेमुनीर कहने के जोश में थी। कहते-कहते हाँफ जाती थी, रुक जाती थी।

इस चकलेखाने की संचालिका और उसका यार पैसे के मामले में बड़े सख्त थे। अनवरी के पच्चीस रुपये कभी अदा न होते। ग्राहकों से पैसे वसूल करने का अधिकार चकला-संचालिका और उसके यार का ही था। अतः उधार भी चढ़ा रहा और रोज के खर्च के नाम पर बद्रेमुनीर की रोज की कमाई में भी उसका हिस्सा न रहा। इस चकलेखाने में बद्रेमुनीर (इस चकलेखाने का नाम महबूबन) की कमाई सबसे अधिक थी। इसका कारण यह था कि यह अड्डा उन वेश्याओं का था जिनकी कहीं भी पूछ नहीं हो सकती थी; रूप-यौवन-स्वास्थ्य

सबका नाश हो जाने के बाद वे यहाँ आती थीं; इन गत-यौवनाओं के बीच बद्रेमुनीर अपनी भरी जवानी लेकर आयी थी। चकला-संचालिका उसे ग्राहकों से अवकाश न लेने देती थी। आठ-दस महीनों के बीच में वह तीसरी बार बीमार पड़ी थी। पहली बार दो महीने तक तिजारी का ज्वर चढ़ता रहा। इसमें बड़े कष्ट भोगे। जब बुखार के कारण काम न कर पाती तो 'बैठे-बैठे खा रही है हरामजादी, यहाँ क्या तेरा बाप बैठा है'—जैसी तीखी बातें सुनती और बुखार उतरते ही उधार पाटने के लिए फिर ग्राहकों की सेवा में जुट जाती। दो महीने पहले किसी से 'सिफ़लिस' रोग मिला। बहुत हल्का प्रभाव था, फिर भी पन्द्रह-बीस दिन किसी काम की न रही। नया उधार फिर चढ़ गया। इधर एक सप्ताह पूर्व एक ही दिन में दो व्यक्तियों से यह रोग पाया और देखते-ही-देखते इतनी तेजी से बढ़ा कि चार दिन में सारे बदन में दाने भर गए। कमर से लेकर नाभी के ऊपर तक तो पकी फुन्सियों और उनके घावों के छत्ते-के-छत्ते दिखलायी देते थे। बद्रेमुनीर अपने रोग से जो कष्ट पा रही थी वह तो था ही, उधार के तानों, गालियों और निकाल देने की धमकियों से उसे घनघोर कष्ट हो रहा था। बद्रेमुनीर को अपने कष्ट में जाने कैसा मेरा नाम याद आया! मैंने उससे घनिष्ठता का नाता कभी स्थापित नहीं किया था; उसके भद्र व्यवहार, सिधाई और संगीत-कला के कारण उसको समुचित आदर अवश्य दिया था। शायद किसी समय बातों के प्रसंग में उसे अपना पता-ठिकाना भी बतलाया ही होगा तभी तो वह लड़के को मेरे पास भेज सकी। जो हो, वे सारी बातें तो अब रहस्य ही हैं। उस समय बद्रेमुनीर की जैसी दशा थी उसमें मैंने विशेष कुछ नहीं पूछा था। वह जो कुछ कहती रही, सुनता रहा। वह लगभग सत्तर रुपये की कर्जदार थी। वह कर्ज से मुक्ति चाहती थी, रोगमुक्त होने की उसे लालसा नहीं थी, क्योंकि वह अपने अन्तर्मन से मृत्यु का आभास पा चुकी थी। मैंने उसे पचास रुपये देने के लिए निकाले। उसने कहा, "यह रुपया मेरे पास रखना बेकार है। आपके आने से वे यह समझ गए होंगे कि मुझे आपसे मदद मिलेगी। वे छीन ले जाएँगे और मुझे आपको बार-बार तकलीफ देने के लिए मजबूर करेंगे। आप उन्हीं को दे दें।"

जब चलने लगा तो बद्रेमुनीर ने एक वाक्य कहा जो अब तक चुभ रहा है—"मैं कहती थी, ख़ुदा नहीं है—ख़ुदा है—ख़ुदा है।"

जब बाहर आया तो बैठक वाले कमरे से एक अधेड़ औरत ने कहा, "जा रहे हैं बाबूजी?"

वह और उसका दढ़ियल यार बाहर आ गए। औरत ने और उसके यार ने कुछ बातें कीं, बद्रेमुनीर के प्रति सहानुभूति के नकली बोल बोले। मैंने उस पर ध्यान न देकर कहा कि अगले दिन अनवरी से प्रोनोट लेकर कोई चला आये,

मैं भुगतान कर दूँगा; बीस रुपये औरत के हाथ में रखे कि इसकी दवा-दारू कराओ।

दूसरे दिन दोपहर में वह दाढ़ी वाला स्वयं मेरे यहाँ आया। मैंने बद्रेमुनीर का ऋण चुका दिया। दवा-दारू और इंजेक्शन के लिए उसने पच्चीस रुपये और माँगे। मानवता से प्रेरित होकर दे तो दिये पर मेरी जेब पर भार पड़ा। खैर, फिर कोई न आया। दो दिन बीत गये। मेरा मन किसी काम में न लगता था; जो देख आया था वह दृष्टि से, मन से हटता न था। बद्रेमुनीर का हाल जानने की बड़ी इच्छा होती थी, पर फिर वहाँ जाने का साहस न होता था। मैं अपने को धिक्कार-धिक्कारकर ही रह जाता था, पर जाने का साहस न बटोर पाया। तीसरे दिन मैं अपने को रोक भी न पाया; जैसे-तैसे दिन बीता। रात के सन्नाटे में पहुँचा; अन्दर से बड़ी गाली-गलौज, मार-पीट और कोसने की आवाजें आ रही थीं। दरवाजे पर पहुँचकर फिर अन्दर जाने का जोश ठंडा हो गया। पर अब यहाँ तक आकर लौटने को जी भी न होता था, मैं अन्दर चला ही गया। संचालिका का दढ़ियल यार इस घर में रहने वाली दालान में गिरी रोती हुई एक स्त्री पर लात-प्रहार कर रहा था, और बाकी सब तरफ सन्नाटा था। मुझे देखते ही दाढ़ीवाला आँगन में आया—"कौन? आइए बाबू साहब! महबूबन तो मर गई, अभी कोई घण्टा-सवा घण्टा हुआ।"

संचालिका अपने कमरे से बाहर निकल आई। जिस दालान में एक स्त्री पिट रही थी उसी में बने टाट के कमरे से एक स्त्री-पुरुष भी निकलकर बाहर आ खड़े हुए। संचालिका बड़े-बड़े इलाज करवाने की बातें बता रही थी। दूसरी स्त्री और उसका प्रेमी भी स्वर्गीया की प्रशंसा करने लगे। मैंने एक बार लाश देखनी चाही। अपने टाट-छप्पर के रंगमहल में जमीन पर बद्रेमुनीर की लाश ढकी रखी थी। चारपाई वहाँ से हटायी जा चुकी थी। क़फ़न हटाकर दढ़ियल ने मुँह दिखलाया। मेरे मुँह से बेसाख्ता चीख निकल गई। चार रोज पहले देखा हुआ चेहरा भी अब पहचान न पड़ता था—आधा दाहिना गाल, नीचे का आधा होंठ, ऊपर का पूरा होंठ, नाक के नकसोरों तक तीन दिन में ही सड़कर गायब हो चुका था। अन्दर के भूत-जैसे दाँत और भयानक मुखाकृति देखकर मुझे चक्कर आने लगा, पाँव लड़खड़ाने लगे। उसके बाद चाहने पर भी महीनों तक वह चेहरा न भूल सका। आज भी प्रसंगवश स्मृति का वह चित्र उभरकर अब मन को अस्त-व्यस्त कर रहा है। मैंने अपने जीवन में इससे अधिक भयंकर और कुछ नहीं देखा।

‘अबी से
लूलू का क्या होगा....?’

अधोगति के लिये बाध्य होने वाली पड़ोसिन लूलू की माँ की विपदा देख मुझे रह-रहकर बद्रेमुनीर की लाश याद आती थी। दोषी चाहे व्यक्ति हो या समाज, पर उसका अन्तिम परिणाम लूलू की माँ अथवा बद्रेमुनीर को ही देखना पड़ता है। यह सोचकर, पड़ोसिन के बुरे अन्त को न देखने की छटपटाहट लिये हम दोनों ही मित्र उस घर को शीघ्र-से-शीघ्र त्यागने के लिये एकमत हो गये। पर गौं का घर कहीं मिल नहीं रहा था। उन दिनों यद्यपि बम्बई में आसानी से घर मिल जाते थे, एक तो हम सस्ते किराये का मकान चाहते थे, दूसरे रोजी-रोज़गार की तलाश में घर की तलाश भी ठीक तौर पर न कर पाते थे। प्रति-दिन हम दोनों ही अपने फिल्मी मित्रों से मिलने के बहाने कभी इस और कभी उस फिल्म-स्टूडियो में जाकर अपने सोते नसीब को जगाने के सीमित उपाय रचने लगे। हम दोनों ही अपने-अपने पॉलिश्ड ढंग से लफ्फ़ाजी कर लेते थे। उन दिनों बम्बई की फिल्मी दुनिया में ‘साइकॉलोजी’ शब्द नया-नया आया था, सो उसका बड़ा भाव था। हम साइकॉलोजी को तरह-तरह से बखान कर लोगों को प्रभावित तो कर लेते थे, पर बिकती थी पंडित शिकवा या मुंशी लकवा की ‘सिण्टीमिण्टल सैकालजी’ ही।

दिन-भर अपनी आकांक्षाओं को व्यर्थ दौड़ा-थका घर लौटते तो पड़ोस का चकलाखाना हमें चिड़चिड़ाहट से भर देता था। होटलवाला ईरानी अक्सर हमसे छेड़ में कहा करता कि आजकल आप लोगों की चाँदी कटती होगी। मुझे भी बुरा लगता और महेशजी को भी, पर वह अपनी छेड़ से बाज नहीं आता था। एक दिन हँसकर उसने कहा, “आज तो सेथ तुमेरा परोसी हमको बी लालच दिया। रोज उसका कष्तमर आता है उसका वास्ते चाय जाती है। उसका आदमी बोला पैसा आज देंगा पैसा कल देंगा—आथ रोज हो गया पैसा नइँ आया। हम कल साम को ऊपर पउँचा। आप -लोग बाहेर गयेला था। हम आदमी का हाथ पकरा, बोला हमसे दगलबाजी नई चलेंगा; साला पौं छूने लगा, बोला हमेरा इज्जत मत लो। हम बोला साला तुमारी इज्जत क्या, बीबी का कमाई खाता है साला चुपचाप से पैसे गिन हमारे, हम बोला। उसका बीबी साली रंडी हमेरा हाथ पकर के ललचाता था। हम बोला हमको तुमेरा दरकार नइँ, पैसा माँगता है। उसका हाथ में एक छोटी उँगली में रिंग परा था। हम

देखा साला पित्तल है। क्या करता सेथ ? हम बी साली को छोरेंगा नइं, हम साली के पास गरमी-सूजाक वाला कष्तमर भेजेंगा। साली का जिन्दगी बरबाद कर देंगा।''

''अरे नहीं सेठ, किसी मुसीबतज़दा को समझने की भी कोशिश करो, यार !'' हमने ईरानी की बड़ी चिरौरी की। वह हँसा, बोला, ''सेथ, या तो आप दोनों बहुत भोला-भाला है या आप दोनों को अपने परोस से आराम होगा, तबी ऐसा बोलता है।''

हम दोनों ही अब उस घर में रहने से डरने लगे थे; डर इसी बात का था कि किसी दिन यहाँ गुंडागर्दी होगी और हम उस दृश्य को देखकर सहन नहीं कर पाएँगे। इसके विपरीत मामले में दखल देकर हम लोग होम करते हाथ जलाने के अलावा कुछ हासिल भी नहीं कर पाएँगे। हम दोनों का ही मन अपने-अपने बुरे दिनों की चिन्ताओं से कहीं बुरी तरह थका हुआ भी था। मेरी कम्पनी के मालिक, जो मुझे मुफ्त की तनख्वाह दिलाया करते थे, अपने 'देस' गये थे, इसलिए हमारी कम्पनी वालों को वेतन नहीं मिला था। यों भी हमारे वेतन-वितरण का दिन महीने की पन्द्रह तारीख हुआ करता था, मगर उसके बाद भी पन्द्रह-बीस रोज़ और बीत गये थे। हम बड़ी ही चिन्ता में थे; हमारी चार स्लाइसों और शाम के अक्षरशः मुट्ठी-भर मोटे, एक प्रकार के बदबूदार भात का राशन भी खतरे में पड़ गया था। महेशजी के घर से जो थोड़ी-बहुत सहायता आती थी वही हमारा एकमात्र सहारा थी। उस रक़म में एक आदमी तो किसी प्रकार खींचकर गुजारा कर भी सकता था, मगर दो आदमियों के लिये निभाव करना कठिन था। चिन्ता हमें खड़े सिर डुबा रही थी। शाम की आधी राइस प्लेट का भोजन भी हमारे लिये चौथे-पाँचवें दिन का पकवान हो गया था। सुबह की चार-चार स्लाइसें दो-दो के हिसाब से सुबह और शाम का भोजन बन गईं। लेकिन समस्या हमारे सामने यह थी कि शाम को, दो स्लाइस खाकर पानी पीने से हमारी भूख थोड़ी देर बाद और बढ़ जाती थी। उसे रोकने का सरल उपाय यही था कि चाहे सिंगल कप ही हो मगर चाय का घूंट बहुत आवश्यक था। चाय के साथ दो स्लाइसें नाश्ता बनकर हमारी भूख को बहला देती थीं। मगर शाम की सिंगल कप चाय ने हमारी पैसे की आठ बीड़ियों में पान-सिगरेट की तलब बुझाने वाला नुस्खा बड़ी गड़बड़ में डाल दिया था। प्रतिदिन एक पैसा भी बढ़ाना हमारे लिये अत्यन्त कठिन हो गया था। त्याग-तपस्या के मूड में एक-दो दिन तो हम सुरती-चूने के बिना खींच ले गये, मगर फिर इस तलब के सम्बन्ध में हमारा योग भ्रष्ट हो गया। पैसे की आठ बीड़ियों की तम्बाकू एक के बजाय अब दो दिन का सहारा बन गई। गरीबी का यह अनुभव महेशजी के लिये तो जीवन में पहला ही था और मेरे जीवन में पिछले पाँच-छः वर्ष के

आर्थिक संघर्ष के अनुभवों में ये दिन विषमतम थे। हम लोग ज्ञान-विज्ञान-चर्चा, फिल्म-चर्चा सुकरात, अरस्तू, नीत्शे, ह्यूम, बर्ट्रेन्ड रसल से पतंजलि और सांख्य तक के चर्चे चलाकर अपने को बहलाते तो बहुत थे, मगर चिन्ता घनघोर रूप से व्याप रही थी। अपनी पीड़ा के साथ हम अपने ही फ्लैट के आधे भाग के साझीदार परिवार की पीड़ा को जोड़ने के लिये अपने मनों से बाध्य थे। यह स्थिति हमारे लिये असहनीय हो उठी थी।

मैं मन की एक चोरी भी कह दूँ। पड़ोसी काण्ड से उपजी हुई मानवता जब अपनी ही चिन्ता के भँवर में फँस गई तो उधर के ध्यान मात्र से मेरे मन में स्त्री की भूख जाग उठती थी। पतंजलि और सांख्य के अध्ययन-क्रम में रमा हुआ मेरा मन इस भूख के पाप से और भी परेशान रहता था!

एक दिन की बात है, मैं सुबह अपने दफ्तर गया और करीब-करीब इस विश्वास के साथ गया कि लौटते समय मेरी जेब में वेतन के रुपये होंगे। दफ्तर पहुँचने पर निराशा ही हाथ लगी। मैं फ़ोर्ट से शिवाजी पार्क के लिये पैदल ही चला। दिन के चार स्लाइसों और दो सिंगल कप चाय पर हफ्तों से पलने वाला शरीर छः सात मील का मार्ग चलने लायक न था, यह मैं चलते हुए बराबर अनुभव कर रहा था। प्राण मन और शरीर दोनों ही को खींचखींचकर आगे बढ़ा रहे थे। सच तो यह है कि इन्सान को घर की छाँव चाहिये वरना वहीं कहीं फुटपाथ पर बसेरा कर लेता। अलावा इसके आकाश पर बादल घिर आये थे, वर्षा के डर ने पैरों को गति प्रदान कर दी। फिर भी भायखला स्टेशन के पीछे वाली सड़क तक पहुँचते-पहुँचते पानी आ ही गया। घर अब भी तीन-साढ़े-तीन मील दूर था। पानी जोर से आया और अधिकाधिक जोर पकड़ता गया। लग-भग दो घण्टे एक मकान के बरामदे में भीड़ के साथ बिताये। पानी जब न रुका तो कुछ लोग ऊबकर साहसी बने। मैंने भी साहस का मार्ग अपनाया, मूसला-धार बरसात को फूलों की वर्षा मानकर बड़े मजे-मजे की कल्पनाएँ करता हुआ मगनमन बढ़ चला। भगवान् ने जाने मन किस तरह का ढाला है कि मुसीबत आने को होती है या अपने पहले-दूसरे दौर में होती है तब तो उसकी पीड़ा से मैं छटपटाता भी हूँ और गम्भीर भी हो जाता हूँ, परन्तु कष्ट जब अपना एवरेस्ट छू लेता है तब मुझे मसखरापन सूझता है। मैं अपने साथ ही भीगते कुछ राहगीरों का तमाशा, पेड़ों और मकानों के नीचे आड़ में सिकुड़-सिमटकर खड़े ऊबते राहगीरों का तमाशा, जाती हुई कारों पर बैठे निश्चिन्त चेहरे देखता हुआ बढ़ता गया। लोअर परेल स्टेशन से आगे चलकर ढाल वाली सड़क पर घुटनों-घुटनों पानी भर गया था। लाँघते-फलाँगते ऊबते-हौसला देते कदम बढ़ाते आखिरकार घर पहुँच ही गया; कपड़े बदले, बैठा, बातें होने लगीं। गरमागरम चाय के प्याले की कल्पना से ही अपने को गरम कर सो गया।

दूसरे दिन प्रायः सात-सवा सात बजे हमारे कमरे के दरवाज़े भड़ाभड़ बजने लगे। मेरी नींद टूटी, देखा, महेशजी अभी सो रहे थे। सामने वाली खिड़की के दो शीशे टूटे पड़े थे, कुछ किरचें मेरे पलंग तक पर थीं। पायताने की तरफ़ वाला आधा बिछौना, मेरे घुटने तक पैर पायजामे के दोनों पायचों सहित भीगे हुए थे; पैर के पंजों में सफेदी आ गई थी तथा हमारे कमरे में पानी भरा हुआ था। जूट के बने लाल फ़र्श का रंग हमारे कमरे के दरवाज़े के बाहर तक बहता जा रहा था। दरवाज़े इतनी जोर से भड़भड़ाये जा रहे थे, पड़ोसी-पड़ोसिन और लूलू की घबराहट-भरी आवाजें 'मिस्टर नागर, मिस्टर कौल' को पुकार रही थीं। मेरे पैर इतने ठिठुर गये थे कि पंजे ठीक तरह जमीन पर पड़ न पाते थे! निचली टाँगें मुरदा हो गई थीं। तूफ़ानी बरसात के तेज स्वर और किवाड़ों की जोर-जोर की खड़खड़ाहट के कारण मेरा 'आ रहा हूँ' कहना उन्हें शायद सुनायी नहीं पड़ रहा था। खैर, किसी तरह द्वार खोले, पड़ोसिन और पीछे-पीछे उसके पति ने प्रचण्ड आँधी के झोंके की तरह कमरे में प्रवेश किया। दोनों ने मेरी ओर आपादमस्तक देखा, फिर सोते हुए महेशजी की तरफ देखने लगे।

पड़ोसी ने आगे बढ़ महेशजी को गौर से देखा, पड़ोसिन भी वैसी ही खोज और उत्सुकता-भरी दृष्टि से उन्हें देखने लगी। मुझे आश्चर्य हुआ, पूछा, "क्या बात है? जगा दूँ?" कहकर मैं महेशजी को हल्के-हल्के झिझोड़कर जगाने लगा। महेशजी का जागना भी आज के किसी मिनिस्टर द्वारा होने वाली नई इमारत के उद्‌घाटन-समारोह से कम हलचल और प्रबन्ध-भरा नहीं होता था। पैरों पर मुक्कियाँ लगें, तलवे सहलाये जाएँ, कनपटी और सिर पर तेल की मालिश की जाये, तब कहीं मित्रवर पंडित महेश्वरनाथ भोलानाथ कौल जी जागते थे। सहसा जगा दिये जाने पर उनके सिर में ऐसा दर्द होता था कि पूरा दिन खराब हो जाता था। बम्बई में चूँकि उन्हें तब तक सौभाग्य ने ऐसी सुविधाएँ प्रदान नहीं की थीं इसलिए उनके जागने की क्रिया लम्बी होती थी; सुबह नौ-साढ़े नौ बजे तक एक बार उनकी आँख खुलती, 'पंडितजी गुड मार्निंग' करते और करवट बदलकर सो जाते। घण्टे-डेढ़ घण्टे के बाद फिर आँख खुलती, 'पंडितजी गुड मार्निंग, तथा क्या है' पूछते। सामने वाली इमारत के एक हिस्से तक धूप चढ़ आने पर ग्यारह का समय होता था, उसी की घट-बढ़ के हिसाब से मैं समय बतला देता। कभी वे उठ पड़ते, कभी समय सुनने के बाद फिर आध-पौन घण्टे के लिए लम्बी तान लेते थे। मेरे जगाने पर वे झुँझलाये, "ओफ्फो, कौन सी आफ़त आ गई?" पूछते हुए उन्होंने आँखें खोलीं। पड़ोसिन और पड़ोसी को देखा तो चटपट उठ बैठे। मैंने देखा कि पति-पत्नी के चेहरे पर सन्तोष की आभा आ गई। पड़ोसी ने फिर कमरे के बाहर तक बहते हुए लाल पानी की ओर देखकर कहा, "ओ-हो, यह कार्पेट का रंग है!"

इतनी देर तक पति-पत्नी के घबराहट-भरे हाव-भाव अब इस वाक्य के साथ पूरी तौर पर मेरी समझ में आ गये । मैं बड़ी ज़ोर से हँस पड़ा । फिर कहा, "अब समझा, कमरे के बाहर लाल पानी बहता हुआ देखकर आपने समझा कि हम दोनों में से किसी ने एक का खून कर डाला है ।" वे लोग भी बड़ी ज़ोर से हँस पड़े ।

ऐसी तूफ़ानी वर्षा बम्बई वालों की पिछले साठ-सत्तर वर्षों तक की स्मृति में नहीं हुई थी । हमारे मकान के सामने वाली सड़क पर नारियल के दो वृक्ष लेटे पड़े थे । दाहिने हाथ समुद्र की ओर देखने पर अजब दृश्य दिखलायी पड़ता था । समुद्र की बड़ी-ऊँची-ऊँची लहरें थपेड़े ले-लेकर सड़क पर आकर गिरती थीं । यों सागर अपनी मर्यादा तोड़कर बस्ती की सीमा में प्रवेश कर रहा था । सड़कें सूनी थीं, सरकारी बसें तक नहीं दिखलायी पड़ती थीं । वर्षा और तूफ़ान ने सब के घरों की चौखटों को लक्ष्मण-लीक बना दिया था ।

पड़ोसी चले गये । हम दोनों पड़ोसियों की घबराहट का मज़ा अपनी बातों में लेने लगे । आज तो चाय तक के लाले पड़े हुए थे, क्योंकि बरसात इतनी तीखी थी कि नीचे पहुँचने की हिम्मत न होती थी । थोड़ी देर बाद ही हमने आश्चर्य से देखा कि पड़ोसिन चाय के दो प्याले लिये हुए हमारे दरवाजे पर खड़ी है । चाय की प्राप्ति हमारे लिए मोक्ष-प्राप्ति से कम न थी । हमने बड़ा उपकार माना । पड़ोसिन का व्यवहार उस दिन से बदल गया । उसमें आत्मीयता अधिक आ गई थी । हम दोनों को ही यह आत्मीयता कुछ-कुछ सहमाती अवश्य थी यद्यपि हम दोनों ही इस बात को मानते थे कि उसके किसी हाव-भाव में हमारे प्रति तनिक-सा भी सस्तापन या बुरापन नहीं आया था । बम्बई का तूफान तो निकल गया लेकिन हमारे मन का तूफान बढ़ गया । दो-तीन रोज में ही हम इस निश्चय पर पहुँच गये कि अब इस मकान में नहीं रहेंगे । सौभाग्यवश सेठजी ने मेरा रुपया भेज दिया था । दो महीने का वेतन एक साथ आया था, इसलिये पैसे की ओर से मन में तात्कालिक निश्चिन्तता-भरी स्फूर्ति आ गई थी । खोज-बीन करने से शिवाजी पार्क के दूसरे सिरे पर मरघट के पास ही एक बँगले का निचला भाग खाली मिला । उसमें सात-आठ कमरे थे और किराया कुल जमा पैंतीस रुपये था । यद्यपि उन दिनों बम्बई में मकानों के किराये आम तौर पर सस्ते थे, मगर उसमें भी इतने कमरों वाला यह मकान और भी सस्ता था । महेशजी के पुराने और मेरे नये मित्र नागपुर निवासी मराठी के सुकवि श्री राजाबढ़े और उनके छोटे भाई बकुल भी हमारे साथ रहने को राजी हो गये । हमें यह पता चला कि उस मकान में भूत का बासा है । हम कुछ सहमे तो अवश्य, पर इस बात का अधिक प्रभाव न पड़ा । न देखे हुए भूत से पड़ोस में रहने वाला शराफत का भूत हमारे लिए अधिक भयानक था । जिस दिन सामान

उठाकर चलने लगे, पड़ोसिन हमारे दरवाज़े पर आयी और चौखट पर हाथ रखकर बुत-सी खड़ी हो गई। हमने विदाई की शराफत-भरी कुछ बातें कीं। वह चुप रही। लूलू हमारे पास आ गया। विदा होने से पहले उसे देने के लिये मैं टॉफियाँ लाया था। उसे दीं, सिर पर हाथ फेरा। लूलू की माँ यथावत् खड़ी रही। जब चलने लगे तो उसकी आँखों में सहसा आँसू उमड़ आये, "अबी से लूलू को कौन देखेगा?" कहा और सूनी आँखों से कमरे के बाहर देखने लगी। यह वाक्य आज तक मन को सालता है। आज स्पष्ट देख पा रहा हूँ कि उसकी बढ़ती हुई आत्मीयता को हम लोग गलत रंग में देखने लगे थे। पड़ोसिन की आत्मीयता का आधार लूलू था। उसके पास आने वाले पुरुषों को उसके पुत्र की चिन्ता नहीं थी। उन पुरुषों को एकान्त सुविधा देने के लिए लूलू बाहर निकाला जाता, हम उसकी रक्षा करते थे। लूलू का पिता प्रायः घर से बाहर ही रहता था। ऐसी दशा में मजबूर माँ की आत्मीयता यदि हमारे प्रति बढ़ गई तो उसमें आश्चर्य की कोई बात न थी, प्रेम-वासना का कोई दाँव पेंच भी न था। तूफान के दिन लाल रंग से हमारी हत्या के अंदेशे से उबरकर जब वह आत्मीयता ऊपर उठी तो अपनी ओर से सहज ही उठी, पर हमने अपने मन के डर के कारण उसे कुछ और समझा। स्त्री का आधार पति, नैतिक तन्तु टूटते ही, स्त्री के लिए मानसिक रूप से टूट चुका था। नई वेश्या बनने वाली माँ के बच्चे का क्या होगा—'अबी से लूलू को कौन देखेगा।?' इस वाक्य में बहुत बड़ा प्रश्न तड़प रहा था। हम कायर की तरह उसका उत्तर दिये बिना ही चले आये।

प्रेमी या कामाचारी ?

इस बात को बीते भी अब अठारह वर्ष बीत चुके। प्रश्न की तड़प आज भी उतनी ही है, परन्तु उसका उत्तर न दे पाने की कायरता अब मुझे व्यक्तिगत रूप में नहीं कचोटती। सीधी बात है, हम कर ही क्या सकते थे। इलाज एक ही था, पड़ोसिन के पति को नौकरी मिल जाती तो सारी समस्या सुलझ जाती। वह परिस्थिति पति के लिए भी निश्चित रूप से असह्य थी। उसने चारों ओर निराशा और घुटन का कठिन अनुभव करने के बाद ही सुरक्षा के अन्तिम उपाय के रूप में ही अपनी पत्नी के सामने वह घृणित प्रस्ताव रखा होगा। परंतु इससे पत्नी के प्रति होने वाले अन्याय का समाधान नहीं होता। कुलीन स्त्री भरण-पोषण के लिए अपना शरीर बेचने की बात एकाएक सोच भी नहीं सकती, ऐसे कर्म के ध्यान-मात्र से ही वह सिहर उठेगी। एक पुरुष—पति—को छोड़कर वह अन्य पुरुष का छाया-स्पर्श करना भी पसन्द नहीं कर सकती। यह बात उसके आत्म-सम्मान से जुड़ी होती है और सदियों के संस्कार, पतिव्रत की भावना से उसका पोषण होता है। ऐसी स्त्री यदि स्वयं अपने पति से ही वेश्या बनने का प्रस्ताव सुने तो फिर उसका आत्मविश्वास चूर-चूर हुए बिना नहीं रह सकता। ऐसी स्थिति में वह दो ही काम करेगी—या तो आत्म-सम्मान की रक्षा में अपने प्राण होम देगी अथवा पति का कहना मानकर भी वह उससे घृणा करने लगेगी और केवल उससे ही नहीं पुरुष-मात्र से घृणा करने लगेगी। ये दोनों ही प्रकार की घटनाएँ मेरे देखने-सुनने में आई हैं।

पड़ोस के एक नगर में एक बड़े पंसारी रहते थे। दूसरी लड़ाई के पहले उनकी चार-पाँच लाख की हैसियत मानी जाती थी। पंसारीजी को सट्टा, फाटका, रेस, जुआ, सभी में रस आता था, भगवान् की दया थी कि जवानी में कभी दाँव नहीं हारे थे। पर लड़ाई छिड़ने के दो वर्ष बाद बुढ़ापे में उनका दुर्भाग्य उदय हुआ। सट्टे में दो बार ऐसी करारी मात खाई कि सारी हैसियत बिक गई। वह समय ऐसा था जबकि व्यापार-क्षेत्र में दूसरे लोग आम तौर पर खुशहाल हो रहे थे। पंसारीजी को अपना आर्थिक अधःपतन इसीलिए बेहद सताता था। वे जुए के सहारे फिर से भाग्योन्नति करने के लिए हठपूर्वक संलग्न हुए। और होते-करते एक दिन यह नौबत आ गई कि कुटिलों द्वारा चंग पर चढ़ाये जाने के कारण उन्होंने अपनी दुहाजू नवयुवती पत्नी को दाँव पर चढ़ा दिया और हार गये। जीतने वाले ने जीते हुए माल पर अपना अधिकार माँगा और हारने वाले ने भी अपने वचन से टलना उचित न समझा। वे दोनों घर

आये। प्रौढ़ मतिभ्रष्ट पति ने अपनी पत्नी से कहा। वह बोली कि उन्हें कमरे में बिठलाइये मैं आती हूँ। पति को उधर भेज आप छत चढ़ गई और कुण्डी चढ़ा ली; छत पर बने चौबारे के ऊपर घर की सबसे ऊंची छत पर चढ़ गई और पिछवाड़े की सूनी गली में अपना शरीर झोंक दिया। विजेता जुआरी सुन्दर स्त्री पाने का लोभ लिए प्रतीक्षा में बैठा ही रहा कि तब तक पब्लिक की हाँक-गुहार पड़ गई, तोबातिल्ला मच गया। पति के आत्म-गौरव खो देने पर पत्नी ने आत्म-सम्मान की रक्षा के लिए अपने प्राण त्याग दिये, शरीर के लोथड़े को पतिदेव किसी को भी सौंप सकते थे।

यह नारी की विवशता का चित्र है, परन्तु इसके साथ ही एक दूसरी कथा भी चित्र के दूसरे पहलू की तरह मेरी स्मृति पर आ रही है। मैं नगर या उस प्रदेश का नाम न लूंगा जहाँ वह घटना घटी, क्योंकि नायक नायिका जीवित हैं, केवल एक व्यक्ति पाकिस्तान चला गया है। घटना अंग्रेज़ी जमाने की है। जो व्यक्ति पाकिस्तान चला गया वह एक सरकारी दफ्तर का सर्वोच्च भारतीय अफ़-सर था, इसलिए दूसरे छोटे-बड़े भारतीय अफ़सरों, मातहतों पर उसका बड़ा दबदबा था। उन हज़रत को औरतबाज़ी की हेकड़ी-भरी आदत थी। अपने मातहत अफ़सरों को वे अक्सर सपत्नीक बुलाया करते थे। जो बुलावे पर न जाये वह उनसे दुश्मनी मोल ले और जो जाये वह मानो अपने हाथों अपनी पत्नी का पातिव्रत धर्म खंडित कराने के लिये ही ले जाये। अफ़सर महोदय को दूसरे धर्मावलम्बी मातहत अफ़सरों की पत्नियों का शयनसुख प्राप्त करने का जोश धर्म की अटारी पर चढ़कर आता था; वैसे वे स्वधर्मावलम्बिनियों को भी स्वदेह धर्म की वेदी पर बलि देने से चूकते न थे। खैर, ऐसे अफ़सरों के ऐसे खुशामदी मातहत भी होते हैं जो अपनी पदोन्नति के स्वार्थ में अपनी पत्नियों, बहनों और बेटियों को 'अफसराय स्वाहा इदम् अफसराय इदं न मम' कहकर आहुति चढ़ा देते हैं। इन हज़रत के एक मातहत अफ़सर थे। उनका विवाह हुआ, पत्नी बड़ी ही सुन्दर, पढ़ी-लिखी मॉडर्न आई। मातहत अफ़सर यों तो पूरे चापलूस थे, अपनी तरक्क़ी के लिए अपनी अभी कुंआरी बहन का धरम बिगड़वा चुके थे, पर पत्नी को हर बदनज़र से बचाने के लिये वे बड़े सतर्क रहते थे। फिर भी होनी होकर रही। उस नगर के एक रईस के यहाँ पार्टी थी। वहाँ बड़े अफ़सर भी पहुँचे थे और मातहत महोदय भी सपत्नीक उपस्थित थे। अफ़सर महोदय ने अपने मातहत को ऐसी सुन्दर पत्नी पाने के लिये बधाई दी। पत्नी की बातचीत से भी वे बड़े खुश हुए और उन्होंने दूसरे दिन रात के भोजन पर दोनों को आमंत्रित किया। मातहत महोदय ने कुछ हीला-बहाना किया, परन्तु भोली पत्नी बड़े अफ़सर के व्यवहार से इतनी प्रभावित और प्रसन्न थी कि उसने बिना समझे ही पति के बहाने को निस्सार सिद्ध कर निमन्त्रण

को सादर स्वीकार कर लिया। घर आकर पति ने पत्नी को अपने अफ़सर की आदत सुनायी। पत्नी ने कहा कि तब तो मैं न जाऊँगी। पति बोले कि अब तो तुम यदि मेरा सर्वनाश ही देखना चाहो तो न जाओ, वरना और कोई चारा ही नहीं। उन्होंने शरम के साथ अपनी बहन का क़िस्सा भी सुना दिया। पत्नी ने कहा कि चाहे कुछ भी हो, मैं न जाऊँगी। पति बोले कि तब तो मेरे लिये आत्महत्या के सिवा और उपाय नहीं। उसके बाद फिर पति-पत्नी में कोई बात ही न हुई, सुबह भी अबोला ही रहा। दिन में पति महोदय दफ़्तर चले गये। इधर पत्नी ने टेलीफ़ोन डायरेक्टरी द्वारा विभाग के अंग्रेज आई० सी० एस० सेक्रेटरी के बंगले का पता जाना और अपनी ननद को साथ ले ताँगे पर बैठकर वहाँ गयी, मेम साहब से मिली, सारा हाल कहा, अपनी ननद का बयान भी दिलवा दिया। मेम साहब सुनकर बेहद क्षुब्ध और क्रुद्ध हुईं। उन्होंने दोनों को रोक लिया और साहब जब लंच के समय बंगले पर आये तो सारा हाल कहा और इन लड़कियों की भेंट भी उनसे करा दी। सेक्रेटरी भला अंग्रेज़ था। उसने उस लड़की की बड़ी प्रशंसा की और कहा कि तुम अवश्य वहाँ भोजन करने जाओ, बाक़ी सब मैं देख लूंगा।

रात में पति-पत्नी दोनों भोजन करने गये। अफ़सर ने पहले तो पीने के लिये बड़ा आग्रह किया। पत्नी महोदया को शायद हल्के मादक पेय लेने की आदत थी, इसलिये दोनों ओर के आग्रहों में समझौता हो गया। डिनर के कुछ पहले ही टेलीफ़ोन की घण्टी बजी। अफ़सर महोदय की किसी से कुछ बातें हुईं और उसके बाद ही उन्होंने अपने मातहत अफ़सर से कहा कि अमुक-अमुक अफ़सर का फ़ोन आया था, एक फाइल इसी दम हाथों-हाथ पहुँचानी है, इसलिये तुम खाना खाकर फौरन चले जाओ, केस तुम्हारा समझा हुआ भी है इसलिये जो वह पूछें उसका जवाब दे देना। तुम्हारी वाइफ़ को मैं अपनी कार में तुम्हारे घर पहुँचा दूँगा। यह अफ़सर महोदय की पुरानी चाल थी जिसे बेचारा मातहत भली-भाँति समझता था, पर विवश था। भोजन के उपरान्त उसे अपनी पत्नी को वहीं छोड़कर जाना पड़ा। जैसे ही उनके बँगले से उसकी कार बाहर निकली कि उसे सेक्रेटरी साहब की कार खड़ी दिखलाई दी। साहब ने उसे रोककर पूछा, कि तुम्हारी पत्नी कहाँ है? वह इस प्रश्न से घबरा गया, पर उत्तर दिया। साहब ने पूछा, तुम कहाँ जा रहे थे? उसने वह भी बतला दिया। साहब उसे लिये हुये बंगले में घुसा। अन्दर पहुँचकर उसने अफ़सर—घर-मालिक—के सम्बन्ध में नौकरों से प्रश्न किये। नौकर भी सकपका गये, क्योंकि उस समय अफ़सर महोदय के बन्द कमरे से उनकी और मातहत पत्नी की गरमा-गरम बातें आ रही थीं। साहब ने उस कमरे तक जाने का मार्ग पूछा और वहाँ पहुँचकर

अफ़सर को पुकारा ।....इस प्रकार एक स्वाभिमानी वधू की कृपा से एक आततायी का अन्त हुआ ।

यह घटना मैंने स्वयं इसकी नायिका के मुख से ही सुनी थी । इस घटना के तुरन्त बाद ही उसने अपने पति का साथ छोड़ दिया । मुझसे कहती थी, "मैं यह बरदाश्त नहीं कर सकती थी कि उस आदमी को अपना तन-मन मैं सौंपूँ जो उसकी रक्षा नहीं कर सकता ।" वह अपने मैके चली गई । उसने अपने पति से कहा कि तुम दूसरा विवाह कर लो; मैं तुम्हारे विवाह में बाधा नहीं डालूँगी । वह महिला इस समय एक बड़े नगर में 'डिपार्टमेंटल स्टोर्स' चलाती हैं । बातचीत में तेज़तर्रार, प्रबन्ध-कार्य से अत्यन्त पटु, प्रसंग आने पर सदा सच बोलने वाली, साहित्य-रसिक यह महिला अपने नगर में सबका आदर पाती हैं । वह खुले आम अपने स्टोर्स के मैनेजर के साथ रहती हैं । चूंकि हिन्दू होने के कारण एक पति के जीते-जी उनका विवाह दूसरा नहीं हो सका, इसीलिये वे अपने प्रेमी की परिणीता न हो सकीं । उनके भूतपूर्व पतिदेव इस समय एक प्रतिष्ठित अफ़सर हैं और अब दोनों के बीच मेल-मिलाप का समझौता भी है । फिर भी उक्त महिला अब तक उन्हें दिल से क्षमा नहीं कर पाईं । जब प्रसंगवश उन्होंने अपनी यह कथा सुनायी थी तभी यह भी कहा था, "आप यह न भूलें मिस्टर नागर, कि औरत जिस तरह दूसरी औरतों का प्रेम-व्यवहार अपने पति के साथ नहीं देख सकती, उसी तरह पति के सामने वह किसी पर-पुरुष को बदनज़र से अपनी ओर देखते हुए नहीं बरदाश्त कर सकती और इससे ज्यादा वह यह नहीं बरदाश्त कर पाती कि उसका पति यह देखकर भी खामोश बैठा रह जाये । ऐसे व्यक्ति से स्त्री फिर प्रेम नहीं कर सकती । अक्सर आप यह तो देख सकते हैं कि स्त्री अपने पुरुष के साथ दूसरी स्त्रियों का रिश्ता भी किसी हद तक बरदाश्त कर जाती है, पर वह नहीं बरदाश्त कर सकती कि अन्य पुरुष से उसका सम्बन्ध पति को मालूम हो और तब भी पति बरदाश्त कर जाये । ऐसा होने पर वह अपने पति अथवा प्रेमी से जबरदस्त घृणा करने लगती है ।"

उन महिला की बात इस समय सादर याद आ रही है । कल एक सम्भ्रान्त विदुषी महिला ने मुझसे यह भी कहा कि जो स्त्री किसी पुरुष से सचमुच प्रेम करती है वह उससे सन्तान पाने की कामना भी करती है । जहाँ यह भावना न हो वहाँ प्रेम भी नहीं होता ।

दोनों ही महिलाओं की बातें एक ऐसे वस्तु-सत्य का दर्शन कराती हैं जिसे हम प्रायः आज के रोमांस की शेखी-भरी हवा में भूल जाते हैं । मैं पुरुष की दृष्टि से इन दोनों ही महिलाओं की बातों का पूर्ण समर्थन करता हूँ । स्त्री और पुरुष के बीच में घने नाते या गहरी फूट की जड़ यही है; इससे बचकर दोनों के बीच

जो सम्बन्ध होता है वह विशुद्ध कामाचार है ! बात यह है कि जीवन कोरा खेल नहीं और यदि है भी तो खेल के नियमों को पूरी गम्भीरता के साथ।

कुछ दिन हुए, एक सज्जन ने तर्क देते हुए यह कहा कि प्रेम का अर्थ काम के सिवा और कुछ नहीं। जैसे भूख, नींद, प्यास आदि प्राकृतिक आवश्यकताएँ हैं, वैसे ही काम-सम्भोग भी मनुष्य के कायिक, मानसिक स्वास्थ्य के लिए आवश्यक है।

पुराने लोग अक्सर एक बात कहा करते हैं कि प्रेम पहले कभी नहीं होता। स्त्री यदि पुरुष से पूर्ण काम-सन्तोष पा लेती है तो उसे चाहने भी लगती है और यदि नहीं पाती तो बुझ जाती है। यह बात केवल स्त्री-पक्ष का ही सीमित सत्य नहीं, पुरुषों पर भी लागू होती है। मेरे एक जमींदार मित्र हैं, उन्हें 'हिरनियाँ' पालने का शौक़ था। वे जाति के ब्राह्मण हैं और उनकी प्रजा निम्न वर्ग की है। लड़की की कच्ची आयु से ही जमींदार महोदय उनके ऊपर लागत लगाना आरम्भ करते और पूर्ण आयु आने पर पहले वे ही उसका रस-भोग करते थे। जमींदार महोदय तबीअत के भौंरे रहे हैं, एक स्त्री से बँधना उनके वश की बात नहीं, फिर भी पिछले आठ-नौ वर्ष से वे क्रमशः एक ही स्त्री के आकर्षण-पाश में बँधते चले गये हैं। उनका हिरनी शिकार भी अब प्रायः बन्द हो चुका है। इस स्वभाव परिवर्तन का कारण उन्होंने यह बतलाया कि जैसा सुख उन्हें उस स्त्री से प्राप्त होतीं है वैसा अन्य किसी से नहीं। वह स्त्री भी इनके लिए जान देती है।

इसके विपरीत यह भी अनेक बार देखने-सुनने में आया है कि अत्यधिक तड़प-भरा प्रेम होने पर भी परस्पर देह-भोग करने के बाद उनका आकर्षण क्रमशः समाप्त हो जाता है और इस प्रकार प्रेम शब्द को हम एक अजब उलझन में बँधा हुआ पाते हैं। वह सकाम भी नजर आता है और निष्काम भी बखाना जाता है। प्रेम एक ओर देवता माना जाता है, दूसरी ओर पाप।

एक मजे की बात यह है कि आम तौर पर पति-पत्नी के प्रेम की महिमा नहीं बखानी जाती। हम अपने ही देश में देखें कि दिन-रात सीता-राम, सीता-राम करते हुए भी हमारा देश सीता-राम की कथा को प्रेमगाथा के रूप में नहीं गाता। भगवान् कृष्ण भी अपनी विवाहिता पत्नियों—रुक्मिणी, सत्यभामा, जाम्बवती आदि—के साथ नाम नहीं पाते। परकीया प्रेमी राधारमण, गोपीरमण होने के कारण ही उनकी लोक में अद्भुत ख्याति है। प्रेम का माहात्म्य स्त्री-पुरुष के परकीय नातों में ही प्रायः पब्लिसिटी पाकर व्याप्त होता है। हमारे धर्म में यहाँ तक कहा जाता है कि भक्त और भगवान् का प्रेम उसी जोश और तड़प के साथ होना चाहिये जो परकीय भाव में होती है। इस प्रकार परकीय प्रेम हमारा आदर्श भी है और गाली भी।

अब तनिक उस प्रेम की गति को भी देखिये जो हीर राँझा, सोहनी महीवाल, लैला मजनूँ, शीरीं फ़रहाद या रोमियो जूलिएट के अमर नामों के साथ हमारे मन में प्रकट होता है। उनके आत्म-बलिदान ने मनुष्य जाति को झिझोड़कर ऐसी परिस्थिति उत्पन्न कर दी है जिससे जाति, राष्ट्र, वर्ण आदि के भेद नये प्रेमियों के लिये आम तौर पर सामाजिक रूप से अब कुछ कम अड़चने डाल पाते हैं। हमारे देश में भी प्रेम-विवाह अब अपेक्षाकृत काफ़ी होने लगे हैं। पुरानी मान्यताओं के समाज में जहाँ ये अड़चनें अब भी अक्सर आ जाती हैं, वहाँ नये लैला मजनूँ प्रतिवर्ष रेल के नीचे कटकर अथवा जहर खाकर अपनी जानें गँवाते हैं। नये ज़माने के माँ-बापों के मन में इसकी दहशत बढ़ती ही जाती है और वे अपने बच्चों के प्रेम-सम्बन्धों को प्राय: स्वीकार कर उसे वैवाहिक मन्त्रों से वैधानिक बना देते हैं। इस प्रकार प्रेम जहाँ हमें उदात्त बनाता है वहाँ वह देवता है। इस प्रेम-देवता को ही दर्शन, काव्य और ललित-कलाओं की दिव्य मालाएँ पहनायी जाती हैं।

अब दूसरी परिस्थिति आती है। अक्सर पर-पुरुष अथवा पर-स्त्री में भी 'प्रेम' हो जाता है। जहाँ तलाक की प्रथा है वहाँ तो किसी सीमा तक ऐसी प्रेम-समस्या सुलझ भी जाती है, पर हमारे देश के बहुत बड़े समाज को यह सुविधा नहीं मिली। महाकवि देव 'जोग हूते कठिन है सँजोग परनारी को' लिखकर परकीया प्रेमियों की विपत्ति बखान गये हैं। परकीया प्रेम, जैसा कि मैं पहले लिख चुका हूँ, भक्त और भगवान् के प्रेम-सम्बन्ध के लिये आदर्श माना गया है। ऐसी गाँठ पड़ जाने पर मैंने स्त्री-पुरुष को उदात्त होते हुए देखा है, धोखा-धड़ी करते हुए भी देखा है और जानें लेने-देने के किस्से भी सुने हैं। मेरे पास घरेलू स्त्रियों द्वारा गाये जाने वाले गीतों का मज़ेदार संग्रह है। उसमें दो-तीन गीत इस रंग के भी लिखे हैं। पहले ऐसी कोई घटना होते ही मौजी लुगाइयाँ चट-से गीत जोड़ लेती थीं। एक गीत है।

मत मारो तमंचा हवेली में।
सोने की थाली में भोजन परोसा
है खाने वाला बरेली में ॥....

इस गीत की शेष पंक्तियों में सोने की शीशी, सोने का प्याला, तोशक, तकिया, इत्र, गुलाब आदि बखाने गये हैं जिन्हें भोगने वाला बरेली में है। इस गीत की प्रेम-कहानी आज के अति प्रसिद्ध प्रेम आहूजा हत्याकांड उर्फ़ नानावती-सिल्विया आहूजा-केस की तरह सनसनीखेज है।

लगभग चालीस-पैंतालीस वर्ष पहले उत्तर प्रदेश के एक प्रसिद्ध नगर में एक बड़ी हवेली वाले सेठ रहते थे। सेठजी जवान और बड़े छैलचिकनियाँ थे। उनका मन घर से अधिक घर के बाहर रमता था। रंडी भडुवों को ले सेठजी

चटाते ही थे, मगर उनका घना लगाव अपने एक निकट सम्बन्धी की पत्नी से था। सम्बन्धी महोदय अपने रोज़ी-रोज़गार से लगे कलकत्ते में रहते थे। उन्हें अपनी पत्नी और सेठ का रिश्ता मालूम था। वे यह भी जानते थे कि ज्येष्ठ पुत्र को छोड़कर वे अपनी पत्नी की किसी भी सन्तान के पिता नहीं, फिर भी उन्हें इसकी परवाह न थी। उन्होने अपनी लोक-लाज की लोई उतारकर फेंक दी थी। अपनी पत्नी के द्वारा हवेली वाले सेठ का बड़ा माल सूँतकर उन्होंने कलकत्ते में धन्धा बढ़ाया था। ख़ैर, सेठजी तो उधर फँसे रहे, इधर उनकी सेठानी पर भी जवानी गदराई हुई थी, नख-शिख सुन्दर और दिल अरमानों भरा था। सेठानी की नजरें अपने बरेली वाले ननदोई से लड़ गईं। वे सेठ से भी बड़े रईस और रसियाबिहारी थे; किसी कारणवश अपनी ससुराल आये होंगे। सलहज-ननदोई का मन मिल गया। इस प्रकार हवेली में भी एक परकीय प्रेमालय स्थापित हो गया। फिर तो बरेली वाले सेठ अक्सर अपनी ससुराल में ही दिखायी पड़ने लगे। सेठानी को अपने प्रेमी से मूल्यवान आभूषण भी उपहार में मिले। बात नौकरों से बाहर भी फैलने लगी। एक मजे की बात यह थी कि दोनों साले-बहनोई रागरंग की प्रवृत्ति को लेकर आपस में गहरे मित्र भी थे। साले साहब अपनी प्रेमका की बातें बतलाते, बहनोई साहब अपनी प्रेमिका का गुणगान करते। साले साहब को तब तक यह नहीं मालूम था कि स्वयं उनकी ही पत्नी बहनोई साहब की प्रेमिका है। सेठानी साहिबा अपने ननदोईजी के पीछे सब सुध-बुध बिसारकर प्रेम-मतवाली हो गईं। यह कहा जाता है कि उनके साथ वे पीना भी सीख गई थीं, प्रेम की तड़प ने उन्हें अपने प्राणवल्लभ को प्रेमपाती लिखना भी सिखा दिया था।

सेठानी की सौत को घर के किसी नौकर-नौकरानी की कृपा से बरेली वाले सेठ का एक प्रेम-पत्र मिल गया, जिसमें सेठानी के विरह-तप्त हृदय को सांत्वना देते हुए उन्होंने अपने आने की सूचना दी थी। सौत ने उस पत्र को सहेजकर अपने पास रख लिया। जब पत्र में अपनी प्रिया को दिए हुए वचनानुसार बरेली वाले पधारे, हवेली में गुप्त प्रेम की दीवाली जगमगाई, तो सौत ने अपने जार को उनकी पत्नी के जार का प्रेम-पत्र सौंप दिया। हवेली वाले सेठ गरमा उठे। उसी दिन या दूसरे दिन रात में नौकरानी के षड्यन्त्र से वे अपनी पत्नी के पलंग के नीचे छिप गये। सन्नाटा होने पर उनकी पत्नी और बहनोई ने कमरे में आकर अपना प्रेम-योग साधा। बतलाया जाता है कि जब सेठानी अपने प्रेमी के लिए प्याला भर रही थीं तभी पतिदेव एकाएक पलंग के नीचे से निकलकर खड़े हो गये। उन्होंने अपनी पत्नी और उसके प्रेमी पर गोलियाँ चलाईं और अन्त में आत्म-हत्या कर ली।

एक दूसरे गीत के बोल हैं :

अब तो जानी ले दो दुपट्टा कालो बेल का।
सोने की थाली में भोजन परोसा।
खाये डाक्टरनी खिलावे बाबू रेल का॥

इस गीत की पूरी कथा मुझे सुनने को नहीं मिली, परन्तु डाक्टरनी (यानी डाक्टर पत्नी) और रेल का बाबू (गार्ड) मिलकर एक प्रेम-कहानी का स्पष्ट संकेत दे देते हैं। एक तीसरा गीत-लेखक एक विधवा और उसके प्रेमी राम-गोपाल को अमर कर गया है :

आ जइयो रामगुपाल नगर में आ जइयो।
जब से गयो तेने पाती न भेजी,
अरे मैं तो रो-रो मरूँ दिन-रात नगर में आ जइयो।
जेठ मेरो सोवै ससुर मेरो सोवै,
अरे मैं तो कैसे आऊँ तेरे पास नगर में आ जइयो॥

इस गीत की नायिका विधवा थी, भरे-पूरे घर में रहती थी। उसके तीन वर्ष की एक लड़की भी थी। कोई रामगोपाल महोदय सगे सम्बन्धी थे; किसी ब्याह-बरात में इसके यहाँ आये थे, आँख लड़ गई। रामगोपाल सम्भवतः कुमार या विधुर थे। उनके चले जाने के बाद उनकी प्रेमिका विरह-व्याकुल रहने लगी और एक रात अपनी पुत्री और घर वालों को सोते छोड़ अपने गहनों की संदूकची लेकर वह अपने मनभावते के साथ भाग गई।

इन गीतों के नायक-नायिकाओं को पहचानने वाले लोग अब प्रायः धरती से उठ गये हैं। हाँ, ये गीत जब कभी किसी के यहाँ शुभ काज के अवसर पर ढोलक ठनकती है, अब भी कभी-कभी सुनायी पड़ जाते हैं।

अनेक वर्ष पहले अखबारों में छपा था कि एक वृद्ध की विवाहिता तरुणी स्त्री का अपने पड़ोसी तरुण से प्रेम हो गया। इतने पास रहते हुए भी उनके मिलनक्षण बड़ी देर से आया करते थे। प्रेमी-प्रेमिका के जी की तड़प ने उन्हें लम्बी सूझ दी; जब घर में सन्नाटा होता तो प्रेमिका अपने घर के निचले भाग की कोठरी से अपने प्रेमी के घर तक सुरंग खोदती। धीरे-धीरे उसने अपने और अपने प्रेमी के घरों के बीच की दीवार के नीचे-नीचे सुरंग खोद डाली। उसका प्रेमी भी अपने घर की कोठरी में जोश के साथ मिलन-मार्ग खोदता था। सुरंग तैयार कर प्रेमी-प्रेमिका को कितना आनन्द हुआ होगा, इसकी कल्पना ही की जा सकती है, परन्तु यह आनन्द क्षण-मात्र का ही रहा। प्रेमिका और प्रेमी जोश और प्रसन्नता के साथ सुरंग में मिलने के लिये आगे बढ़े होंगे तभी सुरंग के ऊपर बनी हुई दो घरों के बीच की दीवार नीचे धरती का आधार न रहने के कारण अपना बोझ लिये-दिये गिर पड़ी और दो प्रेमियों की समाधि वहीं बन गई।

मध्य प्रदेश के एक प्रमुख नगर के दो प्रेमियों की कथा सुनी थी। नायक

पंजाबी और नायिका पारसी थी। दोनों ही सम्भ्रान्त कुल के थे। दोनों का प्रेम ऐसी सीमा पर पहुँच गया था जहाँ से वे जुदा न हो सकते थे। उनके विवाह में माता-पिताओं की ओर से सामाजिक अड़चनें थीं। पता लग जाने पर दोनों के मिलन में भी बाधा पड़ गई। किसी प्रकार चोरी-छिपे पत्र-व्यवहार चलता रहा। अपनी इस विरह-स्थिति से दोनों को अपना जीवन भार लगने लगा। दोनों ने योजना बनायी, रात के सन्नाटे में नगर के बाहर एक झील के किनारे मिले, जीवन में मिलन का अन्तिम सुख भोगा और एक-दूसरे को आलिंगन में कसकर एक रस्सी अपने चारों ओर लपेटकर वे झील में डूब गये। प्रेमियों के शव आलिंगनबद्ध अवस्था में ही पाये गये। उनके शवों को देखकर नगर के पत्थर-से-पत्थर दिल भी पानी हो गये। बड़ा हाहाकार मचा। सामाजिक अड़चनें डालने वाले भी कहने लगे कि हाय, इनका ब्याह हो जाता तो यों न मरते।

इन कहानियों के साथ-ही-साथ यह विचार भी उठता है कि इस सब कथाओं के नायक-नायिकाओं को प्रेमी माना जाय या कामाचारी !

सीता-सावित्री के देश का दूसरा पहलू

कामाचार की उग्र परम्पराएँ हमें अपने देश के पौराणिक इतिहास में खूब मिलती हैं। वैसे तो काम-अपराध की आदत मनुष्य-समाज में आदिकाल से सर्वत्र व्याप्त है, पर अपनी स्थिति को पहचानने के लिये मैं स्वदेश की ही इन विकृत परम्पराओं पर पहले विचार करूंगा। एक तो यह होता है कि स्त्री-पुरुष अपनी प्राकृतिक काम-तृष्णा से पीड़ित होकर नीति-अनीति का विचार किये बिना पारस्परिक इच्छा अथवा बलात्कार से सम्भोग-रत हो जाते हैं। यह तो दुनिया-भर में कहीं भी हो जाता है। देश काल से इसका कोई भी सम्बन्ध नहीं। परन्तु हमारा देश नाना जातियों का सांस्कृतिक संगम-स्थल होने के कारण नाना-जातीय संस्कृतियों की कामाचार सम्बन्धी ढीली नीति के कारण इस सम्बन्ध में मानसिक रूप से एक कुनीति का शिकार हो गया। ऋग्वेद में शैलूषों अर्थात् नटों का वर्णन आता है। अमरकोश में इन शैलूषों को 'जायाजीवी' अर्थात् औरतों की कमाई खाने वाला बतलाया गया है। वात्स्यायन के 'कामसूत्र' के कतिपय जातियों की स्त्रियों को रसिकों की भोग-सामग्री बतलाया गया है। भाटों की स्त्रियाँ पुरुष का मन अवैध रूप से बहलाने के लिये आसानी से हाथ लग जाती थीं। इनके अतिरिक्त मणिकारिका अर्थात् नगीने-साज़ की स्त्री तथा शिल्पकारिका अर्थात् शिल्पी की स्त्री भी इस काम के लिये आसानी से उपलब्ध होती थीं। इसलिये ऐसी स्त्रियाँ, जिन्हें अपने पति अथवा समाज से अन्य पुरुष के भजने के कारण दण्ड नहीं मिलता था, व्यभिचार के लिये बुरा आदर्श बन गईं। इस देश में कहीं-कहीं पर गाँव-समाज में व्याहकर आने वाली किसी भी जाति की वधू के साथ पहली रात बिताने का अधिकार मुखिया, राजा अथवा पुरोहित का होता है। सामन्ती परम्परा के कारण अब तक कुछ हीन मानी जाने वाली जातियों की स्त्रियों का भोग करना ऊँची जाति के पुरुषों के लिये एक प्रकार का नैतिक अधिकार ही माना जाता रहा है। मैं किसी भी छोटी-बड़ी जाति को लांछन लगाने की नीयत से नहीं कहता, फिर भी वस्तु-स्थिति को पहचाने की क्रिया में यह देखा जा सकता है कि इस देश के गाँवों में कुछ जातियों की स्त्रियों पर बलात्कार करना ऊँची जातियों के पुरुषों का धर्म-सा ही हो गया है। मैं अपने अवध प्रदेश की बात जानता हूँ। गाँवों में चमारिनें प्रायः काम-भोग के लिये व्यवहार में लायी जाती हैं। इनके अतिरिक्त गाँव की रखैलों में

बारिन, अहीरिन आदि का नाम भी मैंने अक्सर सुना है। नगरों में कहारिन, मालिन, नाइन, मेहतरानी आदि स्त्रियों के साथ भद्रजनों का काम-व्यवहार चलता रहा है। मैं पहले ही कह चुका कि किसी भी जाति को यहाँ कलंकित करने की मेरी नीयत नहीं, केवल वस्तु-स्थिति की दृष्टि से कतिपय जातियों के नाम लिये गये हैं। शहरों में अनेक भद्र घरों की काम-अतृप्त स्त्रियाँ ऐसी जातियों के सेवक पुरुष से अपना नाता जोड़ती हैं। प्रत्येक क्षेत्र में कुछ जातियों की स्त्रियाँ सामन्ती दुराचार का आम शिकार बनीं और अब बीती अनेक सदियों में जैसे उनकी परम्परा ही स्थापित हो गई है। पितृसत्तावादी, आर्य सामन्त पराजित जातियों की स्त्रियों का बलात् भोग करते हुए क्रमशः स्त्री-जाति का आदर करना भूल गये। 'कामसूत्र' एक ऐसी कुंजी है, जिसके द्वारा हम अपने सामन्ती दुराचार के तिलस्म का उद्‌घाटन कर सकते हैं। विलासी पुरुषों की सहायतार्थ 'कामसूत्र' ग्रन्थ सलाह देता है कि जो स्त्री अपनी सौतों के कारण पति की अधिक प्यारी नहीं होती उसका पातिव्रत आसानी से भंग किया जा सकता है; जिनके पति परदेश गये हों उन पत्नियों को अपने मतलब के लिये विलासी जन आसानी से ललचा सकते हैं; रोगी और कुरूपवान पुरुष की सुन्दर पत्नियाँ भी आसानी से विलासियों के हत्थे चढ़ जाती हैं। उजड्ड गँवार पति की सुघड़, सलोनी पत्नी का पातिव्रत स्वयं अपने ही मन से कच्चा होता है; बड़े शक्की और ईर्ष्यालु पति की पत्नी भी अपने मानसिक विद्रोह के कारण कच्ची पतिव्रता होती है। इसलिये उनको भी रसस्वार्थी आसानी से फँसा सकते हैं।

तीज-त्यौहार के दिन राजमहलों में नगर-भर की स्त्रियाँ आती थीं और प्रायः दिन-भर वहाँ रहा करती थीं। 'काम-सूत्र' में लिखा है कि राजा इन औरतों को ताकता था, जिस पर मन आ जाता उसके पास कुशल दूती भेजता था। स्त्री अगर रसिया हुई तो कलात्मक बातों की लपेट में स्वयं ही खिंची चली आती थी और यदि बुद्धू अथवा धर्मभीरु हुई तो मीठी-मीठी बातों से बहलाकर महल, उद्यान अथवा पालतू जानवरों के खेल दिखलाने के बहाने दूती उसे नियत स्थान पर ले जाती थी। वहाँ उसे बतला दिया जाता था कि राजा उसका भोग करना चाहता है। उसे अपने सौभाग्य पर गुप्त गौरव-बोध करने की प्रेरणा दी जाती थी, तरह-तरह से ललचाया जाता था। यदि राजी हो गई तो ठीक, वरना राजा वहाँ स्वयं उपस्थित होकर उसका बलात् भोग कर लेता था। जब स्वयं राजा ही ऐसा गन्दा काम करेगा तब उसके मन्त्री, आमात्य और छोटे कर्मचारी भला क्यों चूकेंगे? राजा की गोशाला का अधीक्षक अपने मातहत रहने वाली गोपस्त्रियों का नैतिक आचरण बिगाड़ने का अधिकारी भी होता था। राज्य की ओर से नियुक्त कपड़ा बुनने वालियाँ, चरखा कातने वालियाँ

अपने विभाग के अधीक्षक की भोग-सामग्री हुआ करती थीं। इस प्रकार अफ़सरी-मातहती में औरतों का सामाजिक आचरण बिगड़ता ही रहता था।

एक ओर समाज में पातिव्रत की महिमा कठोर विधानों द्वारा समर्थित होकर बढ़ती थी और दूसरी ओर सामन्ती जोम उस महिमा का अपने रस-स्वार्थ के लिए रोज मखौल उड़ाता था। मजे की बात यह थी कि दूसरों की लड़कियों-बहुओं को अपने मजे के लिए उड़ाने वाला सामन्त स्वयं अपनी लड़कियों-पत्नियों को दूसरों के चंगुल में फँसे देखकर आदर्शोन्मत्त हो कठोर वैधानिक और क्रूर पति बन जाता था। सामन्ती सदाचार और दुराचार का यह दोहरा न्याय मानव-सभ्यता को खा गया।

इन सामन्तों के कामाचार को उनके दरबारी कवियों ने प्रेम की संज्ञा दे दी। 'कथा-सरित्सागर' में पाण्डव-वंशी महाराज उदयन और उनके पुत्र महाराज नरवाहनदत्त के अति कामाचार को प्रेमाचार मानकर उनकी प्रेम-कहानियाँ लिखी गई हैं। सामन्ती की बहु-विवाह प्रथा ने यहाँ के लोगों को स्त्री का आदर-मण्डित निरादर करना सिखला दिया।

अब बहाने-सिर कन-कन करते मन जुड़ गया है; अनुभव, अध्ययन, देशाटन से अपने समाज के ऐतिहासिक सामाजिक सांस्कृतिक विकास का एक मानस-चित्र बन गया है। पुरुष अपनी मानसिक और बौद्धिक अ-गति को दूर करने की जिस प्रकार भीतरी झुँझलाहट से उद्दाम काममार्गी होता है उसी प्रकार स्त्री के भी अपने कारण होते हैं। ऐतिहासिक कारणों से हमारे देश में स्त्रियों की सामाजिक स्थिति पुरुषों से भिन्न रही है। अब आजादी के बाद यद्यपि वैधानिक रूप से हमारा भारतीय समाज भी अर्द्धनारीश्वर के समादर्श पर स्थापित हो चुका है, पर अवैधानिक रूप से भी वह कहीं पुराने स्तरों पर ही स्त्री-पुरुष के सम्बन्ध को अधिकांश में निभाये जा रहा है।

अपने स्मृतिकारों और पौराणिक के विचारों का विरोधाभास देखकर एकाएक यह समझ में नहीं आता कि हम अपने समाज में नारी की किस स्थिति को सही मानें। नारी की पूजा से लेकर नारी की ताड़ना तक का विधान एक साथ मिलता है। मनुस्मृति में ही एक ओर तो स्त्री और पुरुष एक ईश्वर के अंग होकर अभिन्न और समस्थिति पर हैं तथा दूसरी ओर उसमें पत्नियों के लिए कठोर दण्ड-विधान हैं जबकि उन्हीं परिस्थितियों में पुरुषों के साथ सहानुभूतिपूर्वक दण्ड-विधान रचा गया है। राजसिंहासन पर स्त्री-पुरुष दोनों ही एक साथ प्रतिष्ठित करने की प्रथा थी, पर जो स्त्री पट्टमहिषी बनकर अपने समाज की नारियों का प्रतिनिधित्व करती, स्वयं उसे ही अपने पुरुष से अक्सर अच्छा व्यवहार नहीं मिलता था। राम-माता देवी कौशल्या को ही देखिए। उनका सुहाग अन्य दो स्त्रियों के साथ बँटा था। बड़ी थीं, सिंहासन पर पति के साथ

बैठती थीं, पर रुआब कैकेयी देवी का ही था। सैंयाजी को प्यारी वही सुहागन ! कैकेयी मँझली होते हुए भी पट्टमहादेवी को नाकों चने चबवा सकती थी, अपनी-सी पर आकर बड़ी रानी के बेटे का अधिकार भी छीनकर अपने बेटे को दिलवा सकती थी। इसी प्रकार स्त्री की स्थिति सदा डावाँडोल रहती थी। भगवान् राम यदि किसी त्रिया-राज्य में क़ैद रहकर लौटते तो उनके ब्रह्मचर्य की अग्नि-परीक्षा न होती, परन्तु भगवती सीता के लिए रावण के यहाँ से मुक्त होने के उपरान्त अग्नि-परीक्षा देना अनिवार्य था। इतने पर भी किसी उद्धत प्रजाजन के सन्देह प्रकट कर देने पर वे निकाली गईं। राम अपने मन से सीता देवी के प्रति आश्वस्त थे, पर उन्हें भी समाज का भय था।

इससे पहले और इस समय भारत देश में ऐसी अनेक जातियाँ भी रहती थीं, जिनमें सांस्कृतिक एवं वैधानिक रूप से एक-पातिव्रत का नियम न था। यहाँ मातृ-सत्तात्मक काल की, उसके तथा पितृसत्तात्मक काल के मध्यम युग की बहुजातीय नाना संस्कृतियों का जाल फैला था।

उत्तर-प्रदेश के कुमाऊँ-गढ़वाल क्षेत्र में नायक जाति के लोग अपनी लड़कियों से पेशा कराते थे; छिपे-ढके शायद अब भी कराते हैं। नायक लोग खस-राजपूतों की लड़कियाँ खरीदकर उनसे विवाह करते हैं, अपनी बहुओं को परदे में रखते हैं, किन्तु उनसे उत्पन्न लड़कियों को कमाई का साधन बनाते हैं। सन् १८५७ से लेकर सन् १९२९ तक नायक कन्याओं की बिक्री को रोकने के लिए सरकार ने कड़े कानून बनाए। उस क्षेत्र के पढ़े-लिखे लोगों ने भी नायकों में नई चेतना और सुधार लाने के लिए अनेक संस्थाएँ स्थापित कीं, आर्य-समाजी सुधारकों ने भी अच्छी सेवा की परन्तु सदियों के संस्कार आसानी से नहीं मिटते। नायक लोग अक्सर मौका पाते ही अपनी लड़कियों को लेकर बाहर निकल जाते हैं और उन्हें बेच आते हैं।

हिमालय की कतिपय जातियों में पतिगण अपनी पत्नियों को खरीदते-बेचते हैं। साल-छः महीने एक पत्नी को रखा, जब जी भर गया तो उसे बेचकर नई मोल ले ली। इस प्रकार एक स्त्री अनेक पतियों के हाथों बिकते-बिकते प्रायः वेश्या ही हो जाती है। मेरे लिपिक चि० लवकुश दीक्षित ने इस सम्बन्ध में अपना एक अनुभव बतलाया। उसे लगभग नौ-दस महीने तराई के इलाके में जीविका-वश सन् १९५३ में रहने का अवसर मिला था। जिस स्थान पर वह था वह नेपाल के चितौन क्षेत्र में हिथौड़ा से पश्चिम, नारायण नदी के किनारे बसा था। उस गाँव का नाम शिलिंगी है। वहाँ एक फ़ारेस्ट रेंजर साहब रहते थे। वे पहाड़ी थे। उनके ग्यारह पत्नियाँ थीं। लवकुश के निवास-काल में ही रेंजर साहब की दो पुरानी पत्नियाँ मेलों में बेची गईं तथा दो ही नई खरीदकर लायी गईं। रेंजर साहब की जो दो पत्नियाँ बिकीं उनमें एक जरा बड़ी उमर की थी

और दूसरी बिलकुल कमसिन ही थी, परन्तु उनकी सब पत्नियों में अपेक्षाकृत कुरूप थी। सब-की-सब स्त्रियाँ बहुत ही भली और सीधी थीं। रेंजर साहब अपनी पत्नियों को जेट्ठी, सायली, मायली, लावरी अर्थात् बड़ी-सँझली-मँझली-छोटी आदि कहकर पुकारते थे! रेंजर साहब की आयु पैंतीस-चालीस की थी। उनकी जेठी लगभग तीस वर्ष की थी, सँझली पद में बड़ी होते हुए भी मँझली से उम्र में छोटी थी। इसका अर्थ यह हुआ कि पुरानी सँझली निकालकर उसकी जगह नई को भरती किया। पुरानी मँझली अपनी जगह पर ही कायम रही, उसकी पद-वृद्धि न की गई। लावरी पत्नी सबसे छोटी लगभग चौदह-पन्द्रह वर्ष की थी। जो नई खरीद कर आई वे सोलह-सत्रह के लगभग रही होंगी। जेट्ठी के हाथ में गृहस्थी की बागडोर थी। ग्यारहों पत्नियाँ एक कमरे में रहती थीं। रेंजर साहब की दो माताएँ अलग कमरे में रहती थीं। पत्नियों को बार-बार बेचे जाने का भय रहता था, इसलिए हिल-मिलकर रहती थीं। इतनी पत्नियाँ होते हुए भी संतानें केवल दो ही थीं; एक तीसरी से और एक शायद छठी या सातवीं से थी। लवकुश को एक जमींदार के यहाँ भी कुछ समय के लिए रहने का अवसर मिला, उसकी भी तीनों पत्नियाँ एक ही कमरे में रहती थीं। वह एक निर्धन व्यक्ति 'ऐतू' को भी जानता था। उसके पास ही लकड़ी का बड़ा-सा कमरा था जिसमें वह, उसका विवाहित पुत्र और विवाहिता पुत्री तथा उनके कच्चे-बच्चे, सब एक साथ रहत थे।

उसने वहाँ का एक मेला भी देखा था जो नारायणी नदी के किनारे ही कपिलास डाँड़ा नामक एक पहाड़ी पर लगता है। यहाँ कगार में ही लगे पत्थर को काटकर शिवजी की एक मूर्ति प्राचीन काल से स्थापित है। इस मेले में कौड़ी, मूँगे, चाँदी की भारतीय चवन्नियों के कण्ठे, बटन आदि के अलावा हाथ की बनी 'रक्सी' अर्थात् जौ की शराब बिकती है। लड़कियाँ यहाँ के बाजार में छिपे तौर पर बिकती हैं तथा दूसरे बाजारों में वेची जाने के लिए यहाँ से उड़ायी भी जाती हैं। ये लड़कियाँ थारू एवं अन्य गरीब जातियों की होती हैं। थारू जाति के दलाल लड़कियाँ बेचने और खरीदने वालों से सम्पर्क स्थापित करते हैं। सौदा पट जाने पर उन्हें दोनों ओर से दलाली मिलती है। यहाँ की ज़मीन पर केवल ज़मींदार का ही अधिकार होता है। थारू आदि गरीब जातियों के लोग उनके नौकर मात्र होते हैं; उन्हें ज़मींदार की ओर से भोजन मिलता है। कपड़ा वे स्वयं बुन लेते हैं। पहनावा एक धोती का ही होता है। शराब स्वयं बनाते हैं और रात में छुट्टी के समय खूब पीकर और अलाव जलाकर स्त्री-पुरुष उसके चारों ओर नाचते हैं। नाच में स्त्री-पुरुष अपनी पराई का भान नहीं रखते। खूब मस्त होकर नाचते गाते हैं, किन्तु अनाचार की सीमा पर कभी नहीं पहुँचते। इन गरीबों में किसी की भी एक से अधिक पत्नी नहीं होती। कोई-

कोई अभागा तो एक भी नहीं खरीद पाता। जमींदार अपनी ही प्रजा की सुन्दर कन्याओं का अपहरण करवाते हैं, परन्तु उन्हें अपने यहाँ नहीं रखते, वे दलालों के द्वारा उन्हें दूर के बाजारों में बिकवाते हैं और मुनाफा कमाते हैं।

मलबार के नायरों की कन्याएँ वहाँ के नम्बूद्री ब्राह्मणों की भोग सम्पत्ति होती हैं। प्रथम बार राजस्वला होने पर इनकी कन्याएँ धूम-धाम से पवित्र तीर्थकुण्डों में स्नान करने के लिए भेजी जाती हैं। इसी से नम्बूद्रियों को पता लग जाता है। नम्बूद्री ब्राह्मणों में केवल ज्येष्ठ पुत्र का ही विवाह होता है, अन्य पुत्रों का नहीं। अन्य पुत्र किसी नायर कन्या के साथ रात बिताते हैं जिस नायर के यहाँ नम्बूद्री ब्राह्मण रात में जाता है वह उसका श्रद्धा भक्ति से स्वागत करता है। एक मज़े की बात यह है कि नम्बूद्री न तो अपनी प्रेयसी नायर कन्याओं से विवाह करते हैं और न उनसे उत्पन्न अपनी संतानों को ही छूते हैं।

सन् '५२ में दक्षिण भारत की यात्रा करते हुए मैं, डॉक्टर रामविलास शर्मा और प्रिय राजेन्द्र यादव तिरुवेन्द्रम में एक ऐसे ही मलयालम भाषा के लेखक और पत्रकार बन्धु के अतिथि हुए थे जिनकी माता नायर और पिता नम्बूद्री ब्राह्मण थे। माता और पुत्र सदा दरिद्रता से लड़ते ही रहे जब कि नम्बूद्री पिता के घर दूधों कुल्ले किये जाते थे। उक्त लेखक-बंधु में अपनी माता के लिए अनन्त श्रद्धा और पिता के लिए तीव्र घृणा थी। उन्हीं से मालूम हुआ की शिक्षा-प्रसार होने के साथ-साथ नायरों ने अपनी कन्याओं को परम्परा की दासता से मुक्त कर दिया है।

दक्षिण की अनेक जातियों में अपनी कन्याओं को देवदासी बनाने का नियम भी अब से कुछ वर्षों पहले तक सरकारी कानून होने के बावजूद चोरी-छिपे प्रचलित था; इक्का-दुक्का केस तो शायद अब भी होते ही रहते हैं। इन विभिन्न सांस्कृतिक परम्पराओं के कारण इस देश के काम-जीवन में उच्छृङ्खलता अनिवार्य रूप से आ गई। गणिका अथवा वेश्या इन्हीं काम-परिस्थितियों की कलात्मक सृष्टि हैं।

सुआ पढ़ावत
गणिका तरि गई

वेश्या या गणिका का अर्थ स्पष्ट है। जन और गण की पत्नी केवल इस देश के प्राचीन इतिहास से ही नहीं वरन् सारी दुनिया में मानव-सभ्यता के पितृसत्तात्मक युग में एक आवश्यक और महत्वपूर्ण संस्था बन गई। बाइबिल में केडेशोथ (Kede shoth) वेश्याओं का वर्णन आता है। ये लोग (Canaanite) मन्दिरों से सम्बद्ध थीं; मोआबाइट और असीरियन मन्दिरों में भी इनका बड़ा आदर होता था। अर्मीनिया देश में पुराने समय में यह आम प्रथा थी कि लोग अपनी बेटियों को देवदासी बना देते थे। प्राचीन बेबिलोनिया में इन देवदासियों का बड़ा रुतबा था। प्राचीन एथेंस और रोम में भी वेश्याओं को सम्मान की दृष्टि से देखा जाता था। ये सूचनाएँ जॉर्ज रैले स्कॉट की प्रसिद्ध पुस्तक 'वेश्या जीवन का इतिहास' से प्राप्त हैं।

हमारे देश में सालवती, मथुरा की वसंत-सेना तथा वैशाली की नगरवधू अम्बपाली के वृत्तान्त अब तक भारतीय साहित्य में अनेक काव्य, नाटक और कहानी-उपन्यासों की विषय-वस्तु बनकर लोक प्रसिद्धि प्राप्त कर चुके हैं।

पितृसत्तात्मक सभ्यता के विकास के साथ-साथ पुरुष समाज ने स्त्री-समाज को खाने और दिखाने के दाँतों की तरह दो वर्गों में बाँट लिया था। पितृ-सत्तात्मक सभ्यता के विकास में पुरुष के उत्तराधिकार की समस्या ही प्रमुखतम थी। अपने उत्तराधिकारी को पाने के लिए वह अपने अधीन स्त्रियों को अन्य पुरुषों का संग करने से रोकने लगा। पतिव्रत धर्म की महिमा हुई। इससे एक नई समस्या सामने आई, क्योंकि तब तक स्त्रियों और पुरुषों को परस्पर इच्छामत मिलने में किसी प्रकार की सामाजिक बाधा नहीं थी। स्त्रियों पर व्यक्ति का पूरा अधिकार हो जाने से व्यक्ति-व्यक्ति में फूट पड़ जाना स्वाभाविक ही था। मान लीजिये एक बड़ी सुन्दर स्त्री है, उसे सब चाहते हैं, परन्तु उस पर अधिकार केवल एक ही व्यक्ति का है, तो स्वाभाविक रूप से सिर-फ़ुटव्वल हो जायेगी। इस तरह जातीय संगठनों के बंधन शिथिल पड़ जाने की संभावना होती थी। आत्म-रक्षा के लिए कोई भी जाति अपने हेतु यह स्थिति पसन्द नहीं कर सकती थी। समझौते के लिये एक ही मार्ग था। जाति की सर्वश्रेष्ठ सुन्दरियाँ जाति के सभी पुरुषों की वधुएँ मान ली गईं।

'सालवती' प्रसंग पर प्रसादजी एक बड़ी अनूठी कहानी हमें दे गए हैं!

एक राष्ट्रीयता के नागरिक दूसरी राष्ट्रीयता के एक बड़े नगर में जाते हैं। वहाँ उन्हें कला-निपुण, सुन्दर, वाक्‌चतुर नगर-वधुओं के दर्शन होते हैं। उन्होंने वहाँ यह भी देखा कि नगर-वधुएँ बनाने के लिए वहाँ सौन्दर्य-प्रतियोगिता भी होती है। उन नागरिकों ने अपने यहाँ आकर उसी प्रकार का सामाजिक नियम बनाने और सौन्दर्य-प्रतियोगिता आरम्भ करने की माँग अपनी राष्ट्रीय संसद से की। नगर-वधुओं की निर्धारित फ़ीस देकर कोई भी उन्हें पा सके अर्थात् वे पण्यविलासिनी, पण्य-वधू, पण्यांगना हों। अनेक असफल और ईर्ष्यालु प्रेमियों की लारें चू पड़ीं। इस प्रस्ताव का जवानों में इतना समर्थन हुआ कि पुरानों को अपनी-अपनी पगड़ियों की लाज सम्हालते ही बनी। राष्ट्र में फूट पड़ने के भय से उस राष्ट्र की देखा-देखी इस राष्ट्र में भी सौन्दर्य प्रतियोगिता हुई। व्यक्ति की प्रेमिका जीती और बरबर सार्वजनिक पण्य-प्रेमिका बना दी गई। यों समाज में वेश्या का उदय हुआ।

मोहनजोदड़ो से एक नर्तकी की नग्न मूर्ति भी प्राप्त हुई है। रामायण-महाभारत के युग में भी नाचने गाने वालियों के प्रमाण मिलते हैं। कौटिल्य के अर्थशास्त्र द्वारा मौर्यकाल और उसके आस-पास युग में राजदरबार एवं सम्पन्न प्रजाजनों के लिये गणिका की अनिवार्यता का पता भी चल जाता है। आज से लगभग दो हजार दो सौ बयासी वर्ष पहले का वह ज़माना और था। जहाँ तक मानव की वेश्या सम्बन्धी मान्यताओं की बात है, आज की दृष्टि से ठीक उलटी राह पर चल रहा था। आज वेश्या संस्था को समाप्त किया जा रहा है और उस काल में सरकार द्वारा ही वेश्याओं की प्रतिष्ठापना होती थी; उनके लिये एक अलग सरकारी विभाग खुला था। कौटिल्य के अर्थशास्त्र में सरकारी गणिकाध्यक्ष के लिये यह आदेश है कि वह सुन्दर, जवान और कला-निपुण युवतियों को एक हज़ार 'पणम' (तत्कालीन सिक्कों) के वार्षिक वेतन पर गणिका की हैसियत से नियुक्त करे। यही नहीं, बल्कि गणिकाओं में प्रतिस्पर्धा जगाने के लिये कौटिल्य महाराज यह आदेश भी देते हैं कि रूप गुण-कला में उसकी प्रतिद्वन्द्विनी गणिका को उससे आधे वेतन अर्थात् पाँच सौ पणम वार्षिक आय पर नियुक्त किया जाय। वेश्या यदि कभी बीमार पड़े, विदेश में हो अथवा मर जाये तो उसकी बहन या पुत्री को उसका वेतन और जायदाद मिले। सुन्दर नर्तकियों की भरती भी की जाती थी राज्य-चिह्न, चँवर, छत्र आदि की सेवा का उत्तरदायित्व नर्तकियों को ही दिया जाता था। गणिका मंगलामुखी थी। प्रातःकाल उसका मुख देखना शुभ शकुन माना जाता था।

जब एक माल की इतनी आवश्यकता हो तो उसके सौदागर भी बाज़ार में अपने-आप ही आ जाते हैं। आज जो बुर्दाफ़रोश और उनके गुण्डों, कुटनियों तथा दलालों को अपना काम करते हुए पग-पग पर कानून का भय और बाधा सताती

है वह उस काल में कदापि नहीं थी। ऐसे पेशेवर 'स्त्री-व्यवहारिण्यः' कहलाते थे।

कौटिल्य के अर्थशास्त्र में देवदासियों का जिक्र तो अवश्य आता है, परन्तु नर्तकियों, गणिकाओं के रूप में नहीं, इसलिए यह अनुमान होता है कि तब तक देवदासियों की मर्यादा इस हद तक नीचे नहीं उतरी थी। मेरा अनुमान है कि मन्दिरों में मूर्तियों के रूप में प्रतिष्ठित भगवान् को जब से राजसी ठाट-बाट दिया जाने लगा तब से ही देवदासियों में गणिकाओं, नर्तकियों की भरती भी की जाने लगी। पद्मपुराण एवं भविष्यपुराण में मन्दिरों में पुण्यार्थ समर्पित करने के लिये देवदासियाँ खरीदने की बात के प्रमाण मिलते भी हैं।

ई० थर्स्टर्न-लिखित 'कास्ट्स एण्ड ट्राइब्ज़ ऑफ़ सदर्न इण्डिया' पुस्तक के दूसरे भाग में देवदासियों का विशद वर्णन है। उक्त पुस्तक के अनुसार दक्षिण के प्राचीन ग्रन्थों में सात प्रकार की देवदासियों का उल्लेख मिलता है—(१) दत्ता वह स्त्री कहलाती जो अपने-आपको मन्दिर की सेवा के लिये किसी प्रकार के मूल्य की चाहना के बिना अर्पित करती थी; (२) विक्रीता अपने-आपको इसी काम के लिये बेचती; (३) भृत्या, वह स्त्री कहलाती जो अपने पारिवारिक मंगल हेतु मन्दिर की सेविका बनती; (४) भक्त देवदासी अपनी भक्ति-भावना के कारण मन्दिरों में भरती होती थी; (५) हृता उन देवदासियों को कहते थे जिन्हें कहीं से भगा लाकर मन्दिरों में अर्पित किया जाता था; (६) अलंकार वर्ग की देवदासियाँ वे कहलाती थीं जो नृत्य-संगीत आदि ललित-कलाओं में दक्ष होकर किसी राजा या रईस द्वारा मन्दिरों की भेंट चढ़ायी जाती थीं; और (७) रुद्र गणिका या गोपिका वर्ग की देवदासियों को अपने नृत्य-संगीत की सेवा के लिए मन्दिरों से वेतन दिया जाता था।

सन् १९०१ ई० की मद्रास सेन्सस रिपोर्ट में देवदासियों के सम्बन्ध में यथेष्ट सूचनाएँ दी गई हैं। उक्त रिपोर्ट के लेखक ने इस पेशे का भविष्य दो जातियों के अवैध नाते से माना है। ऐसे नातों की अवैध सन्तानें सभ्यता के आदिम विकास में ललित-कलाओं से सम्बद्ध होकर इस पेशे में आईं! उक्त सेन्सस रिपोर्ट में लिखा है, "हिन्दू धर्म की अनेक असंगत बातों में एक यह भी है कि यद्यपि इनका (देवदासियों का) पेशा उनके शास्त्रों द्वारा बार-बार हीन दृष्टि से देखा और धिक्कारा जाता रहा है, तथापि दूसरी ओर उनके देव-मन्दिरों ने सदा इसे प्रोत्साहन दिया है।" इस जाति का संगठन उक्त लेखक के अनुसार ईसा की नवीं-दसवीं शताब्दियों में हुआ था। वेश्याओं को मंगल-भाषी नाम 'देवदासी' भी सम्भवतः इसी काल में दिया गया। उन दिनों दक्षिण भारत में अनेक भव्य मन्दिरों का निर्माण हुआ था।

उक्त लेखक की बात में कुछ भ्रम अवश्य दिखलायी देता है, क्योंकि तंजावूर

के वृहदीश्वर मन्दिर के एक शिलालेखानुसार सन् १००४ ई० में चोल महाराज राजराज द्वारा उक्त मन्दिर की सेवा के लिए चार सौ देवदासियाँ अर्पित की गई थीं। उन्हें मन्दिर की चारदीवारी के अन्दर ही रहने को स्थान भी दिया गया था। इससे अनुमान होता है कि देवदासियों का संगठन ईसवी शताब्दियों के पूर्व ही हो चुका था। ईसा की तीसरी शताब्दी में उज्जयिनी के महाकालेश्वर के मन्दिर में देवदासियाँ प्रतिष्ठित थीं। सत्रहवीं-अठारहवीं शताब्दी तक दक्षिण भारत में हिन्दू राजाओं, सामन्तों और धनिकों की कृपा से यह संगठन अधिकाधिक फलता-फूलता रहा। पन्द्रहवीं शताब्दी में दक्षिण के विजयनगर दरबार में तुर्किस्तान का अब्दुर्रज्जाक नामक राजदूत आया था। उसके अनुसार वेश्यावृत्ति राजकीय नियंत्रण में होती थी तथा उसकी आय से पुलिस को वेतन मिलता था। इस प्रकार अपने सदियों के अस्तित्व को लेकर देवदासियों की एक जाति ही अलग बन गई। जाति के चौधरी-चौधराइन नियुक्त हुए, लड़के-लड़कियां द्वारा उत्तराधिकार प्राप्त करने के लिए सामाजिक नियम भी बने। वेश्याओं की यह पंचायत व्यवस्था विश्व में अपने ढंग की एक ही है। देवदासियों की लड़कियाँ पेशा करती थीं और उनके लड़कों की पत्नियाँ कुलवधुओं के समान ही गृहस्थी की मर्यादा में रहती थीं। जो लड़कियाँ सुन्दर और गुणवती होती थीं उन्हें देवदासी बनने की शिक्षा दी जाती थी और जो कुरूप या वृद्ध होती थीं उन्हें अपनी ही बिरादरी के युवकों से ब्याह दिया जाता था। इनके लड़कों में से कुछ तो इनके साज़िन्दे बन जाते थे और कुछ संगीत-नृत्य के शिक्षक हो जाते थे। इन्हें नट्टुवन कहा जाता था। देवदासियों के कुछ लड़के अपना विवाह कर दूसरे रोज़गार-धन्धों में भी निकल जाते थे। वे अपने को 'पिल्ले' अथवा 'मुदलि' कहकर प्रतिष्ठित करते थे। ये पर्दावियाँ वेल्लाल और कैकोल जातियों की होती थीं और आम तौर पर इन्हीं दो जातियों से देवदासियों की भरती भी होती थीं।

देवदासी बनाने के लिए लड़की को धूमधाम से मंदिर में ले जाया जाता था, तलवार अथवा देवमूर्ति के साथ उसका विवाह सम्पन्न होता था और इस विवाह के प्रमाणस्वरूप देवदासी की स्वजाति का कोई पुरुष देवपति की ओर से उसके गले में 'ताली' बाँधता था। इनकी जो लड़कियाँ देव-मंदिरों में भरती नहीं होतीं थीं वे इस धन्धे के सब गुण सीखकर साधारण गणिका अथवा तमिल भाषानुसार 'मेलक्कारन' बन जाती थीं। इन स्त्रियों को साहित्य, संगीत, नृत्य-कला, व्यवहार-वाक्चातुरी, पाँसे आदि के खेल और काम-कला की उत्तम शिक्षा दी जाती थी। भारतीय गृहिणियों के तीरथ-बरत, नोन-तेल, लकड़ी और नाते-गोते की चर्चाभरे व्यवहार के विपरीत वह अलबेली गणिका पुरुषों पर जादू-बान चलाकर, उसके दिन-भर के काम-काज, गृह-काज अर्थात् जीवन के गम्भीर पक्ष की थकन से उबारकर एक ललित लोक में ले जाती थी। यही वेश्या का महत्त्व

था और किसी हद तक अब भी है। हमारे पुरखे बड़े नम्बरी रसिया थे, पहाड़ों तक को रूहे-आफ्ज़ा शरबत बनाकर खुद भी पी गए और आने वाली सदियों को भी पिला गए। साहित्य, संगीत, नृत्य, सभी दिशाओं में उन्होंने अभूतपूर्व मार्मिक गति पायी थी, फिर काम-कला को ही क्यों न ब्रह्मानन्द सहोदर बना जाते ! मानव-सभ्यता के इतिहास में वात्स्यायन का 'कामसूत्र' अपने रचे जाने के बाद सदियों तक इस विषय का विश्व-साहित्य में एकमात्र शास्त्र-ग्रन्थ रहा है; आज तो सारा विश्व उस ग्रंथ की प्रामाणिकता का आदर करता है।

एक बात कई बरस से मेरे मन में अटकती है, आज प्रसंगवश उसे कह ही डालूँ। भारतीय शिल्प में खजुराहो, जगन्नाथ आदि कौलतन्त्रमार्गी मन्दिरों के चौरासी काम-आसनों वाली मूर्तियों की बात तनिक देर को भूल भी जाइए तो भी यह ध्यान में अटकता है कि भारतीय शिल्पकारों ने, या उन्हें प्रेरणा और पैसा देने वालों ने कुछ पूजनीय पात्रों को छोड़कर नारी-मूर्तियाँ प्रायः सर्वांग नग्न ही बनायीं। मोहनजोदड़ो की नग्न नर्तकी मूर्ति से लेकर मौर्य गुप्तकाल के वैभव तक यह परम्परा बड़े ठाठ से चलती चली आई है। अगर आज के मानस में रहूँ तो समझ में नहीं आता कि किस प्रकार माता-पिता बेटी-बेटे, नाती-पोते, सब मिलकर उन मन्दिरों में जाते होंगे या उन महल-हवेलियों में रहते होंगे, जिनकी चारदीवारियों में तथा जगह-जगह सजावट में औरतों की नंगी और मादक आकृतियाँ अंकित होती थीं। शायद उस समय सेक्स के मामले में हमारी दृष्टि यह न रही हो। वाल्मीकि जिस ठाठ से भगवती सीता का शारीरिक सौंदर्य बखान गए वह तुलसीदास की सांस्कृतिक चेतना के लिए घृणापूर्ण अकल्पनीय था। जिन खुले शब्दों में वाल्मीकि के राम अपने छोटे भाई लक्ष्मण के सामने सीता के विरह में विलाप कर सकते थे वे तुलसी के राम की मर्यादा से बाहर के हैं।

खैर यह तो चलते की बात हो गई, मगर भारतीय गणिकाओं की अन्य कलाओं के अतिरिक्त काम-कला-प्रवीणता पर एक सर्टीफिकेट चौदहवीं शताब्दी में यहाँ आने वाला अरब यात्री इब्नेबत्तूता भी दे गया है। डॉक्टर अतहर अब्बास रिजवी द्वारा अनुवादित 'तुग़लक़कालीन भारत' में इब्नेबत्तूता का कलाम है, 'दौलताबाद के निवासी मरहठे हैं। ईश्वर ने उनकी स्त्रियों को विशेष रूप से सुन्दरता प्रदान की है। उनकी नाकें तथा भृकुटियाँ बड़ी ही सुन्दर होती हैं। उनसे संभोग में विशेष आनन्द प्राप्त होता है। उन्हें अन्य स्त्रियों की अपेक्षा प्रेम सम्बन्धी बातों का अधिक ज्ञान होता है।....दौलताबाद में गायकों तथा गायिकाओं का अत्यन्त सुन्दर तथा बड़ा बाज़ार है जो तरबाबाद कहलाता है। इसमें बहुत सी दूकानें हैं। प्रत्येक का एक द्वार दूकान के स्वामी के घर में खुलता है। प्रत्येक घर में एक अन्य द्वार भी होता है। दूकानें कालीनों से सजी रहती हैं।

इसके मध्य में एक बड़ा-सा झूला होता है जिसमें कोई गायिका बैठी अथवा लेटी रहती है। वह नाना प्रकार के आभूषणों से शृंगार किए रहती है। उसकी दासियाँ झूला झुलाया करती हैं। बाज़ार के मध्य में कालीनों तथा फर्शों से सुसज्जित एक बहुत बड़ा गुम्बद है। इसमें वृहस्पतिवार को (अमीरुल मुतरिबीन) गायकों का सरदार अस्र की नमाज के पश्चात् बैठता है। उसके सेवक तथा दास भी उसके साथ रहते हैं। गायिकाएँ बारी-बारी से आकर उसके समक्ष सायंकाल की नमाज के समय तक गायन तथा नृत्य करती हैं। तत्पश्चात् वे चली जाती हैं। उसी बाज़ार में नमाज के लिए मस्जिदें हैं। उनमें रमज़ान के महीनों में इमाम 'तरावीह' पढ़ाता है। हिन्दुस्तान के कुछ हिन्दू राजा जब इस बाज़ार में से गुज़रते तो वह गुम्बद में रुककर गायिकाओं का गायन सुना करते थे। कुछ मुसलमान बादशाह भी ऐसा ही करते हैं।"

हुमायूँ बादशाह के साथी बैरमखाँ फरमाया करते थे कि अमीर के लिए चार बीबियाँ चाहिएँ, मुसीबत और बातचीत के लिए ईरानी, खाना पकाने के लिए खुरासानी; सेज के लिए हिन्दुस्तानी और चौथी तुरकानी हो जिसे हर वक्त मारते-डाँटते रहें कि और बीबियाँ डरती रहें।

ये सर्वकला-निपुण सुन्दर गणिकाएँ और नर्तकियाँ तथा उनके धन्धे की सह-गामिनी देवदासी पुत्री 'मेलक्कारन'—मद्रास सेन्सस रिपोर्ट (सन् १६०१) के लेखक के शब्दों में—"उस भारतीय संगीत-पद्धति की आज प्रायः एकमात्र कोषाधिकारिणी हैं, जो विश्व की प्राचीनतम पद्धतियों में से एक है। इनके और ब्राह्मणों के सिवा अन्य लोग इस विद्या का विधिवत् अध्ययन प्रायः कम ही करते हैं।" उक्त सेन्सस रिपोर्ट के अनुसार ही इन देवदासियों के दो वर्ग होते हैं—उक वलङ्गापि (दक्षिण पथ) और इलङ्गापि (वाम पक्ष)। इन दोनों पक्षों में खास अन्तर यह है कि जो दासियाँ शिल्पकार या साधारण कर्मकारों, तमिल भाषानुसार 'कम्मालनों' के यहाँ नाचने-गाने जाती थीं वे इलङ्गापि कहलाती थीं। इन्हें कम्माल दासी भी कहा जाता था।

ई० थर्स्टन महोदय ने अपनी 'दक्षिण भारतीय जातियों और कबीलों के इतिहास' नामक पुस्तक में एबेडुबॉय नामक एक पादरी का यह मंतव्य नोट किया है कि 'भारतीय नारियों में गणिकाएँ ही श्रेष्ठ रूप से सुसज्जित होती हैं।' घरेलू औरतों को पुरुष साल की दो धोतियों पर रखता और अनुभव ने वेश्याओं को सजावट का यह गुर सिखलाया कि अपनी सारी सुन्दरता को उघाड़कर रख देने से सौंदर्य-बोध की काम-सुगन्ध फीकी पड़ जाती है। पुरुष की उत्तेजना नारी के अधझलके सौन्दर्य के रहस्य में होती है। भारतीय गणिकाएँ ऐसा साज सँवारना जानती थीं जो पुरुष की नज़रों को भी बाँधे और कल्पना को भी। उपर्युक्त पुस्तक में एक अंग्रेज की डायरी का हवाला देते हुए लिखा है कि यहाँ की नर्त-

कियाँ ऐसा कमाल दिखलाती हैं कि उनके नृत्य की तीव्रता, चंचलता और मादकता से पुरुष का पौरुष रंगीन हो उठता है। मैं भी इस बात की दाद दे सकता हूँ। नर्तकी जब महफिल को बाँधने वाला नाच नाचती है तो हर एक को ऐसा लगता है कि वह उसे ही रिझा रही है, उसके पास अब आयी, यो दुपट्टे के पल्लू से छू गई या कि आयी ओर अब गोद में गिरी। इस तरह वह अपने जादू से बाँध लेती है। अंग्रेज़ों ने भारतीय 'नाच-गर्ल' की बड़ी चर्चा की है, कहीं रंगीन, कहीं पुरमज़ाक। लखनऊ की नवाबी में भी अधिकतर या तो बटेरों की हुकूमत रही या फिर तवायफ़ों की, अम्मन और अमामन-जैसी कुटनियों-दल्लालाओं की, उनके भाँड़-भगतुओं की। वाजिद अली शाह के काल में अवध के अंग्रेज रेजिडेण्ट मेजर जनरल सर डब्ल्यू० एच० स्लीमैन ने अपनी प्रसिद्ध डायरी ए जर्नी थ्रू द किंगडम ऑफ़ अवध' में दरबारी वेश्या-विलासिता का राजनीतिक रूप वर्णन किया है।

जे० टालबॉय ह्वीलर की 'हिस्ट्री ऑफ इण्डिया' में एक शाहंशाह की वेश्या प्रेमिका और उसकी सखी के साथ दिल्ली के अमीर सरदारों की नोक झोंक का रोचक वर्णन है। मुगल शासन के पराभव काल में जहाँदारशाह दिल्ली के सिंहासन पर बैठा था। वह लाल कुँवर नामक एक तवायफ़ के बस में था। लाल कुँवर ने अपना अच्छा समय देखकर बड़े अच्छे-अच्छों को उँगलियों पर नचा दिया, उसके जितने भाई भतीजे, भाँड़ भगतुए थे, सब नवाब हो गए; सब बड़े-बड़े सरकारी ओहदों पर बैठा दिये गये। वंश परम्परागत दरबारियों, मनसबदारों को इससे बड़े अपमान का बोध होता था, पर कर कुछ भी न पाते थे। किसी लुगाई के सैंया कोतवाल हो गए तो उसकी हेकड़ी पर कहावत बन गई, और यहाँ तो मुसम्मात लाल कुँवर ने शाहंशाह ए हिन्दोस्तान को अपने तलवे सहलाने वाला बना रखा था। शाहंशाह जहाँदारशाह दिल्ली के तख्त पर गो नवाब ज़ुल्फ़िक़ार खाँ वज़ीर ए हिन्द के द्वारा मिट्टी के माधो-से ही बिठाये गए थे, फिर भी तख्त पर तो बैठे ही थे। वज़ीर और दरबारियों को लाख बुरा लगे, मगर तख्तोताज के आगे उन्हें सिर तो झुकाना ही पड़ता था। लाल कुँवर बँदरिया के हाथ में सामन्तों रूपी शानदार मणिधर नागों के फन पड़ गए थे। उनकी मणि-सी जगमगाती आबरू को छीनकर, उसे ओछे और कमीने समझे जाने वाले आदमियों को सौंपकर, नागों का फन अपने हठ के पत्थर पर रगड़-रगड़कर वह उन्हें मार डालती थी। जैसे बन्दर बार-बार सूँघकर देखता है कि साँप मरा या नहीं, उसी तरह अपनी एक एक फ़रमायश आगे रखकर लाल कुँवर भी आज़माती जाती थी। एक बार उसने बड़ी बात उठाई, यानी कि अपने भाई को आगरे का सूबेदार बनाना चाहा। जहाँदारशाह राज़ी हो गया। लेकिन एक मजबूरी थी, शाही मुहर वज़ीर ज़ुल्फ़िक़ार खाँ के पास रहती थी। वज़ीर अड़ गया।

लाल कुँवर तड़पने लगी। जहाँदारशाह दो चक्की के पाटों में पिसने लगे। आख़िरकार लाल कुँवर के मारे-फटकारे बेचारे बादशाह ने वज़ीर को बुलवाकर अपना तेहा दिखलाया। लाल कुँवर पास ही बैठी थी। वज़ीर के लिए कठिन अवसर था, लेकिन वह भी मौक़ा न चूका, बोला कि जहाँपनाह के हुक़्म को टाल सकूँ इतनी मेरी मज़ाल कहाँ, मगर हक़ नज़राना तो मुझे मिलना ही चाहिए। नज़राने की फ़ीस के तौर पर वज़ीर ने बादशाह से एक हजार तानपूरे माँगे। उसने कहा कि अब से जिन सरदारों को अपनी पदोन्नति की चाह होगी उन्हें तानपूरा बजाने की प्रैक्टिस भी लाज़िमी तौर पर करनी ही पड़ेगी। सुनार की सौ ठक ठक पर लुहार के एक घन हथौड़े की चोट चढ़ बैठी। लाल कुँवर बड़ी लाल पीली हुई, क्योंकि उसका भाई पहले महफ़िलों में तानपूरे की संगत ही किया करता था। मगर इसके बाद जहाँदारशाह फिर अपनी माशूका के भाई को आगरे का सूबेदार न बना सके।

लाल कुँवर का प्रताप यहीं अन्त न हो गया, बल्कि उसने आगे भी सामंतों से करारी मात खाई। लाल कुँवर की एक सहेली थी, उसका नाम ज़ोहरा था। ज़ोहरा कुँजड़िन थी; दिल्ली के किसी बाज़ार में उसकी तरकारियों की दूकान थी। जब लाल कुँवर लाल किले की मालकिन बनी तो उसकी बचपन की सहेली ज़ोहरा कुँजड़िन का सितारा भी बुलन्द हो गया। बड़े-बड़े दरबारी और नवाब, जो बादशाह से अपना काम करवाना चाहते थे, ज़ोहरा को और उसकी मारफत लाल कुँवर को भी लाखों की रिश्वतें चटाया करते थे। शाही महलों में ज़ोहरा कुँजड़िन शाहजादियों की सी शान शौक़त से जाया आया करती थी। बादशाह लाल कुँवर और जोहरा के साथ नशे में धुत्त होकर भद्रता की सारी सीमाएँ तोड़ा करता था। ज़ोहरा और लाल कुँवर के हालीमवाली स्वभावतया सब लोगों से बड़ी बदतमीज़ी से पेश आया करते थे।

एक दिन निज़ाम उल मुल्क़ की सवारी बाजार से गुज़र रही थी। निजाम औरंगज़ेब के जमाने के ओहदेदार थे और उनकी बहुत बड़ी प्रतिष्ठा थी। आगे चलकर उन्होंने ही हैदराबाद दक्षिण का निज़ाम राज्य स्थापित किया। ऐसे बड़े पदाधिकारी से ज़ोहरा की सरे बाज़ार मुठभेड़ हो गई। एक तरफ से निज़ाम की सवारी आ रही थी और दूसरी तरफ से ज़ोहरा कुँजड़िन की सवारी आ रही थी। मार्ग सँकरा था, जब तक एक की सवारी रुककर और सड़क किनारे हटकर दूसरी को आगे जाने की सुविधा न दे तब तक दोनों का निकलना असंभव था। पुराने समय में इन छोटी-छोटी बातों के लिये रईसों का आपसी मन मुटाव और युद्ध तक हो जाता था, फिर यहाँ तो निजाम और कुँजड़िन के बीच की बात थी। कुँजड़िन बादशाह की मुँहलगी होने के कारण अपने आपको बहुत बड़ा मानती थी, इसलिए उसके आदमियों ने निजाम के आदमियों को रास्ता देने के

लिए कड़ककर हुक्म दिया। अपने स्वामी का संकेत पाकर निज़ाम के आदमियों ने कह दिया कि कुँजड़िनों-खवासिनों के लिए अमीरों की सवारियाँ नहीं रुका करतीं। ज़ोहरा उस समय हाथी के हौदे पर सवार थी, परदे में थी, परन्तु यह सुनते ही अपनी-सी पर आ गई। परदा हटा और हाथ बढ़ा बढ़ाकर उसने निजाम की शान में मल्लाही गालियाँ बकनी आरम्भ कर दीं। निजाम यह सहन न कर सके। उन्होंने अपने आदमियों को संकेत दिया, जिसके परिणामस्वरूप ज़ोहरा हाथी के हौदे से घसीटकर उतारी गई और उसे जूतियों ही जूतियों पीटा गया।

इसके बाद निज़ाम को चिन्ता भी पड़ी। ज़ोहरा यों कोई भी हो, पर उस समय तो लाल कुँवर, बादशाह की चहेती थी और बादशाह यों चाहे कुछ भी हो परन्तु अपने दरबार के किसी भी रईस का मान मर्दन तो कर ही सकता था। यों तो निज़ाम उल मुल्क़ तथा वज़ीर उल मुल्क़ में आपसी मन-मुटाव था, पर इस बात में दोनों ही सहमत थे कि इस घटना के लिए बादशाह लाल कुँवर के आग्रह पर ज़ोहरा का पक्ष समर्थन कदापि न कर पाये। ये दोनों स्त्रियाँ यदि निज़ाम को दण्ड दिलवाने में सफल हो जाएँगी तो नगर में फिर किसी भी रईस की आबरू न बचने पाएगी। वज़ीर ने तुरन्त ही बादशाह को पूरा विवरण लिखकर अन्त में यह सूचना भी दे दी कि यदि बादशाह निजाम को दण्डित करेंगे तो वजीर निज़ाम का साथ देगा। वजीर का पत्र बादशाह की सेवा में ठीक समय पर पहुँचा। उसी समय ज़ोहरा सिर के बाल खोले उन पर राख, धूल डालकर दोनों हाथों से छाती कूटती हुई महलों में पहुँची। लाल कुँवर ने अपनी सहेली का जब यह हाल देखा और बातें सुनीं तो आगबबूला हो उठी। दोनों मिलकर बादशाह के पास पहुँचीं। ज़ोहरा ने बड़े बड़े टेसुवे बहाए, लाल कुँवर ने बादशाह को तरह तरह से उभारने का जतन किया, पर वज़ीर की धमकी के आगे उन दोनों का काम न बन सका।

अंग्रेज़ी राज की भारतीय रियासतों में रंडियों और रखैलों ने अपने पिया के ज़ोम में बड़े बड़े उत्पात किये भी हैं और भोगे भी हैं। महर्षि दयानन्द को काँच का चूरा पिलाकर मारने वाली भी एक रियासी वेश्या ही थी। श्री के० एल० गॉबा की दो पुस्तकों 'हिज़ हाईनेस' और 'फ़ेमस ट्रायल्स' में उनके अनेक क़िस्से लिखे हैं। उत्सुक पाठक चाहें तो उन्हें पढ़ सकते हैं। दुर्भाग्यवश इस समय मेरे पास वे पुस्तकें नहीं, फिर भी एक मुमताज़ बेगम का किस्सा कुछ कुछ याद आ रहा है। मुमताज़ बेगम शायद लाहौर की एक नाचने वाली थी। अपनी उठती उमर के साथ ही उसने न जाने कितने अमीरों के दिल उजाड़े और होते-करते किसी हिज़ हाइनेस महाराजा की प्राण-प्रिया बन गई। मुमताज़ बेगम की उँगलियों के इशारे पर महाराज नाचते थे। महाराज ने उसे लाखों रुपये के हीरे-जवाहरात दिये। शायद मुमताज बेगम के अद्वितीय प्रभाव के कारण ही रियासत

में उससे जलने वाले भी पैदा हो गये थे। महलों की चाल-ढाल देखते हुए अपनी कमाई और जान बचाने के लिए वह और उसके साथी किसी तरकीब से रातों-रात उस रियासत से भाग निकले। इससे महाराजा साहब को बड़ी बेचैनी हुई। अवसर देखकर मुमताज़ बेगम के विरोधियों ने कान भरे। महाराजा साहब का हुक़्म हुआ कि मुमताज़ बेगम को पकड़कर फिर रियासत में लाने के लिए कोई कीमत और कोई उपाय न उठा रखा जाए। बम्बई में मुमताज़ बेगम का पता मिला। और एक दिन, दिन-दहाड़े ही बम्बई की एक भीड़-भरी सड़क पर महाराजा साहब के गुण्डों ने मुमताज़ बेगम की गाड़ी घेर ली, कहा-सुनी, छीना-झपटी, चीख-पुकार मची और मुमताज़ बेगम की हत्या हो गई। महाराजा साहब को अपने तख़्त से भी हाथ धोना पड़ा।

शाही नवाबी के पतन-काल से होते चले आते विलासिता के ताण्डव के कारण गदर के बाद वाले नई चेतना के भारत ने वेश्याओं के विरुद्ध आवाज़ उठायी। प्रतिक्रिया में वेश्या-जीवन की करुणा भी आगे चलकर उभरी। भारतेन्दु से लेकर सरशार, कौशिक और उग्र तक ने सुधारक के रूप में वेश्यागामिता के विरुद्ध आवाज़ उठायी है। उन्नीसवीं शताब्दी के अन्तिम और बीसवीं के प्रथम तीन दशकों में नया सत्ताधारी अंग्रेजी पढ़ा-लिखा मिडल क्लास बाबू अपनी घर-घुस्सू फूहड़ औरत से ऊबकर मेमों जैसी विलायती संगिनियों के अभाव में वेश्यागामी बना। शादी-ब्याह के अवसरों पर घरेलू औरतों द्वारा गाए जाने वाले ढोलक-गीतों में मैयाँ से रंडी नटिनी के यहाँ न जाने की बड़ी बड़ी प्रार्थनाएँ की गई हैं। रंडी घरेलू औरतों का काल थी। इसीलिए सन् '२१ के राष्ट्रीय आन्दोलन के पश्चात् वेश्या-संग और महफ़िलों का चलन उठ गया।

इसके बाद तो पढ़ने लिखने के बहाने घरेलू लड़कियाँ परदे के बाहर आने लगी थीं, युवकों का ध्यान उस ओर बँटने लगा और होते करते आज यह दिन आया कि समाज को वेश्या की आवश्यकता ही न रही।

●

दिसम्बर की क़यामत और जनवरी की महफ़िल

दिसम्बर '५८ की रात रातवालियों के बाजार में क़यामत बनकर आई। उस दिन वेश्या उन्मूलन के महान् सामाजिक उद्देश्य से आज्ञा-प्रेरित लखनऊ की पुलिस ने रूपजीवाओं के हाट पर छापा मारा। रात के दो बजे थे; कुत्तों, चोर-उचक्कों और पुलिस वालों की छिपी-छिपी सरगरमियों को छोड़कर नगर की सड़कों पर सन्नाटा था। कहीं अपने नसीब के काँटों पर और कहीं गुलाब सेज बिछाये हुए बाजार की परियाँ दुख-सुख की नींद सो रही थीं। उनके घर वाले भी निश्चिन्त नींद में थे। अचानक चौक के बाजार से परियों की गलियाँ घेरकर चारों ओर से पुलिस की सीटियाँ बजने लगीं। सन्नाटे में आतंक की गूँज भर गई। पुलिसमैनों के बूटों की भारी खट खट गलियों को रौंदने लगी। तवायफ़ों के घरों के दरवाज़ों पर जाँच के लिए थापों-पर थापें पड़ने लगीं। सोते हुए लोगों की नींद उचटी, चौंककर लोग-बाग हंगामे का कारण जानने के लिए बेचैन हो उठे और आनन फानन ही छापे की खबर हवा के साथ-साथ हर साँस में हौवा बनकर समा गई। दिलरुबाओं के दिलों की धड़कनें बढ़ गईं।

द्वारे द्वारे दस्तक पड़ रही थी, गली-गली में लाल पगड़ी का दौर दौरा था। अपने को गिरफ़्तारी से बचाने के लिए तवायफ़े हड़कम्प मचाने लगीं। डेरेदारों के घरों में तवायफ़ लड़कियों को तुरत फुरत बुरका उढ़ाकर परदे वाले घरों में भेजने की घबराहट भरी तरकीबें होने लगीं। कितने ही घरों में पुलिस वाले सामने के दरवाज़ों से घुस रहे थे और तवायफ़े पिछवाड़े के दरवाज़ों से बाहर भाग रही थीं, मगर गलियों में भी उनके जमदूत खड़े थे। आशिक़ों के दिलों और जेबों को घेरनेवालियाँ खुद ब खुद पुलिस के घेरे में जा पड़ती थीं।

इस रात ने रात के बाज़ार को कुछ दिनों के लिए एकदम उजाड़ दिया। तवायफ़ अच्छी या बुरी, चाहे जैसी हों, मगर हैं आखिरकार औरतें ही। डर की हलचल में न जाने कितनी ही बेहोश हुईं, कितनों के होश हिरा गये। हिस्टीरिया की-सी हाय-हाय और खुदा के नाम की गुहारों ने रात के सन्नाटे में आग लगा दी। कितनी ही पुलिस की ट्रकों में भर-भरकर हवालात गईं और कितनियों पर क्या क्या गुज़री इसका हिसाब नहीं।

दूसरे दिन अखबारों में छपी हुई खबरों से शहर में हर तरफ़ हर जबान पर विचार भरी, मजाक भरी, रसीली बातों का जाल बिछ गया। एक ओर जहाँ

इस पेशे के खत्म किये जाने पर मुझे हार्दिक सन्तोष हुआ वहीं उन औरतों के लिए मन-ही-मन तकलीफ हुई जो कि रात में गई होंगी। दोष न लगाते हुए भी मैं जानता हूँ कि पुलिस वाले ऐसे अवसरों पर क्या-क्या अत्याचार कर जाते हैं। एक दूसरी चिन्ता यह भी थी कि सरकार आखिर इनका करेगी क्या। महिला आश्रमों और सेवा सदनों के ज़न्नत की हक़ीक़त मैं खूब जानता हूँ। मैं सोचता था, कुछ मित्रों से कहा भी, कि इन दुश्चरित्रा माने जाने वाली पण्य-भोगांगनाओं को यदि उनकी फीस न देकर भोग करने वाले बिगड़े-दिल समाज-सुधारक अफ़सरों-मातहतों से निबटना पड़ेगा तो उनके मन में सच्चरित्रता और नैतिकता का कौन-सा रूप जागेगा ? मैं किसी एक को दोषी घोषित करना नहीं चाहता, पर यह समय अद्‌भुत है, इसमें सब कुछ होता रहता है। खैर वे चिन्ताएँ तो जैसे आज के जमाने की और सब योजनाओं की सक्रिय निष्क्रियता पर जागती-सोती रहती हैं, वैसे ही मन के रोज़नामचे में समा गईं। बौद्धिक रूप से यह सन्तोष ही मन में प्रधान रहा कि अब नई मानव-सभ्यता हर जगह अपने उषाकाल का पूर्वाभास फैलाने लगी है; घनी आपत्ति में भी कहीं गति हो रही है—स्वस्थ गति हो रही है।

छापे की घटना के कुछ दिनों बाद ही, शायद २६ जनवरी के आस-पास लखनऊ की नामी गानेवालियों ने एक बड़ी सार्वजनिक महफ़िल की। सरकार ने छापे के बाद तभी नाच-मुजरा करने की छूट दी थी। उसकी खुशी में 'तवायफ़' शब्द का टीका लगाए संगीत-कलाकारों ने लखनऊ की जनता को संगीत की दावत दी थी। वह महफ़िल सदा याद रहेगी। शाम को एक पत्रकार मित्र का फोन आया। उन्होंने उसी दिन थोड़ी देर बाद होने वाली इस महफ़िल की कुछ विशेष जानकारी मुझसे चाही। सोचा होगा कि चौक निवासी होने के कारण शायद मुझे उसके सम्बन्ध में मालूम होगा। खैर पत्रकार मित्र को तो हमने मीठी चुटकियों में टाल दिया मगर जी में आई कि यार इस महफ़िल को तो जरूर देखना चाहिए। अपने उपन्यास-लेखन के पेशे को देखते हुए मुझमें एक अच्छाई यह है कि मन-मौज पर चढ़कर मैं किसी भी वातावरण में प्रायः बेधड़क प्रवेश कर जाता हूँ। प्रतिष्ठा, मान-मर्यादा ऐसे अवसरों पर मेरे मन-मौज के आड़े प्रायः बहुत ही कम आ पाती है। एक मित्र से कहा कि चलो। वे बोले, तुम्हारी तो मति धुल-पुँछ गई है। भला ऐसे मजमे में जाकर खड़े होंगे तो लोग क्या कहेंगे ? मैंने कहा, "एक तो जानने वाले अधिक मिलेंगे नहीं, दूसरे यदि मिल भी गये तो अधिक-से-अधिक यही कह लेंगे कि नागर साहब मुफलिस तमाशबीन हैं; मुफ़्त का गाना सुनने चले आये। इससे मेरी इज्जत भला क्या घट सकती है ! चलो, महफ़िल देखी जाये। बरसों से नृत्य-संगीत की कान्फ्रेंसें ही बहुत देखी-सुनी हैं, तवायफ़ों की महफ़िलें देखने-सुनने को नहीं मिलीं।" मैं घसीटकर अपने मित्र को भी ले गया।

जाड़े की रात थी। चौक अकबरी दरवाज़े के पास इस महफ़िल का प्रबन्ध किया गया था। बड़ी रौनक़ थी; झाड़-फानूस, रंगीन रोशनियों की झालरें, मर्करी रॉडों की चमक-दमक, बड़ी-बड़ी बातें, राग-रंग और चुहलबाजी के तमाशे, भीड़ में जहाँ-तहाँ देख-सुन पड़ते थे। पान-सिगरेट और मूँगफली वाले भी सौदा बेचने के साथ-ही-साथ रसबतियाव में मग्न नज़र आते थे। मैंने अपने मित्र से कहा कि देखो, वेश्या नाम का जादू अब भी इन्सान के दिल को किस तरह बाँधता है। लोग-बाग इधर-उधर जोश के साथ वेश्या सम्बन्धी सरकारी नीति की निन्दा कर रहे थे। ऐसे तर्कों के जवाब में दूसरे तर्क भी जोश के साथ आ रहे थे—अजी साहब ज़ुल्म है, सरासर ज़ुल्म! सरकार पेशा खत्म कर देगी तो भला ये बेचारियाँ खाएँगी क्या? अजी मैं तो दूसरी बात कहता हूँ, सरकार इन रंडियों को तो ख़त्म कर सकती है मगर रंडी पेशा क्योंकर खत्म कर सकती है हाँ, अब तो भैया घर-घर में रंडियाँ हो गई हैं।.... अजी होंगी आपके घर रंडियाँ, शराफत दुनिया से उठ नहीं गई जनाब। शरीफ औरत लाख गिर जाएगी मगर उसका चलन कुछ और ही होगा। अजी इसीलिए अर्ज़ करता हूँ कि शराफ़त के उसूलों पर अगर दुनिया को चलना है तो रंडियाँ सरकार को कायम रखनी ही होंगी वरना भले घरों का जो चलन इस वक़्त बिगड़ रहा है वह फिर सम्हाले नहीं सम्हलेगा।....अजी मैं तो कहता हूँ कि अंग्रेजी की पढ़ाई-लिखाई ने जमाने को ही बिगाड़ दिया है। और जब सभी बिगड़ गये हैं तो रंडियों को ही क्यों सुधारा जा रहा है? तरह-तरह की बातें विचारों का फैलाव मेरे मन को देने लगीं। उस सँकरी-सी जगह के ठसाठस मजमे में हुजूम से ठेलमठेल करते आगे बढ़ने में मुझे बड़ी उमंग आ रही थी। ऐन महफ़िल के मण्डप में हम लोग जाकर बैठना नहीं चाहते थे। भीड़ में धँसकर ही दूर से तमाशा देखना हमारा इष्ट था, लेकिन यह भीड़ आम-तौर पर लफंगी जनता की ही थी। मेरे मित्र मुझको बार-बार कोसते थे और मुझे सैकड़ों चाहत-भरी नज़रों, रस की उछलती आहों, वाहवाहों, यारों की उन फुस-फुस स्वरों की रसीली बातों का मजा आ रहा था जो महफ़िल में बैठी आती-जाती, इन्तज़ाम करने में दौड़ती-भागती, दुपट्टे-गिराती-सम्हालती तवायफ़-ज़ादियों के सम्बन्ध में हो रही थीं। मैं तो बहुत जल्द चला आया था, मगर सुना कि महफ़िल खूब जमी; नोटों, रुपयों और रेज़गारी और मूँगफलियों की गाने-नाचनेवालियों पर बरसात हुई।

जितनी देर रहा, मजमे-महफ़िल का राग-रंग देखा, उतनी देर में मन के कई रूप बने-बिगड़े। पहले तो उमंग में तमाशा देखा किया, फिर तवायफ़ों की स्पीचों का एक प्रभाव और साथ ही जनता के सकाम उद्‌गारों, फ़ोहश बातों का दूसरा प्रभाव मिलकर मेरे सामने बरसों पहले की, वहाँ से लगभग डेढ़ फर्लांग आगे

की गली के एक खण्डहर मकान में टाट के परदों वाले कमरे में ठंडे फर्श पर पड़ी हुई लाश उभार लाये, मन में बद्रेमुनीर का मुरदा बोलने लगा, लूलू की माँ का वेश्या बनना याद आया, बहुत-कुछ याद आया, फिर मन उखड़ गया। मैं चला आया। मन फिर विचारों में रम गया।

उस भीड़ में एक ने खूब कहा था कि सरकार इन रंडियों को खत्म कर सकती है मगर रंडी-पेशा कैसे खत्म करेगी ?

अब दुनिया-भर में हर जगह नागरिक जीवन की मान्यताएँ बदल गई हैं। प्रेम की परिभाषा भी कुछ और ही हो गई है। सामाजिक रूप में स्त्री-पुरुषों के मिलने-जुलने में अब पुरानी बाधाएँ आड़े नहीं आतीं। पुरानी कहावत 'हँसी सो फँसी' अब निकम्मी हो गई है। युवक-युवतियाँ साथ-साथ यूनिवर्सिटियों में शिक्षा पाते हैं; दफ़्तरों, वैज्ञानिक प्रयोगशालाओं, अस्पतालों और सामाजिक-सांस्कृतिक संस्थाओं में साथ-साथ काम करते हैं; खेलों और तैराकी की बड़ी-बड़ी प्रतियोगिताओं में साथ-साथ भाग लेते हैं। घरेलू स्त्री इस नये युग में पुरुष की बाहरी दुनिया में भी उसका साथ देती है। इसलिए पुरुष-समाज को अब स्त्रियों के दो वर्गों की आवश्यकता नहीं रही।

इस महान् सामाजिक चेतना के परिवर्तन का आदि रूप पिछली सहस्राब्दी के यूरोपीय साहित्य में देखने को मिलता है। वर्षों पहले 'सुमन' नाम का तीन विशाल खंडों वाला एक अमरीकन ग्रन्थ मेरे देखने में आया था। उसके एक या दो भागों में विश्व-नारी का इतिहास था और बाकी अंश एलोपैथी की डॉक्टरी से संबंधित था। इसमें मैंने पुराने जमाने की उन धातु की कमरपेटियों के फोटोग्राफ देखे थे जो यूरोपीय सामन्त घर से बाहर जाने पर अपनी पत्नियों को पहनाकर उन पर ताला और मुहर जड़ जाते थे। पतियों के इन अत्याचारों ने पत्नियों में स्वाभाविक रूप से विद्रोह किया इधर विलासी पुरुषों को इस विद्रोह के फलस्वरूप गणिकाओं और रखैलों के अलावा अपनी विलास-साधना के लिए नई-नई प्रेमिकाएँ मिलने लगीं। बाल्ज़क, एमिली ज़ोला, मोपासाँ आदि के साहित्य में हमें ऐसे अनेक मार्मिक चित्र मिलते हैं। एक हवा ही चल गई कि संभ्रान्त घरों की औरतें अपने पतियों की आँखों में धूल झोंककर अपने प्रेमियों को भजती थीं। पतियों को 'ककोल्ड' (Cuckold) अर्थात् कुलटा पति की पदवी से विभूषित करने में उनकी पत्नियों को एक छिपा हुआ मजा मिलता था। मरदों को हर नये 'ककोल्ड' के पैदा होने पर घृणा-भरी हँसी-हँसने का अवसर प्राप्त होता था। ईर्ष्यालु पतियों की हँसी उड़ायी जाती थी। 'रेस्टोरेशन' अर्थात् समुत्थान-काल के अंग्रेजी साहित्य में विलियम वाइशर्ले (Willaim Wycherley) के प्रसिद्ध नाटक 'द कन्ट्रीवाइफ़' (सन् १६७२ ई०), जॉन वन्बर्ग के नाटक 'द प्रोवोकड वाइफ़' (सन् १६६७ ई०) में हमें पतियों को

ककोल्ड बनाने के नुस्खे मिलते हैं। अठारहवीं शताब्दी में इटली के सुप्रिद्ध आवारा साहित्य कंसानोवा ने न जाने कितने पतियों को ककोल्ड बनाया। यह सब देखकर ऐसा लगता है कि तत्कालीन यूरोपीय सभ्यता 'ककोल्डम्' का नारा उठाये हुए थी। ऐंगेल्स की सुप्रसिद्ध पुस्तक 'द ओरिजन ऑफ़ द फ़ैमिली, में लिखा है कि पूँजीवाद के उदय के साथ-ही-साथ स्त्री-पुरुषों के बीच मुक्त प्रेम की एक नई भावना-धारा का उदय हुआ। एक-दूसरे को 'ककोल्ड' बनाने के जोम-भरे सामन्ती-भरे फ़ैशन ने भद्र महिलाओं का धार्मिक संस्कार-भरा पुराना नैतिक तन्तुजाल कमजोर कर दिया था। स्त्रियों में पुरुषों से बराबरी करने की होड़ जागी और पूँजीवादी नई सभ्यता के उदय-काल में अपने पुरुषों को ककोल्ड बनाने की पापभरी चेतना का त्याग कर अपने नये नाते को मुक्ति-पवित्र प्रेम कहकर बखाना। यूरोप का भद्र-समाज नई चेतना के स्त्री-पुरुषों को जन्म देने लगा। हमारे देश के भद्र समाज में यह परिवर्तन उन्नीसवीं-बीसवीं शताब्दी के साथ-साथ क्रमशः आरम्भ हुआ। इस काल के बँगला साहित्य में 'बाबू बीबा विलास', 'मडेल भगिनो' उपन्यास और 'सती कि कलंकिनी' जैसे नाटक नये भारतीय समाज की हलचल का पता हमें देते हैं। सन् १८५७ ई० में प्रिंस ऑफ़ वेल्स भारत आये। कलकत्ता के सुप्रसिद्ध वकील और बंगाल लेजिस्लेटिव कौंसिल के सदस्य बाबू जगदानन्द मुखर्जी ने अपनी ठकुरसुहाती के महाप्रसाद स्वरूप प्रिंस ऑफ़ वेल्स (बाद में सातवें एडवर्ड) को अपने घर में एक दिन अतिथि बनाने का परम सौभाग्य पाया। सबसे बड़ी बात यह हुई कि उन्हें घर के जनाने भाग में भी ले जाया गया। प्रिंस ऑफ़ वेल्स के साथ जो विलायती लेडियाँ बाबू जगदानन्द मुखर्जी के यहाँ गयी थीं वे बाहर मरदाने में ही रह गईं और शाहज़ादा-ए-आलम अकेले श्रीमती जगदानन्द मुखर्जी के हाथों मूल्यवान भेंटें ग्रहण करने के लिए अन्दर चले गये। इससे पहले कोई अंग्रेज हिन्दू घर के जनाने में नहीं गया था; किसी भी भद्र महिला से उसका साक्षात्कार नहीं हुआ था। इस घटना के परिणामस्वरूप कलकत्ता के भारतीय समाज में तो हलचल मची ही, अंग्रेज़ी समाज में भी बड़ा भूकम्प आया। तत्कालीन वाइ-सराय लार्ड नार्थब्रुक के इस घटना को लेकर विरोध में त्याग-पत्र देने की बात भी अफ़वाहों में गरमायी थी। डॉ० हेमेन्द्रनाथ दास गुप्त-लिखित 'द इण्डियन स्टेज' के दूसरे भाग में एक नाटक के सिलसिले में इस घटना का उल्लेख हुआ है। बहरहाल हम मान लें कि इसी तिथि से भारतीय समाज में वह अंग्रेज़ी हलचल आरम्भ हुई, जिसके कारण आज भारतीय स्त्री-पुरुष सहज भाव से बातें करते हैं। हमारे यहाँ भी हज़ारों प्रेम-काण्ड और सैकड़ों प्रेम-विवाह अब तक हो चुके हैं। फ़िल्म में मिस कज्जन और मास्टर निसार की जगह मिस्टर पृथ्वी-राज कपूर बी० ए० और मिसेज़ लीला चिटणीस बी० ए० का अवतरण हुआ।

यों हर क्षेत्र में नये युग का अवतरण हुआ। वेश्या पढ़ी-लिखी भारतीय घरेलू लड़कियों से हर क्षेत्र में मार खाने लगी। पढ़ी-लिखी लड़की नर्स, अध्यापिका, स्टेनोग्राफर, फ़िल्म अभिनेत्री, नर्तकी, गायिका, तैराक, खिलाड़िन, अफ़सर, वैज्ञानिक, डॉक्टर और वकील बनकर वेश्या के गुणों की संकुचित सीमाओं को बहुत पीछे छोड़कर अब पढ़े-लिखे लड़कों की बराबरी में आ गयी है। तब फिर यहाँ भी वेश्या-संस्था का अन्त क्यों न हो? मुक्त प्रेम के वातावरण में वेश्या स्वाभाविक रूप से अनावश्यक हो गई है। उस दिन महफ़िल में सुनी हुई भीड़ की वह बात एक प्रकार से ठीक ही है कि सरकार इन रंडियों को खत्म कर सकती हैमगर रंडी-पेशा नहीं खत्म कर सकती। हो सकता है कि मानव-सभ्यता के किसी अगले विकास-क्रम में रंडी-पेशा और व्यभिचार-जैसे शब्द निरर्थक हो जाएँ। नारी-पुरुष मिलन में किसी प्रकार की पाप-चेतना का आना भी बन्द हो जाए। बहरहाल इन बातों पर अभी विचार नहीं करूँगा, अभी तो इन उजड़ती वेश्याओं की समस्या में ही मन उलझा हुआ है।

●

डेरेदार तवायफ़ों से भेंट

सन् पचास में ही मैंने इस काम को उठाना चाहा था। प्रसंगवश मेरी इस इच्छा ने प्रेस ट्रस्ट ऑफ इंडिया से देश के दैनिक अखबारों में प्रकाश भी पा लिया था। मेरे पास दूर-दूर से कई पत्र भी आये। मैंने कुछ काम शुरू भी किया, पर सब मिलाकर इस काम से झेंपता-कतराता ही रहा। लोग अक्सर टोककर पूछते कि आपकी वह किताब कब तक आएगी? मैं मन-ही-मन झेंपकर बात को टहला देता था, फिर पकते-पकते यह कहने की बान पड़ी कि ज़रा और जवान हो जाऊँ तो लिखूँगा। इसके पीछे सचाई थी। जब तक मैं अपने नाम से संयुक्त करके 'लूलू की माँ' और बद्रेमुनीर' की कथाएँ—अपना व्यक्तिगत अनुभव—न लिख सकूँ तब तक मैं इस समस्या को छूने के योग्य नहीं था। झूठ नहीं कहूँगा, अब भी अपने एक-दो लगावों की कथा कहने लायक जवानी मैंने नहीं पायी, फिर भी इस समस्या पर बहुत हद तक खुलकर कह-सुन और सोचने लायक मन तैयार हो गया है। मैंने उस जनवरी की महफ़िल के बाद ही वेश्याओं से इण्टरव्यू लेने का निश्चय कर लिया। पिछले आठ-नौ वर्षों में जान-बूझकर या बहाने-सिर इस विषय पर मुझे जो कुछ पढ़ने को मिल गया था उनके नोट्स सम्हालकर ध्यान जमाने के लिए अक्सर बैठने लगा। हाथ लगे काम, उपन्यास 'सुहाग के नूपुर' की समस्या भी यही थी, इसलिए मन विषयानुकूल था।

काम उठाने के लिए अकस्मात् एक बानक और भी बन गया। मेरी पत्नी पिछले तीन वर्ष से अपनी-जैसी कम पढ़ी-लिखी, मगर नये युग के उत्साह और कर्म-भावना से युक्त चार-पाँच अन्य महिलाओं के साथ निर्धन लड़कियों, स्त्रियों को मुफ़्त में सिलाई-बुनाई, जरदोजी आदि काम सिखाने के लिए एक स्कूल चलाती हैं। सुबह-शाम हम पुरुषों को चौका-चूल्हा, घर-गृहस्थी चलाकर भी ये देवियाँ दिन के साढ़े ग्यारह-बारह बजे से शाम के साढ़े चार-पाँच बजे तक अपने चारों ओर उत्साह और कर्म का इतना बड़ा बवंडर घेरकर डोलती हैं कि देख-देखकर उत्साह होता है। सौभाग्यवती मालती चौहान स्कूल चलाती हैं, मेरी पत्नी प्रतिभा और सौभाग्यवती शान्ति रस्तोगी गली-गली घर-घर डोलकर चवन्नियाँ जमा करती हैं। मकान का पचास रुपया किराया, अध्यापिका-नौकरानी का वेतन, हर महीने के प्रथम पखवारे में ये लोग जुटाती हैं। जब कम पड़ जाता है तो इस काम के प्रति सहानुभूति रखने वाली कुछ धनी महिलाएँ आगे बढ़कर बिगड़ी स्थिति को सम्हाल देती हैं। पर इन लोगों को लग रहा था कि कोरे दान-चन्दे से ही काम नहीं चल सकता, 'महिला उद्योग केन्द्र' में कुछ और

भी उद्योग करना चाहिए। निर्धनों की कक्षा चलाने के लिए संगीत, नृत्य और चित्रकला सिखाने की कक्षाएँ खोलने का इन्होंने निश्चय किया। उनमें समुचित फ़ीस रखकर नई कक्षाओं की अध्यापिकाओं का वेतन चुकता करने के बाद भी कुछ मुनाफ़ा बचाकर खर्च सम्हालने की योजना इन्होंने बनायी। चित्रकला को छोड़कर बाकी दोनों कक्षाओं के लिए इन्हें छात्राओं की भीड़ मिली। उसी समय गायन-कला-अध्यापिका बनने के लिए एक स्त्री अपना आवेदन-पत्र लेकर स्कूल में पहुँची। मालती से बातें हुईं, उसने शांति के पास भेज दिया। शांति प्रतिभा का दाहिना हाथ है, उनकी अनुपस्थिति में वही सब-कुछ देखती-सम्हालती है, पर यह एक ऐसी स्त्री का आवेदन-पत्र था जिसे नियुक्त करने में वह कोई निर्णय लेने से सहम गई। "बा से पूछकर जवाब दूँगी" कहकर शांति ने उस स्त्री को तो विदा किया और दौड़ी हुई हमारे घर आयी। प्रतिभा भी सुनकर एकाएक कोई निर्णय न ले सकी। दोनों मेरे पास आयीं।

एक तवायफ़ वर्ग की स्त्री यह आवेदन-पत्र लेकर आयी थी। उसने अपने आवेदन-पत्र में तो नहीं लिखा था, पर शांति से सब-कुछ स्पष्ट कह दिया था। उसने कहा कि छापे के बाद इस पेशे में रहना अब बहुत ही कठिन हो गया है, मेरा जी भी अब इस काम से पक गया है, अपना जीवन बदलना चाहती हूँ। फ़िलहाल एक आदमी की पाबंदी में हूँ, मगर वह बहुत रईस नहीं। मन मिल गया है इसलिए खर्च निभा देते हैं, मगर मैं भी अब नाच-मुजरा छोड़कर नई ज़िन्दगी में आना चाहती हूँ। ग्रामोफोन में मेरे रेकार्ड भरे जाते हैं, पहले रेडियो में भी प्रोग्राम मिलता था, लेकिन अब चूँकि वहाँ तवायफ़ों को मुमानियत हो गई है इसलिए प्रोग्राम नहीं मिलते। गाना सुनने वाले अब बहुत कम आते हैं। आप अगर मुझे अपने यहाँ गाना सिखाने का मौका दें तो मैं अपनी तरफ से कोई शिकायत नहीं आने दूँगी। मैं इज्जतदार हूँ, डेरेदार क़ौम की तवायफ़ हूँ। मैं अपनी ज़िम्मेदारी को अगर न निभा पाऊँ तो मुझे निकाल दीजिएगा। मगर मुझे एक मौक़ा दीजिए, मैं नयी ज़िन्दगी में आना चाहती हूँ।

सारी बात सुनकर मैंने प्रतिभा और शान्ति से पूछा कि तुम लोगों की अपनी क्या राय है। शान्ति बोली कि मौक़ा तो देना ही चाहिए। प्रतिभा ने भी कहा कि मेरी भी यही राय है। जब इन वेश्याओं को एक काम से निकाला जायगा तो दूसरा काम दिया जाएगा।

मैंने कहा, 'सोच लो, पीछे कुछ नारी-चर्चा हुई तो क्या करोगी?'

प्रतिभा बोली, एक तो हमें अपनी तरफ से यह ढोल नहीं पीटना कि तवायफ़ हैं। कोई पूछेगा तो बतला देंगे और फिर सबसे बड़ी बात तो यह है कि सब कुछ सिखाने वाली पर निर्भर होता है। अगर इस औरत में लड़कियों से

अपना आदर कराने और सिखलाने की योग्यता होगी तो वह आप ही जम जाएगी, नहीं तो हम हटा देंगे। उसे मौक़ा ज़रूर देना चाहिए।'

मेरा मन इन दोनों स्त्रियों के लिए श्रद्धा से झुक गया। सोफ़िया बेगम महिला उद्योग केन्द्र की गायन अध्यापिका हो गई और आज तक वह बहन अपने वेतन के सिक्कों से अधिक समय देकर अध्यापिका-पद के संयम और मर्यादा को अच्छी तरह से निबाहते हुए काम कर रही है।

फिर कुछ एक ऐसी ही स्त्रियाँ सीखने आयीं। मैंने देखा कि मेरे इच्छित काम करने का अवसर आ गया है। मैंने पहले तो पत्नी द्वारा ही इन स्त्रियों से यह पुछवाया कि मुझे इन्टरव्यू लेने में इन्हें किसी प्रकार की आपत्ति तो नहीं है। उन्होंने खुशी से सहयोग देने का वचन दिया।

१६ अगस्त १६५६ ई० के दिन लखनऊ की डेरेदार तवायफ़ों की हाल ही में रजिस्टर्ड यूनियन की अध्यक्षा और यहाँ की पुरानी प्रसिद्ध नर्तकी मुनीरबाई-प्रसिद्ध गायिकाएँ अल्लाहरक्खी बाई और शमीमबानो जैसी लखपती तवायफ़ों के साथ चार-पाँच अन्य वृद्धाएँ भी मेरे यहाँ आयीं। उन दिनों दूसरे छापे की अफ़वाहें उड़ रही थीं। दिसम्बर '५८ वाली क़यामत में यद्यपि किसी भी प्रतिष्ठित गायिका, नर्तकी अथवा परम्परागत डेरेदार वेश्या के यहाँ छापा नहीं पड़ा था, फिर भी मानसिक भूडोलों से वे सब-की-सब बड़ी अस्त-व्यस्त हो गई थीं। अब दूसरे छापे की अफ़वाहों ने उन्हें फिर से भय और चिन्ताओं के घोर रौरव नरक में डाल दिया था। उनका खाना-सोना हराम हो गया था। एक बड़ी चुभती हुई बात भी सुनने को मिली जिससे मैं तिलमिला उठा। किसी ने कहा, 'हमारा कोई तरफ़दार नहीं। हमारे लड़कों में डॉक्टर, हकीम, मुसन्निफ, शायर, तहसीलदार, डिप्टी कलक्टर तक हैं, लड़कियों में भी कई एम० ए०, बी० ए० मास्टरनियाँ प्रिंसिपल तक हैं, मगर वे हमारी तरफ़दारी नहीं कर सकतीं, क्योंकि तवायफ़ की औलाद कहलाकर वे बेआबरू हो जाएँगी। हमारे सरपरस्तों में भी बड़े-बड़े रईस और ओहदेदार हैं, मगर वे भी खुलेआम हमारा साथ देकर बदनाम नहीं होना चाहते। फिर हम किसके पास जाएं, कौन हमारा दुख बँटाएगा?'

मैंने स्थानीय हिन्दी-उर्दू के दैनिक पत्र-सम्पादकों की सेवा में इन बे-आबरू-आबरूदार औरतों की विपदा लिखकर भेज दी। सम्पादकों ने सहयोग दिया, इन बेचारियों को बड़ा सहारा मिल गया।

कुट्टनीमतम्

नसीमआरा

२१ अगस्त को नसीमआरा, शमीमबानो बाई, दिलरुबा बाई, नवाबजान बाई और मुन्नीबाई आयीं। इन सबकी उम्रें पचास से साठ-पैंसठ वर्ष तक की थीं। वे सब-की-सब एक साथ अपने-अपने जी के ग़ुबार निकालने लगीं। किसी एक से कुछ पूछो तब सब-की-सब जवाब देने के लिए तैयार हो जाती थीं। छापे को अफ़वाहों से घबरायी हुई स्त्रियों की इस अकुलाहट को तो मैं पहचान सका, पर इससे मेरी बात बनती न थी। मैंने क्रम से हर एक के नाम पूछे। नाम लिखाने में हर एक ने अपने नाम के साथ जुड़े हुए 'बाई' शब्द को त्यागकर बेगम की उपाधि धारण करने की उत्सुकता दिखाई। जब एक ने सबके नाम 'बाई' शब्द जोड़कर बतलाए तो दूसरी ने कहा, "मैं बीस बरस से निकाह किये बैठी हूँ, मेरा बाज़ार से कोई वास्ता नहीं रहा, इसलिए मेरे नाम के साथ बेगम जोड़ने में क्या हर्ज़ है।"

इस बार पहली ने कहा, "वाह वास्ता कैसे नहीं, अरे तुम न सही तुम्हारी भानजी तो इसी पेशे में है। फिर अपनी कौम कोई थोड़े ही छोड़ सकता है।"

"अरे हाँ-हाँ, यह तो खैर ठीक ही है।"

"ठीक है तो फिर हम अपने सही-सही नाम क्यों न लिखवाएँ? आप नागर साहब इसी तरह से लिखिए।"

इसके बाद मैंने श्रीमती नसीमआरा से प्रश्न पूछने आरम्भ कर दिये। इनकी आयु चौवन-पचपन के लगभग होगी; रंग साँवला, नाक-नक्शा ठीक-ठीक, लेकिन बातचीत में सफ़ाई और अदब-कायदा भी अच्छा था। मैंने जब चलते प्रसंग के क्रम में रंडी, तवायफ़, बाई और जान शब्दों के सूत्र उठाये तो नसीमआरा बोली, "हाँ हुज़ूर, हमारे लिए ये अल्फ़ाज इस वक़्त फाँसी के फंदे बन गये हैं, वरना हम वो नहीं हैं जो कि जलील पेशा करती हैं। वो काम यहाँ चावल वाली गली में होता है, नौचियाँ कस्बियाँ करती हैं। हम हुज़ूर शरीफ़ हैं, हमारे यहाँ पुश्त-दर-पुश्त से गाने-बजाने का पेशा होता आया है। हम लोग हर किसी के साथ आपसी मेल-जोल नहीं बढ़ातीं कि न जान-न-पहचान न बंदगी-न-सलाम—बस टके गिने और खसम बन गये। यह काम हमारे यहाँ नहीं होता, हम लोग डेरेदार हैं।"

"क्या डेरेदार कोई खास कौम है?" मैंने पूछा।

"जी हाँ, तवायफ़ों में सबसे ऊँची कौम है।"

"यानी मुसलमान तवायफ़ों में सबसे ऊँची कौम ?"

"जी नहीं हुज़ूर, डेरेदार में हिन्दू-मुसलमान दोनों ही शामिल हैं; फिर भी डेरेदार में कई कौमें होती हैं, हमारे गोत और निकास भी होते हैं।"

"आपकी कौम और गोत-निकास क्या है ?"

नसीमआरा झिझकी फिर कहा, "हम आपको बतला दें हुज़ूर मगर आज का जमाना ऐसा है कि जो इधर-उधर से भगायी गई लड़कियाँ-औरतें इस पेशे में आती हैं वे अपने को खानदानी साबित करने के लिए धोखाधड़ी करेंगी।"

बात मेरी समझ में न आई, इसलिए अपनी बात का स्पष्टीकरण करते हुए नसीमआरा ने कहा, "हमारा गोत-निकास जानकर वे अपना गोत-निकास भी यही बतलाया करेंगी, फिर हुज़ूर, हममें और उनमें फर्क क्या रह जाएगा ?"

उनके भोले भय को बहलाते हुए मैंने कहा, "आज के जमाने में नयी लड़कियों को अपना प्रेमी पाने के लिये गोत-निकास या कुलीनता की ज़रूरत नहीं रही।"

"ठीक है हुज़ूर, अब तो आप किसी नयी लड़की से पूछें तो वह नहीं बतला सकेगी, चाहे हमारे डेरेदारों की ही क्यों न हो। मुझे भी सब नहीं मालूम, मगर मेरी कौम हुज़ूर, कंचन है, गोत गूजर, और निकास मियाँवाल पंजाब है।"

अपनी कंचन कौम को नसीमआरा ने इस विनय और अभिमान से बतलाया कि जैसे ऊँचे-ऊँचे पहाड़ों के विजेताओं के बीच में एवरेस्ट विजेता आया हो। मैंने उनसे कहा, "अपनी कौम-गोत के अलावा और भी कुछ तो याद होंगी ही आपको ?"

"हाँ-हाँ, क्यों नहीं ? कंचन के अलावा हुज़ूर बक्सरिये, कटेसर, बँगरहे, गौर राधे, और भी बहुत-सी कौमें होती हैं।"

बक्सरिये, कटेसर, बँगरहे शब्दों में स्थानों के नाम गूंज रहे थे। बाँगर अवध क्षेत्र का एक भूखंड है, इनी प्रकार दूसरे नाम भी स्थल-विशेष से सम्बद्ध हैं, किन्तु 'कंचन' और 'गौर राधे' नामों की कोई पकड़ अभी दिमाग में नहीं आती। शायद आगे चलकर किसी तवायफ़ द्वारा इस समस्या पर प्रकाश पड़ जाये, यह सोचकर मैने आग की बात पूछी, "अच्छा, डेरेदारों और कस्बियों की तहज़ीब-तालीम में कोई खास फ़र्क होता है ?"

'जी हाँ हुज़ूर, बड़ा फ़र्क होता है। हमारी लड़कियाँ रईसों-शुरफ़ाओं की खिदमत करने के लिए बाकायदा इल्मे-मजलिसी की तालीम पाती हैं। रईसों के बीच में उठना-बैठना कोई मामूली बात नहीं हुआ करती हुज़ूर, ज़ई-सी कोई बात उनको नागवार खातिर हो तो हमारा बेड़ा गर्क हो जाये। हम लोग खानदानी हैं, इसलिए हमें सब बातों का ख़याल रखना पड़ता है।"

नसीमआरा बाई बड़े स्वर-सधाव के साथ अपनी बातें मुझे समझा रही थीं। उनका स्वर मानो अपनी बात पर विश्वास भी दिलाना चाहता था और इस तरह समझाना भी चाहता था कि बात का कोई अंग छूट न पाये। उनका बात करने का यह ढंग कानों को, मन को भला लग रहा था। मैंने पूछा, "आप अपनी लड़कियों को क्या-क्या तालीम देती हैं ?"

'वे तमाम बातें, जो उन्हें रईसों की सोहबत में बैठने-उठने काबिल बना सकें। अब से कोई सौ-दो सौ बरस पहले तो हुज़ूर हम लोगों के यहाँ यह चलन था कि कोई छोटी उम्र से ही लड़कियों को निशानेबाजी, घुड़सवारी, शायरी, नाचना-गाना, सीना-पिरोना, शतरंज-पचीसी वग़ैरह-वग़ैरह सिखलाया जाता था। और जब औलाद की तरबीयत-तालीम पूरी हुई तो जिसकी जहाँ तक रसाई हुई अपनी लड़की को बढ़ा दिया। वालियानेमुल्क, ताल्लुकेदार, ज़मींदार, इन लोगों के यहाँ महफ़िलों में गवाया फिर लड़की को रईस की नज़्र कर दिया। अगर पसन्द की, कबूल फ़रमाया तो हमारी लड़कियों को ज़मीन-ज़ायदाद जो जिस हैसियत का रईस हुआ उसी के हिसाब से मिल गई। रईस के पास वह लड़की ताउम्र रहती थी। लड़की के ख़ानदान वालों की तनख्वाहें भी बँध जाती थीं। और रईस के मरने पर उनकी आल-औलाद से भी गुज़ारा मिलता था।"

मैंने पूछा, "तो क्या लड़की के साथ-साथ उसके तमाम खानदान वाले भी रईस के यहाँ रहने लगते थे ?"

"जी नहीं, सब लोग अपने घर आ जाते थे। लड़की भी आ जाती थी, और जब रईस बुलाता था तो उसकी खिदमत में चली जाती थी। वहाँ रह आती थी, फिर लौट आती थी।"

"और मान लीजिए रईस लड़की की भरी जवानी में ही मर गया ?" मैंने पूछा ?

"जी, उस हालत में तवायफ़ की उम्र अगर तीस साल की हुई और सर-परस्त मर गया तो फिर तवायफ़ बेवा की तरह ही रहती थी।"

"और रईस की पैदा हुई औलाद क्या उनके यहाँ ही रह जाती थी ?"

"जी नहीं, औलाद हमारे पास ही रहेगी। उनकी लड़कियों को भी हम अपने ही ढंग से तालीम देते थे।"

"और अगर अपनी औलाद न हुई तो ?"

"उस हालत में हम अपनी किसी भानजी-भतीजी को गोद में ले लेंगी और उसे तालीम वग़ैरह देकर तैयार करेंगी।"

"किसी रईस की सरपरस्ती में रहकर भी क्या आपको दूसरी महफ़िलों में गाने-बजाने की इजाज़त मिल जाती थी ?"

"जी हाँ हुज़ूर, गाना-नाचना तो हमारा पेशा है। तवायफ़ चाहे नवाब रामपुर की खिदमत में हो या महाराज ग्वालियर की खिदमत में हो, मगर किसी महफ़िल में बुलाये जाने पर वह ज़रूर जाएगी। हमारे तन पर हुज़ूर चाहे लाख रुपये का जेवर क्यों न हो, मगर महफ़िल में अगर कोई हमें एक रुपया भी देता है तो हम उसे झुक के सलाम करेंगी। हम अपना खानदानी पेशा किसी हालत में नहीं छोड़ सकतीं।"

मैंने कहाँ, "यह तो आपने पुराना हाल बतलाया, अब क्या चलन है?"

"जी, लड़कियों को पढ़ा-लिखा के नज्र करने का चलन तो ज़माने के साथ ही खतम हो गया; अब हम लोग अपनी लड़कियों को मौजूदा तालीम उर्दू, अंग्रेजी, हिन्दी पढ़ाकर नाच-गाना वगैरह सिखाती हैं।"

"और लड़कों को भी तालीम देती हैं?"

"जी हाँ, पहले तो आम तौर पर लड़के हमारे नाच-गाने के फ़न को ही सीखते थे, उसी में उनकी तरक़्क़ी होती थी।"

"और आज?"

"आज भी हमारे लड़के हुज़ूर, कोई सड़कों पर गुल्ली-डण्डा नहीं खेलते। हमारे लड़कों में डॉक्टर हैं, वकील हैं, तहसीलदार, डिप्टी कलक्टर, हकीम, मुसन्निफ़ और शायर भी हैं। और जो लड़के पढ़ने-लिखने में तेज न हुए उनमें कोई फर्नीचर बनाने का काम करता है, किसी ने बिजली का काम सीख लिया है—ऐसे ही किसी-न-किसी काम में हमारे लड़के लगे ही रहते हैं। और अब तो हुज़ूर, बदले हुए ज़माने को देखकर हमारी बहुत-सी लड़कियाँ भी नाच-गाने का पेशा छोड़ एम० ए०, बी० ए० पास कर मास्टरनियाँ हो गई हैं। एक तो प्रिंसिपल तक है। मगर बस यही है कि ज़ाहिरा तौर न वे हमें अपनी माँ कह सकते हैं और न हम उन्हें अपने बेटी-बेटे कह सकते हैं; तवायफ़ की औलाद कहते ही आपकी नज़रें उनकी ओर से बदल जाएँगी, क्योंकि हमारे अन्दर तो तमाम ऐबों के जरासीम भरे हुए हैं न हुज़ूर! घर-गिरस्तों की लड़कियाँ, औरतें परदे की आड़ में चाहे जो कुछ करें फिर भी उनकी इज्ज़त बनी रहेगी, मगर हम जरासीमों का पोट होती हैं यह इन्साफ़ है आजकल।"

मैंने आश्वासन दिया, कहा, "बदलते ज़माने में ऐसे उलटफ़ेर हो ही जाते हैं; लेकिन कोई समझदार इन्सान आज भी किसी शरीफ़ लड़की-लड़के को तवायफ़ की औलाद होने की वजह से ओछी नज़र से नहीं देखेगा। अच्छा खैर, यह बतलाइए कि मौजूदा जमाने में जब लड़कियों को रईसों की नज़र करने का चलन नहीं रहा तब आप उन्हें किस तरह आबाद करती हैं?"

"मौजूदा ज़माने में वसूल यह है कि अगर किसी लड़की का खरीदार

तलबगार आता है तो हम यह परख लेते हैं कि यह हमारा साथ देगा या नहीं। इसके बाद ही हम लड़की को उसकी पाबन्दी में रखते हैं।''

''लेकिन मान लीजिए कि वह आदमी साथ छोड़कर चला जाए ?''

''अगर हमारी-उनकी छुट गई तो हम दूसरे का तब तक इन्तज़ार करती हैं जब तक कि हमें कोई मातबर साथी न मिल जाए। मतलब यह कि हमारी लड़कियाँ एक वक़्त में एक ही की होकर रहती हैं—वह जब तक रखे।''

मैंने कहा, 'सुना जाता है कि तवायफ़ें गुण्डों से भगायी हुई लड़कियाँ खरीदती हैं। हो सकता है, डेरेदार तवायफ़ें न करती हों, मगर दूसरी तवायफ़ों में शायद आपने यह चलन देखा हो।''

नसीमआरा बोलीं, ''जी हमारा यह इलाक़ा नहीं, अपना समझा-बूझा नहीं, क्योंकि हमारे यहाँ लड़कियाँ खरीदने का चलन नहीं, जैसे आपने सुना वैसे हमने भी सुना ही है। लोग लड़कियों-औरतों को गाँवों में जाकर अपनी मुहब्बत में फँसाते हैं या गरीब वाल्दैन को सौ-दो-सौ रुपये देकर उससे निकाह कर लेते हैं। मैं अपने बचपन में कलकत्ते में थी, वहाँ हमारे पड़ोस में साहबजान का एक भाई था। वह पंजाब, पेशावर जाने कहाँ-कहाँ गाँवों-कस्बों में जाता था। फ़ुसलाकर या वाल्दैन से सौदा करके बाक़ायदा निकाह करके कलकत्ते ले आता था और उन्हें कमरे पर बिठाता था। फिर कभी कोई भाग गई तो निकाहनामे के जोर से जहाँ पकड़ पाता वहीं से खींच लाता। बेवाएँ भी आती हैं।'' एक क्षण रुककर फिर अपनी बात को आगे बढ़ाती हुई नसीमआरा बोलीं ''डेरेदार तवायफ़ों में हुज़ूर शरीफ़ औरतों की-सी आन होती है और इसी वजह से होती है कि उन्हें इज्ज़त से रहना सिखाया जाता है। खरीदी-भगायी हुई औरतों में वह आब कहाँ ! मैं आपको एक वाक़या सुनाती हूँ—पटने वाली जोहराजान थी; दरअसल थी आगरे की मगर पटना में रहने लगी थी। ''इतना-सा क़द, दुबली-पतली, चंपई रंग और आँखें तो इतनी खूबसूरत कि कोई मुसव्विर भी ऐसी खूबसूरत आँखें नहीं बना सकता। बड़े-बड़े सेठ, राजा, नवाब उस पर अपनी जानें लुटाते थे, मगर वह करोड़ों पर ठोकरें मारती थीं। गाने में बे-ऐब बड़े-बड़े गवैयों से मुक़ाबला करती थी। एक बार एक रियासत में गाने गई। एक तो गाने ने झुमाया, दूसरे ज़ोहरा की आँखों ने लहरा दिया। वहाँ के राजा साहब ने अपने सेक्रेटरी से कहा कि महफ़िल के बाद हमारे कमरे में पहुँचाई जाए। ज़ोहरा से कहा गया। वो वालियेमुल्क और ये एक नाचीज़ तवायफ़, इसकी मज़ाल क्या कि इन्कार कर सके। मगर ज़ोहरा भी आन वाली थी, चट-से हुज़ूर की खिदमत में अपने साथ अपने जोड़िये (सफ़रदा) को भी लेती गई। वो निहायत काला बदसूरत था। दरबार से अर्ज किया कि हुज़ूर, मैं आपके काबिल नहीं रही, इस जोड़िये से मेरा रिश्ता है। ऐसी दबंग थी !''

नसीमआरा ने इस प्रसंग को समाप्त किया, पर अपनी बातों का क्रम जारी रखा। कहने लगीं, "हमारे कुछ उसूल हैं। मान लीजिए कि कोई रईस हमारी जान-पहचान का है, उसका लड़का-भतीजा हमारे यहाँ आये और हमारे लड़की, भतीजी, भानजी से हेल-मेल करना चाहे तो हम उसकी ठुड्डी पर हाथ रखेंगे, कहेंगे कि बेटा तुम फ़लाँ के बेटे हो, हमारी औलाद हो। इन लड़कियों से तुम्हारी तरफ़ और नज़र से देखा न जाएगा। इसी तरह हमें मुहल्लेदारी का भी लिहाज़ रहता है।'

दक्षिण भारत की देवदासियों में 'वलङ्गाप' पक्ष की कलाकार कुछ छोटी जातियों में गाने नहीं जाती। इस सम्बन्ध में मेरे प्रश्न का उत्तर देते हुए उन्होंने कहा, "हमारे यहाँ यह कायदा है कि हम लोग सावलदासी-बढ़ई, लुहार, ऐसी कौमों के लोगों के यहाँ मुजरा करने नहीं जाते, भले ही वह पैसे वाले क्यों न हों।"

मैंने पूछा, "आपने अपने पास-पड़ोस में कभी चकले भी जरूर देखे होंगे!"

"जी हाँ, एक चकला, मैं कानपुर में रहती थी, तब मेरे मकान के पीछे ही था। वहाँ मूलगंज में रोटीवाली गली और मछली मुहाल में तवायफ़ें रहती थीं। हमारा भी वहीं घर था। आगे का हाता था, उसके बाद शरीफ़ों की बस्ती थी। तो मेरे मकान के पीछे एक दो-मंज़िला इमारत थी—सात-आठ कमरे छोटे-छोटे नीचे, सात-आठ ऊपर। अँगनाई बहुत बड़ी थी। उस चकले का सरकारी लैसंस था। एक आदमी यहीं लखनऊ का था, वह रोज़ सुबह उनसे एक दिन का किराया, बिजली का किराया वसूल करता था।"

नसीमआरा बाई के साथ आयी हुई सभी महिलाएँ एक साथ ही कुछ-न-कुछ कहने के लिए व्याकुल थीं। मैं नसीमआरा बाई से कोई बात पूछता तो बाकी चारों वृद्धाएँ भी जवाब देने के लिए मचल उठती थीं। मुझे उन्हें खामोश रखने के लिए बार-बार प्रार्थना करनी पड़ती थी, लेकिन बाढ़ के पानी को रोक रखना बहुत मुश्किल होता है और जब अपने प्रश्नों की कड़ी में मैंने दिसम्बर '५८ के पुलिस के छापे की बात उठाई तो पाँचों बाइयों को एक साथ बोलने में किसी भी तरह न रोक सका। असली बातें इसलिए क्रमबद्ध रूप में रखना मुझे कठिन मालूम पड़ रहा है। बातों के नोट लेते हुए पंच महिलाओं के सामूहिक उद्गार मैंने बिना नाम लिखे ही टाँके थे और इस समय उसी रूप में प्रस्तुत भी कर रहा हूँ।

"अरे साहब कुछ न पूछिए क़यामत आयी थी उस रोज़। अजी पैंतीस-पैंतीस बरस की औरतों को नाबालिग कहकर पकड़ ले गये।"

"चार-चार दिन की बच्चेवालियाँ भी पकड़ी गईं, बहुएँ पकड़ी गईं। अरे चौरासी-पिचासी बरस को ज़ईफ़ नजीरबाई तक को पकड़ ले गए। भला बताइए

उस बुढ़िया से किसी का क्या बिगड़ सकता था ! अरे ये आपके सामने जो मुन्नी-बाई बैठी हैं, यह भी पन्द्रह दिन हवालात में रह आई हैं। देखिए तो सही, न मुँह में दाँत न पेट में आँत, ये भला अब किसी को क्या रिझायेंगी ! और अब हुजूर सुना है कि फिर लिस्टें कचहरी में आ गई हैं, खबर है जल्दी ही छापा पड़ेगा। हमारी तो हालत दिन-रात पतली हो रही है। खाना खाते-खाते अफ़वाह उड़ी कि पुलिस आ रही है, पुलिस आ रही है—बस इतने से ही हमारे हाल पतले हो जाते हैं। मुँह का निवाला मुँह में ही रहा, जूठे हाथों ही छातियाँ पीटने लगीं, लड़कियों-बहुओं को बुर्का उढ़ाओ, परदे वाले घरों में भगाओ—कोई गिरी पड़ती है, कोई हौले के मारे रोती ही चली जाती है। अजी पेशाब तक निकल पड़ते हैं डर के मारे। भला बतलाइए हम गाने-बजाने वालियाँ हैं, कुछ चावल वाली गली की तो हैं नहीं कि जिनका कि गन्दा पेशा है या चोर-उचक्कों, डाकुओं, उठाईगीरों का साथ है। उनके कलेजे भी सख्त पत्थर के होते हैं। मगर उनके साथ तो पुलिस ने रिआयत की, उन्हें रात में दो बजे ही छोड़ दिया और हमें तबाह कर दिया। अरे हवालात में नन्हें-नन्हें बच्चे हमारे दूध तक को बिलख गये। दूध की शीशियाँ तक अन्दर न पहुँचने दें, कहें कि कहीं इनमें ज़हर न मिला हो, तुम लोग हमें धोखा देने के लिए कहीं ज़हर न खा-पी लो। बड़ी-बड़ी मुसीबतों से हाथ-पैर जोड़ने पर हमारे बच्चों को दूध मिला।

"अच्छा साहब, एक बात हम आपसे ही पूछते हैं कि अब ज़माना ही बदल गया। न रईस रहे न ज़मींदार-ताल्लुकेदार। सरकार जब हमसे पेशा ही छुड़-वाना चाहती है तो हम खुशी से कहते हैं कि यह हो जाए, क्योंकि अब हम खुद ही ज़्यादातर अपनी लड़कियों को पेशे की तरफ नहीं लाना चाहते; हम तो खुद ही उनके शादी-ब्याह कर रहे हैं। अपनी ही बिरादरी के लड़कों में ब्याह देते हैं क्योंकि शरीफ़ों के लड़के तो हमें मिलने से रहे। मगर यह कि जो लड़के हमारे पढ़-लिखकर भी बेकार हैं उनसे शादी करके भी क्या करेंगी ? सरकार अछूतों के लड़कों को वजीफा देती है, रिफ़्यूजियों को देती है तो हमारे लड़कों को भी हौसला-अफ़जाई करे।"

मुझे उनकी बातों का ताँता तोड़कर उन्हें तसल्ली देने के लिए बड़ा श्रम करना पड़ा।

भेंटों का क्रम चल पड़ा। शमीमबानो सबके साथ रोज़ आती थीं। प्रतिदिन दो बजे से पाँच-साढ़े पाँच तक मैं तीन-चार स्त्रियों से इन्टरव्यू करता था। जिस क्रम से वह कार्य किया उस क्रम को पुस्तक लिखते समय अपनी सुविधा के लिए नहीं मान रहा हूँ। बात यह है कि कई बातों को उनके नाम से प्रकाशित न करने का वचन मैंने इन स्त्रियों को दे रखा है। इसके अलावा कई वेश्याओं के संबंध में नोट की हुई कुछ ऐसी अनुभूतियाँ हैं जो उनके नाम के साथ व्यक्त

करके मैं उनके व्यक्तित्व पर चोट पहुँचाऊँगा। किसी को बदनाम करने की मेरी परदा-दर-परदा कोई नीयत नहीं, पर बात कहने की नीयत पक्की है। इसलिए मैंने तय किया कि कुछ को छोड़कर बाकी सब स्त्रियों के नाम एक जगह इकट्ठे ही लिख दूँगा और उनके विवरणों का क्रम अलग रखूँगा ताकि विवरण पढ़ते समय कोई यह न जाने कि किस नाम की बाई के साथ क्या जुड़ा है। इस प्रकार मैं उन स्त्रियों, पाठकों और स्वयं अपने प्रति भी झूठा न बनूँगा।

सफदरबाई

भेंट-क्रम में जो पोढ़ी नायिकाएँ आयीं उनमें नसीमआरा के बाद सफदरबाई भी उपयोगी सामग्री दे गई हैं। ये अपनी लड़की के साथ भेंट देने आयी थीं। आयु पैंसठ-छियासठ के लगभग, रंग काला, देह सलाख-सी, स्वर कर्कश, आँखों की ज्योति मन्द और कपड़ों से दरिद्रता का बोध होता था।

सफदरबाई की कौम कंचन और निकास डलमऊ, जिला रायबरेली है। इन्होंने यह भी बतलाया कि कंचन सुर्खी (शर्की जौनपुर के) बादशाहों के साथ मुजरई बनकर आये थे।

सफदरबाई अपने अभिभावकों के साथ बचपन में रायबरेली से कानपुर आयीं और सन् '६० के हिन्दू-मुस्लिम दंगे में कानपुर छोड़ लखनऊ में आकर बस गईं। तब से यहीं हैं।

मैंने कहा, "सफ़दरबाई, यह बतलाइये कि आपके बचपन में डेरेदार लड़कियों को जैसी नाच-गाने और इल्मे-मजलिसी की तालीम मिलती थी क्या आज की डेरेदार लड़कियों को वैसी ही तालीम मिलती है?"

"जी नहीं, अब वो बात कहाँ!" सफदरबाई कहने लगीं, "रुपये में बारह आने भी नहीं रहा। अब हुज़ूर न वो उस्ताद हैं न वो शागिर्द। पहले पाँच रुपया महीना और खाना उस्ताद को देते थे, वो सिखाते क्या थे बस दिल निकालकर रख देते थे और अब तो पचास रुपया देकर भी वो बात नहीं आती, वह हुनर नहीं मिलता।"

मैंने फिर एक अटपटी बात सामने रखी; कहा, "आप लोगों पर एक इल्ज़ाम है। यह कहा जाता है कि अपने नाच-गाने और इल्मे-मजलिसी की सारी खूबियों के साथ आप लोग मरदों को तरह-तरह से लूटने की कोशिश करती हैं।"

अपना कच्चे-पक्के रूखे बालों वाला सिर खुजलाते हुए सफ़दरबाई ने मुँह बनाकर अपना कुट्टनीमतम् दिया, "जी यह बात मेरी समझ में नहीं आई।" सफ़दरबाई के इस जवाब के साथ-ही-साथ शमीमबानो तड़पकर बोल उठीं, 'यह इल्ज़ाम गलत है कि हम लोगों से पैसा घसीटते हैं। मान लीजिए हुज़ूर आप आये और गाने की फ़रमाइश की। अब हमारा क्या काम रह जाता है—यही न कि आप लोगों को खुश करें। मान लीजिये हम गा रहे हैं—"काहें मारे

नजरिया के तीर"—अब इस पर हम जब तक भाव नहीं बतलाएँगे, एक्टिंग करके नहीं दिखलाएँगे तो आपका जी क्योंकर खुश होगा और आप खुश न हुए तो हमें पैसा ही क्यों देंगे। आप अपना जी खुश करने के लिए ही तो हमारे यहाँ आयेंगे न ! फिर यह इल्ज़ाम हम पर कैसे लगाया जा सकता है ? कहिए बाजी, मैंने ठीक कहा न ?"

बाजी सफ़दरबाई ने अपनी पसली खुजलाते हुए कर्कश स्वर में कहा, "ठीक है, यही बात है।"

मैं भी सोचने लगा कि बात सही है। इनके यहाँ जो भी जाता है वह कला और सुन्दरता का रस ग्रहण करने जाता है। ये रिझाने की दूकान ही लगाती हैं, सदियों के इनका पेशा निश्चित है। जो वेश्याएँ दैहिक व्यवसाय करती हैं उनका रिझाने का धंधा ही अलग है, परन्तु गायिकाओं-नर्तकियों के विषय में हमें और ही दृष्टि से सोचना होगा। आधुनिक काल में भी हम जलसों में चाहे शम्भू महाराज का नटवरी कत्थक नृत्य देखें या बाला सरस्वती का भरतनाट्यम, उदयशंकर की मौलिक नृत्य-सृष्टियों का अवलोकन करें या अमलाशंकर के मणिपुर नृत्य का—हम सदा मुद्राओं और भाव-भंगिमाओं का रसान्तर्गत सत्य ही देखना चाहते हैं और इन कलाकारों की कला-सृष्टि में उसी की प्रशंसा करते हैं; महत्ता भी उसी कलात्मक सत्य की है। यह प्रशंसा और महत्ता सामन्ती युग में इन कलाकारों को दूसरे ही रूप में प्राप्त हुई। धनी सामन्त महाजन प्रशंसा को रुपये से तौल कर दे देते थे, पर महत्ता चूँकि वे केवल अपनी ही मानते थे इसलिए गणिका कलाकार की महत्ता को वे लोग अपनी कामेच्छा की आड़ में करके ही स्वीकार कर पाते थे। वे जिस गणिका के गुणों पर रीझते थे, जिससे अपनी इच्छा-पूर्ति की आशाएँ लगाते थे, उसके प्रति अपनी सत्ता और महत्ता को इस प्रकार अर्पित करते थे कि ग्रहण करने वाली उसे पाकर गौरवान्वित हो, उनके प्रति उपकार मानकर रस-सदय हो। और जब यही क्रम चल पड़े तो वेश्या क्यों न उन्हें अधिकाधिक रिझाकर अधिकाधिका मुनाफा लूटे ! इस लूटने में लूट की भावना उतनी नहीं होती जितनी कि सौदे की।

मैंने फिर दूसरी बात उठाई; कहा, "सफ़दरबाई, आप यह तो मानती ही होंगी कि आपके पेशे की हालत बहुत गिर गई है।"

"जी हाँ !"

"खैर, आपका तो सवाल ही नहीं उठता, लेकिन आपकी यह लड़की अभी नौजवान है, पूरी उम्र इसके सामने अभी पड़ी है।"

"जी हाँ, सही है।"

मैंने कहा, "ईश्वर करे कि आप लम्बी उम्र पाएँ मगर तब भी इस लड़की को उम्र आपसे आगे का जमाना भी देखेगी।'

"जी हाँ।"

"फिर आप यह क्यों नहीं सोचतीं कि अगर आपकी लड़की की शादी हो जाये तो बेहतर होगा।"

"हुज़ूर, हम सोचें तो सब-कुछ, मगर शादियाँ भला इतनी आसानी से कहीं हो सकती हैं! वैसे हम अपने लड़के-लड़कियों की शादियाँ भी करते हैं; जो ज़हीन नहीं होतीं, कुछ सीख नहीं पातीं, उनकी शादियाँ तो अपनी कौम में हम कर देते हैं, मगर कौम के बाहर हमारी लड़कियों को कौन कबूल करेगा? और यह बात भी है कि अगर इत्तफ़ाक से ऐसी शादियाँ हो जाती हैं तो हमारी लड़कियों को बुरा वक्त देखना पड़ता है। मैं आपसे हाल की ही एक बात बतलाती हूँ। ये जो छापे पड़े थे उससे हम लोगों में घबराहट फैली, बाज़ार में इसी घबराहट की वजह से दो लड़कियों ने अपना निकाह पढ़वा लिए। शरीफ़ों के साथ उनके निकाह हुए...."

"कैसे हुए?" मैंने पूछा।

उत्तर शमीमबानो ने दिया, "पूरा हाल तो अभी हमें नहीं मालूम हुआ, मगर यों समझ लीजिए कि उनके यहाँ आने-जाने वालों में से होंगे। लड़कियों की घबराहट देखकर उन्हें जोश आ गया होगा कि लाओ शादी कर लें, सो कर ली। बाद में वह जोश ठंडा पड़ गया होगा। घरवाले पीछे पड़े हों या रिश्तेदार, दोस्त-अहबाब ने बाद में उनके इस जोश का मज़ाक उड़ाया हो, तानाकशी की हो, या उन्हें और किसी तरह से शर्मिन्दा किया हो, जो भी हो, बहरसूरत उन शरीफ़ों का जोश ठंडा हो गया और वो हमारी इन लड़कियों को गले पड़ा ढोल मान बैठे। सुना है हुज़ूर, उन्हें बड़ी-बड़ी तकलीफ़ें दी गईं और अब उन दोनों लड़कियों को तलाक दे दिया गया है। वो फिर से बाज़ार में आने के लिये कमरे तलाश कर रही हैं। अभी वो आयी नहीं, आएँ तो सच्चा हाल मालूम हो।"

"अरे वह भी मालूम हो ही जायेगा, मगर बन्दापरवर आप ही इन्साफ करें कि ऐसी हालत में हमारी लड़कियों में या हममें भी घबराहट न फैलेगी तो क्या होगा? हम अपनी बच्चियों की शादी आखिर किस भरोसे पर करें? इससे तो अच्छा है कि हम जिस हालत में हैं उसी में रहें," शमीमबानो बोलीं।

"सफ़दरबाई, आपके कितने बेटे-बेटियाँ हैं?" मैंने पूछा।

"एक लड़की है और दो लड़के। लड़के अपने-अपने कामों में लगे हैं और लड़की शुरू से ही एक सरपरस्ती में रही, मगर अब वह भी छापे के डर से कभी रात में नहीं आते। किसी दिन जी चाहा तो दिन में आ जाते हैं। खर्चा देना भी पहले की बनिस्बत कम कर दिया है। क्या करें?"

"लड़की के कुछ मुजरे वग़ैरह हो जाते हैं?"

"हाँ, मगर कोई ख़ास आमदनी नहीं है। छापे के बाद लोग हमारे यहाँ आते झिझकते हैं। भला बताइए हम फिर किस तरह अपना पेट भरें ? दिल्ली से एक आदमी आये थे; वो बतला रहे थे कि वहाँ गानेवालियों को लैसन मिल गया है और जो हुजूर यहाँ भी ऐसा हो जाये तो रोज़-रोज़ की साँसत छूटे। आने वालों को भी अपनी इज़्ज़त जाने का डर न रहे और हमें भी सुकून से बा-इज़्ज़त अपनी रोटी-चटनी कमाने का मौका मिल जाये।"

"आपको अपनी तरफ से और कुछ कहना है ?"

"और क्या कहना है हुजूर ! अगर सरकार मेहरबानी करके हमारे लिये एक घंटा वक्त और बढ़ा दे, यानी कि ग्यारह के बजाय बारह बजे तक टेम हो जाये तो अच्छा हो। आप यह समझें कि साढ़े आठ-नौ बजे तक अपनी दुकान-दुकान बढ़ाकर लोग आ पाते हैं—हमें कम-से-कम तीन घंटे का वक्त तो मिले।"

नाच-मुजरे का समय बढ़ाने की बात मुझसे कई स्त्रियों ने कही। शहर की गुण्डागर्दी बन्द करने के लिये कुछ वर्ष पहले पुलिस ने यहाँ के वेश्यालयों में नाच-मुजरे का समय एक घंटा घटाकर इन स्त्रियों के लिए समस्या उपस्थित कर दी। पैसा देने वाले शौकीन रात के नौ बजे अपना रोज़गार-धन्धा निपटाकर साढ़े नौ-पौने दस तक पहुँच पाते हैं, उनके बैठने और गाना सुनाने का आयोजन होते-होते तक दस-पन्द्रह मिनट और बीत जाते हैं। इधर गाना जरा गरमाया नहीं कि उधर पौने ग्यारह बजे पुलिस की सीटी बजी। तफरीह के लिए आया हुआ शौकीन इससे भड़क जाता है और अपना रस उखड़ जाने के भय से भविष्य में प्रायः कई बार आना टाल जाता है, क्योंकि कोई भी व्यक्ति यह नहीं चाहता कि दिन-भर के काम-काज से थककर वह मन बहलाने जाये और फिर पुलिस के हाथों अपनी इज़्ज़त गँवाए।

सचमुच उखड़ते जीवन की समस्याएँ सदा एक से अनेक हो जाया करती हैं। तनिक-सी बात उठाने जाओ तो उसमें से इतना कुछ फूट पड़ता है कि न्याय-अन्याय, किसी पक्ष की ओर भी बातों को उठाते-धरते नहीं बनता। एक परिचित पुलिस-अधिकारी से मेरी बातें हुईं। वे कहने लगे कि असली गानेवालियाँ अब शहर में बहुत कम हैं। उनके लिए यदि नियम को ढीला किया जाय तो उसका फायदा नकली गानेवालियों और बुरे आदमियों को मिलता है तथा पुलिस के लिए एक-एक नया झंझट रोज बढ़ जाता है। अस्तु।

मुनीरबाई, अल्लाहरक्खीबाई और शमीमबानो

२५-६-५६। आज की बैठक मुनीरबाई के घर पर हुई। इन तीनों प्रसिद्ध महिलाओं के अतिरिक्त मुनीरबाई की भानजी और बहन अन्नो तथा ज़रीना भी उपस्थित थीं। वैसे ३० अगस्त को भी शमीमबानो और अल्लाहरक्खीबाई से

मेरी बातें हो चुकी थीं। इन दोनों ही भेंटों की बातें मैंने यहाँ सम्मिलित रूप से सँजोई हैं।

मुनीरबाई की आयु अड़सठ वर्ष के लगभग है। खूब पैसे वाली हैं। इनके जीवन का अधिकांश भाग स्वर्गीय ओरछा-नरेश महाराज वीरसिंह जू देव की छत्रछाया में बीता। अब भी मुनीरबाई के कमरे में महाराज का रंगीन चित्र उसी तरह प्रतिष्ठित है जिस तरह हिन्दू घर में ठाकुर प्रतिमा की प्रतिष्ठा होती है। चौक की डेरेदार तवायफ़ों के समाज में मुनीरबाई की बड़ी प्रतिष्ठा है; वे उनकी संगीत-कलाकार यूनियन की अध्यक्षा भी हैं। खिलता गेहुँआ रंग, भारी देह, पोपला मुँह, बैठा हुआ गला और रोबीला व्यक्तित्व उनकी विशेषता है। अपने यौवन-काल में वे निश्चित रूप से सुन्दर रही होंगी।

अल्लाहरक्खीबाई और शमीमबानो, जैसा कि पहले लिख चुका हूँ, अपने समय में लखनऊ की नामी गानेवालियाँ रही हैं। अल्लाहरक्खीबाई की आयु इस समय साठ के निकट पहुँच चुकी है; शमीमबानो उससे बरस-दो बरस छोटी होंगी। अल्लाहरक्खीबाई कृष्णवर्ण की हैं और शमीमबानो गौरवर्ण की हैं। अनेक वर्ष पहले किसी ईर्ष्यालु गायिका ने अल्लाहरक्खीबाई को पान में सिन्दूर खिला दिया था, जिसके कारण उनकी आवाज सदा के लिये बैठ गई। महाकवि निराला जी बापू के प्रति अपनी एक व्यंग्य कविता में अपने साथ अल्लाहरक्खी-बाई का नाम जोड़कर वर्षों पहले उन्हें अमर कर चुके हैं।

शमीमबानो अपने समय की परम सुन्दरी और श्रेष्ठ गायिकाओं में मानी गईं।

प्रश्नावली अल्लाहरक्खीबाई से आरम्भ हुई—

"लखनऊ कब तशरीफ लाईं?"

"सन् तीस में।"

"कहाँ से तशरीफ़ लाईं?"

"कानपुर से।"

"तामील किस उम्र में शुरू हुई?"

"हमारे यहाँ छः-सात बरस की उम्र में ही लड़कियों की तालीम शुरू हो जाती है।"

"और पहली बार महफ़िल में कब आयीं?"

यहाँ से उत्तर सम्मिलित होने लगे। उत्तर आया, "आमतौर पर दस-ग्यारह साल की उम्र में ले आई जाती हैं।"

"तालीम पाते ही लड़कियाँ एकाएक बड़ी महफ़िलों में आने पर झिझकती या घबराती हैं?"

"जी नहीं, बात धीरे-ही-धीरे शुरू होती है। मसलन घर में माँ या बड़ी

बहन गा रही है, रईस बैठे हैं, हौसला-अफ़ज़ाई के लिए लड़की से भी कहा गया कि जो याद किया है सुनाओ। फिर मान लीजिये किसी रईस के यहाँ तकरीब हुई, छोटे-मोटे जलसे हुए, वहाँ मुज़रा किया, तारीफ़ हुई, धीरे-धीरे हौसला बढ़ गया।"

"अच्छा, लखनऊ में किसी ज़माने में बड़े-बड़े उस्तादों और गानेवालियों का जमघट था।"

"जी हाँ।"

"यहाँ के उस्तादों में और गानेवालियों में किन-किनके नाम मशहूर हुए ?"

"बड़े-बड़े लोग थे। अहमद अली थे, खुर्शेदअली खाँ, एवज़अली खाँ, सारंगिये और दूल्हा खाँ हुए। दूल्हा खाँ बहुत सरनाम हुए। इनके तीन बेटे थे—अहमद खलीफा, मुहम्मद हसन खाँ और बाकर अली खाँ। इन्होंने अच्छा नाम पैदा किया। इनके अलावा बड़े मुन्ने खाँ, छोटे मुन्ने खाँ हुए। बड़े मुन्ने खाँ गाते तो महफिल में सन्नाटा हो जाता था।

ये तीनों ही प्रतिष्ठित कलाकार जब पुराने कलाकारों का नाम लेती थीं, तब उनके स्वर और चेहरे का भाव श्रद्धापूर्ण हो उठता था। आगे की बात मुनीरबाई ने उठाई; बोलीं, "गानेवालियों में आज से पन्द्रह-बीस साल पहले छोटी जद्दन, बड़ी जद्दन, अच्छनबाई, अल्लाहबांदी और हस्सोबाई का बड़ा नाम था। नन्हुआँ, बचुआ यहाँ की चौधरायन थीं और बहुत खूब नाचती थीं।"

अल्लाहरक्खीबाई और शमीमबानो ने और भी कई गायिकाओं के नाम लिखाए—(१) बुग्गन, (२) जली खुर्शेद, (३) माहेलक़ा, (४) बब्बनबाई, (५) मुन्नेवाली छुट्टन, (६) नब्बनबाई, (७) हमीदाबाई, (८) ताराबाई, (९) जमीलनबाई, (१०) शमीमबाई फ़तहपुरी, (११) बेनज़ीरबाई और ज़ोहराबाई। इनके अतिरिक्त हसीनाबाई और नसीमबाई, दो उगती हुई संगीत-तारिकाएँ अपनी भरी जवानी में ही अल्लाह को प्यारी हो गईं। हस्सोजान महाराजा महमूदाबाद की रक्षित थीं; गाने में, इज्जत में, हर बात में उनका दरजा बड़ा माना जाता था। जलो खुर्शेद बड़े संगीतशास्त्री राजा नवाबअली के मन पर चढ़ी हुई थीं। उन्होंने संगीत में नाम कमाया ही, परन्तु इसके अतिरिक्त कंकौवेबाजी में भी सरनाम रहीं। मोहम्मदीबाई की ख्याति भैरवी गाने के लिए विशेष रूप से रही। इनमें केवल दो मुनीरबाई और ताराबाई ने ही नृत्य में नाम कमाया। बाकी प्रायः सभी किसी समय रेडियो और ग्रामोफोन-रिकॉर्ड कम्पनियों से भी ख्याति प्राप्त करती रहीं।

मैंने प्रश्न किया, "लखनऊ के घराने की गायिका को यू० पी० के और बड़े शहरों में या यू० पी० के बाहर कैसा पसन्द किया जाता है ?"

शमीम—"जी, पंजाब वाले पूरब अंग का दादरा सुनने के लिए मरते हैं।

हमारे यहाँ का गाना पूरब अंग कहलाता है। जहाँ सुर लगा नहीं कि पूरा असर दिखाया। पूरब अंग की गायकी में 'फुरक-मुरक' की ऐसी फबन होती थी कि सुनने वाले फड़क-फड़क उठते थे।"

"बनारस की गायकी का घराना क्या कहलाता है ?"

अल्लाह—"जी, वह भी पूरब अंग ही कहलाता है, मगर हम लोग यहाँ उसे बनारस अंग कहते हैं। उनकी अपनी खूबियाँ हैं, हमारी अपनी खूबियाँ हैं। वह हम पर मरते हैं, हम उन पर मरते हैं। फ़न में हुज़ूर, खूबियों के लिए जलन नहीं होती, वाहवाही होती है। जो जलेगी वह बढ़ेगी क्या और कोई पूरब अंग में ही अकेली खूबियाँ नहीं हैं, पछाँह वाले धुन बहुत उम्दा गाते हैं।"

मैं—"हिन्दुस्तान के बड़े-बड़े शहरों में जहाँ महफ़िलें होती हैं, या कहना चाहिए कि होती थीं, आप लोगों के साथ-साथ दूसरे सूबों की मशहूर तवायफ़ें भी बुलाई जाती होंगी ?"

शमीम—"जी हाँ।"

मैं—"किन-किन मशहूर गानेवालियों से आप लोगों का साबिका पड़ा ?"

शमीम—"जी बहुतों से। बम्बई दकन की गंगोबाई, रोशनआरा, हीराबाई और नेपाल की दो बहनें तारा-सितारा जो फिल्म में चली गईं, जम्मू की मलिका पुखराज, मुख़्तार बेग़म लाहौर वाली, अमृतसर की अनवरीबाई, आगरे वाली अन्नो अख़्तर, बीकानेर की अल्लाह जिलाई—बहुतों से सामना पड़ा। अच्छे-अच्छे दंगल हुए—हमारे भी, अल्लाहरक्खी के भी।"

"ये दंगल क्या महफ़िलों में ही हुआ करते थे ?"

अल्लाह—"जी महफ़िलें तो जैसे रात में हो गईं, फिर सुबह जश्न हुआ। दंगल आमतौर पर उसी में होते हैं।"

"दंगलों का तरीका क्या होता था ?"

अल्लाह—"मान लीजिये दस बहनें हैं। वे एक साथ खड़ी हो गईं, उनके साथ साज़िन्दा सिर्फ एक जोड़ ही रहेगा। अब एक बोल गाकर दसों बहनें अपने-अपने फ़न दिखलाएँगी। जिसे सबने मकबूल किया उसी का नाम हुआ।"

मैं—"तब उसे खूब इनाम-इकराम मिलता होगा ?"

शमीम—"जी हाँ, हुज़ूर, इनाम का तो यह हाल था कि रईस नोट और गिन्नियाँ उछालते थे। उस ज़माने में हम लोगों की बड़ी इज्ज़त थी। बड़े-बड़े लोग बा-इज्ज़त हमें अपने बराबर से बिठाते थे, चौधरायन के यहाँ दरबार लगता था, बड़े-बड़े लोग तहज़ीब सीखने जाते थे। अब तो हमको भी लोग-बाग चावलवाली गली की ही मान लेते हैं। कोई मज़ा नहीं रहा। जब से यह छापा पड़ा है हम तो तबाह हुए जाते हैं। आप यकीन मानिए कि कहाँ तो हम हर एक से मिलना-जुलना भी पसंद नहीं करते थे। नये आने वालों से विज़िटिंग कार्ड

माँगा करते थे, हुजूर ! और अब तो जरीसा थाने का मुंशी आ जाए तो डर के मारे पसीना छूटने लगता है। हाथ जोड़े चले आते हैं कि हुजूर ने कैसे तकलीफ फरमाई।" शमीमबाई के चेहरे पर आत्मग्लानि की तीखी मचलती रेखाएँ उभरीं; उत्तेजना-भरी आँखों में सूनापन, फिर विषाद, फिर प्रश्न की चमक; फिर सूनापन—अस्थिरता का द्रुत-चलचित्रपट सज गया। वह फिर बोली, "अच्छा हुजूर, अब तक किसी भी गवर्नमेण्ट ने यह ज्यादती हमारे ऊपर नहीं की थी। छापे के नाम से ही हमारे तो हाल पतले हो जाते हैं। अब उस दिन छापा पड़ा। हाथ में बुरका ओढ़ के बदवासी की हालत में भागी। अब उस वक्त ये भी होश नहीं कि क्यों भाग रही हूँ, कहाँ भाग रही हूँ। और इस बीच में एक हवलदार ने टोक दिया कि क्यों शमीमबानो, कहाँ जा रही हो ? यकीन मानिए, मैं जीते-जी मर गई। जी, कहने की बात नहीं, मगर आप सच्चा हाल पूछते हैं, इसलिए बदतमीज़ी मुआफ फरमाइएगा, हवलदार के आवाज़ देते ही डर के मारे अब मैं कैसे कहूँ हुजूर....वह पूछ रहा है, शमीमबाई कहाँ जा रही हो और मेरी समझ में कुछ भी नहीं आता। मैं खड़ी-खड़ी जी, हाँ, यहाँ-वहाँ बस यही सब करती रह गई। वह बेचारा हवलदार शरीफ था, हँस के चला गया। मुझसे बोला, घर जाओ। मगर आप ही बतलाइए यह कोई ज़िन्दगी हुई ! अरे हम गाने-बजाने वालियाँ, हमारे ऊपर तो ऐसी बातों से कट्टर नाज़िल हो जाता है। सरकार हमारे पीछे क्यों पड़ी है, अरे जहाँ गुण्डे हों, उचक्के-बदमाश हों, गंदा पेशा करने वालियाँ हों, वहाँ जाएँ।"

"आप लोगों के यहाँ गुण्डे, दलाल नहीं रखे जाते ?"

"हमारे यहाँ क्यों रखे जाएँ, हुज़ूर ! जिनके यहाँ गुण्डे आते हैं वही अपनी हिफ़ाज़त के लिए गुण्डे रखती भी हैं। हमारा रईसों-शरीफों का साथ, हमें क्या जरूरत ! और दलालों की बात झूठ है सरकार। डेरेदारों के यहाँ दलाल नहीं रखे जाते।"

"तो डेरेदारों के यहाँ लोग-बाग गाना सुनने कैसे पहुँच जाते हैं ?"

"यों ही नाम सुनकर पहुँच जाते हैं; हमारे यहाँ आने वाले रईसों की सोहबत में पहुँचते हैं। हाँ, कभी यह भी हो गया कि मान लीजिए आप बाज़ार में तशरीफ़ लाये, किसी दलाल ने आपसे कुछ कहा-सुना, मगर आपने कहा कि हमको उसके यहाँ नहीं, शमीमबानो के यहाँ जाना है, या अल्लाहरक्खी के यहाँ जाना है तो वह आपको हमारे यहाँ पहुँचा गया।"

"ऐसी हालत में क्या उस दलाल को आपसे इनाम-इक़राम मिलेगा ?"

"जी नहीं, हम दलालों से कोई मतलब नहीं रखते। यह बात दूसरी है कि आपको सलाम करके वह कुछ आपसे पा जाए।"

यहाँ बातों का सीधा प्रसंग छोड़ एक रस्म का उल्लेख कर दूँ। विवाह होने

के बाद युवक-युवती के मिलन की पहली रात को सुहागरात कहा जाता है। वेश्या एक व्यक्ति की पत्नी भले ही न हो, पर नगर-वधू तो है ही। उनकी भी सुहागरात मनायी जाती है। यहाँ उसे नथ उतारने की रस्म कहते हैं। वेश्या-पुत्री जब तक कुँआरी रहती है तब तक उसकी नाक में एक छोटी-सी नथ पड़ी रहती है। जो नागरिक नगर-वधू का कौमार्य भंग करता है वह उसकी नथ उतारकर नाक में कील पहनाता है। कील के साथ ही वह नगर-सुहागिन के लिए यथाशक्ति उत्तम कपड़े, गहने और मिठाइयाँ भी लाता है। यह मिठाई तमाम वेश्या बिरादरी में बाँटी जाती है। इसी रस्म की बात उठाकर मैंने पूछा, "क्या ऐसे आदमी से तवायफें किसी क़िस्म का करार करती हैं ?"

"जी हाँ, जिसके साथ यह रस्म होती है, हमारी लड़की उसी रईस की पाबन्द भी हो जाती है।"

"और मान लीजिए, उसने नथ उतारने के बाद छोड़ दिया ?"

"फिर और कोई अच्छा रईस देखकर हम उसे उसका पाबन्द बना देते हैं। बहरसूरत हमारा पेशा गाने-नाचने का ही है। सरकार का जी चाहे तो हमारी लड़कियों का इम्तहान और हमें इज़ाजत दे। गन्दे पेशवालियों से हमारी बराबरी खुदा के लिए न करवाएँ।"

सरकार ने दफ़ा ८ की पाबन्दी पर जोर दिया। इसमें छज्जे पर बैठना, झाँकना, इशारेबाजी करना, दलाल रखना वर्जित है। सब वेश्याओं ने अपने छज्जों पर चिकें डाल रखी हैं। लेकिन इसमें भी डेरेदारों और कस्बियों में कोई स्पष्ट अन्तर नहीं पड़ता। क्योंकि उन्होंने भी चिकें डाल ली हैं। डेरेदार वेश्याओं की यूनियन की सदस्याओं ने अपने-अपने घरों पर साइनबोर्ड भी लगा रखे हैं; बुरी वेश्याओं ने भी देखा-देखी 'डांसर एण्ड सिंगर' (नर्तकी और गायिका) का साइनबोर्ड लगा लिया है। इन सबके मन में पुलिस के छापे की हलचल समा गई है; उससे सदा सहमी रहती हैं।

पुरानी महफिलें

पुराने समय में अर्थात् आज से पच्चीस वर्ष पहले तक डेरदार वर्ग की तवायफ़ों को नौचियों और कस्बियों से अपनी प्रतिष्ठा के लिए कोई भय नहीं था। वे इन डेरेदारों की दृष्टि में ओछी थीं। इसलिए लाग-डाँट का प्रश्न ही उपस्थित नहीं होता था। डेरेदार वेश्या होकर भी श्रेष्ठ कलाकार होने के कारण प्रतिष्ठा पाती थीं। शमीमबानो का एक चुभन-भरा वाक्य याद आता है कि बिना विज़िटिंग कार्ड के पहुँचे वे अदाई-गदाइयों से मिलना भी अपनी शान के खिलाफ़ समझती थीं। उस पुरानी प्रतिष्ठा की याद कर ये तीनों प्रतिष्ठित लखपती वेश्याएँ अपने जी के फफोले फोड़ने लगीं। उनके दुख ने कहीं पर मेरे मन को भी स्पर्श किया। उनके अवसाद से वर्तमान क्षणों को उबारने के लिए मैंने बात

बतलाई। उनसे पुरानी महफ़िलों और नामी गायिकाओं के संस्मरण को कहानियाँ सुनने की प्रार्थना की।

गौहर जान और बेनज़ीर

मुनीरबाई ने गौहरजान और बेनज़ीर का एक मजेदार क़िस्सा सुनाया—"उस ज़माने की तवायफ़ें क्या थीं। एक महफ़िल में कलकत्ते की गौहरजान गयी थीं। उनका ज़माना था और थीं भी इज़्ज़त के लायक। उनका बड़ा दबदबा था। उस महफ़िल में महाराजा दरभंगा की रंडी बेनज़ीरबाई भी आयी थी। बड़ी खूबसूरत थी और सिर से पाँव तक पोर-पोर क़ीमती जवाहरात में मढ़ी हुई थी। उसे बड़ा गुमान था मगर गौहरजान के सामने भला कौन गुमानी जीत सकता था! बेनजीर के गाते ही गौहरजान के आगे दूध-पानी साफ़ हो गया। उसके बाद आख़िर में गौहरजान के गाने का नम्बर आया। ज़माना उनका मुश्ताक़ था। गाना शुरू करने से पहले बेनज़ीर के गाने का गुमान तोड़ने के लिए उन्होंने कहा कि बेनज़ीरबाई, आपके ये जवाहरात पलंग पर ही चमकेंगे, महफ़िल में हुनर चमकता है। बेनज़ीरबाई का पहला साबिका गौहरजान से पड़ा था। जब उनका गाना सुना तो पानी उतर गया। मगर वाह रे लगन और ईमान वाली, वहीं से बम्बई-पूने वाले अब्दुलकरीम ख़ाँ साहब के वालिद के पास पहुँची। अपनी ज़ेवरों की गठरी उनके क़दमों पर रख दी और कहा कि उस्ताद इस नाचीज़ को भी किसी क़ाबिल बना दीजिए। उस्ताद ने कहा कि अपने ज़ेवर अपने पास रखो। तुम जिस लगन से मेरे पास सीखने आयी हो उसी लगन से मैं तुम्हें सिखाऊँगा। दस बरस बाद उसी तरह सरापा हीरे पहनकर बेनज़ीरबाई फिर गौहरजान के पास गयीं; जो सीखा था सब सुनाया; एक घण्टे तक रिखव बढ़ाकर दिखलायी। गौहरजान ने कहा, "सुभानअल्लाह, अब तुम्हारे हीरे चमक रहे हैं।"

हसीना

हसीना अल्लाहरक्खी की छोटी बहन थी। इक्कीस वर्ष की आयु में उसका देहान्त हो गया। उतनी ही आयु में गायिका की हैसियत से उसने अच्छी तैयारी कर ली थी। एक बार उन्नाव में एक महफ़िल हुई; कई शहरों से दस-बीस तवायफ़ें मौजूद थी। कानपुर वाली....बाई भी आयी थीं। उस ज़माने में कानपुर की गानेवालियों में उसका नाम तेज़ी से चमकने लगा था। हसीना और कानपुरवाली की लाग-डाँट हो गई और जब लाग-डाँट हो जाती हैतब महफ़िल में बड़ी गरमी आ जाती है; बिलकुल वही हाल हो जाता है जो इलेक्शनों में होता है। कानपुरवाली ने ऐसी ही गरमा-गरमी में एक राग शुरू किया—अडाना गाने लगी। उसमें उसने एक जगह गलत राग लगाया। हसीना ने गट्टा पकड़ लिया; कहा, गलत जा रही हो। कानपुरवाली बोली, अरी हट तू गाना-

बजाना क्या जाने; हसीना ने कहा, इस बात पर मेरे साथ गा लो। महफ़िल का जोश दोबाला-चौबाला हो गया; उस्तादों में नाइत्तफ़ाकी हो गई। बड़ी कहा-सुनी रही। हसीना ने महफ़िल में अपना सिक्का जमा लिया था। कानपुरवाली के भाई ने अपनी बहन का हाथ पकड़ा और उठा ले गया।

स्टेशन के प्लेटफार्म पर

एक बार जमीलन और शमीमबानो में दंगल हो गया। प्रतापगढ़ में महफ़िल थी। कानपुर से जमीलन और लखनऊ से शमीमबानो गयी थीं। जवानी में शमीमबानो, बक़ौल खुद, "खूबसूरत तो किस मुँह से कहूँ क्योंकि इस लफ़्ज़ के मानी बहुत बुलन्दी तक ले जाते हैं, मगर हाँ, अल्लाह ने ऐसा कुछ जरूर दिया था जिससे लोग मेरी तरफ़ खिचते थे और गाने में भी रियाज़ अच्छा था।" महफ़िल बड़े-बड़े ताल्लुकेदारों की थी; रुपया सावन की झड़ी-सा बरस रहा था; जमीलन और शमीमबानो में लाग-डाँट हो गई। क़द्रदान उसके भी तगड़े-तगड़े थे और शमीमबानो का पलड़ा भी कुछ कम भारी न था। बहुत ज़बरदस्त मुक़ा-बला रहा। बड़ी गरमा-गरमी रही, दोनों के क़द्रदानों ने इस कदर रुपये और नोट उछाले कि दोनों के आगे उनका पहाड़-सा लग गया। अन्त में शमीमबानो ही बीस रही। जमीलन को बुरा लगा। महफ़िल के बाद दोनों एक ट्रेन में लौट रही थीं। प्लेटफार्म पर जल्दी ही पहुँच गई थीं; वहीं बात-बात में गरमा-गरमी हो गई। जमीलन ने कह दिया कि चहेतो के बल पर जीत गई, कोई गाने के बल पर तो जीती नहीं। इस पर शमीमबानो को गुस्सा आ गया; कहा कि चार उस्तादों के बीच में जब भी चाहे हमसे बढ़कर गा लो, उस्ताद जो फ़ैसला करेंगे मान लिया जाएगा। खूबसूरती अपनी जगह पर है, गाना अपनी जगह पर है। यों ही कहा-सुनी बढ़ती रही और जोश का घिराव इस क़दर हुआ कि स्टेशन पर ही दोनों का दंगल छिड़ गया। वहाँ पब्लिक मुंसिफ़ थी, बड़ा मजमा जुड़ गया।

तुम्हारे नसीब में मोटर हमारे नसीब में बैलगाड़ी

बरेली की एक महफ़िल में बनारस की कमलेश्वरी और दुर्गेश, फ़तेपुरवाली शमीम और अल्लाहरक्खो गई हुई थीं। जिनके यहाँ महफ़िल थी वे दो भाई थे और दोनों पहले ही से एक-एक गायिका से प्रशंसक के रूप में बँधे हुए थे। एक भाई लखनऊ की अल्लाहरक्खी का भक्त था, दूसरा बनारस की कमलेश्वरीबाई का, इसलिए महफ़िल में दंगल अनिवार्य रूप से हो गया। दूसरे दिन दंगल हुआ, अल्लाहरक्खी बाई का गाना बहुत पसन्द किया गया। महफ़िल में नब्बे फ़ी सदी आदमी अल्लाहरक्खी बाई के मुआफ़िक थे। ताबड़तोड़ मुज़रे हुए। उसके एक-डेढ़ महीने बाद ही वहीं किसी दूसरे के यहाँ महफ़िल थी। दूसरे भाई, जो कम-लेश्वरी के क़द्रदान थे, उन्हें कमलेश्वरी की हार अखर रही थी। उन्होंने पहली

महफ़िल के बाद ही इस महफ़िल (दंगल) का जोर बाँधा। कमलेश्वरी ने दो सौ रुपये माँगे और उन्हें मिले। अल्लाहरक्खी ने जब यह सुना तो तीन सौ माँगे। खैर, पौने तीन सौ पर राज़ी हो गईं। अल्लाहरक्खी और कमलेश्वरी में सारी रात होड़ चलती रही। इसके पहले एक दिन कमलेश्वरी गा चुकी थीं और अपना गहरा रंग जमा चुकी थीं। अल्लाहरक्खीबाई सिर्फ़, एक दिन के लिए ही जा सकीं, क्योंकि वहाँ की महफ़िल के एक दिन पहले उन्हें लखनऊ में एक महफ़िल करनी थी और बरेली की महफ़िल के बाद दूसरे ही दिन शाम को कन्नौज में एक महफ़िल में उन्हें गाना था। इसलिए अल्लाहरक्खीबाई को सिर्फ़ एक ही रात में अपना हुनर दिखाना था। खूब ही रंग जमा, कमलेश ने भी अपना कमालो-जमाल दिखलाया और इसमें शक नहीं कि उन्होंने खूब ही गाया। मगर अल्लाह जिसकी लाज रखे वही मीर कहलाता है। अल्लाहरक्खीबाई का सितारा बुलन्द रहा। कमलेश को दुःख हुआ। महफ़िल के बाद ही कमलेश चल दी। उसे गाँव से शहर (स्टेशन) पहुँचने के लिए बैलगाड़ी आयी। अल्लाहरक्खीबाई को भी जाना था, मगर खातिरतवाजों के लिए बहुत इसरार करने पर उन्हें रुक जाना पड़ा। कुछ देर बाद उन्हें छोड़ने के लिए मोटर बुलायी गई। रास्ते में ही कमलेश की बैलगाड़ी मिली। अल्लाहरक्खीबाई ने गाड़ी रोकी और कहा कि बहन, तुम मोटर में आ जाओ, मेरे आदमी बैलगाड़ी में बैठकर आते रहेंगे। उन्होंने समझा कि यह ताना दे रही हैं और इनके दिल में कमलेश्वरी के लिए इज्ज़त थी। तवायफ़ों में चुटीली बातें तो चला ही करती थीं कमलेश्वरी उसी रंग में बात को ले गईं; बोली कि बहन, जो जिसकी क़िस्मत में होता है, वही उसे मिलता है। तुम्हारे नसीब ने तुम्हें मोटर दी, हमारे नसीब ने हमें बैलगाड़ी दी।

तुम डाल-डाल मैं पात-पात

मुनीरबाई की बहन अन्नो (अनवरी) ने एक ऐसा दंगली प्रसंग सुनाया। एक छोटी रियासत में महफ़िल थी अन्नो और मोहिनीबाई उसमें भाग लेने के लिए बुलाई गई थीं। मोहिनीबाई राजा के मन चढ़ी हुई थी, या करीब-करीब चढ़ चुकी थी। मोहिनीबाई जो समझा देती राजा साहब समझ जाते थे। हर गाने वाली, जिसके हुनर पर राजा का ध्यान तनिक भी ठहरता, मोहिनीबाई की बड़ी सधी हुई टीका-टिप्पणियों का शिकार होती। अन्नो घबराई, हाय अम्मा अब क्या होगा ! अम्मा ने कहा, घबराओ मत, समझ से काम लो। अगर यह तुम्हें काटे तो तुम भी ठीक उसी तरकीब से काम लेना जिस तरकीब से यह काम लेती है। खैर अन्नो की बारी आई। मोहिनीबाई अपना रंग जमा के उठी थी कि राजा ने कहा, मोहिनी तुम साड़ी बदल आओ, तब तक अन्नो का गाना होता हैं, फिर जमकर तुम्हारा ही गाना सुना जायगा। मोहिनी यों गाती भी अच्छा

थी । अब तक महफ़िल में उसकी बराबरी का कोई उतरा भी न था । और जिनमें थोड़ी बहुत चमक होती भी उसे अपनी बातों से दबा देती थी । राजा को समझ नहीं थी, लेकिन समझदार बनने का ढोंग करते थे । जो मोहिनी कहती वही राजा कहते और जो राजा कहते वही उनके मुसाहब भी कहते । खैर अन्नो के गाने की बारी आई, राजा ने मोहिनी से कहा कि साड़ी बदलकर आओ । मगर मोहिनी के मन में तो चोर था; वह अन्नो का थोड़ा-सा रंग देखकर ही वहाँ से टलना चाहती थी । गाना शुरू हुआ । अन्नो का गला अच्छा था, तैयारी भी अच्छी थी, शुरू करते ही रंग जमने लगा, बसन्त बहार का ख़याल था और महफ़िल सुनकार थो । मोहिनीबाई ने काटना शुरू किया; कहा कि हुज़ूर वह पछाँह का अंग गाती हैं, मैं पूरब का अंग गाती हूँ । अन्नो ने भी चट से कहा, "जी हाँ हुज़ूर, मैं पछाँह का अंग भी जानती हूँ, पूरब का भी अंग जानती हूँ और पंजाबी धुनें भी जानती हूँ । हर एक की अपनी-अपनी खूबियाँ होती हैं ।" इसी तरह मोहिनीबाई ने दो-तीन बार मीठी काट की; अन्नो ने भी उसी तर्ज पर अपनी बात का रंग चढ़ाना शुरू कर दिया । राजा पर भी असर पड़ने लगा । मोहिनीबाई साड़ी बदलने के बहाने चली गई । जब लौटकर आयी तब देखा कि अन्नो का रंग पूरी तरह से जम चुका था । फिर बाक़ी रात अन्नो का ही गाना सुना गया; मोहिनीबाई फीकी बैठी रहीं ।

सभी बुजुर्ग तवायफ़ों का कहना है कि महफ़िल का रंग देखकर ही उसे बाँधना चाहिए । महफ़िल का रंग समझना और बाँधना अपने आप में एक कला है । जिसने महफ़िल का मूड समझ लिया वह तवायफ़ उखड़ नहीं सकती ।

लखनऊ की तहज़ीब बखान करते हुए मुनीरबाई ने बतलाया कि यहाँ का क़ायदा यह था कि जब रईस तवायफ़ के यहाँ आकर बैठते थे तब तवायफ़ अपनी तरफ़ से यह कभी नहीं कहती थी कि हुज़ूर गाना सुनिए । यह बातचीत और अदब-मिठास से रईस की खातिर करती और जब रईस खुद ही फ़रमाइश करता कि उस्तादों को बुलाइए तभी गाना शुरू होता था ।

अगर किसी तवायफ़ के यहाँ महफ़िल है तो वह अपनी बराबर की साथिनों को बुलवाएगी, साथ ही शहर के तमाम नाच-गाने के शौकीन रईसों को भी न्योता भेजा जायगा । रईस लोग आयेंगे, मगर महफ़िल में किसी पर न्योछावर नहीं करेंगे । हाँ, महफ़िल खत्म होने पर रईस जब जाने लगेंगे तब बतौर न्योते की रस्म-अदायगी के ये दस, बीस या पचीस, पचास गिन्नी-अशर्फी अपनी-अपनी तबीयत से हैसियत के मुताबिक तवायफ़ को दे जाते हैं ।

महफ़िलों के ये रोचक संस्मरण सुनते हुए मुझे उन तमाम तवायफ़ों और तवायफ़ज़ादियों की बातें आद आ रही थीं जिन्होंने अपनी इंटरव्यू में पक्के गानों की वर्तमान दुर्गति का दुखड़ा रोया था । चौक की अन्य डेरेदार तवायफ़ों में

मैंने हंसाबाई, बचुआबाई, नज़ीरबाई, नवाबजान, शकीलाबाई, जन्नोबाई, शज्जोबाई, अशरफ़बाई, दिलरुबा, नाजनी, मुन्नीबाई, चन्द्रकुमारी, सोफ़िया बेगम आदि से विस्तारपूर्वक बातें कीं; कुछ अन्य स्त्रियाँ भी इन बातों में सम्मिलित होती रहीं। डेरेदार तवायफ़ों की पंचायत में दो बार मैंने उनके निमन्त्रण पर भाग लिया। प्रत्येक के साथ अलग-अलग बातें करते हुए भी लगभग एक पखवारा बिताया।

वेश्या का कोठा जवानों के मन में सदा एक रंगीन स्वप्न-संसार बनकर ही आता है। मैं पहले ही स्वीकार कर चुका हूँ कि इस जादू ने कभी मुझे भी अपने रंगीन लाज में बाँध रखा था। मैं कह नहीं सकता, शायद उम्र पकने का परिणाम हो, इस बार लगभग बाईस-चौबीस वर्षों बाद इन कोठों को देखकर मेरे मन में बड़ी वितृष्णा जागी। घरों में आमतौर पर गन्दगी देखी। गन्दे, बगैर साफ किए हुए उगालदान, कूड़ा, मैल फूहड़पन देख-देखकर मुझे बराबर यही लगता था कि इस वातावरण में क्योंकर लोग अपने रोमांस का सपना पा सकते हैं। दैहिक पेशा करनेवाली वेश्याओं की बात छोड़ दीजिए, मगर ये डेरेदार तवायफ़ें तो वंश-परम्परा से अपने चारों ओर स्वप्न-संसार के ताने-बाने की शिक्षा पाती रही हैं, फिर इनके यहाँ सौंदर्य-बोध का आज नाम-निशान तक नहीं मिलता। दो-चार लड़कियाँ शारीरिक रूप से सुन्दर अवश्य देखीं, पर उनमें भी कहीं कोई चमक न दिखलायी दी जो किसी सुसंस्कृत व्यक्ति के मन में रसबोध जगा सके।

एक लड़की, जिसकी आयु लगभग बाईस-तेईस वर्ष की रही होगी, एक दिन अपने मोहल्ले की बड़ी-बूढ़ियों के साथ मेरे यहाँ आयी, लगभग ढाई-तीन घण्टे बैठी, मैंने इतनी देर में उसकी वे तमाम नखरे-भरी तरकीबें देखीं जिनसे वह ग्राहक पुरुषों में अपने प्रति काम-आकर्षण जगाती होगी। उसका रंग साँवला था; चेहरा गोल, और नाक-नक्शा भी बुरा नहीं था। उसे शायद अपनी जवानी, सलोनेपन और रिझाने की कला पर नाज़ भी था। मैं औरों से बातें करता रहा और उतनी देर में उसने पुरुष को अपनी ओर आकर्षित करने वाली तमाम तरकीबों का सरकस मुझे दिखा डाला; कभी जाँघ खुजलायी, कभी आँचल सरकाया, कभी नशीली नज़र की ताक साधी, सोफ़ा के हत्थे पर झुक सिर हाथ पर टिका अदा दिखलाना, ये सब तमाशे मैं देर से देख रहा था और सोच भी रहा था कि डेरेदारों का अति प्रसिद्ध इल्मे-मजलिसी इस लड़की के व्यक्तित्व के अपने दिवालियेपन का ढोल पीट रहा है। जब इस लड़की से इण्टरव्यू लेने का नम्बर आय तो मैंने जान-बूझकर छूटते ही कहा, "बेटी मेरे सवालों का जवाब देने तक सावधान होकर बैठना।"

बिजली की तरह उस पर असर हुआ। शायद डर के कारण, लेकिन डर

और आदत दोनों ही अपने-अपने करतब दिखाते हैं। इस लड़की की एक छोटी बहन है। वह भी नाच-गाने का धंधा करती है। कौम हिन्दू जुगेला, गोत ठाकुर, निकास तारा रामपुर, ज़िला सीतापुर। पिता तारा रामपुर में आठ बीघा ज़मीन में खेती कराते हैं, कभी यहाँ भी रहते हैं। यह लड़की अपने माता-पिता और छोटी बहन के साथ पाँच-छः वर्ष पहले सीतापुर से लखनऊ आयी। माता-पिता दोनों ही वेश्या वर्ग के हैं। सीतापुर में उस्ताद बुद्धन खाँ नाच-गाना सिखाते थे। लखनऊ में इन्तखाब हुसेन तालीम देते हैं। नाच सीख लिया, काम लायक। गाने में तबीअत लगती है।

दिनचर्या पूछने पर उसने बतलाया कि सुबह ढाई-तीन घण्टे रियाज़ चलता है; शाम को भी तीन-चार घण्टे तालीम-मुजरा हो जाता है। दिन खाली रहता है। पढ़ने-लिखने की खास शौक नहीं। जो मिला पढ़ लिया वरना पड़े रहे। दोनों बहनों के नाच-गाने से घर का खाना-पीना चल जाता है। मकान का किराया पच्चीस रुपये है। कपड़े-गहने साल में तीन-चार बार बन ही जाते हैं। एक बार में सवा सौ-डेढ़ सौ के कपड़े खरीद ही लिए जाते हैं। परीक्षा लिये जाने की बात पर कहा, "नोटेशन से तो हम न गा सकेंगी, पर यों राग-रीत सब गा लेंगी।"

मैंने पूछा, "अच्छा मान लो कि तुम्हें कभी शादी करने को कहा जाए तो तुम वह पसन्द करोगी या जैसी हो वैसी ही अच्छी हो?"

यह झेंपी, मुस्करायी, फिर कहा, "जी, अब शादी तो क्या करेंगी! शादी के जिस माहौल में हम हैं वही अच्छा है।"

"नाच-मुजरे के अलावा किसी की पाबन्दी में भी हो?"

"फिलहाल किसी की नहीं, बरस डेढ़ बरस से यही हाल है।"

डेरेदार तवायफ़ों ने बार-बार ज़ोर देकर यह बात मुझसे कही है कि किसी व्यक्ति की नौकरी के अलावा वे छिटपुट देह-ग्राहकों को प्रोत्साहन नहीं देतीं। जहाँ तक उनके परम्परागत सामाजिक नियम की बात है, यह कथन सत्य हो सकता है पर विषम आर्थिक संघर्ष के इन दिनों में यह नियम सचाई और ईमानदारी के सा[illegible]ब इस समाज में नहीं लगता। इस बात के कुछ और प्रमाण भी मुझे मिले है[illegible]नका उल्लेख यथास्थान करूँगा, पर यहाँ तो देगची के एक चावल को टटोलक[illegible] भी उनके इस झूठ की कलई खुल जाती है। यह लड़की जिन तरकीबों का प्रदर्शन मेरे सामने करती रही वह उसकी रोज़मर्रा में शामिल होंगी। उसके घर पर गाना सुनने को पहुँचा हुआ पुरुष इन संकेतों से प्रेरित होकर कुछ और भी सौदा करता होगा। मैं व्यक्ति को दोष नहीं देता। आजकल हर तवायफ़ की नौकर रखने लायक हैसियत इस देश के औसत रसिक

समाज को नहीं रही। यह तो आने वाली तवायफ़ों के बयान से ही पाठक भली-भाँति समझ सकता है।

हंसाबाई

आयु पैंतीस-छत्तीस। रंग गेहुँआ। शरीर दुबला। आवाज थोड़ी नकसुरी। चेहरे पर रोग का पीलापन। हंसाबाई पहाड़िन का पेशा बुजुर्गों से है। कौम पातुर, कोत शिल्पकार, गाँव नायकना, ज़िला अल्मोड़ा। बचपन में कत्थक नाच की तालीम पाई। आरम्भ में शास्त्रीय संगीत की शिक्षा भी पाई "यों हल्के-फुलके गाने भी गाती हूँ।"

"नाच-गाने के अलावा आपको और कोई तालीम मिली ?"

"हम लोगों को इल्मे-मजलिसी सिखाया जाता है," एक ने कहा।

मैंने पूछा, "आप नाच-मुजरा भी करती हैं या किसी की नौकरी में ही हैं ?"

हंसाबाई ने कहा, "जी एक की नौकरी में हूँ और मुजरा-नाच बराबर करती हूँ; ज्यादा रोज़ी उसी की है।"

"आप अपने घर में एक दिन कितने मुजरे कर लेती हैं ?"

हंसाबाई ने कहा, "कभी दिन में एक मुजरा, कभी दो या हद-से-हद तीन; कभी पन्द्रहियों नहीं, डेढ़-डेढ़ महीने तक नहीं।"

मैंने पूछा, "एक मुजरे की फीस कितनी होती है ?"

"जी फीस का सवाल नहीं, घर पर हमारा किसी से कुछ करार नहीं होता। किसी ने एक दिया, किसी ने दो, किसी ने दस-पाँच। बाज़-बाज़ ऐसे भी आते हैं जो चाय भी पी जाते हैं, पान भी खा जाते हैं, गाना सुन जाते हैं और बिना धेला दिये चले जाते हैं।"

"आप अपने घर में अकेली रहती हैं ?"

"मैं और मेरी बहन रहती हैं। दोनों कमाती हैं। मैं ज़रा बीमार रहती हूँ, इसलिए कम काम कर पाती हूँ, बहन ही थोड़ी-बहुत कमा लेती है।"

मैंने पूछा, "आपके कोई बाल-बच्चे ?"

"जी, छोटी बहन का लड़का है छः-सात बरस का; पढ़ता है।"

"अच्छा, बाहर महफ़िलों में जाने पर तो आप लोग फीस का करार करती हो होंगी ?"

हंसाबाई ने कहा, "जी हाँ, बाहर बुलाए जाने पर करार करती हैं। कभी चालीस, कभी साठ-सत्तर या सौ—जैसा वक्त देखा ले लिया।"

"आपके साथ जो साज़िन्दे जाते हैं उन्हें अलग से मिलता है या उनकी रक़म भी इसी में शामिल होती है ?"

"जी, साज़िन्दों और तवायफ़ों का साझा होता है। क़रार की रक़म में नौ आने तवायफ़ों के सात आने साज़िन्दों के होते हैं।"

मैंने पूछा, "साज़िन्दे आप लोगों के अलग-अलग होते हैं?"

"जी, साजिन्दे हरएक के अलग-अलग होते हैं।"

मैंने पूछा, "मान लीजिए, ऐसी बदकिस्मती है कि महीने-डेढ़ महीने से आपके यहाँ कोई गाना सुनने नहीं आया; आप भी निराश हैं और आपके साज़िन्दे भी और मान लीजिए कि वे इधर-उधर अपनी ऊब मिटाने के लिए गप्पों में बैठ गए हैं और अचानक आपके यहाँ एक ग्राहक आ गया तो उस वक्त क्या होगा?"

हंसाबाई ने कहा, "जी, हम किसी और को बुला लेंगे। हमारा काम नहीं रुकेगा।"

"आपको शराब पीने का शौक है?"

"जी नहीं।"

"सिगरेट?"

"जी नहीं, सिर्फ पान की गुलाम हूँ।"

"सिनेमा का शौक है?"

"सिनेमा तो हुज़ूर घर में ही रोज़ होता है, कहाँ जाएँ? वही दो-तीन रुपये जो वहाँ खर्च हों बाल-बच्चों में लग जाते हैं।"

मैंने पूछा, "अच्छा कुछ अपनी आमदनी से बचा भी पाती हैं?"

शमीमबानो साथ ही कैल उठी, "हुज़ूर बचेगा क्या, पहले पेट से तो बचे। जमाना देखिए कैसा जा रहा है और फिर से ग्यारह बजे का आर्डर हो गया है, तो अक्सर यह भी होता है कि बाईजी आधा शेर कह पाईं, हारमोनियम वाले ने बोल निकाले, तबलिया तैयार बैठा है कि बाईजी शेर पूरा करें तो वह अपनी सफाई दिखाए—इतने में सीटी हो गई—सब ठप! सुनने वालों से हाथ जोड़-कर कहा कि मियाँ जाइए। कभी तो पैसे भी वसूल नहीं हो पाते। सीटी बजती नहीं कि दरवाजे बन्द, रोशनी बन्द, वरना चालान हो जाएगा।"

मैंने हंसाबाई से पूछा, "अगर आपको खुद अपनी ही तबीअत की चीज़ गाने को कही जाए, या मान लीजिए कभी अपने ही दिल-बहलाव के लिए आपका गाने को जी चाहे तो आप पक्का-गाना गाएँगी या हल्का-फुलका?"

"जी पक्का।"

"रागों में आपको सबसे ज्यादा कौन-सा पसन्द है?"

हंसाबाई ने कहा, "बसन्तबहार।"

"आप लोग अपने धार्मिक त्योहार भी मनाती हैं?"

"जी हाँ, होली, दीवाली, जन्माष्टमी, शुबरात्तरी सब मनाते हैं।"

"अच्छा मान लीजिए, नाच-गाने के लिए आपका सरकारी या सामाजिक तौर पर इम्तहान लिया जाए, तो क्या उसके लिए आप राज़ी होंगी ?"

"जी हाँ, मगर न्यूटीशन (नोटेशन) से नहीं, जैसे हमने सीखा है, किलासिकल ढंग का, जितना आता है सब सच्चा सुनाएँगे ।"

नज़ीरबाई

आयु पचास-बावन । देह भारी । रंग गोरा । नाक-नक्शा कुछ नहीं । कौम जुगेला । गीत और निकास फ़तहपुर, जिसका उच्चारण नज़ीरबाई ने 'फत्तेपुर' किया । इनके दो लड़के हैं और दो लड़कियाँ । एक लड़का खेती करता है, एक कानपुर में बिजली के कारखाने में नौकर है । दोनों लड़कियाँ छुटपन से ही एक-एक रईस की नौकरी में हैं । मुजरा करती हैं । खाना-पीना मजे में चल जाता है ।

"मैंने पूछा, "जिस दिन छापा पड़ा उस दिन क्या आपके यहाँ भी पुलिस आयी थी ?"

"जी नहीं । जिस दिन छापा पड़ा दोनों लड़कियाँ मुजरे में बाहर गई थीं । घर पर मैं और मेरे नवासे थे । छापा हमारी यूनियन की मेम्बरों में से किसी के यहाँ नहीं पड़ा । सिर्फ चार मेम्बरों को छोड़कर और कोई नहीं पकड़ी गई । उनको भी जाने किस लिए पकड़ा । घबराहट की भाग-दौड़ में शायद गिरफ्तार हो गईं ।"

मुन्नीबाई

आयु साठ से ऊपर । कौम गौड़ (ब्राह्मण), निकास बलरामपुर । मुन्नीबाई सात बरस की आयु में लखनऊ आयी थीं । शिक्षा के सम्बन्ध में पूछने पर कहा, "तालीम यहीं पर शुरू हुई और खतम भी हो गई ।"

मैंने पूछा, "अपने तजरबे से यह बतलाइए कि तवायफ़ की जिन्दगी कैसी होती है ?"

"पहले ज़िन्दगी बड़ी अच्छी थी । डेरेदारों के पेशे में इज्जत भी थी और हिफ़ाजत भी । किसी की एक सरपरस्त के साथ पूरी उम्र गुज़र गई, किसी की आधी । ऐसे ही सबका निभाव बखूबी हो जाता था ।"

"आपके बेटे-बेटियाँ हैं ?"

"जी नहीं । एक भतीजी है, उससे मेरी एक नवासी है । मेरी भतीजी की सिविल मैरिज हो गई है ।"

"मैंने पूछा, "शादी के बाद भी क्या आपकी भतीजी नाच-मुजरे का पेशा करती है ?"

"जी नहीं ।"

"भतीजी क्या अपने घर में रहती है ?"

मुन्नीबाई ने कहा, "जी घर तो यही है । दामाद हमारा यहीं रहता है ।

दामाद आप ही की कौम (ब्राह्मण) का है, जी हाँ। काम-काज करता है। नौटंकी का साज़-सामान वग़ैरह बनाता है। मेरा एक भतीजा भी है, वह थवईगीरी का काम करता है।"

"और आपकी नवासी कितनी बड़ी हैं ?"

"जी वह भी अब एक की पाबन्दी में है। नाच-गाना भी करती है।"

मैंने पूछा, "आप छापे में गिरफ़्तार क्यों की गई थीं ?"

"हुज़ूर कोई ग़लती मुझसे नहीं हुई थी। घबराहट में भागी और पकड़ ली गई। फिर कुछ बनाए न बना, हवालात में जाना ही पड़ा।"

"आपको और कोई खास बात कहनी है ?"

मुन्नीबाई बोली, "जी और क्या कहूँगी ? बस हाथ जोड़ के गुज़ारिश है, कि अब ख़ुदा के वास्ते बुढ़ापे में फिर मेरी चुटिया न घसीटी जाए, जेल-हवालात से बड़ा डर लगता है, हुज़ूर ! अब कब्र में जाने के दिन हैं, न कि जेल-हवालात में।"

मुन्नीबाई अपने पोपले मुँह से हँस पड़ीं !

अशरफ़बाई

आयु तेईस-चौबीस। रंग काला। चेहरा तिकोना, नाक-नक्शा विशेषता-रहित।

मैंने पूछा, "लखनऊ में कब से हैं ?"

"जी यहीं पैदा हुई।"

"कौम, गोत और निकास क्या है।"

"कौम जुगेले; गोत गौर, निकास अहरौरी, जिला सीतापुर।"

"आपने तालीम पाई है ?"

अशरफ़बाई ने कहा, "जी हाँ, पक्का गाना सीखती हूँ। मेरे उस्ताद कानपुर वाले रज़ाहुसैन खाँ साहब हैं। लड्डन खाँ मशहूर सारंगिये थे, ये उन्हीं के भाई हैं।"

मैंने पूछा, "आपके पेशे में ज़ाहिर है कि कुछ आदमियों का साथ भी रहता है। मसलन साज़िन्दे हैं, दल्लाल हैं—या इनके अलावा भी कुछ और लोग होते हैं।"

"जी साज़िन्दे तो होते हैं, मगर दल्लाल नहीं होते। जिसकी हैसियत है उसके नौकर-चाकर भी होते हैं !"

मैंने पूछा, "दलालों के बग़ैर आपके यहाँ गाना सुनने वाले कैसे पहुँच जाते हैं ?"

"गाना सुनने वाले या तो इस तरह पहुँचते हैं कि तालीम हो रही है, राह चलते कानों में भनक पड़ी, ऊपर पहुँच गए। या फिर कहीं से नाम सुन रखा है, इसलिए पहुँच गए।"

"आपके यहाँ खुद आप ही गाती हैं या आपकी माँ वग़ैरह भी ?"

अशरफ़वाई ने कहा, 'जी मैं गाती हूँ। 'वालिदा ज़ईफ हैं। एक बड़ी बहन हैं मेरी, उनकी शादी हो चुकी है। वह बाल-बच्चेदार है।"

"उनकी शादी कौम में ही हुई या बाहर ?"

"जी कौम में ही हुई है, मगर उनके यहाँ नाच-गाना नहीं होता। होटल का काम होता है।"

"आपके वालिद भी हैं ?"

"जी हाँ, गाँव में खेती करते हैं!"

"खेती से कितनी आमदनी हो जाती है ?"

"यही कोई चार-पाँच सौ रुपये साल के आ जाते हैं।"

"रोज़ के नाच-मुजरे में कितनी आमदनी हो जाती है ?"

"जी रोज़ का सवाल ही नहीं उठता, महीने में दस-पन्द्रह मुजरे भी हो गए तो गनीमत है और फ़ीस हमारी कोई मुकर्रर नहीं होती, इसलिए जो मुकद्दर में होता है मिल जाता है। किसी ने दस दिये, किसी ने पाँच, कोई यों ही चला गया।"

मैंने पूछा, "अच्छा एक दिन में घर पर आपके कितने मुजरे हो जाते हैं ?"

"जी रोज़ का सवाल ही नहीं उठता, और यों भी एक ही बैठक हो पाती है। रात के आठ-साढ़े आठ बजे से तो महफ़िल लगती है और ग्यारह बजे के बाद हुक्म नहीं। यों कभी दिन में भी एक-आध कोई आ जाता है वो बात और है।"

"अच्छा कम-से-कम आपने आमदनी तो बस-पाँच बतलाई और ज्यादा-से-ज्यादा कितनी आमदनी हो जाती है ? मतलब यह है कि कोई दिलदार इत्तफ़ाक से आ गया तो सौ-पचास भी एकमुश्त मिल जाते होंगे।"

"अरे नहीं हुज़ूर, अब तो ज़माने कहाँ और वह दिलदार भी अब कहाँ ? अब ऐसा कोई नहीं आता," वृद्धा मुन्नीबाई बीच में ही बोल उठीं।

"फिर भी कभी कोई शाह-खर्च भी आ ही जाता होगा ?"

अशरफ़बाई ने कहा, "हाँ, भूले-भटके कभी कोई ऐसा आदमी आ भी गया तो ज्यादा-से-ज्यादा बीस-पच्चीस रुपये मिल गए। इससे ज्यादा तो कभी नहीं मिलता।"

"और बाहर जाने पर ?"

"जी, बाहर जाने पर सौ-सवा सौ-डेढ़ सौ तक मिल जाते हैं। खाना-खर्चा अलग मिलता है।"

"मैंने पूछा, "शराब पीती हैं ?"

झिझक के साथ उत्तर आया, "जी नहीं।"

"सिगरेट ?"

वही झिझक; वही कुछ नहीं।

"सिनेमा जाती हैं ?"

"जी हाँ, महीने में एक-आध बार तो हो ही आती हूँ ?"

"अपने सरपरस्त के साथ जाती हैं या सहेलियों-घरवालों के साथ ?"

"जी, घरवालों के साथ। और मैंने सिविल मैरिज भी कर ली है। शौहर मेरे तिजारत करते हैं! नाच-गाने की इजाज़त उन्होंने दे रखी है, मगर और सब बातों की पाबन्दी है।"

"अपनी आमदनी से महीने में आपको कुछ बच भी जाता है ?"

"बच कुछ नहीं पाता, चटनी-रोटी चल जाती है बस।"

"ज़ेवर-कपड़ों पर हर महीने आपका कितना खर्च हो जाता है ?"

"जैसी बचत हुई वैसा बनवा लिया। ज्यादा सजावट की ज़रूरत ही नहीं पड़ी।"

"आपको कच्चे और पक्के गाने में क्या फ़र्क नज़र आता है ?"

अशरफ़बाई को कोई जवाब न सूझा।

"मैंने पूछा, "मजहब की पाबन्द हैं ?"

"जी हाँ।"

"अगर आपका इम्तहान लिया जाए ?"

"हमें मंज़ूर होगा।"

दिलरुबा

आयु लगभग चालीस-इकतालीस। छरहरा बदन। आवाज़ ज़रा बैठी हुई! जोश बहुत, बकवास ज्यादा करने की आदत। मगर बड़ी साफ़गो। दिलरुबाबाई करीब-करीब हरएक से बात करते हुए बीच में बोल पड़ती थीं। इनकी भी कौम, गोत, निकास क्रमशः जुगेला, गौड़, अहरौरी ज़िला सीतापुर है। जुगेल ठाकुरों की कौम से इतनी तवायफ़ें देखकर आश्चर्य हुआ। इन सबका धर्म-परिवर्तन हो चुका है और पीढ़ियों पहले से। दिलरुबाबाई अथवा अन्य किसी भी रमणी को यह नहीं मालूम कि अब और किस पीढ़ी में उनका धर्म-परिवर्तन हुआ!

मैंने पूछा, "आपके कितने लड़के-लड़कियाँ हैं ?"

"पाँच लड़कियाँ और दो लड़के। बच्चे दोनों पढ़ रहे हैं मेरे, बड़ा ऐफ़े में है, फ़श्टइयर में पढ़ता है। छोटा पाँचवें में पढ़ता है।"

"और लड़कियाँ ?"

"जी, बड़ी लड़की की शादी बिरादरी में हो गई है। यहीं लखनऊ में रहती है। दामाद मेरा रेलवे में काम करता है। उससे छोटी की भी शादी हो गई

है। वह दामाद दिल्ली के हमदर्द दवाखाने में नौकर है। उससे छोटी है, वह नाच-मुजरा करती है। चौथी लड़की नौ साल की है, वह अपनी बड़ी बहन के साथ ही परदे में रहती है और सबसे छोटी छः साल की है, वह मेरे पास रहती है।''

मैंने पूछा, ''आपकी जो लड़की नाच-मुजरा करती है वह किसी की पाबन्दी में हैं ?''

''जी हाँ।''

''आप खुद भी नाच-गाने का काम करती हैं ?''

''जी नहीं, बात यह है कि शुरू से ही मैं एक साहब की पाबन्द रही। बच्चे सब उन्हीं से हुए। मैंने बच्चों की खातिर कभी पेशा नहीं किया। उन्हीं का दिया हुआ एक जाती मकान भी है, उसी में रहती हूँ।''

''आपका खर्चा बखूबी चल जाता है ?''

''जी हाँ। कभी ज़रूरत पड़ी तो दामाद मदद कर देते हैं, भाई कर देते हैं ! यों ही चल जाता है।''

''अच्छा आपको कच्चा गाना पसन्द है या पक्का ?''

दिलरुबाबाई ने कहा, ''ऐ हुज़ूर, कच्चा क्या पक्के गाने की बराबरी करेगा ! यों रोज़ी के लिए गाया जाए, यह बात और है, वरना जो पक्का गाना जानता है उसके लिए सब कुछ गाना आसान होता है। उसे सुर का अन्दाज़ होता है। पक्का गाना हुज़ूर बादशाह है।''

मैंने पूछा, ''छापे में आपके यहाँ पुलिस आयी थी ?''

''जी नहीं, यूनियन की मेम्बरों के यहाँ बस दो-तीन घरों में ही छापा पड़ा—एक मुन्नीबाई के यहाँ एक सरोज मुन्नी के यहाँ और एक नजीरबाई बेचारी थीं अस्सी-बयासी बरस की, वह पकड़ी गईं। वो तो बेचारी ऐसी सहम गईं कि जेल से आने के बाद दस-पन्द्रह ही रोज़ में अल्लामियाँ के यहाँ गयीं। छापे में हुज़ूर, चाहे किसी के यहाँ पड़ा हो या न पड़ा हो, मगर घबरा सब बुरी तरह से गईं। घबराहट के मारे कोई इधर भागा कोई उधर। मेरी दिल्लन के छः रोज़ का लड़का था उसे लेके एक सौ दो बुखार में गाँव भागी।''

''अच्छा क्या कभी गुण्डों से भी आपका सामना हुआ ?''

''जी खुदा का शुक्र है, ऐसी कोई वारदात नहीं हुई और जो कभी मान लीजिए कोई ऐसा बहका-मतवाला आ भी जाय तो हम बहाना बना देते हैं कि मियाँ लड़की की तबीअत ठीक नहीं है, फिर किसी दिन तशरीफ़ लाइएगा।''

मैंने पूछा, ''पुराने ज़माने की तवायफ़ों के बारे में मैंने पढ़ा है कि बहुत-सी तवायफ़ शायर भी होती थीं। क्या अब भी आप लोगों में कोई शायर हैं ?''

''जी हाँ, काफी हैं।''

"आपको अपनी तरफ़ से भी कुछ कहना है ?"

"जी, यही कहना है कि इज़्ज़त हमारी बनी रहे।"

नवाबजान (नवाबन)

आयु अर्धशती के लगभग। आँखों से लेकर गालों तक काले धब्बे उतर आए हैं। चेहरे पर एक फीकापन ज़रूर है, मगर यों हँसमुखपना भी है। कौम, गोत, निकास क्रमशः जुगले; गौड़ अहरौरी है। कोई बाल-बच्चा नहीं हुआ। नाच-गाने का पेशा भी अब नहीं करतीं; करीब बीस बरस से छोड़ रखा है। एक बहन थी, वह जब पेशे में आयी तो नवाबन ने छोड़ दिया। अब उसका भी इन्तकाल हो गया। किराये की आमदनी है, खेती है, गुजर बसर बा-इज़्ज़त हो जाती है। संगीत-कलाकार यूनियन की खजांजी हैं।

चन्द्रकुमारी

उम्र लगभग सोलह-सत्रह। रंग गोरा। शरीर दुबला। हाव-भाव में दबा-ढकापन। देखने में वेश्या की लड़की नहीं मालूम होती। यहीं पैदा हुई। माँ-बाप हैं। सगे भाई-बहन कोई नहीं। पन्द्रह बीघे ज़मीन है। बाप खेती कराते हैं। खालाज़ाद तीन बहनें साथ रहती हैं। नाच-मुजरा करती हैं। चन्द्रकुमारी की तालीम हो रही है। बख्शी खाँ सिखाते हैं। वैसे स्कूल के आठवें दर्जे में पढ़ती है। स्कूल में किसी को नहीं मालूम कि तवायफ़ की लड़की है। मालूम हो जाए तो दूसरी लड़कियाँ बुरा मानें और कोई खुददार लड़की फिर उस हालत में लौटकर उस स्कूल में हरगिज न जाएगी। सिनेमा देखने का टाइम नहीं मिलता; शाम को रोज़ी का वक्त होता है। क्लासिकल म्यूजिक सुनने वाले लोग बहुत कम आते हैं। ग़जलों और फ़िल्मी गानों की फ़रमाइश ही ज्यादा होती है। इसीलिए पक्के गाने हमारे यहाँ से खत्म होते जाते हैं। कौम राठौर। पुरखिनें चितौड़ से मौजा शिवाला जिला उन्नाव से आकर बसीं। चन्द्रकुमारी जब पाँच-छः बरस की थी तब यहाँ आयी थी मज़हब की पाबन्दी इसके यहाँ होती है।

जन्नीबाई

आयु पचपन-साठ लगभग। रंग काला। दाँत टूटे हुए। सिर पर बराबर छोटा-सा घूँघट। कौम जुगेले, गौत गौर, निकास अहरौरी। अपने बचपन में माँ के साथ लखनऊ आयी थी। एक भाई है, सुनारी का काम करता है। शुरू में कुछ दिन नाच-गाना किया था, पर जब से एक की पाबन्दी हुई तब से छोड़ दिया। निजी मकान है। जिस पुरुष के साथ उम्र कटी वह अब बीमार है। भाई की एक लड़की गोद ले रखी है। वह नाच-गाने का पेशा करती है। एक स्कूल में सिलाई-बुनाई का काम भी सीखती है।

शज्जोबाई

उम्र पच्चीस-छब्बीस। कद नाटा। चेहरा गोल। बदन भरा हुआ। हाव-भाव

में किसी किस्म का भी सस्तापन नहीं। शज्जोबाई के साथ उनका तीन-चार बरस का लड़का भी आया था।

मैंने पूछा, "आपकी तालीम किस उम्र में शुरू हुई ?"

"मैं नौ-दस बरस की थी।"

"किससे सीखा ?"

"पहले फूल खाँ उस्ताद सिखाते थे, फिर अहमद खाँ साहब ने सिखाया, अब फज़लहुसैन साहब तालीम दे रहे हैं।"

"यह आपको नाच की तालीम भी देते हैं ?"

"जी नहीं, नाच मीर साहब से सीखा था, कत्थक।"

"आपको नाच ज्यादा पसन्द है या गाना ?"

शज्जोबाई ने कहा, "जी, अपनी पसन्द का सवाल नहीं, हमें लोगों की पसन्द का खयाल रखना पड़ता है। वैसे मुझे तो गाना पसन्द है, क्लासिकल पसन्द है, मगर सुनने वाले बाइसकोप का गाना पसन्द करते हैं। क्या करें ?"

"आप किसी की सरपस्ती में हैं ?"

"जी हाँ, बारह-तेरह बरस से हूँ।"

शमीमबानो ने बतलाया, "जिनके साथ हुज़ूर इसकी नथ की रस्म हुई उन्हीं के साथ अब तक हैं।"

शज्जोबाई बोली, "उन्हीं से तीन बच्चे भी हुए। दो गुज़र गए, यह राजा है। और अब पुलिस के छापे की वजह से वे भी किनाराकशी कर गए। अब कभी-कभी आते हैं; देते भी अब रुपये में अठन्नी ही हैं। वैसे बेचारे का कारो-बार बिगड़ गया है, वो भी क्या-क्या करें !"

मैंने पूछा, "महीने में कितने मुजरे हो जाते हैं आपके ?"

"जी इसकी कुछ न पूछें, महीनों मुजरा नहीं होता। दो-दो तीन-तीन महीने बैठे रहते हैं। या हो गए तो महीने में एक-दो मुजरे कर लिए। मुजरों की कोई खास आमदनी नहीं होती।"

"आपकी मौजूदा आमदनी में आपका खर्च चल जाता है ?"

"खर्च की बात तो यों है कि कुछ भाई मदद कर देते हैं, हमारी वालिदा ने एक से निकाह कर रखा है उनकी तरफ़ से भी इमदाद हो जाती है। कुछ अपने सरपस्त से मिल ही जाता है। इसके अलावा दो पुराने ज़ाती मकान हैं। खुदा अब तक तो बा-इज्ज़त निबाहता चला आ रहा है, आगे को नहीं कह सकती।"

"आप बाहर भी गाने जाती हैं ?"

"जी हाँ, देहातों में शादी-ब्याह के मौकों पर जाती हूँ।"

"क्या फ़ीस मिलती है ?"

"यही चालीस-पचास।"

मैंने पूछा, "आपने पढ़ना-लिखना भी सीखा है ?"

"जी, मामूली उर्दू जानती हूँ।"

"किताबें पढ़ने का शौक है ?"

"जी शौक तो है, मगर ज्यादा नहीं आता।"

"आप पक्के और कच्चे गाने में किसे ज्यादा अच्छा समझती हैं ?"

"जी, पक्के गाने को।"

"क्यों ?"

शज्जोबाई ने कहा, "जी इसलिए कि पक्के गाने से दुनिया में नाम होता है। मगर जो हमारे यहाँ आते हैं वो फ़िल्मी गाना पसन्द करते हैं, क्या करें ?"

"अपने मजहब की पाबन्द हैं ?"

"जी हाँ"

"मान लीजिए कि आपकी शादी का मौका आए तो क्या पसन्द करेंगी ?"

"जी शादी कैसे हो सकती है ? हमारा तो पेशा यही है।"

"सिनेमा देखने का शौक है ?"

"जी नहीं।"

मैंने पूछा, "नाच-गाने के अलावा और कोई काम आता है, मसलन सिलाई, बुनाई, कढ़ाई वगैरह ?"

"जी हाँ थोड़ा-बहुत काम लायक जानती हूँ।"

नाज़नी

उम्र अट्ठाइस-तीस। रंग साँवला। छरहरा बदन। नाक-नक्शा न खास अच्छा न खास बुरा। कौम कथरिया। निकास काटी। जिला बाराबंकी।

कथरिया ठाकुरों की निम्नतम श्रेणी में होते हैं। मुसम्मात नाज़नी की माँ बचपन में ही मर गई थी। सात-आठ वर्ष की आयु में अपनी फूफी के साथ लखनऊ आयी। तालीम यहीं हुई। पहले कल्लन खाँ मरहूम सिखाते थे। अब सफ़दरहुसैन खाँ सिखलाते हैं। उर्दू भी थोड़ी-सी पढ़ी। कोशिश बहुत की, आया नहीं। नाच-गाना दोनों ही सीखा। नाच काम लायक ही सीखा, गाने की तरफ ही रुझान रही। सरपरस्ती किसी की नहीं। मुजरे हो जाते हैं, मगर जब से छापा पड़ा तब से महीने में एक-आध बैठक हो गई तो हो गई, वरना नहीं होती। मकान जाती है। काटी में पच्चीस-तीस बीघा जमीन भी है। दो भाई हैं। एक जूते का काम करते हैं और दूसरे दरज़ी का काम।

मैंने पूछा, "आपके दोनों भाइयों की शादी हो चुकी है ?"

"जी हाँ, एक की शादी हो चुकी है, दूसरे ने शादी नहीं की।"

"अच्छा आप लोगों के यहाँ जो भाई-बेटों की शादीशुदा औरतें होती हैं वो आप लोगों के साथ ही मकान में रहती हैं ?"

"जी हाँ, मकान तो एक ही होता है, मगर पार्टीशन होता है। हमारा हिस्सा बाजार होता है और उनका हिस्सा घर होता है।"

शादी-ब्याह की सहालग के दिनों में नाज़नीबाई को भी अन्य गायिकाओं की तरह बरातों की महफ़िलों से साल-भर की रोज़ी-रोटी का प्रबन्ध हो जाता है। एक महफ़िल से लगभग सौ-डेढ़ सौ मिल जाते हैं।

शराब-सिगरेट का शौक नहीं, सिनेमा जाती तो हैं पर कम। गहने, कपड़ों के वार्षिक खर्च के सम्बन्ध में पूछने पर कहा, "जी गहनों की तो नौबत नहीं आती, कपड़े पाँच-छः महीनों में एक-आध ज़रूर बनवा लेती हूँ।"

"मज़हब की पाबन्द हैं ?"

"जी हाँ।"

"मौका मिले तो शादी करना पसन्द करेंगी ?"

उत्तर में नाज़नीबाई मुस्करायी; कहा, "जी शादी से तो यही अच्छा है कि जैसे हैं वैसे ही रहें। तलाकों की खबरें सुन-सुनकर तबीअत घबराती है।"

शकीलाबाई

आयु बीस-इक्कीस। रंग गेहुँआ। कद ठमका। नाक-नक्शा ठीक-ठीक। बड़ी शालीन लड़की है। देखकर यह कल्पना भी नहीं होती कि इसके संस्कार वेश्या-कुल के हैं। नज़र नीची, बातचीत में गम्भीरता, दबे-ढके बैठना। अब तक मेरे सामने कोई भी लड़की इतनी सुशील नहीं आयी। शकीलाबाई अपने पिता के साथ आयी थी। कौम उसको मालूम नहीं। पिता ने ही बतलाया कि जो सफ़दरबाई, शज्जोबाई की कौम है वही उनकी भी है, यानी 'कंचन'। "वालिदा बताती थीं कि हमारा निकास जौनपुर से है।" नाच-गाने की तालीम मिलती है। नाच अच्छन महाराज के शागिर्द वहाबहुसैन साहब सिखलाते हैं। नाच में ज्यादा मन लगता है। उर्दू, हिन्दी, सीना-पिरोना, काढ़ना-बुनना आता है।

मैंने पूछा, "बेटी, सुबह से शाम तक तुम्हारा प्रोग्राम क्या रहता है, सिलसिलेवार बतलाओ।"

"जी, सुबह पाँच बजे से डेढ़-दो घंटे तक गाने का रियाज़ करती हूँ। फिर नहा-धो, नाश्ता वगैरह करके नाच का रियाज़ दो-ढाई घंटे करती हूँ। फिर दो बजे मास्टर साहब आते हैं। शाम को मुज़रे का वक्त होता है।"

"महीने में कितने मुज़रे हो जाते हैं ?"

"ज्यादा तो नहीं, तीसरे-चौथे हो जाते हैं ?"

"एक मुज़रे में कितना मिल जाता है।"

"जी सात-आठ, दस-पन्द्रह तक।"

"किसी की सरपरस्ती भी हासिल है ?"

"जी नहीं।"

मैंने पूछा, "अच्छा बेटी, जिस तरह आजकल फ़िल्मी गानों की फरमाइश होती है, उसी तरह क्या तुमसे लोग फ़िल्मी नाच दिखाने की माँग करते हैं ? मसलन कत्थक में तुम्हें फ़िल्म वालों की तरह रम्बा, साँबा वगैरह के विलायती टुकड़े भी शामिल करने पड़ते हैं ?"

"जी नहीं, हम तो कत्थक नटवरी नाचते हैं।"

"बेटी, तुम स्कूल नहीं जाती ?"

"जी नहीं।"

"क्यों ?"

"जी, तबीयत नहीं लगती।"

"क्यों ?"

"चेहरे पर हल्की-सी त्योरियाँ चढ़ीं; कहा, "मुझे वो लड़कियाँ पसन्द नहीं।"

मैंने पूछा, "क्यों ?"

"उनमें आजादी ज्यादा है, मुझे पसन्द नहीं आती।"

"तुम्हें जेवरों का शौक़ है या कपड़ों का ?"

शकीला ने कहा, "जी शौक़ तो सब है मगर कहाँ से हो ?"

आमदनी के सम्बन्ध में और प्रश्न पूछने पर पिता ने बतलाया कि न तो उनका निजी मकान है, न खेतीबारी। हारमोनियम की चार ट्यूशनें पिता करते हैं। कहीं से दस मिल गए, कहीं से पन्द्रह। शकीला के पाँच छोटे भाई-बहन हैं। उनमें तीन स्कूल में पढ़ते हैं। घर का खर्च पिता की ट्यूशनों और शकीला के मुजरों से दुक्खम-सुक्खम चल जाता है।

डेरेदार वेश्याओं के रूप में इस देश के महाजनी सामंती समाज की देन स्वरूप एक बड़े पुराने इतिहास की वर्तमान कड़ी को निकट से देखते हुए इन दिनों मेरा मन पुराने और नये इतिहास के बड़े-बड़े चढ़ते फव्वारे और गिरते झरने देखता रहा। देवदासियों-गणिकाओं-डेरेदार तवायफ़ों के वर्तमान पराभव को देखने के बहाने से ही मेरे सामने प्रचण्ड नन्दवंश का महा साम्राज्य चढ़ता गिरता हुआ आया। चाणक्य, चन्द्रगुप्त मौर्य और अशोक का वैभवशाली मौर्य साम्राज्य अपने पतन को लेकर याद आया; हिन्दू शासनकालीन भारत के स्वर्ण-युग को लाने वाले महान् गुप्त साम्राज्य के पतन की कहानी राखालदास वंद्योपाध्याय के उपन्यास 'शशांक' के रूप में याद आई; अकबर, शाहजहाँ और औरंगजेब के सिंहासन पर बैठने वाले उस जहाँदारशाह की कहानी भी याद आई जो लाल कुँअर वेश्या के सिलसिले में पहले ही लिख चुका हूँ। ये डेरेदार

तवायफ़ें, खासतौर पर उनकी नई लड़कियाँ, अच्छी-बुरी कैसी भी सही, मगर एक शानदार परम्परा की अंतिम कड़ी के रूप में मेरे सामने आ रही थीं। समस्या तो सचमुच इनकी ही है।

यह इतिहास की मजबूरी है कि मानव-सभ्यता से अगले विकास में अब स्त्री-समाज के दो वर्ग न रहें। जिस युग में सामूहिक रूप से नारी पुरुष की समता चाहती और माँगती है, उस युग को प्रबुद्ध नारी का सहज स्वाभिमान पुरुष की गलत ढंग की गुलामी का यह साइनबोर्ड अब बरदाश्त नहीं कर पाता। उसके इस स्वाभिमान के तेज स्वरूप मानव-सभ्यता नया उजाला पा रही है। मगर इसके साथ-ही-साथ यह बात भी सच है कि मानव-सभ्यता के नये विकास में विज्ञान का सबसे बड़ा हाथ होगा। मानव-संस्कृति के सूत्र अब तक मुख्य रूप से धर्म के इज़ारेदारों ने ही सम्हाले; राजा साहब और सेठजी भी इस सूत्रधार कम्पनी के साझेदार रहे, पर अब बातें बिलकुल बदल रही हैं, मनुष्य का सृजनात्मक सौन्दर्य अब ऐसे अनेक रूपों में साकार हो गया है जिनकी इन्सान ने सदियों तक केवल कल्पना ही की है। नया विज्ञान-मण्डित जगत् हमें अब नई कल्पनाओं में उड़ने के लिए बाध्य कर रहा है। मानव अपनी अब तक की औसत समझ का जाना-माना-पहचाना धरातल छोड़कर नई औसत-बुद्धि का धरातल पाने जा रहा है। आज का युग बीच के सूने झकोलों का युग है।

इस बात को उदाहरण देते हुए स्पष्ट करना चाहूँगा—मेरे बचपन-किशोरावस्था में रात के समय लैम्प-लालटेन के प्रकाश में ही हमारा काम बखूबी चलता था; गलियों में आते-जाते घना अँधेरा मिलता था, मगर उनमें बे-झिझक आने-जाने की आदत थी। बहुत-सी गलियाँ आज भी उतनी अँधेरी हैं, अनेक घर लालटेनों और ढिबरियों में ही रात का प्रकाश पाते हैं। बहुतों से वह अँधेरा अब भी सध जाता है, पर मुझसे नहीं सध पाता, मेरे बच्चों से तो और भी नहीं। यह उदाहरण मेरा ही नहीं, किसी के लिए भी लागू हो जाएगा। ट्रेन पर यात्रा कर चुकने का अभ्यासी भारतीय जन (विनोबा जैसे मिशनरियों की बात छोड़ दें, अब पैदल, घोड़े या ऊँट-बैलगाड़ियों पर चढ़कर यात्रा करना पसंद नही करेगा। यात्रा का विचार आते ही दुनिया का औसत मानव आज बसों और रेलगाड़ियों के रूप में ही सोचता है, यानी इस सम्बन्ध में उसकी चेतना ही बदल चुकी है। विज्ञान का प्रभाव पिछड़े-से-पिछड़े मानव समाज में, जहाँ तक जितना पड़ चुका है, उतना ही वहाँ की पूर्व चेतना और वर्तमान चेतना में अन्तर भी पड़ चुका है। एक मजे की बात मैने, यह भी देखी है कि जो मनुष्य जितनी ही अधिक वैज्ञानिक उपलब्धियों का उपभोग क़रता है या उनके सम्बन्ध में अच्छी जानकारी रखता है उसकी औसत चिंतन-पद्धति में, विचारों और निष्कर्षों में ज़मीन-आसमान का अन्तर होता है जो नई वैज्ञानिक जानकारियाँ न रखने के

कारण कुछ सही, कुछ गलत परम्परागत रूढ़ियों के मिले-जुले धुँधले प्रकाश में रहता है। यह बात मेरी दृष्टि में नई सचाई को समाने ले आती है। हम मानें या न मानें, विद्रोह के ऊँचे-ऊँचे झण्डे खड़े करें या नारों की अंधी गलियों में दीवारों से अपना सिर फोड़ें, फिर भी नये युग का सत्य टाले नहीं टल सकेगा। हो सकता है कि आपमें से कोई इसे कोरी भावुकता ही मानें, मगर मेरा यह दृढ़ विश्वास है कि विज्ञान का सत्य मानव को लीलने नहीं आया। विज्ञान की कृपा से युद्ध चाहे हो भी जाये या अनेक अलग-अलग युद्ध-क्षेत्रों और कारणों में बँटकर तीसरा महायुद्ध एक युद्धमाला के रूप में पृथ्वी-भर में ताण्डव करे—सम्भव है; फिर भी जीने के लिए विज्ञान की कृपा से ही ऊँची महत्त्वाकांक्षा पा चुकने वाला मानव न तो अब अपने को ही सम्पूर्णतया नष्ट करेगा और न अपनी धरती माता को ही। इसलिए मैं दृढ़ आस्थापूर्वक मनुष्य के जीने की बात सोचता हूँ। हाँ 'जो जीवै सो खेलै फाग' तो होगा ही और इस फाग में दुनिया का पिछड़े-से-पिछड़ा व्यक्ति भी आज की चेतना से कहीं अधिक विकसित हो चुका होगा। मैं कम-से-कम अपने इस सम्बन्ध में तो सहसा दम भरकर यह न कह पाऊँगा कि नई दुनिया की सेक्स सम्बन्धी मान्यता क्या होगी, फिर भी इतना अवश्य देख रहा हूँ कि सतीत्व की भावना के पीछे से पति-पुरुष के उत्तराधिकारी पैदा करने वाली सामाजिक चेतना का लोप हो जाएगा। तब, मेरा तो जी कहता है, सतीत्व की भावना अधिक मुक्त, स्वस्थ और प्राणवान् होकर विश्व नारी में निखरेगी।

विद्वानों ने हमें बताया है कि मानव-सभ्यता का एक ज़माना ऐसा था जब दुनिया की मालकिन औरत और पुरुष प्रजा-जन था, फिर दूसरा जमाना आया तो पुरुष दुनिया का मालिक हो गया, नारी दासी हो गई। अब ज़माना बराबरी का आ गया है। मैंने माना कि अभी नई औरत में किसी हद तक ठीक-ठीक बराबरी की समझ नहीं आई। लिपस्टिक-लोक में मैंने देखा है कि नारियाँ पुरुष की बराबरी तो चाहती हैं, मगर ऐसा कि पुरुष उन्हें गुड़िया की तरह हथेली पर उठा ले और अपनी नाक से उसकी नाक का काँटे तोल नोक साधकर बराबरी दे दे। मेरा खयाल है कि सदियों तक औरतों को घर-घुस्सू और दबैल बनाए रखने वाले कुलीनों के विश्व-व्याप्त वधूवाद की ही यह एक प्रक्रिया है। इसके दुष्परिणामों की मैं अधिक चिन्ता नहीं करता; नया होश आने पर मनुष्य का काम-व्यवहार भी बदल जाता है।

बम्बई आदि नगरों में जहाँ ट्रेनों, बसों और ट्रामों पर कोई भी जाने-अनजाने स्त्री-पुरुष एक सीट पर साथ-साथ बैठ जाते हैं, वहाँ उनमें किसी को भी वह अचेत काम-सनसनाहट नहीं होती जो उत्तर प्रदेश के युवक-युवतियों में आज भी ऐसी परिस्थिति में सम्भव है। मेरा खयाल है, हमारे यहाँ के लड़कों

की गंदी छेड़-छाड़ का कारण यही है कि हमारे यहाँ स्त्री-पुरुषों के बीच में मुसलमानी मुग़लिया ज़माने का परदा पड़ चुका है। गांधी-आन्दोलन और नये युग की कृपा से हमारे लड़के-लड़कियाँ यद्यपि अब पहले से बहुत बदले हैं फिर भी हमारे यहाँ सामन्ती दुराचारों की चेतना उनके यौवन की रंगीन कल्पनाओं को उच्छृङ्खल बना जाती है। बेचारे अपने पुरखों के इतिहास का मानसिक दुष्परिणाम भोग रहे हैं। उत्तर प्रदेश में भी ब्रज-क्षेत्र की नारी अवध-क्षेत्र की नारी से अपेक्षाकृत अधिक मुक्त है। मैंने देखा है वहाँ के गाँव की स्त्री पुरुषों से खुलेआम जैसे पैने मजाक कर लेती है वैसे हमारे यहाँ की स्त्री नहीं कर पाती। वहाँ स्त्री और पुरुष की सहज समानता और मर्यादा है। शहरों में तो बात कुछ और ही हो जाती है मगर अवध और ब्रज की ग्राम-नारियों की स्थिति में अन्तर है। हमारी ग्राम-नारी भी बहुत घर-घुस्सू और दबी हुई है। अवध में बरसाने की होली की कल्पना भो नहीं की जा सकती। इसलिए हमारे यहाँ की होली का रूप विकृत है। होली की गलियों में यहाँ नाना उच्च जातीय वधुओं का मान मर्दन करने की ललक रहती है।

इस ग्राम-वधू के लिये भी वेश्या की समस्या रही है। अवध के सीतापुर जिले के पतुरियनपुरवा और नटनिनपुरवा नाम के दो गाँव मौजूद हैं ही, और भी न जाने कितने होंगे, मगर यहाँ तो एक चावल टटोलने की बात है। बड़ी इच्छा थी कि स्वयं जाऊँ, फिर व्यावहारिक दृष्टि से सोचा। लखनऊ की डेरेदार वेश्याओं की बहुत-सी शंकाओं और उलझनों के घेरे से बार-बार घिरकर और फिर उबर करके ही मैं उनसे इंटरव्यू का कुछ सिर-पैर निकाल सका था; गाँव में तो और भी शंकाएँ उठेंगी। मेरे सामने दो दिक्कतें आती हैं—एक तो खद्दर पहनता हूँ, दूसरे कुछ आभिजात्य-वर्ग का भारी-भरकम-सा आदमी लगता हूँ। खादी छोड़ दूँ तो भी अपना रूप-आकार क्योंकर छोड़ पाऊँगा। ग्रामीण वेश्याओं के लिए मैं अपने हर प्रश्न के साथ शंका-भरा अपरिचित व्यक्ति ही बना रहूँगा। चिरंजीव लवकुश मेरे लिए लिखता है; वह निरालाजी, डॉ० रामविलास शर्मा, नरोत्तम नागर और मेरे पुराने आदरणीय साथी, अवधी के सुप्रसिद्ध कवि और खड़ी बोली के कहानी-लेखक स्वर्गीय बलभद्र दीक्षित का चतुर्थ पुत्र है; सौंपा हुआ उत्तरदायित्व यथाशक्ति कुशलता से निबाह लाता है; उसी जिले का भी है। मैंने प्रश्नावली उसे सौंप दी और आवश्यक आदेश देकर भेज दिया।

ग्राम्य परम्पराएँ : पतुरियनपुरवा

इस गाँव की सब तवायफ़ें भागकर सिधौली महमूदाबाद रोड पर स्थित भंडिया गाँव में बस गई हैं। सिर्फ़ एक बुजुर्ग मिलीं। उन्होंने ही बतलाया।

मलका बेगम

आयु लगभग सत्तर वर्ष। कौम मुसलमान शेख। आयु को देखते हुए स्वास्थ्य काफ़ी अच्छा है।

आपके यहाँ यह पेशा कब से चलता है, पूछने पर मलका बेगम ने बतलाया कि यह तो उन्हें याद नहीं, लेकिन इतना जरूर याद है कि उनके बचपन में उनकी माँ सीतापुर में रहती थीं। उनकी माँ दो बहनें थीं और नाचने-गाने का काम करती थीं। जो छोटी थीं उनके दो लड़कियाँ थीं—खूबन और जद्दन। मलका बेगम अपनी माँ की अकेली सन्तान थीं। लेकिन उनकी माँ ने अपनी बहन और उनकी लड़कियों को जीवन-भर अपने ही पास रखा। मलका बेगम और उनकी दोनों मौसेरी बहनें खूबन और जद्दन की तालीम साथ-ही-साथ हुई। सीतापुर के पास ही स्थित छेहेलिया गाँव के जोधे राधा उनके उस्ताद थे; उन्होंने ही नाच-गाना सिखाया। मलका बेगम और खूबन ने नाचना-गाना सीख लिया, जद्दन थोड़ा-बहुत गाने लगी, मगर नाचना नहीं आया।

एक बार राजा महमूदाबाद के यहाँ मुजरा करने आयी थीं। वहीं कबरा के राजा भी आये हुए थे। कबरा के राजा साहब 'रति भरि नाचु देखिनि औ कुछ असकै आसिक होइगे' कि इस गाँव के आस-पास दो-सौ बीघे ज़मीन मलका को दे दी और अलग-अलग तीन घर भी बनवा दिए। तभी से मलका बेगम सीतापुर छोड़कर इस गाँव में बस गईं। उनकी माँ और मौसी का यहीं आकर स्वर्गवास हुआ। माँ अपनी मौत मरीं और मौसी को साँप ने काट लिया। जद्दन के ऊपर कोई आसेब था; कुछ दिन उचटी-उचटी साथ रही, फिर एक दिन पता नहीं कहाँ चली गई।

मलका बेगम राजा साहब कबरा के साथ ही रही। खूबन राजा साहब के एक मामूजाद भाई थे, उन्हीं की पाबन्दी में रही। मलका बेगम की पाँच लड़कियाँ थीं। एक भंडिया में एक लाला के घर बैठी है, तीन-चार लड़के-लड़की हैं, नाती-पोते वाली है। उससे छोटी दो लड़कियाँ हैजे में मरीं और दो तालीम पाकर कुछ दिन नाच-मुजरा करती रहीं! फिर एक तो महाराजा के घर बैठ गई और दूसरी अहरौरी गाँव के एक धनीमानी कुरमी के घर।

कल्लोबाई

आयु सत्रह-अठारह वर्ष। देखने में सुन्दर लगती है। हरदम हँसती रहती है। पचास वर्ष की माँ और बेटी के साथ ही रहती हैं ? बाहर सुनने में आता है कि दोनों शराब पीती हैं और अभी हाल में ही एक कुर्कअमीन को दिवालिया भी बना चुकी हैं। उस बेचारे की नौकरी भी चली गई।''

मैंने पूछा, ''आप इस पेशे में कब से आयीं ?''

''हमारा खानदानी पेशा है,'' कल्लोबाई ने कहा।

''आपके कोई बाल-बच्चा है ?''

''जी नहीं।''

''साई अर्थात् बाहर की महफ़िलों के अलावा आप अपने घर में भी मुजरा करती हैं ?''

''जी हाँ, कभी-कभी जब पाँच-दस लोग इकट्ठा हो जाते हैं तो नाचना ही पड़ता है।''

''एक दिन की बैठक में क्या आमदनी हो जाती है ?''

कल्लोबाई कुछ झिझकते हुए बोली, ''यही कभी दस, कभी पन्द्रह, हद-से-हद बीस।''

''महीने में कितनी बैठकें हो जाती हैं ?''

''इसका कुछ ठीक नहीं। किसी महीने में एक, किसी में दो, किसी में एक भी नहीं।''

मैंने पूछा, ''आप बाहर जाने पर क्या लेती हैं ?''

''यही चालीस रुपये रोज़ और खाना। हाँ, कभी-कभी सील मुलहजे में कुछ कम भी ले लेते हैं।''

''आप किसी एक की पाबन्द हैं या जो कोई पैसे दे उसी की सेवा कर सकती हैं ?''

झेंपते हुए बोली, ''जी हाँ, अँ-अँ !''

''सिनेमा देखा है ?''

झेंप मिटाते हुए बोली, ''जी, देखा है।''

मैंने पूछा, ''कहाँ सीतापुर में या लखनऊ में ?''

''जी, सीतापुर और लखनऊ दोनों जगह देख चुकी हूँ।''

''अकेले या किसी के साथ ?''

इस प्रश्न का उत्तर नहीं मिला। मैंने फिर पूछा, ''आपने पक्का गाना सीखा है।''

''जी सीखा है।''

"किससे सीखा है ? आपके उस्ताद कौन हैं ?"

"जी, सीखा तो हमने देवीपुर के घिस्सू उस्ताद जी से है, लेकिन अब तो वह लखनऊ में मेंहदी के साथ चले गए हैं।"

"अब आपके साथ साई कौन बजाता है ?"

"उसी गाँव के रज़ाक सारंगी बजाते हैं और आप ही के गाँव (अम्बरपुर) के वेचेलाल राधा तबला।"

"सहालग में अन्दाजन कितनी आमदनी हो जाती है ?"

कल्लोबाई ने कहा, "इसका कुछ ठीक नहीं। हाँ, खर्च-वर्च निकालकर किसी साल पाँच सौ, किसी साल छः सौ, कभी कुछ, कभी कुछ बच जाता है।"

"इतने में आपका साल-भर का खर्च चल जाता है, या आमदनी का और भी कोई ज़रिया है ?"

"जी, थोड़ी-सी खेती भी है।"

"उससे कितनी आमदनी हो जाती है ?"

"जी, खाने-वाने का खर्च चल जाता है।"

मैंने पूछा, "साल-भर में आप कपड़े-गहने कितने तक के ख़रीद लेती है ?"

"गहनों का तो कुछ ठीक नहीं, जब जैसा हुआ किया, कपड़े जरूर दो-तीन बार बनवाने पड़ते हैं। उसमें सौ-सवा सौ रुपये साल का लगता होगा।"

"आप आमदनी में से कुछ बचा भी लेती हैं या नहीं ?"

"जी थोड़ा-बहुत कभी बच भी जाता है, तो साहब इसी साल दस बीघे खेत लिया है। अब तो कर्ज़दार हो गए हैं।"

"आप कितने सगे भाई-बहन हैं ?"

"जी, दो बहनें और एक भाई।"

"दोनों भाई-बहन आपसे छोटे हैं या बड़े ?"

"जी, दोनों बड़े हैं।"

"वे क्या करते हैं ?"

"भाई की दूकान है। बहन ने निकाह कर लिया है, यहीं भंडिया में ही एक मुसलमान कबरिया के साथ। भाई का ब्याह हो चुका है ?"

"मैंने पूछा, "बनाव-सिंगार के लिए आप किन-किन चीजों का इस्तेमाल करती हैं ?"

हँसते हुए बोली, "मालूम होता है आज आप सभी-कुछ पूछ लेंगे। आपका ब्याह हो चुका ?"

मैं धर्म-संकट में पड़ गया। इंटरव्यू लेने गया था, खुद अपनी इन्टरव्यू देनी पड़ी, फिर भी काफी सम्हलकर बोला, "जी हाँ।"

"तो आप अपनी बीबी को बनाव-सिंगार के लिए क्या-क्या लाकर देते हैं ?"

मैंने कहा, "वैसे तो खूबसूरती को बनाव-सिंगार की आवश्यकता ही नहीं, फिर भी कभी-कभी टिकली, बिन्दी, क्रीम, पाउडर, सेंदुर वगैरह लाना ही पड़ता है !"

"तो साहब, यही सब हम भी इस्तेमाल करती हैं।"

"आपको अपनी तरफ से और कुछ भी कहना है ?"

"जी हाँ, फिर कभी तशरीफ लाइएगा।"

मुन्नीबाई

आयु पचास-बावन के लगभग। सारे बदन पर बुढ़ापा छाया हुआ। सुनायी कम देता है। मेरे पहुँचते ही प्रश्नों की झड़ी लगा दी—कहाँ से आये हो, किस गाँव में रहते हो, किसके लड़के हो ? मेरा परिचय सुनते ही अपने खाट पर से उठकर खड़ी हो गई, मुझे बिठाया। नौकर चारा काट रहा था, उसको बुलाकर कुएँ से पानी खींचने तथा बिटिया से शरबत बनवा लाने का आदेश दिया, "ई अम्बरपुर ते भइया आये हैं।" फिर पास ही रखी मचिया पर बैठ गई। इतनी देर खड़ी रहने और नौकर को आदेश देने के उत्साह के बाद वे अब थकन से हाँफने लगी थीं। कुछ देर बाद बोलीं, "बेटा, बड़ी बुलन्द है हमारी किस्मत, जो तुम हमारी देहरी पाकु केहेव तुम्हार बप्पा तौ बड़े नीक रहैं...." गड्ढों में घुसी हुई आँखों में आँसू छलक आए, जिन्हें ये अपने आँचल से पोंछने लगीं। शरबत-पानी होते करते बातें चल पड़ीं। मुन्नीबाई के जीवन की सबसे बड़ी घटना मेरे पिताजी के विवाह के अवसर पर मेरी ननिहाल से होने वाली महफिल में घटी थी। मुन्नीबाई की आयु उस समय पन्द्रह-सोलह के लगभग रही होगी। बरातियों में नील गाँव के कुँवर साहब भी गये थे। मुन्नीबाई के शब्दों में कुँवर साहब, बड़े सीधे-साधे, भोले-भाले, गोरे-गोर दयाखै मा (देखने में) बबुआ अस बड़े नीक लागति रहें। मस भोंजत रहे; बेटा देखतै-खन न जाने कउन जादू अस होइगा।" उस दिन महफ़िल में देवीपुर के उस्ताद घिसऊ, जिन्हें मुन्नीबाई वस्ताज कहती थीं, सारंगी बजा रहे थे और बलदेव तबले पर संगत कर रहे थे मुन्नीबाई पुरानी याद में रस-मग्न होकर अपनी उस रात का इतिहास सुना रही थीं; कहने लगी कि वैसे तो "नाचबु गाउबु हमार पंचन का काम आय" मगर उस दिन कुँवर साहब को देखकर मुन्नीबाई के भीतर मानों कोई दूना बूता लेकर बोलने लगा। रात-भर नाच हुआ, सब बैठे रहे, महफ़िल टस-से-मस न हुई—"नाचु बन्द करवाय कै सुई डारि देव तौ वहू की खनक मालुम परि जाय" —और मुन्नीबाई को उस दिन न जाने क्या हो गया कि नाच के सब फेरे जल्दी-जल्दी घूमकर वे बार-बार 'उनही' के पास आ जाएँ—"न जानै बेटा को खँइचि लावै।"

भोरहरी रात कहरा नाच शुरू हुआ। मुन्नीबाई भी सुर भर के गाने लगीं

"—सैंया मिलने की त्रेर राजा मिलने की बेर बिछुड़ना किन्ने किया—औ झूँकु लइकै जो उनके गरे मा ग्वाफा (बाँहों का गोफन) डारा, उइ कुछ झिझके।...." अपने गले से मुन्नीबाई की बाँहें निकालकर सोने की छः तोले की माला मुन्नीबाई के बाएँ हाथ रखकर धीरे से मुट्ठी दबा दी। वैसे तब तक न जाने कितने ही इनका हाथ छू चुके थे, कई रुपया या और कुछ देने के बहाने दबा भी चुके थे— "मुलु उनकी छुआनि न जाने का रहै हमार सबि द्याँह (देह) झनझनाय उठी।" मुझसे कहने लगीं, "त्रेटा हमतो साँचु बताये, हमरे दिल माँ उइ असकै गड़िगे रहैं कि उइ साइति उनके समहे सोना चाँदी रुपया पैसा सब कुरबान रहै।"

कुँवर साहब की माला हाथ में लेकर मुन्नीबाई फिर नाचते-नाचते एक फेरे में जाकर फिर उन्हीं के गले में डाल आई। कुँवर साहब ने आँखों-ही-आँखों में कुछ नाहीं-नूहीं भले की, पर मुँह से कुछ बोल न पाए। हाथ आयी लक्ष्मी के इस तरह लौट जाने पर मुन्नीबाई की माता को बहुत बुरा लगा। वे अपनी बेटी पर बड़ी बिगड़ीं।

दूसरे दिन कुँवर साहब भी कुछ झुके और बोलने-चालने लगे, फिर तो चार दिन में ही ऐसी मुहब्बत हो गई कि वे इन्हें अपने साथ ही नीलगाँव ले गए। कुँवर साहब के पिता ने मुन्नीबाई को अपने घर में न रहने दिया। तब कुँवर साहब ने अपने गुजारे की जमीन से पचास बीघा खेत दिये और पन्द्रह दिन के अन्दर-ही-अन्दर यह घर भी बनवा दिया जिसमें मुन्नीबाई रहती है। "तबते हमार नाचबु गाउबु तौ गवा छूटि, उइ रोजु संझा की बेरिया आवैं औ भोरहे चले जायँ।" मुन्नीबाई के लिए 'दुखियऊ' कुँवर साहब ने फिर अपना ब्याह न किया। उन्हीं से मुन्नीबाई को तीन सन्तानें हुईं। एक लड़का जो महमूदाबाद में दुकान करता है और दो लड़कियाँ हैं। एक लड़की नाच-गाने का पेशा करती है और दूसरे ने एक कबाड़िये से ब्याह कर लिया है। अपनी नाचने-गाने वाली बेटी के लिए भी मुन्नीबाई चाहती तो यही थीं कि कहीं हिल्ले से लग जातीं— "मुलो यह अपने नाचै गावै के मारे कुछौ नइँ करी।"

मैंने कहा, "अच्छा अम्मनि, याक बात अउरि बताय देव। अपने सिंगार पटार में तुम का लगउती रहो, यह पाउडर क्रीम।" "अरे अल्ला-अल्ला बेटा, ई करीम पउडर नावँ कबहूँ नाहीं जानेन।" ये तो सब आजकल की लड़कियाँ पोतने लगी हैं, मुन्नीबाई तो कभी साबुन से अपना सिर भी नहीं मींजती थीं। सरसों की खली और दही से उन्होंने सदा मींजा और हल्दी-राई का उबटन लगाया, "नीक-नीक खाये पिये, चेहरा आपुइ रूपु अंगारु अस दहका करति रहै।"

मुन्नीबाई ने बतलाया कि ठाकुरों और जागाओं से पैदा पातुर कौम जगैल कहलाते हैं। इस कोम के ठाकुर सभ्य समाज में नहीं होते।

देउरी गाँव के फेक्कू उस्ताद

देउरी में अब केवल चार घर पतुरियों के रह गए हैं, बाकी और सब नटिनिन पुरवा चली गई हैं। नटिनिन पुरवा नैमिषारण्य पूरब सिधौली आनेवाले कच्चे गलियारे पर ही पड़ता है। इस गाँव की पतुरियाँ अब भी हर महीने की चौदस-अमावस-परेवा को गाँव के पास ही मैदान में शामियाने लगा गैस-बत्ती के उजाले में मुजरे करती हैं। नैमिषारण्य में हर अमावस को मेला होता है। वहीं से लौटते हुए अक्सर रसिक यात्री इस गाँव में रुका करते हैं। देउरी गाँव में जो चार घर पतुरिया वंश के रह गए हैं उनमें अब सभी ब्याही या घर बैठी ही हैं। सभी के पास ज़मीन है; खेती होती है। एक बुज़ुर्ग (फेक्कू उस्ताद) हैं, उन्होंने ही कुछ बातें बतलाईं। वे बोले, "बहुत दिन की बात है हमारे एक पुरिखा यहाँ आये थे। जैरामसिंग जागा उनका नाम था। उनकी चार बिटिया रहीं – मुन्नी, मूँगा, रामकली और रामजिलाई। चारों नाचती-गाती रहीं। कोई बँधा रोजिगार तो था नहीं, इधर-उधर मेलों-ठेलों में उनका काम चलता था। एक बार ऐसा हुआ कि कुँअरपुर में दशहरा का मेला भवा, इनका डेरा भी यहाँ लगा था। नाच गाना होता रहा। कुँअरपुर के राजा साहब भी एक चक्कर रोज मेले का लगाते। राजा साहब मिजाज के बड़े रसिया आदमी रहे। इनको मेले में देखा फिर कोठी पर बुलाया, बातचीत की और अपने यहाँ रजवाड़े में नाचने-गाने के लिए रख लिया। तो भइया बाद में फिर रामकली और मूँगा पर बहुत मेहरबान भये। दोनों को अच्छी तालीम देवाई और अपने साथ अच्छी-अच्छी जगहों, ब्याह-बारातों में ले जाने लगे। इन दोनों के नाच-गाने ने उस बखत जवार में धूम बाँध रखी थी। रजवाड़े में भी इनकी बड़ी इज्ज़त रही। सब इनको ठाकुर साहब की रखैल कहते थे। मुन्नी और रामजिलाई भी उनकी परवरिस पाती रहीं। फिर मुन्नी, रामजिलाई के घर देउरी में बनवा दिये। वो वहीं रहने लगीं। रामकली के दो लड़के हुए। एक मैं और एक घिस्सू। हम दोनों भाइयों ने रजवाड़े में रहकर ही तालीम पाई और वहीं गाते-बजाते रहे और फिर देवीपुर में ही राजासाहब की किरपा से कुछ ज़मीन भी मिली। हम लोग वहीं बसे थे। हमारी दो बहनें थीं राजकुँआरा और राजपता। दोनों राजा-साहब के लड़के के साथ ही रहीं, नाचती-गाती रहीं। ज़मींदारी-उन्मूलन के बाद में वो भी देउरी चली आईं; अब यहीं पर काश्तकारी करवाती हैं।

"मूँगा की तीन लड़कियाँ थीं—मेंहदी, मूला, छोटकन्नी! पहले रजवाड़े में ही नाचीं, फिर इधर-उधर नाचीं, बाद में घर बैठ गईं। छोटकन्नी तो नीमखार के एक पंडा के घर बैठ गई, पूरी घर गिरस्तिन बन गई है। मेंहदी की छुट्टा-छुट्टी हो गई। वह फिर से लखनऊ में नाचने-गाने लगी। अब सुना है कि छापे में भागकर वह भी नटिनिन पुरवा चली गई है। यहाँ तो सब अपनी घर-

गिरस्ती में फँसी हैं, और किसी से क्या पूछोगे। जो रहा वो सब हमने बता दिया।"

फेक्कू काका ने बतलाया कि हम लोग भाट जागाओं में जो ठाकुरों के संपर्क में रहे, उन्हीं की सन्तानें जगैल कहलाती हैं।

मैंने लवकुश 'कंचन' जाति के सम्बन्ध में भी जानकारी प्राप्त करने के लिए कहा था। जगैलों का पता तो चल गया, पर कंचनों के सम्बन्ध में कुछ न मालूम हो सका।

सीने में जैसे कोई दिल को मला करे है

मेरी ये भेंटें चल रही थीं। तवायफ़ों के बाज़ार में इनकी चर्चा भी ज़ोर-शोर से हो रही थी। मेरे कुछ-एक मित्रों के मित्र और परिचित इन तवायफ़ों में से कइयों के संरक्षक भी हैं। हाट-बाट में आते-जाते किसी-न-किसी से इस सम्बन्ध में भी मुस्कानों-मिली चर्चा भी हो जाती थी, "हें-हें आजकल तो आप जाँच कर रहे हैं। सुना है पुलिस वालों से भी ज्यादा कड़े सवाल आप करते हैं। वो ....' कहती थी मुझसे। तो गुरुजी, वाक़ई सबको गौरमेन्ट पकड़ ले जाएगी ? अब आप ही के हाथ लाज है। आप जिसकी सिफ़ारिश कर देंगे वह तो बच ही जाएगी। ज़रा उसका खयाल रखिएगा ! गुरुजी बहुत अच्छा गाती है।"

इस तरह की सिफ़ारिशें भी पहुँचने लगीं। एक और भी मज़े की बात होने लगी। कुछ वेश्याओं के आशिक अपनी-अपनी प्रेमिकाओं को बचाने के फेर में दूसरियों की शिकायतें सुनाने के लिए आने लगे। एक-आध छोटी उमर की वेश्या भी अपनी टोली से अलग आकर दूसरों की शिकायतें करने लगी। मैं अपने इन खुफ़िया सूचना देनेवाले-वालियों के नाम नहीं बतलाऊँगा। कारण स्पष्ट है, नाम लिख देने से इन लोगों में आपसी सिर-फ़ुटव्वल होना अनिवार्य है।

एक तवायफ़, जो अपनी लड़की के लिए स्थायी संरक्षक प्राप्त कर चुकी है, अपने पेशे वालियों के विरुद्ध छिपकर गवाही देने आई। उसने समय की बलिहारी ली, जग का रोना रोया। अपनी पाक-साक स्थिति का पुर-तक़ल्लुफ़ ढिंढोरा पीटा और बोली, "हुज़ूर, ये जिन्होंने आपको यह लिखवाया है कि मैं शराब नहीं पीती और मेरे यहाँ पेशा नहीं होता, वह सब झूठ है। फलाँ और फलाँ, और फलाँ, खूब शराब पीती हैं। फलाँ की तो लड़की भी बहुत पीती है। वह क्या पीती है उसकी माँ पिलाती है और बुरी तरह से पेशा कराती है। हुज़ूर, वो पैसे के लालच में अपनी लड़की को बुरे काम से फ़ुरसत ही नहीं लेने देती। मैंने तो हुज़ूर, अपनी लड़की को एक शरीफ आदमी के साथ बाँध दिया है, वह भी खुश, वह भी खुश। न हमने लालच लगाया और न पुलिस का दुख पाया। और ये लोग हुज़ूर, ऊपर से तो ढोंग करती हैं कि हमारे यहाँ पेशा नहीं होता और सब के यहाँ होता है। अब नाच-मुजरे की आमदनी तो ऐसी कुछ होती नहीं, अच्छी-अच्छियों के यहाँ पेशा चलता है, इसीलिए पुलिस के छापे से घबराती हैं।"

नायिकाओं अर्थात् वेश्या-अम्माओं के घाघपन का विवरण देते हुए इस वृद्धा ने मुझे यहाँ की एक बड़ी तवायफ़ का हाल बतलाया। उस तवायफ़ की एक बहन पास ही के एक कस्बे में रहने वाले एक बूढ़े रईस की रक्षिता है। एक दिन उन दोनों बहनों ने बुड्ढे से रकम ऐंठने की ठानी। बूढ़ी वेश्या ने अपनी बहन के दोनों हाथों में भर-भरकर सोने की चूड़ियाँ पहना दीं। थोड़ी देर बाद बुढ़ऊ आये, उनके साथ तवायफ़ की बहन अपने कमरे में हँसने-बोलने लगी। कुछ देर बाद बूढ़ी तवायफ़ कमरे के दरवाजे पर आयी और गरजने लगी, "क्यों री फलानी, तू मेरी चूड़ियाँ पहन आई है ?" इसी पर दोनों बहनों की गरमा-गरमी शुरू हुई। बात यहाँ तक बढ़ी कि तवायफ़ ने अपनी बहन से कहा कि जो तुम्हें ऐसी ही चूड़ियाँ पहनने का शौक है तो अपने आदमी से क्यों नहीं माँगती ? यह संकेत था, इसी पर बहन ने रोना-धोना शुरू किया, चूड़िया उतारकर पटक दीं और कोहराम मचा दिया। रईस बुढ़ऊ अपनी जवान चहेती का मन रखने के लिए तुरन्त ही ताव खाकर उठे और पाँच हजार के जेवर लाकर उसे पहना दिए। इस प्रकार दो बहनों की नकली लड़ाई घर में पाँच हजार की नई रक़म लाने का साधन बनी।

उस स्त्री ने मुझे इस ढंग से बातें बतलाईं जैसे रूप के बाजार में वही एक सत्यवादी हरिश्चन्द्र की अवतार हो। मैं समझ रहा था कि ये किस्से रूपजीवाओं की आपसी जलन के कारण ही मेरे सामने आ रहे हैं। स्वार्थवश मैंने भी उनकी इस वृत्ति को उभारा। मुझे अपनी समस्या का, जहाँ तक बने हर पहलू देखना था, यही मेरा स्वार्थ था। एक परिचित वेश्या-प्रेमी के द्वारा उनकी रक्षिता वेश्या को मैंने बुलवाया। मैंने उसे आश्वासन दिया कि उसके यहाँ की कोई बुरी रिपोर्ट तो अभी तक मेरे सुनने में नहीं आई, परन्तु उसके साथ अमुक-तारीख को इंटरव्यू देने के लिए आयी हुई अमुक और तमुक बाईजी और जानो के खिलाफ़ मेरे पास गंदी रिपोर्टें आयी हैं। इसके माने ये हुए कि आप लोगों ने जो कुछ मुझे लिखाया है वह झूठ है, असलियत कुछ और ही है।

मेरे कहने के ढंग ने बाईजी के चेहरे पर एक झलक तो हवाइयाँ उड़ा ही दीं। देखकर मुझे स्वयं अपने पुलिस ढंग पर लज्जा आई, पर फिर अपने को सम्हाल लिया। उधर बाईजी ने भी अपने भय को नाटकीय उत्तेजना का रूप दे दिया और बोलीं, "हुज़ूर पाँचों उँगलियाँ बराबर नहीं होतीं। सबका इंसाफ अलग-अलग ही होना चाहिए। यह सच है कि कइयों ने आपको झूठे बयान दिये हैं, मगर सबने नहीं दिये। अल्लाह का करम है जिसने मुझे ऐसे मालिक दिये हैं—मुझे तो इनकी वजह से कोई खौफोखतरा ही नहीं है। आज आठ बरस से, जब से इन्होंने मेरा हाथ पकड़ा तब से सच मानिएगा न दीन जानूँ, न दुनिया जानूँ, बस इनको ही जानती हूँ। ये गवाह हैं, इनसे पूछ लीजिए कि मैंने

अपनी तरफ से आज तक इन्हें शिकायत का मौका दिया हो? मगर हाँ, जो आपने '....' के और '....' के बारे में सुना है, झूठ नहीं है।"

"मैंने बात फेंकी; कहा, "मसलन मैंने सुना है। कि '....' बहुत शराब पीती है जब कि उसने लिखवाया है कि नहीं पीती।"

"अब यह तो पंडितजी, ऐसी बात है जो कोई भी आपको सही नहीं लिखाएगा," मेरे परिचित वेश्या-प्रेमी बोल उठे। "मैं इनके सामने ही पूछता हूँ, इन्होंने आपको लिखाया था कि पीती हैं?"

बाईजी बुरी तरह से झेंपी और नाराजी का भाव दिखाते हुए अपने प्रेमी से कहा, "हटिए भी, मेरी भला यह आदत है! खाइये कसम भगवान् की कि आपके बार-बार इसरार करने पर या...."

"वही मैं भी कह रहा हूँ कि यार की सोहबत में रहेगी तो रंडी पियेगी भी और पिलायेगी भी। अरे मैं पंडितजी से क्या छिपाऊँ, शुरू से यह मुझे जानते हैं, मैं इन्हें जानता हूँ—(मेरी तरफ़ देखकर) पंडितजी महाराज, सवाल अकेला इनका नहीं हमारा भी है। हम आखिर इनके यहाँ जाते हैंगे तो क्यों जाते हैंगे। हमारे घर-दुआर क्या नहीं हैगा, पर हम इनकी सोहबत का मजा लेने जाते हैं—अपने शौक पूरे करने जाते हैं। शाकिया जब अपने हाथों से जाम भरके पिलाता है...."

इसके बाद मामला रोमांटिक हो गया, लालाजी की नज़रों में छेड़ और मस्ती आ गई तथा बाईजी की नज़रों में झेंप, हँसी और बनावटी गुस्से का कॉकटेल छलकने लगा।

मैंने फिर बात घुमाई; कहा, "यह तो ठीक है, मगर उस '....' के बारे में आप अपनी सच्ची राय बतलाइये।"

बाईजी गम्भीर हुईं; बोली, "देखिए वो हमारी कौम की हैं, हमारी बहन हैं, कुछ हममें भी ऐब होंगे, कुछ उनमें भी हैं। बाकी इतना ज़रूर कहूँगी बाबूजी, कि खानदान का कुछ-न-कुछ तो असर पड़ता ही है। हम तो नानी-पड़नानी की कई पुस्तों से डेरेदार हैं, मगर उसे तो शाहजहाँपुर से बदमाश भगाकर लाये थे। एक जगह ठहराया, फिर वहीं तैयार की गई। जौहरी '....' ने उसकी नथ उतारी थी। उन्हीं से दो बच्चे हुए। उनके साथ घर की तरह रहती थी। उनके पास से बड़ी ज्वेलरी पाई, फिर हरामज़ादी उन्हें धोखा देकर और काफ़ी लम्बी रकम लेकर मुजफ्फ़रपुर चली गई। पाँच साल बाद फिर लौटकर आई। अब एक पंडितजी हैं, वे उसे काफी पैसा देते हैं। आठ-नौ सौ रुपये महीने का खर्च उठाते हैं, मगर '....' को नीयत दुरुस्त नहीं। आजकल वह एक तीसरे को फँसा रही है। माँ से उसकी रोज़ लड़ाई होती है। माँ कहती है कि तू अपनी जिन्दगी

बरबाद कर रही है। इस तरह फिर कोई तेरा न रहेगा। मगर उसकी समझ में कुछ नहीं आता।"

मैंने बाज़ारू हवा में हाथ लगा एक सनसनाता तीर छोड़ा; पूछा, "कानपुर के कोकेनवाले बुड्ढे को फँसा रही है ?"

"जी नहीं, वो तो '....' के यहाँ जाता है। '....' ने अपनी भतीजी से फँसा रखा है।"

"मगर हमने सुना है कि वह कइयों के यहाँ जाता है और पानी की तरह से रुपया बहाता है। बल्कि माफ़ कीजिये मैंने तो सुना है कि वह आपके यहाँ भी जाता है। पुलिस को यह रिपोर्ट मिली है।" कहने के बाद ही मुझे लगा कि अपने स्वार्थवश मैं बाईजी को करारी चोट दे गया। इस कोकेन वाले बुड्ढे की बात मैंने बाज़ार में सुनी थी। यह भी सुना था कि पुलिस उसका पीछा कर रही है। दसवें-पन्द्रहवें वह लखनऊ आता है, किसी वेश्यालय में छिपकर बसेरा करता है। वहीं उसके चेले या एजेंट मिलते हैं; उनसे सौदे की बात करके वह चला जाता है। मैंने यह भी सुना था कि उसने एक नहीं वरन् कुछ-एक वेश्यालयों के घरों को अपना अड्डा बना रखा है। अपने इसी तीर को मैंने अनजाने ही अपनी चतुराई के फेर में छोड़ दिया। बाईजी के चेहरे पर बरफ की-सी सफेदी छा गई; लालाजी की त्यौरियाँ चढ़ गईं। वे घूरकर अपनी भाड़े की प्रेयसी की ओर देखने लगे। मुझे चट से लगा कि यह प्रश्न मुझे इस समय नहीं करना चाहिये था। तुरन्त ही बात पलट दी, कहा, "आपके यहाँ नहीं, मेरा मतलब था कि आपके सामने वाली के यहाँ आता है।"

बाईजी के चेहरे पर फिर से सन्तोष का सधाव आया। लालाजी भी बोल उठे, "हाँ गुरुजी, इनके यहाँ ऐसे दन्द-फन्द नहीं होते, वह शुरू से ही सीधी रही हैंगी और अब तो छापे के बाद से रात में कोई इनके यहाँ रहता ही नहीं। न जाने कब पुलिस का छापा पड़ जाये ! पुलिस वाले ससुरे पैसा भी ले लेते हैं और बाज़-बाज़ दफ़ा तो इज्ज़त भी ले डूबते हैं। आप पूछ लीजिये इनसे, अब मैं खुद नहीं जाता रात में। ये ससुरे ऐसे कानून चले हैं कि रंडीबाज़ी का मज़ा ही चला गया है गुरुजी ! इसमें इन बेचारियों की बड़ी आमदनी मारी गई। अरे, जिनका ऐश पूरा न होगा वो काहे को भर-भर हाथों इन लोगों को देंगे।"

बाईजी सुर-में-सुर मिलाकर बोलीं, "हाँ हुज़ूर, कम-से-कम बारह बजे का टाइम हो जाता तो भी गनीमत होती। अब आप ही बतलाइये कि नौ-दस बजे तक ये लोग अपने कारबार-धन्धे से फारिग हुए, फिर हमारे यहाँ उठने-बैठने के लिये घंटा-सवा-घंटा भी तो नहीं मिलता। जी नहीं भरता हुज़ूर !" अन्तिम वाक्य में वेश्या बोल उठी थी।

थोड़ी देर बाद लालाजी चले गये। चूँकि वे अपनी बाईजी के साथ-साथ

बाहर नहीं निकलना चाहते थे, इसलिये बाईजी को बैठना पड़ा। मैं उस दिन पुलिस शाही मूड में ही था। लालाजी के जाने के बाद मैंने फिर कहा, "कोकेन वाला आपके यहाँ आकर ठहरता है, यह मुझे अच्छी तरह से मालूम है। याद रखिये आप किसी दिन धोखे में फँस जाएँगी।"

कुरसी पर आगे की ओर खिसक, हल्की खखार के बाद रँगेहाथों पकड़े गये चोर की तरह वह बोलीं, "एक रात ज़रूर ठहरा था हुज़ूर, वो भी अम्मा ने ठहराया था। क्या करें हुज़ूर, अब तो खाने के भी लाले पड़ते हैं।"

"क्यों ?" मैंने पूछा, "लालाजी आपको खर्चा तो देते होंगे। कितनी तनख्वाह पाती हैं इनसे ?"

"अरे हुज़ूर, अब दुनिया अपने पैसे की सयानी हो गई है। छापे के बाद से इनका भी आना-जाना कम हो गया है। रात में आते नहीं, या कभी आये भी तो घंटा-भर बैठकर चले गये। दिन में कभी-कभी आते हैं। आपसे अभी-अभी कह तो गये कि जब शौक़ पूरे न होंगे तो देने वाला पैसे देगा ही क्यों। इनसे एक लड़का है मेरा, सो उसकी बदौलत शर्म-लिहाज़ में कुछ-न-कुछ दे तो देते हैं, मगर उससे पूरा नहीं पड़ता।"

मेरे जी में आई कि पूछूँ, क्या रात में लोग अब भी छिपकर रह जाते हैं, मगर फिर बचा गया, और सच पूछिये तो मुझे अपनी बात का उत्तर मिल गया था। दो रोज़ पहले इस पेशे से तटस्थ हो जाने वाली वेश्या अम्मा ने शायद ठीक ही कहा था कि अब हर डेरेदार तवायफ़ के यहाँ पेशा होने लगा है। आज बहानेसिर यह बाईजी भी आखिर क़बूल ही गईं।

इण्टरव्यू के बाद इनकी कथाओं का दूसरा पक्ष जानने-सुनने के लिये मैं स्वाभाविक रूप से उत्कंठित था। अपने वर्षों पहले के कुछेक वेश्या-विलासी मित्रों से मैंने सम्पर्क स्थापित किया। एक पुराने घाघ मित्र बोले, "तुम भी यार, किनकी इस्टोरियों के फेर में पड़े हो। ये लोग खाली ऐक्टिंग ही नहीं करतीं ऐक्टिंग का बाप भी करती हैं और फिर भी सच्ची ! मानों इनकी अब वैसी आमदनी नहीं रही जैसी पहले थी। अरे अब तो हमारे-तुम्हारे जमाने की नामी रंडियों के यहाँ भी वो बात नहीं रही; उनके यहाँ भी नई लौंडियों में वो तमीज़ वो बात नहीं। अब तो सबके यहाँ पेशा होता है। न सालियों में गाने का सहूर रहा है न नाचने का, और न बात करने का। हमारी तो जब से वो '....' मर गई, मैंने फिर बँध के किसी से रिश्ता ही नहीं रखा।"

मैंने पूछा, "अच्छा दोस्त, इन तवायफ़ों के लुटेरेपन के क़िस्से तो बहुत सुने, मगर यह बतलाओ कि तुमने कभी इन्हें लूटने वाले भी देखे हैं ?"

'अमा लुटती ही नहीं तबाह भी हो जाती हैं। अरे लाख रंडियाँ हो, बुरी हों, सब-कुछ हों, पर हैं तो आखिर को औरत ही न, मर्दों से भला जीत सकती

हैं ! हम तुमको बतलाते हैं, आजकल जो हमारा फेर चल रहा है उसी की बात सुनाते हैं । फैजाबाद की एक रंडी, भली थी, चार पैसे वाली थी । एक वकील साहब से उसका पुराना मेल-जोल रहा । यह कोई दस-बारह बरस पहले की बात सुनाता हूँ तुम्हें । वो रंडी बेचारी अपनी लड़की को पढ़ा-लिखा के उसकी शादी करना चाहती थी । वकील साहब ने पढ़ाने-लिखाने की बात कहकर उस लड़की को लखनऊ में लाकर रखा, घसियारी मण्डी में मकान लेकर रहे । उनका अक्सर लखनऊ आना-जाना होता था; उसी लड़की के पास रहते थे ।

"ज़रा सोचने की बात है नागर कि वकील साहब की लड़की के बराबर थी । उसकी माँ से उनकी भी दो औलादें थीं और यहाँ लाकर ससुरी लौंडिया पर भी हाथ साफ़ कर दिया । उनके एक-दो बच्चे माँ से थे और एक इससे भी हो गया । माँ-बेटी में झगड़ा करा दिया और दोनों को ऐसा काबू में रखा कि न वो बुढ़िया ही इनके पंजे से छूट पाई और न यह । अब साले पैसे वाले बनते हैं । ये तो हाल है ज़माने के !"

मैंने पूछा, "फिर उस लड़की को पढ़ाया ?"

"हाँ पढ़ाया तो ज़रूर, अब वो मास्टरनी है । न अपनी माँ से मेल-जोल रखती है और न इनसे । मगर ये उसकी जान साँसत में किये रहते हैं । मेरा उस औरत के यहाँ आना-जाना है । इन्हीं वकील साहब के कारन मेल-जोल हमारा भया रहा, सो हम जानते हैं । तो वकील साहब उससे कहते हैं कि इस्कूल में रपोट कर देंगे कि ये मास्टरनी अच्छे खानदान की नहीं बल्कि रंडी है मैंने भी कह दिया कि अगर वो बुड्ढा तीन-पाँच करेगा उसकी और इनकी फोट्ट दाखिल करके कहूँगा कि साहब इन्होंने लड़की भगाई थी, यह फ़ोट्ट उसका सबूत हैं । ससुरा इसी वजे से बोल नहीं पाता ।"

"मैंने पूछा, "उस औरत के बच्चे कितने बड़े हैं ?"

"दो लड़के हैं—एक दस-बारह बरस का होयगा, एक आठ-दस बरस का ।"

"तुम्हारा उस औरत से सम्बन्ध है ?"

मित्रवर हँसने लगे; बोले, "झूठ कहें कि सच ?" मैंने कहा कि सचाई ही जानना चाहता हूँ । वे बोले कि अभी तक दाँव पर नहीं चढ़ी । कहती है ब्याह कर लो । अब ब्याह रंडी साली से कौन करे ! हाँ बचन मैंने जरूर दिया कि जिन्दगी-भर का ठेका लेता हूँ । जो अपनी बात से निकल जाऊँ तो असल बाप का नहीं । वो कहती है कि इसमें बदनामी होगी; नौकरी से हाथ धोना पड़ेगा । बच्चे भी जान जायँगे कि रंडी की औलाद हैं ।

मैंने पूछा, "उस औरत की क्या उम्र है ?"

"अरे यही सत्ताईस-अट्ठाईस बरस की है ।"

"तुम उससे शादी क्यों नहीं कर लेते ? तुम्हारी पत्नी तो शायद...."

"हाँ मर चुकी, मगर भैया शादी से मामला कुछ और ही हो जाता है। बाल-बच्चे हों तो फिर रिश्तेदारी भी होगी।"

"मगर तवायफ़ों से भी तो शरीफों के बच्चे होते हैं ?"

"वो दूसरी बात है। उसमें मरद से जो फ़रज बन पड़ा वो अदा किया, नहीं तो नहीं। उसमें रिश्तेदारी के झगड़े-टंटे तो नहीं खड़े होते, मन तो साफ़ रहता है।"

मैं उस स्पष्टवादी मित्र का दृष्टिकोण समझ रहा था। यह औसत दुनिया-दारी बुद्धि थी। वे उस औरत का जीवन-भर भार उठाने के लिये तैयार थे पर विवाह की वैधानिकता से बँधना नहीं चाहते थे। उधर वह वेश्या-पुत्री मास्टरनी भी अपनी नई सामाजिक स्थिति से गिरने के लिये तैयार न थी। वकील साहब पिछले पाँच-छः वर्ष से नहीं आते, जब-तब धमकियाँ भिजवाते रहते हैं।

"तुम कितने बरस के उस औरत के यहाँ जाते हो ?" मैंने पूछा।

"मेरी जान में यही छै-सात बरसैं भईं। माल ले के बेचने गया था। वकील साहब उन दिनों हम पर निहाल थे, सो धीरे-धीरे इनकी जरूरत की सारी चीजें ला देना, इनकी तकलीफ़-आराम का खयाल रखना उन्होंने हमारे ज़िम्मे कर दिया। वो तो यहाँ रहते नहीं, आते-जाते रहते थे, सो हमारा आना-जाना बढ़ गया।"

"फिर वकील साहब ने मास्टरनी की तरफ़ से किनाराकशी क्यों कर ली ?"

"बुढ़ापे की सफ़ेदी की लाज बचाने के लिये। उस हरामज़ादे ने माँ-बेटी में सौत का रिश्ता बाँध दिया। वो पहले तो बड़ी अम्मा को धोखे में रखे रहा, फिर जब प्रेम; इनका पहला लड़का भया, तब बड़ी अम्मा ने बड़ा बावेला मचाया, मगर उस दम वकील साहब से उसकी कोर दबी भयी रही। अपनी बड़ी बहन से उसका जैजाद का मुकदमा चलता रहा। बुढ़िया कड़ुवा घूंट बना के बात को पी गई। उसमें भी वकील साहब उनकी मनमानी रकम खाय गये। वह कुछ न बोली। इधर यह भी अपने सहारे स्वारथ के लिए वकील साहब को साधे भये, पर ज्योंही तीन-चार बरस में अम्मा मुकदमा जीत-जात के पोढ़ी भयीं त्योंही वकील बुढ़ऊ की गर्दन दबाई। जो कुछ कहा-सुना होगा इनके सुनने में तो यह आया रहा कि अम्मा ने यह धमकी वकील साहब को दी कि तुम्हारी नीची करतूत शहर-भर के रईसों से कहूँगी। वकील साहब और अम्मा का रिश्ता सबको उजागर था। जो कुछ भी होय, राम जाने करने वाले जानें, बाकी पाँच-छः बरस से वकील साहब एक धेला खर्चा नहीं देते, कभी-कभी दिन में आ जाते हैं, उनकी एक फोट्ट इनके साथ पहले बच्चे की गोदी में लिये भये खिंची रही सो उसे ही माँगने आते हैं। वो इन्होंने मेरे पास रखवा दी है, इसलिए मुझसे भी तपते हैं।"

"अच्छा यह बतलाओ दोस्त कि तुम अब तक उस पर कितना खर्च कर चुके हो ?" मैंने उनकी बात का पुछल्ला काटकर प्रश्न किया। पुराने मित्र हँसने लगे। बोले, "अऽरे भैया हः हः ह....बाकी कोई लालच तो है नहीं हमारा, फिर भी मुसीबत में इन्सान-से-इन्सान की जो मदद हो जाती है वही हम भी करते रहते हैं। बाक़ी एक सौ पच्चीस तो वह आप कमाती है; बी०ए०बी०टी० है। बड़े कायदे से आप रहती हैं अपने बच्चों को रखती हैं। पास-पड़ोस में स्कूल में कोई यह नहीं कह सकता कि रंडी की औलाद है। बड़ी शरीफ़ औरत है।"

"अच्छा तुम्हारे खर्च करने का वह एहसान मानती है ?"

"एहसान भी न मानेगी ?"

"तुम अपना एहसान जताते ज़रूर होंगे। आखिर हो तो सौदागर ही....'

"देखो यार नागर, हम तुमसे झूठ नहीं कहेंगे। हमने सब ऐश कर लिये; ठोकरें खाईं, अपना कारबार भी घर से अलग करके सम्हाला, सब मज़े ले लिये। इतनी ही उमर में ब्याही भई लड़की हमारी मरी। एक-ही-एक लड़की, धूमधाम से ब्याह किया और ब्याह के दस दिन बाद बीमार पड़ी, म्यादी बुखार बिगड़ा सो डेढ़ महीने में रुलाके चल दी। उसके साल-सवा साल में वाइफ़ हमारी हार्ट फेल में चल बसीं। फिर लोगों ने बहुत घेरा कि ब्याह कर लो मगर हमने कहा अबे ये सब झंझट नहीं पालेंगे! भाई के बच्चे हैं सो हमारे ही हैं और अब इधर हमसे जो कुछ बन पड़ता है कर देते हैं। अब रही स्वारथ की बात सो भाईसाब, दिल तो हमारा उन पर फ़िदा है और वे भी हमें बहुत मानती हैं...."

"तो क्या तुम दोनों आजकल ब्रह्मचारी हो ?" मैंने पूछा।

"तुमने तो यार बड़ा बल्लमनोक सवाल पूछा! जान पड़ता है हमारी भी इस्टोरी बनाओगे। क्यों ?"

"हाँ, मगर तुम्हारा या किसी का नाम तब तक न दूँगा जब तक कि तुम उसके लिये राजी न होंगे," मैंने उत्तर दिया।

"हाँ नाम न लिखना, बाकी बात ये है साफ़-साफ़ कि वो इस्तिरी तो साक्षात ब्रह्मचारनी है। मैं उसके मुकाबले की तपस्या नहीं कर सकता। कहती है कि जी तो हमारा भी चाहता है पर हमें अपने बच्चों का खयाल है। हाँ, किसी से शादी हो जाए तो मैं बच्चों को समझा सकूँगी।"

मुझे उस अनदेखी स्त्री के प्रति आदर हुआ। सहसा मैंने पूछा, "क्यों जी, वह तुम्हारी मदद क्या समझकर स्वीकार करती है ?"

"अरे क्या बोलेंगे बिचारी! इनकी नौकरी तो ढाई-तीन बरस से है। हमारा साथ तो तब से है जब ये निराधार हो गईं। फिर अपने गहने हमें बेचने को धीरे-धीरे दिये। मैंने अपने पास रख लिये और खर्चा देता रहा। बाद में मैंने कहा भगवान् हमें सब-कुछ दे रहा है। उन्होंने कहा कि शादी से पहले आप मुझसे

कोई लालच न रखें। मैंने कहा मुझे कोई लालच नहीं, बाकी अपनी तरफ़ से अब हम तुम्हारा साथ नहीं छोड़ सकते, हाँ आप चाहें निकाल सकती हैं। उसके बाद हमारे दिल साफ़ हैं। अब हमारे लिये भैया नागर, सच मानो उनसे, उनके बच्चों से मोह-ममता का रिश्ता हो गया है, सो अब टूट नहीं सकता। हमें कोई लालच न हो, पर वहाँ जाना अच्छा लगता है। यही क्या कम बड़ा लालच है ?''

अपने मित्र के प्रति मेरे मन में आदर-भाव जागा। अपने पुत्रों की चिन्ता करने वाली मास्टरनी वेश्या-पुत्री की कथा सुनकर मुझे लूलू की माँ की याद आई, 'अबी से लुलू का क्या होगा।' यह प्रश्न माँ की दृष्टि से देखिये, कितना गंभीर है। बच्चों का भविष्य सुधारने के लिये वेश्या भी संयम साध सकती है। माँ बनकर उसका व्यक्तित्व अपने उत्तरदायित्व के बोध से यों निखर उठा।

मैं अपने पुराने वेश्या-प्रेमी मित्र के प्रति भी मन-ही-मन आदर से झुक गया। यह व्यक्ति, जिसे मैं लगभग चौबीस-पचीस वर्ष से जानता हूँ, आज मेरी दृष्टि में नया-नया-सा लग रहा था। इस मित्र के बारे में मित्र जानते हैं कि अपने विषय-विलास के हेतु इन्होंने हज़ारों रुपया फूँका। किसी समय अपने पड़ोस की एक धनी की बाल-विधवा नवयुवती बहू को हस्तगत करने में इन्होंने अपने आस-पास के वातावरण में बड़ी ख्याति पाई थी। यारों को खिलाने-पिलाने में यह सदा के उदार रहे। नगर की प्रसिद्ध वेश्याओं के ऊपर भी इन्होंने काफ़ी रक़म खर्च की। नशा-पानी भी खूब करते हैं, धन्धा भी भगवान् की दया से अच्छा चलता है, सब-कुछ करते हुए भी अपने रोज़गार के प्रति वे कभी ग़ाफ़िल न हुए। अपने रोमांटिक लगाव में मित्रवर अपने रस-स्वार्थ की आशा पूरी न होते हुए भी मास्टरनी वेश्या-पुत्री और उनकी दोनों संतानों का खर्च निबाहते चले जाते हैं। यह छोटी बात नहीं। वे मास्टरनी वेश्या-पुत्री की तरह ब्रह्मचर्य तो नहीं धारण कर सकते, किन्तु उसके अनुराग में जीवन-भर क्षीण आशा की ज्योति जगाये वे प्रतीक्षा कर सकते हैं। वे उस पर ज़ोर भी नहीं डालेंगे कभी ऊबकर उसका साथ भी न छोड़ेंगे, मानसिक रूप से उसके प्रति पूर्ण निष्काम न होते हुए भी निष्काम-सेवा करने से न चूकेंगे, यह मैं अच्छी तरह जानता हूँ। अपनी कामिनी की प्रशंसा में वे अंत में बहुत-कुछ बुदबुदाते रहे। धीमे स्वर किन्तु भरी साँस की शक्ति के साथ उनके उद्गार अपनी प्रेयसी की प्रशंसा में फूटते रहे। मैंने अन्त में मुस्कराकर कहा, ''यह ढलती उमर में अच्छी फाँस चुभी है तुम्हारे दिल में! बकौल किसी शायर के, सीने में जैसे कोई दिल को मला करे है।''

मित्रवर की ठंडी आह सहानुभूति से गरमी पाकर उमग उठी। बड़े भाव से मेरा हाथ पकड़कर वह बोले, ''ठीक कहते हो भैया, हूबहू यही हालत है अपनी। मगर एक बात कह दें, जो मज़ा अब पाया वो ज़िन्दगी-भर में कभी

नहीं पाया । हम तो समझते हैं कि किसी को पा लेने में वो बात नहीं जो किसी पर मर मिटने में है ।''

इस मास्टरनी वेश्या-पुत्री का चरित्र उन्हीं दिनों आस-पास से बटोरती हुई अन्य वेश्याओं और वेश्या-पुत्रियों की चरित्र-कथाओं में बार-बार चमककर मेरे सामने आता रहा । सच है, न सभी स्त्रियाँ एक-सी होती हैं और न सभी पुरुष ही । अच्छे-बुरे सब ओर हैं ।

एक वेश्या मुझे इंटरव्यू देते समय एकाएक बिगड़ पड़ी । यह वेश्या संगीत कलाकार यूनियन की सदस्य नहीं । जब मैं यूनियन की मेम्बरों की इंटरव्यू ले रहा था तब यह यहीं आई थी, बाद में इंटरव्यू देने वालियों में से ही एक स्त्री से उसने स्वयं इंटरव्यू देने की प्रार्थना की । उस स्त्री ने आकर मुझसे कहा । मैंने कहा ले आओ । वह बोली, ''हुज़ूर, उससे क्या पूछेंगे, एक बात भी सच नहीं बतलायेगी । वह तो खाली इसीलिये लिखाना चाहती है कि जिससे उसका भी हिस्टरी में नाम हो जाये । चारों तरफ़ यह खबर तो उड़ ही गई है कि आप हमारी हिस्टरी तैयार कर रहे हैं ।''

मैंने पूछा, ''आप तो उसकी सही हिस्ट्री जानती हैं, बतलाइये वो कैसी है ?''

''ऐ हज़ूर, मैं क्या बतलाऊँ, उसके घर में दिन-भर आदमियों का क्यू लगा रहता है । अब की गर्मी में उसने एक दिन खूब शराब पीकर बलवा मचाया । पुलिस पकड़ ले गई थी । तब भी हुज़ूर वो बाज़ नहीं आती । उसके यहाँ सारे ऐब होते हैं । तीन-तीन सरपरस्तों को धोखा देती है । एक ठाकुर साहब हैं, एक रेलवे वाले बाबू हैं और एक और हैं—सबको धोखा देती है !''

''मैंने कहा, कोई हर्ज़ नहीं, मैं मिलूँगा ।''

दूसरे दिन दोपहर में वह आयी । असुन्दर नहीं किन्तु फीकी अवश्य पड़ गई थी । चेहरे पर एक प्रकार का गुमान भी बोलता था । मैं नोटबुक लेकर बैठ गया, मैंने पूछा, ''आप यूनियन की मेम्बर क्यों नहीं बनी ?''

बोली, ''यूनियन में इन्साफ़ तो होती नहीं, जिसको मरजी में आया भरती किया, मन में न आया तो भरती न किया ।''

मैंने और नियमित प्रश्न किये; सबके ही विधिवत् उत्तर मिले । उसे पक्का गाना पसन्द है, मुजरे की आमदनी मामूली होती है, एक सरपस्त के साये में गुजर करती है, मगर वे बेचारे बहुत पैसे वाले नहीं इसलिए तकलीफ़ से ही गुज़र-बसर हो पाती है, शराब-सिगरेट का शौक नहीं—यह सब उसने लिखाया ।

मैंने कहा, "सुनने में आया है कि आपके यहाँ शराबियों का मजमा जुड़ता है, पुलिस तक आ चुकी है ?"

वह बाई चौंकी, मगर इसका उत्तर देने के लिए वह मानो पहले ही से सधी हुई थी; उत्तेजित होकर बोली, "शराब किसके यहाँ नहीं पी जाती, क्या यूनियन वालियाँ नहीं पीतीं ?"

मैंने कहा, "मगर आपने तो अभी लिखवाया कि आप नहीं पीतीं।"

बाइजी की उत्तेजना और बिफरी, कुछ-कुछ कुरसी से उछलकर बोली, "जी तो क्या और सबने आपको सच लिखवाया है ? और क्या ऊँची सुसाइटी की औरतें नहीं पीतीं, शरीफ़ लोग नहीं पीते ? फिर हमें ही क्यों ऐब लगाया जाता है ?"

मैंने कहा, "ऐब लगाने की बात नहीं, एक काम को करते हुए भी जब कोई शख़्स इन्कार करता है, तब यह मानी हुई बात है कि वह खुद ही उसे ऐब मानता है। आप मुझे अगर यह लिखा देतीं कि आप पीती हैं तो मैं बुरा न मानता।"

वह एक क्षण सिर झुकाये बैठी रही। फिर बोली, "सबके यहाँ यही हाल है। वो कानपुर '....' है। यूनियन की मेम्बर भी है, उसके यहाँ क्या नहीं होता दो भाई हैं उसके, एक दलाली करता है और दूसरा जो अठारह साल का है, बदमाश है। उसके यहाँ भी शराब पी जाती है, लड़कियाँ उड़ाकर लाई जाती हैं और खराब की जाती हैं। छोटा भाई यह सब बदमाशी का काम करता है और बड़ा भाई ग्राहक फँसाता है। उसकी बड़ी बहन है, उसका यार चोर है। अपने बीबी-बच्चों को छोड़कर वह उसी के पास बना रहता है।"

इसके बाद दोनों ही स्त्रियाँ पारस्परिक सहानुभूति में बँधकर अपने पास-पड़ोस के किस्से सुनाने लगीं। एक लड़की—हिन्दू वेश्या—लगभग सोलह-सत्रह वर्ष की है, सुन्दरी है। उसकी फूफी उसके पास रहती है। उसके यहाँ भी दिन-रात पेशा होता है। चौक के एक सर्राफ़ से उसे बहुत पैसा मिला, मगर वह उनकी वफ़ादार न रही। इसी पर उनका इतना झगड़ा हो गया कि '....' ने '....' सर्राफ को चप्पलों से मारा। उसके यहाँ बहुत आदमी आते-जाते हैं। जिस दिन पुलिस ने छापा मारा था उस दिन भी उसके यहाँ एक आदमी आया था। उसने सौ रुपये दिये थे। '....' ने कहा कि गाने के पैसे दिये हैं। वह आदमी भी पकड़ा गया। इसकी एक बहन भी है। इसका पुराना आशिक़ '....' सर्राफ़ अब उसके यहाँ जाता है। उसके यहाँ भी पेशा होता है।

एक पहाड़िन वेश्या है। उसकी उमर अभी कुल बारह साल की है और दो साल से पेशा करती है। उसके यहाँ कई-एक आते हैं। दलालों के साथ होटलों

में भी पेशे के लिये जाती है। उसकी माँ बहुत पीती है, हरदम नशे में रहती है।

एक मुसलमान वेश्या आयु में लगभग पन्द्रह-सोलह वर्ष की होगी। उसके यहाँ भी आदमियों का क्यू लगा रहता है। जब से छापा पड़ा उसकी माँ ने समझा कि गाने-बजाने की इज्ज़त है तो एक उस्ताद रख लिया है, मगर यह सब धोखा है। उसके यहाँ जबरदस्त पेशा होता है।

इन दोनों वेश्याओं ने मुझे तीन-चार दलालों के नाम भी बतलाये। इनमें से एक ने खैराबाद की तरफ़ की कई लड़कियाँ भगाई हैं। ग़रीब माँ-बापों को कुछ ले-देकर भी लड़कियाँ ले आता है। यहाँ '....' (एक वेश्या) के यहाँ ठहरायी जाती हैं। वे सात बहनें हैं, सातों एक-से-एक बढ़कर जालसाज़ हैं। '....' लड़कियों को खूब मारती-पीटती हैं; उन्हें अपने काबू में रखती हैं।

६ सितम्बर '५६ को दिन में एक बुरक़ापोश स्त्री मेरे यहाँ आयी। वह मेरी पत्नी से मिली, बातें कीं। वे उसे लेकर मेरे पास आयीं, गुजराती भाषा में मुझसे कहा, "इसकी सुनो। जितनी अब तक तुम्हारे पास लिखाने आयीं उन सबसे यह अलग है। बड़े-बड़े दुःख हैं भाई!" मेरी पत्नी की आँखें झलझला उठीं। वह स्त्री भाषा न समझने के कारण पहेली भरी कनखी से कभी मेरी पत्नी की ओर और कभी सकपकाई दृष्टि से मेरी ओर देख रही थीं। गोरा रंग, तिकोना मुख-मण्डल और सींक सलाई-सी देह, खड़े होने के ढंग में सादगी, सकपकाहट इतनी देर में वह दीवार की तरफ़ सिमटती ही चली गई, रंग गोरा होने पर भी पिलास मारता हुआ है, चेहरा उदासी से अधिक भावुक हो रहा है, आँखें निराश व्यक्ति-सी फीकी पथरायी हुई; मैंने आँखें मिलाई, उसने दृष्टि नीची कर ली; मैंने कहा बैठ जाओ, वह पास ही सोफा पर बैठ गई। उसकी आयु मुझे तीस के अन्दर-ही-अन्दर जँची।

मेरी पत्नी ने कहा, "ये कहती हैं कि मैं बाबूजी को सब हाल लिखा दूँगी, मगर वो मेरा नाम न लिखें, क्योंकि नाम देने से इनकी जान तक को खतरा हो सकता है।"

वह युवती बातें पूछने पर पहले तो खूब फूट-फूट कर रोई, हिचकियाँ बँध गईं। मेरी पत्नी उसे खूब सांत्वना देती रहीं। मैं चुप बैठा रहा, जानता था कि यह हिस्टीरिया की-सी लटक हैं, जब तक एक दौड़ खलास नहीं होगी तब लग चुपेगी नहीं। क्रमशः उतार आते-आते बीस-पच्चीस मिनट बीते। मैंने नौकर से चाय बनाने के लिए कहा, वह ना करने लगी, यों वाणी फूटी।

खैर चाय आयी, पी, फिर बातें आरम्भ हुईं। युवती का नाम मैं प्रकट न करूँगा। कहानी इस प्रकार है—

"मेरे वालिद का घर यहीं '....' चौक के पास था। मेरे शौहर रौशनुद्दौला

की कचहरी में किसी इजलाश में पेशकार थे। सद् '५६ में वे एक जाने-पहचाने साहब को पचास रुपये मुझ तक पहुँचाने के लिए देकर कराची चले गए। फिर मैंने बड़ी मुसीबतें उठायीं, कोई सहारा न था। दो बच्चे भी छोटे-छोटे थे। हमने बहुत तकलीफ़ें सहीं। मैके में भी कोई नहीं था। हम लोग शिया मुसलमान हैं। हमारी बिरादरी में बड़े-बड़े लोग हैं, मगर ग़रीबों का कोई पुरसां हाल नहीं होता। इधर-उधर काम करने वाली औरतों के पास दौड़-धूप कर उनकी खुशामद-दरामद कर कुछ-न-कुछ काम अपने वास्ते लाती रही। मैंने काग़ज के लिफ़ाफ़े बनाये, कामदानी गरदोजी का काम किया, लिहाफ़ों की तगाई का काम किया.... महीनों भर-पेट खाने को न मिला। शकरकन्द उबाल-उबालकर खायी। चार-चार फ़ाके किये। उन्हीं दिनों लड़की को फोड़ा निकल आया था, उसका आपरेशन कराना था। मैं बड़ी फ़िक्र में थी। चौक में, '....' में एक जरदोज़ी के कारखानेदार रहते हैं। उनके यहाँ मैं काम लेने जाया करती थी। वहाँ एक कानपुर-वाली के नाम से मशहूर '....' नाम की औरत रहती थी। उससे मेरी जान-पहचान हो गई थी। परेशानी की हालत में मैं उसके यहाँ गयी। बातचीत के सिलसिले में सारा हाल कहा। उसने बड़ी-बड़ी तसल्लियाँ दीं, बोली कि '....' वाली सराय में मेरे भाई रहते हैं, उनकी शरीफ़ों में उठक-बैठक है। मैं तुम्हारा निकाह कर दूँगी, तुम्हारी ज़िन्दगी सुख से कट जायगी।

"मैं उसकी बातों में आ गई। बच्चों को साथ लेकर '....' वाली सराय में चली गई। बड़ा-सा मकान था, अलग-अलग कमरे बने हुए थे। एक कमरे में मेरे लिये भी इन्तज़ाम हो गया। शुरू में बड़ी खातिरदारी रही। चार-पाँच रोज तक मैं अन्दाज़ न पाई कि चकलेखाने में आ गई हूँ। एक दिन वही कानपुर वाली आयी, उसने कहा कि तुम्हारे लिये आदमी तलाश कर लिया है, शरीफ है। हमारे पुराने जान-पहचानी हैं, इन्हें खुश रखोगी तो तुम्हारा निकाह भी इन्हीं के साथ हो जाएगा। मुझे इन बातों पर शक हुआ, मैंने इतराज़ किया। कानपुर वाली लड़-झगड़कर चली गई। कानपुर वाली के भाई भी मुझे समझाने आये; कहा कि ज़िद न करो। आदमी शरीफ है, लेकिन ज़िद्दी है। अगर तुम उसे खुश करके पटा लोगी तो तुम्हारे साथ निकाह भी हो जाएगा। मैं इस चारसौबीसी में आ गई। बाद में साबित हुआ कि हर रोज नये-नये आदमियों से मेरा निकाह होता रहेगा। फिर तो मेरे लिये कोई राह ही न रह गई थी।

"बहुत से लोग तो मेरा फ़िक्र और उदासी से पीला चेहरा देखकर ही मुझे नापसन्द कर देते थे और शराब के नशे में आये हुए नफ्सपरस्तों को तो चाहे लकड़ी की भी औरत मिल जाये चल जाती है। मेरा भी गुज़ारा होने लगा। मैंने उस चकले में बड़ी तकलीफ़ें सहीं। इधर आठ महीने से एक पंजाबी मेरे मेहरबान हो गये हैं। उनसे सब दुखड़ा रोया तो उन्होंने कहा कि तुम अलग घर

ले लो, मैं तुम्हारा खर्च चलाऊँगा। मैंने फ़ौरन ही अपने गिरस्ती वाले ज़माने की एक जानी-पहचानी औरत की मदद से एक घर ले लिया। अब वहीं रहती हूँ और उनकी मुलाज़मत में हूँ। यह मकान खुशकिस्मती से मैंने छापा पड़ने के चंद रोज़ पहले ही से ले लिया था, वरना मैं भी पकड़ी जाती। वो '.....' वाली सराय का अड्डा पुलिस के छापे की वजह से टूट चुका है, मगर वह गिरोह तो मौजूद है ही। इसी वजह से मैंने बहूजी से अर्ज किया था कि बाबूजी मेरा या किसी का नाम न दें। सुन पायें, नाराज हो जाएँ तो कत्ल तक करा सकते हैं। वैसे भी खुदा न करे, मगर कभी इन ऐसों से फिर काम पड़ सकता है। हमारे पेशे का क्या ठिकाना, कभी सीधी सड़क, कभी खाई खंदक।"

चकलेखाने के सम्बन्ध में पूछने पर उस युवती ने बतलाया, "वहाँ दिन-भर औरतें आया करती थीं और उनके लिए आदमी आया करते थे। अच्छे-अच्छे खानदानों की औरतें वहाँ आती थीं। किसी का नाम न लूँगी मगर उन्हें देखकर मुझे यही हुआ कि ज़िन्दगी की असलियत जो कुछ भी है यह है, खानदान और शराफ़त के उसूलों की बातें कोरी बातें हैं। मगर वहाँ आनेवालियों में अस्सी फ़ीसदी औरतें ग़रीबी की मारी हुई आती थीं। हविस की गुलाम तो अमीनाबाद हजरतगंज में ही जाती हैं। इन चकलेखानों में ऐसी चारसौबीसी होती है कि उसका कोई हद-हिसाब नहीं। गाहक से पचास रुपये तय करेंगे, हमें बीस ही बतायेंगे और उस बीस में से दस पर तो उनका क़ानूनी हक होता ही है।

"अब सिलाई-बुनाई का काम भी सीख रही हूँ, क्योंकि इस पेशे में सरपरस्त का कोई भरोसा नहीं। जब शौहर छोड़ सकता है तो सरपरस्त को छोड़ते क्या देर लगती है! और चकलेखानों में लौटकर जाना अपनी ओर से नामुमकिन ही है। मजबूरी चाहे जो करा ले! वहाँ जो गालियाँ सुननी पड़ती हैं, पैसे के लिये हमारी नोच-खसोट होती है, नंगपन पर वे लोग उतर आते हैं—जान-बूझकर अपनी तरफ़ से कोई औरत चकलेखाने की ज़िन्दगी में रहना क़बूल नहीं कर सकती।

"मैंने सुना कि आप तवायफ़ों का हाल पूछ-पूछकर लिख रहे हैं। आपकी बड़ी तारीफ सुनी। मैंने सोचा, नागर साहब के पास ये सब खानदानी तवायफ़ें तो पहुँच जायेंगी, मगर हमारी जैसियों का हाल उन तक न पहुँच सकेगा। मैंने सोचा, हमारी भी तकलीफ़ें पब्लिक तक पहुँचें और हमें कोई बतलाये कि हम क्या करें।"

उस युवती के सवाल का जवाब मेरे पास भी नहीं। मैंने चकलेखाने के जीवन का निकृष्टतम रूप बाईस वर्ष पहले 'बद्रेमुनीर' के बहाने स्वयं देखा था। ऐसे अड्डों के सम्बन्ध में सुन चुका था। एक आश्रम टाइप चकलेखाने का कुछ-

कुछ निकट परिचय भी वर्षों पहले मुझे प्राप्त हुआ था। नखास के पास किसी पुराने ताल्लुक़ेदार की कोठी में उनकी रखी एक तवायफ़ दिन में अपने यहाँ खानगी चकलाखाना चलाती थी, शायद वहाँ अब भी चलता है। पर्देदार औरतें दिन में वहाँ कमाई करने जाती थीं। एक बार वर्षों पहले चौक के तत्कालीन थाना-इन्चार्ज श्री जगदीशप्रसाद मुंशी ने मुझसे कहा था "नागर साहब, जिस दिन जी चाहे सुबह चार बजे मेरे साथ पाटेनाले की चौकी पर चलकर सीन देखिए। रात में पेशा करके बुर्केवालियों के झुण्ड आते हैं। वे सब अपने शौहरों की जानकारी में पेशा करती हैं। किस-किसकी इज्जत का परदाफ़ाश कीजिएगा।"

मुंशीजी की बात तह तक तिलमिला देती है। मेरे या किसी के भी घर के आस-पास, दो-चार-दस दीवारों के हेर-फेर में, न जाने ऐसी कितनी कहानियाँ बिखरी हुई हैं। उन सबका निचोड़ क्या है ? ये स्त्रियाँ क्या अपनी कामेच्छा के वश में होकर जाती हैं ? वे जायाजीवी पति कैसे हैं, किन परिस्थितियों में अपनी पत्नियों की यह स्थिति स्वीकार कर पाते होंगे ? बहुत से तो स्वार्थवश अपनी पत्नियों को इस पथ पर बढ़ाते हैं और बहुत से पेट भरने का अन्य कोई साधन न देख बेकारी और कष्ट की हालत में उन्हें इस राह पर ढकेलते हैं। औरत पुरुष की तरह आज़ाद होकर अपनी कामेच्छा से सत्तर खसम करती फिरे तो और बात है, पर पेट के लिए औरत बिके, कोड़े मार-मारकर साधी जाए, नफ़्सपरस्त मर्दों के बाज़ार में किराये पर उठने वाली जिन्स बने तो····क्या कहूँ, तुफ़ है मर्द तेरी मर्दानगी पर, तेरी ऊँची सभ्यता पर !

बनारस की गायिकाएँ

मैं अपनी इण्टरव्यू की कड़ियों में समस्या को सही ढंग से समझने की राह पा गया। इच्छा थी और यदि धन तथा अवकाश की सुविधा होती तो मैं कई जगह जाकर ऐसी भेंटें करता। 'गदर के फूल' नामक पुस्तक में भी मैं अपनी मजबूरी निवेदन कर चुका हूँ, साहित्यिक कार्यों की इच्छा और इस महँगाई के ज़माने में गृहस्थी के खर्च की दौड़ मुझे एक साथ और हरदम दो सिरों पर दौड़ाती रहती हैं। ईमान तो कहता है कि अभी नहीं, और आगे और आगे, मगर व्यावहारिक रूप में यह आज संभव नहीं हो सकता। इसलिए अपने-आपको अज्ञानवश पूरी तौर पर बेईमान बनाने के बजाय कुछ कम ही सही, पर ईमानदार बनना अच्छा समझा। मैंने अपनी स्थिति से समझौता कर लिया। जब तक उठी हुई समस्या का समुचित समाधान नहीं पा जाऊँगा तब तक तो उसका पीछा अवश्य करूँगा। यथाशक्ति धन भी व्यय करूँगा और उसके बाद पेट-पालन हिताय अपने ज्ञानार्जन प्रोग्राम में कटौती कर जाऊँगा।

अनेक मित्रों ने कहा और ठीक भी कहा कि मुझे औरैया, इटावा तथा बरेली आदि कुछ जगहों पर अवश्य जाना चाहिए। मैं नहीं जा सका, मैं और भी कई जगहों पर न जा सका। जिस तरह छानबीन करने की सुविधा अपना घर होने के कारण मुझे लखनऊ में थी वह और नगरों में सुलभ न थी। यहाँ मुझे बात के हर पहलू निकालने में ढाई महीने जूझना पड़ा। दूसरे नगरों में यहाँ के अनुभव के बाद यदि कम समय भी लगाऊँ तो कम-से-कम हर जगह पन्द्रह-बीस रोज़ का काम है। आर्थिक पक्ष से मेरे लिए यह साध्य न था। हाँ, काशी गये बिना मेरी मुक्ति भी न थी। काशी जाने के लिए यों भी मन में लोभ था। काशी, प्रयाग बुड्ढ़ों के तीरथ तो हैं ही, नौजवानी-काल से मेरे भी साहित्यिक तीर्थ रहे हैं। लखनऊ में तब था ही कौन, मिश्रबन्धु थे, वे बहुत बड़े आदमी थे। अलावा इसके ज्येष्ठ मिश्रजी को छोड़कर कनिष्ठ मिश्रबन्धु प्रायः बाहर ही रहते थे। पण्डित रूपनारायण जी पाण्डेय की स्नेह-छाया अवश्य प्राप्त थी। तब तक निरालाजी भी लखनऊ वासी नहीं हुए थे। काशी में प्रसाद थे, प्रेमचन्द थे, श्यामसुन्दरदास, रायकृष्णदास, हरिऔध, रामचन्द्र शुक्ल, रामचन्द्र वर्मा, पाण्डेय बेचन शर्मा 'उग्र', विनोद शंकर व्यास, कृष्णदेव प्रसाद गौड़, रामदास गौड़, सम्पूर्णानन्द, अन्नपूर्णानन्द आदि हमारे प्रायः सभी प्रमुख और प्रतिष्ठित लेखक वहाँ रहते थे। मैं यदि भूलता नहीं हूँ तो सन् अट्ठाईस की गरमी की छुट्टियों में पहली बार काशी गया, फिर सन् तीन-इकतीस से सन् अड़तीस तक तो

नियमित रूप से प्रति वर्ष काशी जाता था। अपने अग्रज पंडित विनोदशंकरजी व्यास के यहाँ मान-मन्दिर में ठहरता था। प्रायः भाई ज्ञानचन्द जैन भी साथ ही जाते थे। उसके बाद फिर ऐसे बानक बने कि वर्षों तक चाहकर भी काशी न जा सका। अस्तु।

पाँच दिसम्बर को काशी पहुँच गया। आदरणीय कृष्णप्रसादजी गौड़ के घर पर अतिथि बनकर डेरा डाला। छः दिसम्बर को प्रातःकाल काशी में रेडियो की ओर से एक संगीत-गोष्ठी का आयोजन था; वहीं अनेक मित्रों से भेंट हो गई। श्रीयुत आनन्दकृष्ण मिल गये। मैंने अपने काशी आने का प्रयोजन बतलाकर उनसे श्रद्धेय रायकृष्णदासजी से मिलने के लिए उनकी सुविधा का समय पूछा। श्रद्धेय रामचन्द्रजी वर्मा भी वहीं मिल गए। भाई आनन्दकृष्ण ने उन्हें और मुझे दूसरे दिन शाम को अपने घर भोजन पर बुला लिया। इन दो तीर्थरूप साहित्यिक गुरुजनों से एक साथ बहुत-कुछ पाने का सुयोग मिला जानकर मैं अपनी अच्छी बोहनी पर परम सन्तुष्ट हुआ।

सिद्धेश्वरी देवी

उसी दिन तीसरे पहर आदरणीय बेढबजी भारत-विख्यात गायिका श्रीमती सिद्धेश्वरी देवी से मेरा परिचय कराने के लिए उनके घर ले गए। कबीरचौरा में ज़नाने अस्पताल के आगे डी० ए० वी० कॉलेज के दूसरे फाटक से लगा हुआ ही सिद्धेश्वरी देवी का घर है। लगभग बारह-तेरह वर्ष अपना पुराना मुहल्ला छोड़कर वे अपनी बच्चियों के नये एवं यशस्वी भविष्य की भावना के साथ यहाँ मकान बनवाकर रहने लगी हैं। उस दिन विशेष बातें न हो सकीं। तीसरे दिन निश्चित समय पर मैं सिद्धेश्वरी देवी के यहाँ फिर पहुँच गया।

उनकी आयु अर्धशताब्दी के लगभग है। बदन दोहरा, रंग साँवला और स्वभाव बहुत ही अच्छा पाया है। अपनी वंश-परम्परा के सम्बन्ध में पूछने पर वे बोलीं, "पुरानी हिस्ट्री के लिए तो आपको विद्याधरीबाई से मिलना चाहिए। वो मेरी माँ की उमर की हैं। पुरानी बातें जितनी उन्हें मालूम हैं उतनी भला मैं कैसे बतला सकूँगी।"

पुरातत्वविदों को प्राचीन इतिहास के अवशिष्ट चिह्नों का पता पाकर जो प्रसन्नता होती है, प्रायः वही मुझे किंवदन्तियों की नायिका परम-विख्यात विद्याधरीबाई के जीवित होने की ख़बर सुनकर हुई। पूछने पर मालूम हुआ कि लगभग पन्द्रह-सोलह वर्ष से वे अपने गाँव में ही रहती हैं। सिद्धेश्वरी देवी ने मेरे साथ चलकर उनसे भेंट कराने का वचन दिया। मैं बड़ा प्रसन्न हुआ। मैंने फिर अपने प्रश्न को स्पष्ट करके दुहराया।

अपनी वंश परम्परा के सम्बन्ध में सिद्धेश्वरी देवी ने बतलाया कि लगभग सौ-सवा सौ वर्ष पूर्व उनकी पुरखिनों में रतीबाई ने बड़ा नाम कमाया था।

फिर उनकी गद्दी उनकी भतीजी मैनाबाई ने सँभाली, मैनाबाई की पुत्री राजेश्वरी देवी ने अपने समय में बड़ा नाम पैदा किया। सिद्धेश्वरी देवी की माता राजेश्वरी की छोटी बहन थीं। उन्होंने अल्पायु पाई। सिद्धेश्वरी देवी का लालन-पालन राजेश्वरी ने ही किया—"बस यहाँ से ही हमारी हिस्ट्री खत्म हो जाती है। मेरी लड़कियाँ दूसरे संस्कारों में पली हैं और नया जीवन पा रही हैं। बड़ी लड़की बाल-बच्चों वाली होकर भी अपना ज्ञान बढ़ाने के लिए हरदम बावली बनी रहती है। मैंने कहा कि तेरे बच्चे मैं पाल लूंगी, तू 'टापमोस्ट' पहुँच। मेरी इच्छा है कि मेरी दोनों बच्चियाँ टापमोस्ट पहुँचें। बड़ी लड़की आजकल खैरागढ़ संगीत यूनीवर्सिटी में पण्डित रातनजनकरजी के चरनों में बैठकर सीख रही है और दूसरी को भी मैंने बी० ए० पास कराया है।"

मैंने पूछा, "आपने पुरानी महफ़िलें भी देखी हैं और नई संगीत-सभाएँ भी। दोनों में आपको क्या खास भेद नज़र आता है?"

"जी, खास भेद क्या बतलाऊँ, दोनों में बहुत फ़र्क है, दोनों के रंग ही अलग-अलग हैं। अब संगीत का प्रचार तो बहुत हो गया है पर पहले के सुनने वाले कुछ और ही थे। अब जो मैक्रोफून रहते हैं उनमें गाने वाली आर्टिस्टें पुराने ढंग की महफ़िलों में गाएँ तो उनके कलेजे फट जाएँ।"

"आपको अपने समय की किन महफ़िलों की याद आती है?"

सिद्धेश्वरी जी हँसने लगीं, कहा, "अरे नागरजी, कहाँ तक बयान कर सकूँगी! बाबा विश्वनाथ की दया से गुरुचरनों की कृपा से हिन्दुस्तान की ऐसी कोई बड़ी रियासत नहीं बची जहाँ मैं न गयी होऊँ। लेकिन सबसे अच्छे कलाकार मैंने नवाब रामपुर के यहाँ ही पाए। मैं वहाँ बीस बरस तक जाती रही। उनके दरबार में हमेशा अच्छे-अच्छे गुणीजन और कलाकार जाते थे। फ़ैयाज़ खाँ साहब, अहमदज़ान थिरकवा, हाफ़िज़ अली खाँ साहब—बड़े-बड़े आर्टिस्टों से वहीं भेंट हुई। जयपुर घराने के धुरपदिये को भी वहीं सुना। मुसलमानी रियासत के होते हुए भी जैसा बिना भेद-भाव का व्यवहार वहाँ देखा, वैसा और कहीं नहीं पाया। खाँ साहब नज़ीर खाँ वहाँ खास नायक थे, खानदानी उस्ताद थे। क्या कहना था उनका! नाम लेने से ही मन में ज्ञान-भण्डार सा खुल जाता है। नवाब अलीरज़ा खाँ के पहले उनके पिता जी थे, उन्होंने संगीत की सैकड़ों-हजारों किताबें इकट्ठी की थीं। वैसी लायब्रेरी मैंने कहीं नहीं देखी। वो और उनके भाई दोनों ही संगीत के बड़े माहिर थे, यानी यह हाल था कि हम—जिनका दिन-रात का गाने-बजाने का पेशा है—हम भी मान जाते थे कि वाह क्या दिमाग पाया है! मगर ये कि नागरजी, वो सब थ्योरी की बातें थी और प्रैक्टिकल में गुरु कृपा से हमारा अपना रियाज़ भी चमकता था। मैंने वहाँ बहुत

इज्ज़त पाई; हमारे सामने नवाब साहब किसी की नहीं सुनते थे। हमारी माता राजेश्वरीबाई ने भी उस दरबार में बड़ी इज्ज़त पाई थी।

जोधपुर महाराज भी बड़े गुणी थे। उनके यहाँ भी अच्छे-अच्छे गुणीजन मैंने देखे। इन्दौर के महाराज भी गाने-बजाने के अच्छे शौक़ीन थे। उनके बाद सर सेठ हुकुमचन्द भी गुणियों की बड़ी आवभगत करते थे। कश्मीर महाराज भी कला के शौक़ीन थे, इज्जत करते थे और प्रेम से सुनते थे। दस वर्ष तक हर साल मैं वहाँ सालगिरह के जलसे पर बुलायी जाती थी। मैं, बम्बई की केसर-बाई, यहाँ की काशीबाई, रसूलनबाई, शैलकुमारी वहाँ जाती थीं। ग्वालियर की महारानी साहिबा भी बड़े गौर से सुनती थीं।"

मैंने पूछा, "आपको अपनी सहयोगिनी कलाकारों में किन-किनकी मह-फ़िली प्रतियोगिताओं को याद आती है ?"

सिद्धेश्वरी देवी हँसी, कहने लगीं, "यह तो आप मेरे लिए मुश्किल खड़ी कर रहे हैं। किसी का नाम याद आया और किसी का भूल गई तो यह बुरी बात होगी। और फिर प्रतियोगिता तो सभी अच्छी आर्टिस्टों को करनी चाहिए। मैं तो, आप सच मानिए कि अपनी माता राजेश्वरीबाई और अपनी माता-समान विद्याधरीबाई से भी प्रतियोगिता करती थी। इसमें कोई बुराई नहीं थी। बस खाली यही रहता था कि जैसी इज्ज़त उन्होंने हासिल की है वैसी ही मुझे भी मिले।....वैसे आपने पूछा है तो याद आ गया, पंजाब की खुरशीद खूब गाती थी। वाह क्या कहना है उसका ! महाराज हरीसिंह के दरबार में एक बार छायानट गाया, बाक़ायदा दो-ढाई घंटे तक सुनाया—आय-हाय अब तक कानों में उसकी गूंज सुनायी पड़ रही है। कलकत्ते की नूरजहाँबाई भी खूब गाती थी। वह एक पट की गायिका थी, मैं चारों पट की गायिकी गाती हूँ और बम्बई की केसरबाई का भी क्या कहना है—जिस महफ़िल में विद्याधरीबाई, केसरबाई और नूरजहाँबाई हों और मैं होऊँ तो ऐसा समाँ बँधता था कि अब देखने-सुनने को नहीं मिलेगा। लखनऊ की अच्छनबाई भी बहुत उम्दा गाती थीं। नन्हींबाई, मुन्नीबाई ग्वालियर की पुरानी गायिकाएँ थीं, अच्छी थीं। अब तो वो सब बातें आपके लिये ही नहीं हमारे लिये भी क़िस्सा हो गईं।"

सिद्धेश्वरी देवी बीते दिनों की स्मृतियों से भावुक हो उठीं। यह स्वाभाविक भी था। मानव-सभ्यता के इतिहास में किसी भी युग की किसी भी पीढ़ी ने ऐसा तीव्र गतिशाली काल नहीं देखा जैसा हमें देखने-बरतने को मिल रहा है। यह हमारे लिये शाप भी है और वरदान भी। आर्थिक, सामाजिक, राजनीतिक परिवर्तनों से एक ओर जहाँ विश्वव्यापी महँगाई, नागरिक चारित्रिक पतन-शीलता तथा ग्रामीण उद्दण्डता और काँइयापन बढ़ोत्तरी पर आये हैं, वहाँ ही हमें मानव-विकास के इतिहास के दूसरे खण्ड का प्रथम अध्याय, एटॉमिक सभ्यता

का आगमन पहचानने वाली नई शक्तियाँ भी उठती-उमगती हुई दिखलाई पड़ती हैं। जो समय को पहचानकर समय के साथ बढ़ना जानते हैं वे भी उसका सुफल पाकर एक जगह बीते जीवन की स्मृतियों के पीछे भावुक हो जाते हैं। बचपन से लेकर बुढ़ापे तक एक ही जन्म में मनुष्य के तीन जन्म हो जाते हैं, एक ही जन्म में पाये हुए इतने जन्मों का लगाव तो हो ही जाता है। मैंने प्रसंग को दूसरी ओर मोड़ दिया, पूछा, "आपको यह नोटेशन पद्धति पसन्द आती है ?"

"जी हाँ, नोटेशन तो अच्छी बात है। गुरु थे, राग बतलाया कि बेटी यहाँ धैवत् मत लगाना, गंधार से बढ़ाना। इस तरह गुरु ने विधि बता दी, कहना चाहिये कुछ लटके-से हो गये। ये बात नहीं कि गुरु लोग विद्या नहीं देते थे। चाहे पाँच ही राग सिखाएँ मगर जिस शागिर्द पर कृपा कर दें उसे भरपूर देते थे। फिर भी उनके देने की विधि से नोटेशन में यह बड़ी बात है—यानी नोटेशन से यह होता है कि दिमाग खुल जाता है।"

मैंने पूछा, "पहले की और अबकी खयाल की गायकी में भेद है, इतना तो मैं संगीत-शास्त्र की नासमझ होते हुए भी समझ लेता हूँ। मगर उसमें क्या कमज़ोरी या शक्ति है, इसे आप बतलाइये।"

"ख़याल की गायकी अब कमज़ोरी पर है। आजकल की गायकी में अलापचारी कम है, तानें अधिक हो गई हैं। फ़लक के तारे तोड़ने के लिए लोग दौड़ते हैं; इसीलिये गायकी में रस कम हो गया है। अलावा इसके अगर कोई शख्स करता भी है तो पब्लिक उस पर ऊब जाती है, इसीलिये लोग उधर कम ध्यान देने लगे हैं।"

"यह तो दो युगों के चलन की बात हो गई। रस की मान्यता ही दूसरी हो गई, ऐसा लगता है," मैंने कहा।

इस समय सिद्धेश्वरी देवी के पति श्री पंडित कहीं बाहर से पधारे। हम परिचित तो उसी दिन हो चुके थे जिस दिन गौड़जी के साथ पहली बार यहाँ मेरा आना हुआ था। पंडित महोदय पंजाबी ब्राह्मण हैं, लगभग साठ की आयु है फिर भी अच्छे तन्दुरुस्त हैं। सिद्धेश्वरी देवी से उनका सिविल मैरेज पद्धति का विवाह अनेक वर्ष पूर्व हुआ था। पंडित महोदय जलंधर में मिलिट्री में कार्य करते हैं। अपनी बेटी को खैरागढ़ संगीत विश्वविद्यालय में भरती कराने के लिये उसका तार पाकर वे वहाँ पहुँचे थे, इधर से लड़की की माता पहुँचीं। वहाँ से दोनों यहाँ आ गये। अपने सौभाग्य पर सिद्धेश्वरी देवी इस समय प्रसन्न थीं। फिर चाय-प्रसंग चला और १० दिसम्बर को उनके साथ विद्याधरीबाई के गाँव चलने की बात निश्चित कर मैं अपने डेरे पर लौट आया।

जसुरी :
विद्याधरी का गाँव

बृहस्पतिवार १० दिसम्बर। अपना हिन्दी परिवार भगवान् की दया से बहुत बड़ा है तथा बहुत-सी बातों में नया होकर भी मैं पुराने संयुक्त परिवार का परम भक्त हूँ। लखनऊ, दिल्ली, कानपुर, आगरा, इलाहाबाद, बनारस—पिछले कुछ वर्षों में जहाँ कहीं भी जाने-आने का अवसर मिला मैंने साहित्यिकों की बड़ी और छोटी पीढ़ियों से सदा प्रेम और मान ही पाया है। बनारस में भी टैक्सी आदि की व्यवस्था के लिये मुझे चिन्ता नहीं करनी पड़ी; सुधाकर पाण्डेय से कह देना ही काफ़ी हुआ। वे मोल भाव कर एक टैक्सी किराये पर ले आये। मुझे परदेशी जानकर अधिक पैसा उगाहने के लिये टैक्सी-ड्राइवर अपनी कोई धन्धे वाली तिकड़म न करे, इसलिये सुधाकर ने ड्राइवर को कुछ बनारसी धमकियाँ मेरे सामने ही दे डालीं, मुझसे कहा कि जितने रुपये मैंने बतलाए हैं उससे एक धेला भी अधिक न दीजिएगा। चलते-चलते सुधाकर ने ड्राइवर को फिर एक डोज दिया। मुझे उनका इस तरह बार-बार ड्राइवर को रौब दिखाना अच्छा नहीं लग रहा था, पर इसके साथ-ही-साथ यह भी समझ रहा था कि सुधाकर जी कुछ भी कर रहे हैं मेरी सुख-सुविधा के लिए ही कर रहे हैं। रास्ते-भर इसका असर भी देखा, अक्खड़-सा लगने वाला पहलवान क़िस्म का टैक्सी ड्राइवर मेरे प्रति अत्यन्त आज्ञाकारी और विनम्र बना रहा।

रास्ते में सिद्धेश्वरी देवी बोलीं, "आप यह बड़े उपकार का काम कर रहे हैं। आपकी भार्या ने अपने स्कूल में जो एक ऐसी औरत के जीवन को सुधारने का हौसला दिखलाया है इससे मैं कह नहीं सकती कि मेरे मन मे कैसे-कैसे भाव आ रहे हैं। महामृत्युञ्जय आप दोनों का, आपके बाल-बच्चों का कल्याण करेंगे। नागरजी, मैं आज से नहीं पन्द्रह-बीस बरस से यह सोचती थी कि अब से लड़कियों को इस काम में डालना अच्छा नहीं होगा! अब समय दूसरा आ गया है।"

मैंने कहा, "आप ठीक सोचती थीं, पर सवाल यह आता है कि इस धन्धे को समाप्त कैसे किया जा सकता है। जो गुण्डा व्यापारतंत्र लड़कियों-औरतों से बुरा पेशा कराता है उसे सरकार यदि चाहे तो बहुत जल्द ही खतम कर सकती है, परन्तु परम्परा से जो गायिकाएँ अथवा नर्तकियाँ हैं उन्हें क्योंकर सही रास्ते पर लाया जाये?" मैंने कहा, "लखनऊ के एक बहुत प्रसिद्ध वकील हैं, पं० श्री

शंकर शर्मा। मेरे बचपन के दोस्त हैं। वे एक दिन मुझसे कहने लगे कि तुम इन्हें कलाकार कहकर और भी सिर चढ़ा रहे हो। इनके पास कला-वला चाहे जो कुछ भी हो मगर उनका कमीनापन भी हद दरजे तक बढ़ा हुआ है और दोषी इनकी बूढ़ियाँ हैं। अगर इन तमाम बूढ़ियों को पकड़कर जेल में बन्द कर दिया जाए तो यह पेशा आज खत्म हो जाये। मेरे खयाल में आप तो मेरे मित्र के इस सुझाव से सहमत न होंगी।

सिद्धेश्वरी देवी छूटते ही बोलीं, "मैं एकदम सहमत हूँ। इन लड़कियों को सुधारने का एक ही तरीका है कि इन्हें जबरदस्ती होस्टल में रखा जाये और उनकी बूढ़ियों को उनके पास तक न फटकने दिया जाए। जो कहती हैं, मैं कलाकार हूँ वे परीक्षा दें। अगर वे निपुण हैं तो उनको सिखाने के लिए रखा जाये। मगर इसमें भी एक काम ज़रूर किया जाय कि जो लखनऊ की हों उन्हें कहीं दूर, इलाहाबाद, पटना, जयपुर, ऐसी दूर-दूर की जगहों में पढ़ाने के लिये भेजा जाये और इन मास्टरानियों के ट्रांसफर होते रहें, जिससे कि ये लोग कहीं भी जमकर कोई उत्पात न करने पायें। हाँ, उनकी विद्या का संग्रह अवश्य होना चाहिए। जो लड़कियाँ नृत्य संगीत में होशियारी दिखाएँ उन्हें ये कलाएँ सिखाई जायें और बाकियों को सिलाई, बुनाई, कढ़ाई या और कोई मजदूरी के काम, जो जिस लायक हो उसे सिखाया जाए। और उनके ट्रेनिंग स्कूल से एक मिनट की भी छुट्टी न दी जाये। ये बड़ी मुश्किल से काबू में आयेंगी नागरजी! लड़कियाँ अगर हाथ-बेहाथ होती हों तो उन्हें यही सजा दे कि मिलिटरी में भरती करके उनसे चौकाबासन करवाया जाये, आरे की मशीन चलवाई जाये, तब कहीं जाकर ये राह पर आयेंगी। बहुत-सी नर्सें बन जायेंगी, सेवा के अन्य कारज करने लगेंगी। और बाम्बे साइड की जो औरतें हैं, फ़िलावर गर्ल, उन्हें पुलिस में काम दीजिए। इस तरह ये सब बड़ी मुश्किल से काबू में आयेंगी। अगर आप खाली ये समझें कि इन्हें गैर-कानूनी कर देने से ही काम चल जाएगा तो यह बात झूठी है। पहले जब खुला पेशा था तब बुराइयाँ होकर भी इतनी नहीं थीं जितनी आज बढ़ गई हैं। अब तो पेशा अंडरग्राउण्ड हो गया है, नागरजी! इससे बुराइयाँ बहुत बढ़ गई हैं।"

मेरे सामने लखनऊ में सुनी हुई बातों की छाया आ गई। नायिकाओं और दलालों का तन्त्र इन युवतियों को एक होटल से दूसरे होटल में पेशा कराने के लिये ले जाता है; एक नगर से दूसरे नगर में घुमाता-फिरता है। ये बूढ़ी नायिकाएँ अपनी लड़कियों को दूर-दूर से देहाती मेलों में भी ले जाती हैं। ऊपर से शराफ़त का ढोल पीटते हुए भी पेट के धन्धे के लिये वे तमाम दन्द-फ़न्द रचती हैं जो आज के समाज में प्रायः सभी वर्गों में व्याप्त हैं। काला बाजार का अर्थ एवं नीतिशास्त्र, जो आज इतना लोक-व्यापी हो रहा है वह, कूटनीतन्त्र में तो

सदा से ही रहा है। फिर इनका व्यापार मनुष्य के आदिम और कोमल भावतंत्र से बँधा हुआ है; इनकी बेईमानियां के लटके बड़ी बारीकियों से गुज़रकर सधे हैं। अमावस की रात में सूरज उगाने वालियों को हम बा-मुहावरा जादूगर बतलाकर सस्ते तो छूट सकते हैं, मगर उससे बात साफ़ नहीं होती। जादू तो ऊपरी तमाशा है मगर उस तमाशे को साधने का तरीका विशुद्ध यथार्थ है। भावों और विचारों की जितनी सूक्ष्म गति योग विज्ञान का साधक पाता है, उतनी ही सूक्ष्म गति ये बूढ़ी वेश्या नायिकाएँ भी सिद्ध कर लेती हैं। वे दूसरे के मन के भाव को पहचान लेती हैं, वे अपनी शक्ति से व्यक्ति तथा लोक को बाँध सकती हैं। सिद्ध योगी की भाँति वे समाज में पुज भी सकती हैं। लेकिन इन दोनों प्रकार के साधकों में कितना अगम अन्तर है—एक अपने स्वार्थ को उदात्त बनाता है और दूसरा उसे केवल अपने में ही समेटकर अति संकीर्ण हो जाता है।

यह कहते हुए इतना और स्वीकार कर लूँ कि सीमित स्वार्थ की सारी पैनी चालबाजियों के बावजूद प्रकृति अपना अस्तित्व सिद्ध करने से भी नहीं चूकती; ये जादूगरनियाँ कभी-कभी स्वयं अपने जादू से आप बँध जाती हैं। वाजिदअली शाह के समय में अवध के रेजीडेण्ट कर्नल स्लीमैन ने अपनी प्रसिद्ध ऐतिहासिक पुस्तक ए जर्नी थ्रू किंगडम ऑफ़ अवध' में अवध के एक प्रसिद्ध ऐतिहासिक पुरुष हकीम मेंहदी के सम्बन्ध में लिखा है कि अठारहवीं शताब्दी के अन्त में वे आज़मगढ़ ज़िले के ज़मींदार बू-अली हकीम के यहाँ कारिन्दा थे। उन्नीसवीं सदी का उदय होते ही वह इलाक़ा अंग्रेज़ों की अमलदारी में आया और उनकी नौकरी चली गई। होशियार होने के कारण अपने मालिक की तरफ़ से उनकी ज़मींदारी का मुआवज़ा पाने के फेर में वे लखनऊ आये। शहर की मशहूर तवायफ़ पियाज़ूजान से उनकी आँखें लड़ गईं; पियाज़ू उनकी चढ़ती जवानी पर बलिहार हो गई। फिर हकीम मेंहदी की तक़दीर पलटते देर न लगी। पियाज़ू के दिये बत्तीस हज़ार रुपयों से उन्होंने ज़मींदारी खरीदी, उसकी मेल-मुलाक़ात के सहारे बड़े-बड़े लोगों में रसाई हुई; इस प्रकार पियाज़ूजान के इश्क़ और अपनी बुद्धि-चतुराई के बल पर वे होते-करते अवध राज के महामन्त्री हो गये। पियाज़ू अन्त तक उन्हीं की होकर रही।

अनेक तवायफ़ें किसी के प्रेम में अपना सर्वस्व निछावर करती हुई देखी-सुनी गई हैं। इन रूपजीवाओं के बाज़ार में मिटने और मिटाने का ही धन्धा होता है। यह स्थिति ही घातक है; इस चिकनी भूमि पर सामाजिक नैतिकता के पैर बार-बार और बराबर फिसलते ही रहते हैं। शायद सिद्धेश्वरी देवी का सुझाव ही ठीक है, सख्ती किये बिना यह पेशा खत्म न होगा। लेकिन सख्ती नीति-मात्र ही हो, सख्ती करने वाले शिक्षक मानवीय सहानुभूति न खो बैठें।

हम मुग़लसराय पार कर चंदौली पहुँच गए, यहाँ बाज़ार में जसुरी ग्राम

का दिशा ज्ञान कर हम लोग ऊँची-नीची खाँचेदार कच्ची सड़क पर बढ़ चले। आध घंटे में जसुरी पहुँच गए।

गाँव में पूछने पर एक ने बतलाया कि विद्याधरीबाई बाग वाले घर में होंगी। दूसरा बोला, नहीं अपने घर में होंगी। चूँकि मोटर गाँव की गलियों में स्वच्छन्दतापूर्वक विचर नहीं सकती थी, इसलिये हम एक जगह रुक गये। सिद्धेश्वरी देवी के साथ आया हुआ कर्मचारी एक गाँव वाले के साथ विद्याधरी-बाई का पता लगाने चला गया। हम चुपचाप बैठे उन आदमियों के लौट आने की राह देख रहे थे। एकाएक सिद्धेश्वरीजी कहने लगीं, "ये तपिश्या नहीं है, नागरजी ? जितने हिन्दुस्तान-भर के बड़े-बड़े रईस-रजवाड़ों की महफ़िलें देखीं, इतनी शान-शौकत पाई, वह अब इस तरह सब कुछ त्यागकर यहाँ रहती हैं। मेरे लिये तो ये माता के समान ही हैं। आपको एक बात बतलाऊँ, शुरु में मेरी माता यानी बड़ी मौसी राजेश्वरीबाई मुझसे एक बार बिना बात-की-बात पर इतनी तन गईं, इतनी बन गईं, कि मेरा जीना दूभर हो गया। चार लाख की सम्पत्ति छोड़कर बिलकुल बे-आसरा होकर मुझे अपनी माता के घर से निकलना पड़ा। तन पर जो कपड़े थे, बस वही थे। बड़े कष्ट के दिन बिताये, फिर एक महफ़िल में बुलावा आया तो मैं यह सोचने लगी कि कैसे जाऊँ। मैं विद्याधरी-बाई के पास गयी। मुझे बड़ा रोना आया। विद्याधरीबाई ने मुझे कलेजे से लगा लिया, कहा कि बेटी तू क्यों घबरा रही है, मैं तो हूँ। उन्होंने अपना पिशवाज मुझे दिया, उसी को पहनकर महफ़िल में गयी। मैं इन्हें अपनी माता से बढ़कर मानती हूँ।"

उनकी बात पूरी होते-न-होते तक आदमी लौट आये और हम लोग विद्या-धरीबाई के मकान की ओर चल दिए।

वर्षों पहले लखनऊ की एक बड़ी महफ़िल में विद्याधरीबाई को देखा-सुना था, मगर उसकी एक धुंधली-सी याद ही इस समय शेष थी; बहुत ध्यान करने पर भी न तो उनकी सूरत ही ठीक तरह से ध्यान में आ रही थी और न उनका स्वर ही। हाँ, उनकी प्रशंसा में सुनी हुई बातों की गूंज उस समय मन में फिर ताज़े तौर पर उठने लगी। उत्तर भारत में तीन नाम किंवदन्तियों की ऊँची-ऊँची मीनारों पर प्रतिष्ठित हैं; नर्तकों में महाराज बिन्दादीन तथा गायिकाओं में गौहरजान और विद्याधरी के नाम नृत्य-संगीत के प्रेमियों में बड़े ही प्रख्यात हैं।

काई-भरे पोखर के किनारे-किनारे चलते हुए एक छोटा टूटा-सा दो-मंज़िला मकान हमारे सामने आ गया। विद्याधरीबाई के भतीजे श्री भगवतीप्रसाद राय कढ़ाव में रस पका रहे थे। ये गुड़ बनाने के दिन हैं न ! वह हमें ऊपर ले चले, पत्थर की कमज़ोर सीढ़ियाँ संभल-संभल कर ही पग रखने लायक थीं। सहारे

के लिये लगी हुई लोहे की छड़ें अधिकतर गिर चुकी थीं, एक-आध पुराने कठघरे का परिचय देने के लिए मुड़ी-तुड़ी सी लटक रही थीं, मगर सहारा लेने लायक न थीं।

ऊपर एक झुर्रियों भरा तेजस्वी चेहरा हमारा स्वागत करने के लिये सामने आ गया। उसे देखकर सिद्धेश्वरी देवी इतनी गद्‌गद हो उठीं की सीढ़ी पर ही खड़ी होकर देखने लगीं।

ऊपर एक छोटा-सा दालान और उसके अन्दर कोठरी बनी थी। दालान में एक ओर चूल्हा बना था, रसोई का सामान था। माँ-बेटी गले मिलीं, दोनों की आँखें भर आईं। विद्याधरीजी और सिद्धेश्वरीजी लगभग पन्द्रह-सोलह वर्ष बाद एक-दूसरे से मिल रही थीं।

कोठरीनुमा उस कमरे में दो खिड़कियाँ ठण्डी हवा के झोंके और दिन का प्रकाश ला रही थीं। एक ओर एक चारपाई और दूसरी ओर एक कोने से दूसरे कोने तक गृहस्थी की चीजें कुछ सँजोई, कुछ बिखरी-सी पड़ी थीं। मुझे चारों ओर नज़र डालते हुए देखकर विद्याधरीजी हँसीं, बोलीं, "इतने में दुनिया समाई है बाबू साहब। ढूंढ़ेंगे तो जुशाँदा भी मिल जाएगा।"

मैंने कहा, "आपको कष्ट देने आया हूँ।"

वे हँसकर बोलीं, "खैर, यह आये तो, और कष्ट तो आप लोगों को हुआ। गँवई गाँव के कच्चे रास्ते, ये टूटी-सी मढ़ैया भला कहीं आप लोगों के लायक हैं! क्या खातिर करूँ आपकी ? मैं तो अब सब-कुछ छोड़कर यहाँ पड़ी हूँ। उम्र-भर दुनिया को रिझाया, अब तो बस राम को रिझाने में लगी हूँ, वे रीझ जाएँ तो मेरी बिगड़ी बन जाए।"

सिद्धेश्वरी देवी ने बात चलाकर कहा, "मैंने अभी इन्हें वो पिशवाज वाली बात सुना दी कि कैसे अम्मा से लेके महफ़िल में गयी थी।"

"बड़ा भागवान साबित हुआ हम तो कहते हैं, उसे पहनने वाली ने इतना नाम हासिल किया। परमात्मा तुम्हारी और तरक्की करे।" विद्याधरीबाई ने मगन मन से सिद्धेश्वरी देवी को आशीर्वाद दिया। मुझे वह दृश्य तन्मय कर गया।

गेहुँआ रंग, मँझोला कद, दुबली-पतली झुर्रियों-भरी देह, बड़ी-बड़ी आँखें, पोपला मुँह, जिसमें कत्थे-रँगी एक दाढ़ हँसने पर बार-बार झलक जातीं थी—विद्याधरीबाई के उस तेजस्वी व्यक्तित्व का मुझे कुछ-कुछ आभास करा रहे थे जो कभी बड़ी-बड़ी महफ़िलों को प्रभावित किया करता था। सिर की सफेदी और झुर्रियों के बावजूद उनके चेहरे पर एक प्रकार की दमक थी। उस देखकर मुझे ही क्या किसी को भी यह सहज विश्वास हो सकता था कि यह आब-दाब हारे हुए व्यक्ति की नहीं, वरन् उस सामर्थ्यशालिनी की ही हो सकती है

ज़िसने स्वेच्छा से नगर के मान-वैभव का त्याग कर गाँव का शान्त जीवन अपनाया हो।

मैंने पूछा, "आपके बचपन में बनारस की किन-किन गाने वालियों के नाम प्रसिद्ध थे?"

"सरस्वतीबाई थीं, गन्नो थीं, बन्नो थीं—गन्नो-बन्नो ख़याल की गायकी में सरनाम थीं। उसके बाद फिर शिव कुँवर थीं, जो गन्नो-बन्नो के मुकाबले की तो न थीं, पर अच्छा गाती थीं। हमारे वक्त में हुस्ना ने बड़ा नाम पैदा किया। हमारे ख़ानदान में एक चन्द्राबाई थीं, उन्होने भी उस ज़माने में इज़्ज़त हासिल की।"

मैंने पूछा, "आपके बाद वाली पीढ़ी में कौन-कौन गायिकाएँ आपके विचार से श्रेष्ठ हैं?"

विद्याधरीजी हँसी, कहने लगीं, "अपनी और अपने बच्चों की तारीफ़ करना बड़ा मुश्किल काम होता है। अब मैं कैसे कहूँ—यह लड़की मेरे सामने बैठी है, इसने भी बड़ा नाम पैदा किया है। काशीबाई भी अच्छा गाती थी, कमलेश्वरी ने भी नाम कमाया और रसूलन ने भी शोहरत पाई। और शायद बुढ़ापे की वजह से किसी का नाम मुझसे छूट गया हो तो माफ़ कीजिएगा।"

मैंने पूछा, "आपने तालीम किससे पाई?"

"रामसुमेरजी से। वे सुमेरू उस्ताद के नाम से मशहूर थे। फिर रामसेवक जी से सीखा, दरभंगे के ख़ाँ साहब, नसीरख़ाँ, बसीरख़ाँ से सीखा और अख़ीर में दरगाही महाराज से तालीम पाई।"

"आपकी आयु इस समय कितनी होगी?"

"अरे आयु क्या पूछते हैं, बहुत होगी। हमारा ज़माना तो अब कहीं ढूँढ़ने से भी नहीं मिलता। गौहरजान, नन्हुआ, बचुआ, अच्छनबाई, ये जो हमारी सहेलियाँ थीं, सब चली गईं। वो ज़माना ही चला गया। मेरी ख़याल में सौ में दस-बारह बरस ही कम होंगे मेरी उम्र में।"

"आपके ज़माने में बनारस के बाहर की किन-किन तवायफ़ों के नाम मशहूर थे?"

"नाच में आपके शहर की नन्हुआ-बचुआ मशहूर थीं। आपके यहाँ की अच्छनबाई भी खूब गाती थीं, कलकत्ते की गौहरजान, आगरे वाली मलिका, चुलबुले वाली मलका, जद्दनबाई, बम्बई की अंजनीबाई और केसरबाई भी खूब गाती थीं।"

"किसी महफ़िल में आपका और गौहरजान का साथ भी हुआ?"

"अरे कई बार! तीन-चार दफ़े कलकत्ते में, बनारस में, बलरामपुर में—कई जगह साथ हुआ।"

"उनके गाने में ख़ास बात क्या थी ?"

"ख़ास बात क्या बतलाऊँ, उनके गाने का तरीक़ा गवैयों का तरीक़ा तो था नहीं, मगर हाँ गाने-बजाने में खूबसूरती थी और वो हर ज़बान में गाती थीं। वैसे भी भगवान् ने उसे बड़ी खूबसूरती दी थी। बड़ी भागवान थी। गौहरजान की माँ मलका कृश्चन मेम थी; बाद में मुसलमान हो गई थी।"

बतलाये हुये नामों में औरों की विशेषताएँ पूछने पर उन्होंने बतलाया कि अंजनीबाई ख़याल उम्दा गाती थीं। केसरबाई भी ख़याल की गायकी में उस समय भी सरनाम थीं। लखनऊ की नन्हुआ-बचुआ गाने में तो कुछ नहीं थीं, मगर नृत्य में बेदाग़ थीं। "जो ज्यादा नाचती हैं वे गा नहीं सकतीं, उनके गले की नस ख़राब हो जाती है। अच्छनबाई सब चीज़ें खूबसूरती से गा लेती थीं।" आगरे वाली मलका रंगीन थी, खूबसूरत थी और गाती भी खूबसूरत थी।"

मैंने पूछा, "आपको किस महफ़िल में बहुत सफलता मिली ?"

विद्याधरीबाई खिलखिलाकर हँस पड़ीं; कहा, "अरे इसकी कहाँ तक याद करूँगी ! भगवान् ने सभी जगह बड़ी लाज रखी। हिन्दुस्तान की तो कोई रियासत बची नहीं जहाँ मैं न गयी होऊँ। और फिर पेशावर, पटियाला...." सिद्धेश्वरीजी ने कहा। "पंजाब," वे बोलीं, "अरे पंजाब में तो बहुत घूम ली बहुती घूम ली—कच्छभुज, गुजरात तक गये हम, ढाका गये, रतलाम, जावरा—कहाँ तक गिनाएँ !"

मैंने अपना प्रश्न फिर स्पष्ट किया; कहा, "यों तो आपको हर जगह सफलता मिली ही होगी पर कभी-कभी ऐसा होता है कि किसी जगह पाई हुई सफलता स्वयं अपनी ही दृष्टि में बहुत मूल्यवान मालूम होती है। आपको अपनी किसी ऐसी महफ़िल की याद आती है तो कृपा करके उसके सम्बन्ध में कुछ बतलाएँ।"

विद्याधरीबाई सिर झुकाकर सोचती रहीं, फिर बोलीं, "बुढ़ापे की वजह से अब सभी बातें याद नहीं आतीं।....ऐसा हुआ अक्सर से। इसी गौहरजान का साथ बलरामपुर में हुआ था। तब मेरे सिर में ऐसा दर्द, ऐसा दर्द था कि मैं गिरी-गिरी पड़ती थी, पर जब गाने के लिए खड़ी हुई तो ऐसा समा बँधा कि आपसे क्या बतलाएँ, बड़ी तारीफ़ पाई मैंने। एक बार ऐसे ही आपके यहाँ लखनऊ में चौधरायन के यहाँ जलसा हुआ। हिन्दुस्तान की सब तवायफ़ें थीं। एक-से-एक आयी थीं। मैंने मालकौंस का ख़याल, तराना गाया। सारा लखनऊ, गौहरजान, गयावली, सारे तायफे झूम-झूम उठे। दिल्ली, कलकत्ते से आयी थीं, मगर परमात्मा ने ऐसी आबरू रखी, ऐसी आबरू रखी कि क्या बतलाऊँ आपको !" विद्याधरीबाई की आँखों में पूर्वकालीन स्मृति की चमक इतनी तेज

थी कि मानो वह पुराना दृश्य उस समय ही उनकी आँखों के सामने घटित हो रहा हो।

मैंने काशी में प्रचलित गंधर्व, रामजनी और गौनहारिन वर्गों का भेद पूछा। उन्होंने बतलाया, "गंधर्व सनातनी हैं। हम लोग श्राप के वश होकर मृत्युलोक में आये। हम लोगों के गंधर्व-कुल में ज़्यादातर शादी-ब्याह होता है। जहाँ तक हो सके एक आदमी के साथ वक्त गुज़ारना अच्छा माना जाता है। जो अच्छे घरों की स्त्रियाँ किसी वजह से पैर ऊँचा-नीचा पड़ जाने की वजह से इस पेशे में आ गईं; वे रामजनी कहलाती हैं। इनमें भी खानदानी होती हैं, अच्छी-अच्छी गानेवालियाँ भी होती हैं। और गौनहारिन तो हम लोगों से बिलकुल ही अलग होती हैं, छत्री, ब्राह्मण, डोम, चमार जो घर से निकलीं वो गौनहारिन बन गईं। ये लोग रीतकाज में घरों में गाने जाती हैं, गंगा-पुजैया वग़ैरा में आगे-आगे गाती हुई जाती हैं। अब हम लोगों ने तो निश्चय कर लिया है कि लड़कियों को गवाते नहीं, शादी कर देते हैं। मेरी लड़की की शादी हो गई। तभी कर दी थी, क्योंकि हमारे ही टाइम से यह उपद्रव दुनिया में शुरू हो गया था और अब तो जो हो रहा है उसे देख ही रहे हैं। मैं अपनी लड़की को सिखाती, अपनी गद्दी का खयाल करती तो खराबी आती। मैं तो सबको यही सलाह देती हूँ कि शादी कर दो।"

दूध और रस आया। विद्याधरीबाई कहने लगीं, "गाँव में और किस तरह ख़ातिर करूँ, समझ में नहीं आता।"

मैंने कहा, "हम शहर वालों को यह रस भला नसीब कहाँ ! गुड़ बनने के मौसम में गरमगरम रस पान करने की बातें उसकी बड़ी-बड़ी महिमाओं के साथ सुनी अवश्य थीं, पर आज तक मुझ अभागे शहरी को कभी उसका स्वाद नहीं मिला था। दूध के साथ तो रस में अजब लज्जत आ जाती है। छककर दो गिलास रस पिया, पान जमाये। सिद्धेश्वरी देवी ने कोठरी में इधर-उधर दृष्टि दौड़ाकर उनके तानपुरे के सम्बन्ध में पूछा। उत्तर मिला कि एक ब्राह्मण बालक दो-तीन रोज़ के लिए उसे बाहर ले गया है। विद्याधरीजी उसे—संगीत की शिक्षा देती हैं। सिद्धेश्वरीजी ने उससे कहा कि अपनी सब चीज़ें अब नोटबुक पर लिखा कीजिए। वे बोलीं, "ई लड़का का हम कुल लिखउली है। खयाल टप्पा सब लिखउली है। भजन सरग़म लिखउली है। ठुमरी तो हमें नहीं भई...." एक अंदाज की मुक्त किन्तु सहज गुमान भरी हँसी फूटी। तम्बाकू की चुटकी मुँह में डालकर बोलीं, "हाँ एकाध ठुमरी बड़पेंच की...." कहकर फिर हँसी और बात बढ़ा ले गईं "विद्यादान का बड़ा पुण्य होता है सो हम दान कर रहे हैं।"

"मैंने पूछा, "लखनऊ और बनारस की ठुमरी में क्या फ़र्क है ?"

"बनारस में खूबसूरती और लोच ज्यादा है। लखनऊ वाले पछाँह की तरफ़ झुके हैं, हमारे यहाँ ठुमरी में टप्पा का रंगपेंच मिलाकर खूबसूरती बढ़ जाती है।"

"टप्पा आया तो पंजाब से ही है न ?" मैंने पूछा।

"टप्पे की गायकी आयी तो पंजाब से ही, मगर खरादी गई यहाँ बनारस में।"

मैंने कहा, "ख़याल की पुरानी गायकी और नई गायकी में अंतर तो है, पर क्या अंतर है यह आपसे जानना चाहता हूँ ?"

"पुराने खयाल की गायकी जो थी....अब वो बात नहीं। कभी यह हो गई है....क्या हम बताएँ आपसे, अब वो बात वो रंग वो गाने वालों के कलेजे नहीं रहे।"

मैंने ध्रुपद धमार की गायन-कला की बात उठायी तो खिलखिलाकर हंस पड़ीं, "अरे जब बूढ़ों को ही नहीं पूछा जाता आजकल, तब ये तो और भी बूढ़े हैं, बद से बदतर ! हः-हः-हः !"

मैंने कहा, "अब तो बूढ़ों का महत्त्व बढ़ गया है, क्योंकि हमें उनसे नये युग को गति देने के लिए पुराने अनुभवों का सार लेना है।"

किंवदंतियों की नायिका सत्तासी अट्ठासी वर्ष की स्वस्थ, कर्मठ और सतेज विद्याधरीबाई से मिलकर मुझे अपार आनन्द हुआ। फ़कीरी और अमीरी में एक-जैसी शान रखने वाले पुरुष भी अब ज़रा कम ही दिखलायी देते हैं, स्त्रियाँ तो और भी कम। कोई खेड़ावाल ब्राह्मण धनी इनके संरक्षक थे। तीस-बत्तीस वर्ष पहले उनका देहान्त होने पर ये चमक-दमक के जीवन से अलग हट गईं। भाई का देहान्त होने पर उनके बच्चों की देख-भाल करने के लिए काशी छोड़कर यहाँ आ गईं। अब ज़मींदारी तो है नहीं, खेती-बारी होती है उसी से उनकी गुज़र हो जाती है।

विद्याधरीबाई की समवर्ती गायिका अंजनीबाई मालवेकर राष्ट्रपति द्वारा सम्मान प्राप्त कर चुकी हैं। उनके बाद की पीढ़ी की बनारस की रसूलनबाई को भी सम्मान प्राप्त हो चुका है। काशी से दूर रहने के कारण ही विद्याधरीबाई का नाम शायद लोगों की स्मृति से भी ओझल हो गया है। सुप्रसिद्ध लेखक बन्धुवर रुद्र काशिकेय ने मुझे बतलाया था कि विद्याधरी से जयदेव के गीत-गोविन्द की रचनाएँ जिसने सुनी हैं वह उन्हें कभी भूल नहीं सकता। विद्याधरी और राजेश्वरी ने गोस्वामी दामोदरलालजी से कामसूत्र पढ़ा था। काशी की एक सुप्रसिद्ध ठुमरी-गायिका बड़ी मोतीबाई विद्याधरी का नाम आने पर बोलीं, "पुरानों में विद्याधरी, आहा !" काशी में मैंने अनेक से विद्याधरीजी के सम्बन्ध में सुना। विद्याधरीजी ने अपने समय में सम्पूर्ण उत्तराखण्ड को अपनी गायन-कला से प्रभावित कर कभी रस बरसाया था। समय रहते यदि उन्हें राष्ट्रीय सम्मान प्राप्त हो सके तो सर्वथा उचित ही होगा।

बड़ी मोतीबाई

काशी की अन्य प्रसिद्ध गायिकाओं में मुझे रसूलनबाई, टामीबाई और बड़ी मोतीबाई से भी मिलना था। टामीबाई के वर्तमान निवास-स्थान का पता बहुत चाहने पर भी न मिल सका। रसूलनबाई, जो अब बेगमसाहिबा कहलाती हैं, अपने समधियाने गयी हुई थीं, अतः उनसे भी भेंट न हो सकी। श्री रामकृष्ण वैद्य के साथ बड़ी मोतीबाई के यहाँ गया। बड़ी मोतीबाई ठुमरी गाने के लिए विशेष रूप से प्रसिद्ध रही हैं। पण्डित रामकृष्णजी ने बतलाया किसी समय में मोतीबाई के यहाँ हर कोई प्रवेश भी नहीं कर पाता था, ड्योढ़ी पर दरबान बैठे रहते थे। अब उनकी बहुत बुरी दशा है। सिद्धेश्वरी देवी ने भी बतलाया था कि उत्तर प्रदेश सरकार से उन्हें कुछ पेंशन मिलती है जिससे उनकी गुज़र-बसर होती है।

ऊँची चारदीवारों से घिरे हुए एक पुराने बाग़ में बने हुए मकान में बड़ी मोतीबाई रहती हैं। एक दालान में उनकी छोटी-सी गृहस्थी बिखरी हुई थी। मोतीबाई का वर्ण गौर, चेहरा-मोहरा सुन्दरता के खण्डहर-जैसा और करुण लगा। उनकी आयु इस समय साठ-बासठ के लगभग होगी। वे आँखों की पीड़ा से परेशान थीं। मेरे स्वागत-सत्कार की चिन्ता ने उन्हें और भी परेशान कर दिया। मैंने इस चिन्ता से उन्हें यथासम्भव मुक्त किया; बातें आरम्भ कीं।

सबसे पहले उन्होंने अपनी रेडियो की असफलता की ही चर्चा छेड़ी—उन्होंने अर्ज़ी भेजी, इलाहाबाद रेडियो केन्द्र से बुलावा आया, ये भरे बुखार में गयीं। "उसके पहले ही मुझे लकवा मार गया था। उससे मेरी याददाश्त कमज़ोर पड़ गई। क्या करूँ—खैर! वहाँ जाकर पता चला कि मेरा इम्तहान होगा। मैं घबरा गई, नापास कर दी गई।" बड़ी मोतीबाई को अपनी इस असफलता का अपार दुःख है। कहने लगीं, "मैं सोचती थी कि रेडियो में काम लग जाने से कभी-कभी आमदनी होती रहेगी, उससे मेरा बड़ा सहारा हो जाएगा। खैर, यह बात तो थी ही, मगर इससे भी ज्यादा मेरे मन में यह बात थी कि उस्तादों से सीखी हुई जो विद्या मेरे पास है उसकी कुछ कदर हो जाएगी। मगर भगवान् को मंज़ूर नहीं था। अब तो भगवान् ही का सहारा रह गया है मुझे। जिसका कोई नहीं होता उसके वो तो होते ही हैं। अब मेरा जमाना सो रहा नहीं, हुज़ूर! वो वक्त भी देखा, यह भी देख रही हूँ—क्या करूँ? अब तो समझती हूँ कि मुझे गाने-बजाने को भूल जाना चाहिए, लेकिन कैसे भूलूँ बाबू साहब,

बचपन में सीखने के पीछे बहुत मार खायी। अब उसी विद्या से अपने भगवान को रिझाती हूँ।"

मोतीबाई के स्वर की करुणा हृदय को छूती थी। लेखक की हैसियत से मैं फ़िल्मी दुनिया में सात-आठ वर्ष काम कर चुका हूँ। पहले की बड़ी शान शौक़त वाली हीरोइनों और हीरो बनने वाले कलाकारों का पराभवकाल मैंने वहाँ खूब-खूब देखा। जवानी में दस-पाँच बरस चमक जाने वाले जब बुढ़ापे में दर-दर के मुहताज बनते हैं तब उनकी स्थिति अत्यन्त दयनीय हो जाती है। मूक चित्रपटों के युग की एक बड़ी ही शानबान वाली हीरोइन बुढ़ापे में और कहीं सहारा न पाकर बम्बई की सड़कों पर भीख माँगा करती थी। दुनिया का दिल बहलाने वाले कलाकारों का उनकी थकती उम्र में अक्सर यही हाल होता है। खैर, मैंने मोतीबाई से उनके जीवन के सम्बन्ध में प्रश्न पूछने आरम्भ किये।

मोतीबाई के पितामह राय विदेशीजी अपनी दो लड़कियों और दो लड़कों के साथ गोरखपुर की ओर से बनारस आये; कबीर चौरा में टिके। बड़ी लड़की राजेश्वरी की तालीम शुरू हुई। बलदेव उस्ताद के पिता भैरोंसहायजी राजेश्वरी-बाई के साथ संगत करते थे। "एक बार हमारे दादा साहब किनाराम के स्थल पर हमारी फुआ, राजेश्वरीबाई को लेकर गये थे। वहाँ के गुरुजी ने देखते ही कहा कि अरे यह तो रानी है, इसे दरभंगा ले जाओ। बस उसके बाद भैरोंसहाय जी और मथुराजी सारंगी पर संगत करने के लिए साथ लेकर राजेश्वरीबाई को हमारे दादा दरभंगा ले गए।

फिर क्रमशः सारा परिवार वहीं चला गया। राजेश्वरीबाई की छोटी बहन शैलबाला का एक अच्छे घराने में विवाह हो गया। मोतीबाई के पिता का भी वहीं विवाह हुआ। उनके पाँच लड़कियाँ हुईं—पूटी, किशोरी, इन्दुमती, कमला-बाई और मोतीबाई। पूटी और किशोरी को हैदराबाद दक्षिण में रईसों-सामंतों का संरक्षण मिल गया। इन्दुमती को काशी में ही एक राजा का आश्रय मिला। कमलाबाई दिल्ली के किसी रईस की रक्षिता होकर वहीं बस गई। और मोती-बाई ने अपने अच्छे-बुरे दिन काशी में ही देखे। ये सब चार वर्ष की थीं तब इनका परिवार दरभंगा से काशी लौट आया था। यहीं मिठाईलाल बीनकार और मौज-उद्दीन खाँ साहब से इन्होंने संगीत की शिक्षा पाई। मिठाईलाल उस्ताद अस्सी वर्ष की आयु में मरे। उस समय मोतीबाई लगभग बीस-बाईस बरस की थी। अपने समय में मोतीबाई ने बड़ा यश और धन-वैभव अर्जित किया। लगभग चार-पाँच लाख रुपये की जायदाद इन्हें अपने पुरखों से भी प्राप्त हुई।

मैंने पूछा, "आप हिन्दुस्तान में किन-किन शहरों और रियासतों में गाने के लिए बुलायी गईं?"

"बाँसवारा, कश्मीर, कहाँ-कहाँ तक याद करूँ, बड़ी-बड़ी जगहों में गयी,

अब मेरी याददाश्त कमज़ोर हो गई है। दो-चार दिन सोच-सोचकर कागज पर लिखूँ तो सब बातें याद आएँ। अब तो सत्रह-अठारह बरस से सब छोड़ दिया मैंने। पहले दस-दस दिन की महफ़िलें हुआ करती थीं और तौल के रुपया मिलता रहा। अब वो सब बातें जाने कहाँ चली गईं, अब तो बस भगवान की ही शरन में पड़ी हूँ।"

"महफ़िलों में अपने ज़माने की और किन-किन मशहूर गानेवालियाँ का साथ आपने किया ?"

"आगरेवाली मलका, चिलबिलेवाली मलका रहीं। केसरबाई खूब गाती रहीं—आहा ! अलीगढ़ की नवाब पुतली एक दफ़ा चमककर बैठ गई, ख़ूबै गाती रही। नाहन सिरमौर इश्टेट में एक बार हमार-इनका साथ भया रहा। अरे एक बार तो ऐसा भया कि चौधरी साहेब की महफ़िल नवाब पुतली के गाने के बाद जानकीबाई इलाहाबाद वाली ने गाने से इन्कार कर दिया। यहाँ की हुस्नाबाई बड़ी नामी रहीं। गौहर यहाँ आयी थी, हुस्ना उनसे मिलने गयीं, हम सब भी हुस्ना के साथ उनसे मिलने गए। तब मैं छोटी थी। जैसी गौहरबाई ने इज्जत पैदा की वैसी किसी ने नहीं की। और पुरानों में विद्याधरीबाई भी, आहा ! अब नई लड़कियों में यहाँ गिरजादेवी अच्छा गाती है, राजेश्वरी की लड़की ताराबाई भी अच्छा गाती है।"

मैंने पूछा, "पुराने गुरुओं में और अबके गुरुओं में आपको कोई फ़र्क नज़र आता है ?"

"बड़ा फ़र्क हो गया है हुज़ूर ! पुराने उस्ताद थे—आहा ! हमारे मिठाई-लाल उस्ताद थे। (उस्ताद का नाम लेते हुए उन्होंने अपने कान पकड़े) अब उनका कोई क्या मुकाबला करेगा ! पहले यहाँ सारंगी बजाने वाले एक-से-एक बढ़कर उस्ताद थे। ऐसे तो कहीं भी नहीं थे। यहाँ श्यामाचरन उस्ताद थे; उनके लड़के सियाजी उस्ताद अद्‌भुत सारंगी बजाते थे। जब हाथ रख दें तो मधुर-ही-मधुर लगता था। सियाजी का सारंगी सुनकर पटियाला के अब्दुल अजीज़ खाँ साहब ने सारंगी बजाना छोड़ दिया, कहा कि या तो ऐसी बजाएँगे वरना नहीं बजाएँगे। फिर उन्होंने विचित्र बीन साधी और ऐसी साधी कि हिन्दुस्तान में कोई उनके मुकाबले का न रहा।"

मैंने पूछा, "अबकी गायकी और पिछले जमाने की गायकी में आपको क्या खास भेद नजर आता है ?"

"पहले की गायकी थोड़ी-सी थी, मगर उसमें चोट थी। अब तो रातभर गाएँ, झमेला-ही-झमेला है, असर नहीं ! पहले बनारस में था कि उस्ताद लोग जो गाने सिखाते थे वो पुराने थे और सिक्खेकारी के सिखाते थे। बारा-बारा तेरा-तेरा बरस तक तालीम चलती थी। अब कौन उस्ताद है कि जो एक बार

गले से 'आ-आ' कर दे तो कलेजा छिद के रह जाए और अबके उस्ताद तो ऐसे हैं कि साल-भर में सिखाय दें—अरे छः महीने में तालीम पूरी कर देते हैं। सिनेमा ने सब तबाह कर दिया बाबू साहेब, और अब वो जो सामने लगा दिया जाता है—वो माइकोफून, ई बड़ा चरखा है। मेरी तो रूह फ़ना होती है।"

अपनी लाखों की हैसियत बिगड़ने की कहानी सुनाते हुए उन्होंने बतलाया कि जब घर के बुजुर्ग न रहे तब एक बार इनके यहाँ ऐसी भारी चोरी हुई कि नाक की कील और हाथ की चूड़ियों को छोड़कर इनके पास कुछ न रहा। उसके बाद ही इनकी आर्थिक हालत बद से बदतर होने लगी। जब खर्च न चला तो इन्होंने अपना बाग़ भी बेच दिया। वह भी बड़ी जायदाद थी, पर खाने वाले माल खा गए; इनके हाथ सिर्फ़ पैंतीस हजार रुपये लगे। फिर तबाही ही आती चली गई। बहन की दो लड़कियाँ इनके पास रहती थीं, उनको पढ़ा-लिखाकर मोतीबाई ने दोनों की शादियाँ कर दीं—"बस इसी बात की मुझे बड़ी तसल्ली है। हमारा तो जो होना था वो हो गया, मगर लड़कियाँ घर-गिरस्ती की हो गईं। नये जीवन में चली गईं। इसकी मुझे बड़ी तसल्ली है। अब हमारी तो भगवान् के चरनों में ही गती है।"

बड़ी मोतीबाई के यहाँ से लौटकर आते हुए मेरा मन भारी हो गया। किसी को भी कष्ट में देखकर मन को दुःख होता है। कोई भी सिद्धान्त अथवा आदर्श इस दुःख को मेरे मन से टाल नहीं पाता। मैं पूँजीवादी सभ्यता का पोषक नहीं हूँ। किसी काले बाज़ारिये सेठ के सत्यनारायण होने पर एक ओर जहाँ मुझे राहत मिलती है वहाँ ही दूसरी ओर उसके व्यक्तिगत कष्टों को देखकर पीड़ा भी होती है। एक-आध बार ऐसे अवसरों पर मेरे मित्र मुझे टोक भी चुके हैं। उनका कहना था कि जो दया का पात्र नहीं, उसे दयादान क्यों देते हो? अब तक इस बात का उत्तर न दे पाकर भी मेरा मन इसे पूरी तौर पर स्वीकार नहीं कर पाया। मैं किसी व्यक्ति के दुष्ट कर्मों से घृणा कर सकता हूँ, परन्तु व्यक्ति से नहीं कर पाता। मेरे जीवन में अब तक दो व्यक्ति ऐसे भी आये हैं जिनके अपकारों को तथा उनसे पाये हुए कष्टों को पूरी तरह भूल जाना आज तक मेरे लिए असम्भव है। उनमें से एक व्यक्ति आज अपना पूर्व वैभव खोकर संकट-ग्रस्त जीवन बिता रहे हैं। जब से उनके बुरे दिनों की बात सुनी है मैं उनके प्रति अपना क्रोध-भाव खो चुका हूँ। उनके प्रति सहानुभूति दिखलाने पर स्वयं मेरे घरवाले भी मुझसे नाराज़ होते हैं। पर मैं मानसिक सहानुभूति देने से अपने आपको रोक नहीं पाता। अब तक समझ नहीं पाया कि यह मेरा गुण है अथवा दुर्गुण, फिर इतना तो कह ही सकता हूँ कि मुझे अपने इस स्वभाव से तनिक-सी भी शिकायत नहीं, एक प्रकार से अच्छा ही लगता है। मेरा मन तो बुरा नहीं हुआ, तब फिर मेरा नुकसान ही क्या?····हाँ एक नुकसान होता

है, मैं किसी को उसकी बुराई के लिए दण्ड नहीं दे पाता। वेश्या-जाति को स्त्री और पुरुषों के समाज के लिए असम्मानपूर्ण और घातक मानकर भी जब कोई वेश्या बुरी-टूटी हालत में मेरे सामने आती है तो कष्ट होता है।

इसी तरह एक पुराना ज़माना जो बीत चुका है उसे यदि लौटाकर लाने का प्रयत्न किया जाए तो मैं विरोधियों की अगली पंक्ति में खड़ा होकर अपनी भरपूर शक्ति के साथ उसे आगे आने से रोकूँगा, पर अपनी पुरानी संगति में याद के तौर पर वो ज़माना मुझे अब भी गुदगुदा देता है। यह विरोधाभास दरअसल होकर भी नहीं है। मैंने लड़कपन और नौजवानी में वेश्याओं की आन-बान-शानवाली जो तस्वीर देखी-सुनी है और जो उस समय से ही मेरे मन में एक प्रभाव बनकर जम चुकी है, उसके प्रति एकदम वीतराग तो नहीं हो पाता। वो महफ़िलें, जिनमें हज़ारों रुपये खर्च कर रईस अपनी शान दिखाया करते थे, अपनी जगह पर स्मृति में आज भी मुझे लुभाती हैं। हाँ आज कोई रईस अगर वैसी महफ़िलें करे तो बुरा न मानूँगा। गायिका और नर्तकी के रूप में वेश्या जाति की अब आवश्यकता ही नहीं रही, क्योंकि इन दोनों ही कलाओं को पूरे समाज ने ग्रहण कर लिया है। इससे एक अच्छाई भी पैदा हुई है। इन कलाओं का पूर्व-व्यावसायिक रूप नष्ट होकर इनमें एक नया निखार आ रहा है। नाच और गाने का विशेष लालच लेकर जो पुरुष अपने घरेलू वातावरण को छोड़कर बाज़ारों में भटकते थे वे नये ज़माने में अब उधर रुख नहीं करते। इस तरह अब इन कलाओं का सामाजिक रूप निखर रहा है। इसके लिए अब वेश्या-वर्ग की आवश्यकता नहीं रही। रहा वेश्या-वर्ग के अस्तित्व का दूसरा कारण; उसके लिए फ़िलहाल क्या कहूँ, सदा से ही उसका खुला और छिपा व्यापार रहा है, आज कोई नवाई नहीं आई। बहुत से लोग ज़ोर देते हैं कि कामी पुरुषों की लालसाओं को एक सीमित क्षेत्र में बाँध रखने के लिए वेश्याओं को समाज में पालना चाहिए, वरना वो शरीफ़ औरतों को बिगाड़ेंगे। यह दलील पहले तो बरसों तक मुझे भी बहुत ज़ोरदार लगती थी, पर अब ऐसा नहीं लगता। शरीफ़ समाज में जो औरतें बिगड़ने वाली होती हैं उन्हें कोई रोक नहीं सकता और जो नहीं बिगड़ना चाहतीं उन्हें उस राह पर कोई ढकेल भी नहीं सकता। व्यभिचारी-कामी पुरुष केवल उन स्त्रियों को ही अपने मतलब के लिए फ़ुसला पाते हैं जो इस राग-रंग के लिए तबीयतदार होती हैं। वेश्याओं को समाज में क़ायम रखने वाले यह भूल जाते हैं कि उनकी काम-तृष्णा के लिए अक्सर गुण्डों द्वारा ऐसी शरीफ लड़कियाँ और औरतें भी तिकड़मों से उड़ायी जाती हैं जो स्वेच्छा से छिपे या खुले तौर पर हरगिज़ इस राह पर क़दम न रखतीं। पुरुष की वासना में तो ऐसे सुर्ख़ाब के पर लगे हैं कि उसे वैधानिक और धार्मिक बनाने के लिए उड़ा और चुराकर वेश्याएँ बनाई जाएँ और बेचारी स्त्री की वासना को

वैधानिक औरे धार्मिक बनाने के लिए क्या किया जाए ? रही स्त्री या पुरुष के चरित्रों के अच्छे-बुरे होने की बात, तो उसके लिए सामाजिक कारण अपने आर्थिक, राजनीतिक और नैतिक रूप से आगे बदलेंगे। उनकी दुहाई देकर वेश्या संस्था को समाज में जीवित रखना गलत है, यह केवल एक बेवकूफी से भरा हुआ तर्क है। उस वर्ग के समाप्त होने की करुणा व्यक्तिगत रूप से मेरे या और किसी के मन को छुए, परन्तु सामाजिक रूप से वह बेईमानी हो जाती है। सामाजिक रूप से उस करुणा का अर्थ यही है कि हम पुरुष जाति के नीति-विधान शास्त्री स्त्री-जाति को वर्गों में बाँटकर बढ़ती हुई मानवीय सभ्यता को अब अधिक कलंकित न करें।

काशी की प्राचीन वेश्याएँ

महफ़िलें और मेले

काशी का सम्बन्ध केवल उत्तर प्रदेश से ही नहीं वरन् सम्पूर्ण भारत से है। काशी विश्व के प्राचीनतम नगरों में से एक है। प्रागैतिहासिक काल से लेकर आज तक यदि किसी को भारतीय नगर समाज में होने वाले विभिन्न परिवर्तनों एवं उसके विकास को देखना हो तो उसे कुछ वर्ष तक काशी में ही रहना चाहिए। काशी देगची के एक चावल टटोलने के समान ही सम्पूर्ण भारत का हाल बतलाने की क्षमता रखती है।

आठवीं शताब्दी में कश्मीर-नरेश महाराज जयापीड़ के एक मन्त्री दामोदर गुप्त-कृत प्रसिद्ध काव्य-ग्रन्थ 'कुट्टनीमतम्' की कहानी भी काशी की ही पृष्ठभूमि में रची गई है। अतः काशी के और एक तरह से भारत के रसिक समाज को समझने के लिए मैंने वहाँ अपने साहित्यिक गुरुजनों का सहारा लिया। रायकृष्णदासजी, रामचन्द्रजी वर्मा, कृष्णदेवप्रसादजी गौड़, विनोदशंकरजी व्यास, दुर्गाप्रसादजी खत्री, वाचस्पतिजी पाठक, शिवप्रसादजी रुद्र काशिकेय, मोहन एल० गुप्त, लक्ष्मीशंकर व्यास, डॉ० मोतीचन्द्र आदि सज्जनों से बहुत-सी बातें मिलीं। इनके अतिरिक्त 'आज' कार्यालय के श्यामदासजी, पंडित रामकृष्ण वैद्य, पंडित नृपेन्द्रशंकर मिश्र, बल्लभजी, श्री बेनीप्रसाद अग्रवाल रिटायर्ड प्रिंसिपल, पंडित गिरिजाशंकर दीक्षित, त्रिदण्डीजी के पुत्र आदि से भी आवश्यक सामग्री पाई। वह सामग्री इस अध्याय में ज्यों-की-त्यों सँजोए दे रहा हूँ।

रायकृष्णदासजी

"कई जातियों में महफ़िलें कराने की बड़ी भारी परम्परा थी। प्रसाद जी कहते थे कि काशी में व्यापार के तीन युग आये; पहले गुजराती वैश्यों का ज़ोर रहा, फिर खत्रियों का और बाद में अग्रवाल वैश्यों का काशी की लक्ष्मी पर आधिपत्य रहा। यही लोग महफ़िलें कराते थे। यहाँ रईसों के दो वर्ग थे—ज़मींदार और महाजनों का वर्ग तथा बड़े व्यापारियों का वर्ग। कुछ रईसों के यहाँ तो साल की कुछ महफ़िलें निश्चित रूप से होती ही थीं। भारतेन्दु हरिश्चंद्रजी के घर के पास एक बंगाली वसु परिवार भी रहता था। वे लोग भी बड़े धनाढ्य थे। दुर्गा काली-पूजा के अवसर पर उनके यहाँ निश्चित रूप से महफ़िलें होती थीं। यहाँ के रईस भी त्योहारों पर महफ़िलें कराते थे, पर जब से हमने होश सम्हाला तब से त्योहारों की महफ़िलें प्रायः नहीं देखीं। शुभ

कार्यों के अवसर पर अवश्य होती थीं। इन महफ़िलों की सजावट में मुग़लई दरबारों का अनुकरण होता था। आँगन साफ कर ऊपर सुन्दर चँदोवा ताना जाता था और झाड़-फ़ानूस लटकाए जाते थे। आँगन के बीचोंबीच मख़मली मसनद तकिया आदि सजाया जाता था। आगे साज़ रखे जाते थे, एक जोड़ गुलाबपाश, एक जोड़ फूलचंगेर, एक ख़सदान, एक इत्रदान, इलायची मसाले का एक चौघड़ा, पान की तश्तरी और डमरू की आकृति का एक बड़ा-सा उगलदान भी रखा जाता था। कायस्थों की महफ़िलों में हुक्का भी रखा जाता था। होली की महफ़िल में एक थाल में अबीर और कुमकुमें भी रहते थे। महफ़िल की सजावट में पंछियों के पिंजरे भी टाँगे जाते थे। रात के दो बजे के बाद एक ओर पंछी चहकते थे और दूसरी ओर बाईजो। बड़ा समाँ बँधता था। 'मृच्छकटिक' के दूसरे अंक में भी ऐसा वर्णन आता है। इसके अर्थ यह हुए कि यह पुराना चलन था। इन सब बातों के अतिरिक्त कहाँ जूते उतारना, कहाँ पाँव पोंछना, इन सबके भी क़ायदे होते थे। महफ़िलों का चलन उठ जाने से कला का तो ह्रास हुआ ही, अदब-कायदे-संस्कृति का भी ह्रास हुआ; क़सब बढ़ गया।

"अग्रवालों की महफ़िलों में रईस लट्टूदार पगड़ी पहने, पंडित पंडिताऊ पगड़ी पहने और नौकर साफ़े बाँधे नज़र आते थे। महफ़िल और ज्योनार साथ-ही-साथ होती थी। महफ़िल में पहले भाँडों का तमाशा होता था ताकि बच्चे वगैरह सो न जाएँ। महफ़िल में कई तवायफ़ों का नाच होता था। लोग पूछते थे, कितने डेरों का नाच हुआ? बड़ी-बड़ी महफ़िलों में सात-आठ डेरों या इससे भी अधिक डेरों का नाच हुआ करता था। नृत्य यही अपना कत्थक होता था, सारंगी-तबले पर। भरतनाट्यम्, मणिपुरी आदि तो अब बहुत देखने को मिलने लगे हैं। हमारे यहाँ उत्तर प्रदेश में तो कत्थक का रिवाज था। नृत्य के उपरान्त गायन आरम्भ होता था। ठुमरी, ग़ज़ल आदि के साथ बाईजो भाव भी बतलाया करती थीं। भाँडों और रंडियों की बड़ी नोक-झोंक चलती थी। भाँड रंडियों को झेंपाते थे और रंडियाँ उन्हें करारा जवाब देने की ताक में रहती थीं। एक बड़ा अच्छा लतीफ़ा है कि नृत्य करते हुए एक वेश्या का रूमाल गिर गया। भाँड बोला, 'हुज़ूर, बाईजी के अण्डा हुआ।' तवायफ़ ने चट से जवाब दिया, 'ऐ हुज़ूर देखिए, अण्डा पलकर बोलने भी लगा।'

"इसी प्रकार जब यह सब हो चुका तब पक्के गानों की बारी आती थी। रात में जब भीड़ छँट जाती थी, केवल रसज्ञ ही रह जाते थे, वास्तव में गायन तब जमता था। सबसे बाद में सबसे प्रसिद्ध गायिका गाती थी।

"हमारा पहला विवाह सन् १९०८ में हुआ। तब हम सोलह वर्ष के थे। विद्याधरी उस समय भी प्रसिद्ध हो चुकी थीं। उस समय वह लगभग चौबीस

वर्ष की रही होंगी। बनारस की महफ़िलों में बाहर की गायिकाएँ प्रायः कम ही आती थीं। यहाँ तो स्वयं ही बड़ी-बड़ी गायिकाएँ रहती थीं। हमारे छुटपन की पुरानी तवायफ़ों में सरस्वती और हुस्ना नामी थीं। हुस्ना से भारतेन्दु का पत्र-व्यवहार भी होता था। हमने जब होश सम्हाला और गायन विद्या को सुनने और समझने लगे, तब हुस्ना की आयु लगभग पचास वर्ष थी। एक बार हमको भारतेन्दु के पाँच-छः चित्र हुस्ना से मिले थे। उसके हाथ की लिखत भी बहुत सुन्दर होती थी, पुरुषों की लिखत-जैसे सुन्दर अक्षर उसके होते थे। हुस्ना के एक लड़की थी, उसका विवाह किया, फिर वह मर गई। हुस्ना भी बाद में पागल हो गई।

"कलकत्ते की गौहर गायिका के रूप में तो बाद में प्रसिद्ध हुई थी। गौहर की माँ विक्टोरिया एंग्लो-इण्डियन थी, बाद में मुसलमान हो गई, उसका नाम मल्का हुआ। फिर गौहर बनारस में आ गई थी। हमारे राय छगनजी ने उसको नौकर रखा था। अन्त में गौहर ने एक ईरानी युवक को अपने पास रख लिया था। वह ईरानी गौहरबाई पर मुग्ध था। महफ़िल के बाद हरएक से पूछता फिरता, कहिये गाना कैसा था ? सन् '११ की इलाहाबाद की नुमाइश में गौहरजान का सार्वजनिक गायन भी हुआ था। उसी समय वह अक़बर इलाहाबादी के पास अपनी शायरी का दीवान और बड़ी-बड़ी सौगात लेकर गयी थीं। फिर वह ईरानी युवक गौहरजान की तरफ से उनके पास यह प्रार्थना लेकर पहुँचा कि गौहर की प्रशंसा में कुछ लिख दीजिए। अकबर ने एक शेर लिखकर दे दिया, वह हमें ठीक तरह से इस समय याद नहीं है....."

मैं एक दिन पहले ही प्रसंगवश श्रीकृष्णदेव प्रसादजी गौड़ से वह शेर सुन चुका था, इसलिए तुरन्त सुना दिया—

आज 'अकबर' कौन है दुनिया में गौहर के सिवा।
सब खुदा ने दे रक्खा है एक शौहर के सिवा॥

रामचन्द्रजी वर्मा

"कार्तिक की लोलार्क छठ का मेला यहाँ प्रसिद्ध है। बाबा किनाराम के स्थल पर नगर भर की वेश्याएँ गाती थीं। पुराने विश्वनाथ 'आदि विश्वेश्वर' में भी प्रति सोमवार को वेश्याएँ दर्शन करने जाती थीं। प्रति वर्ष गोपाष्टमी के दिन वहाँ वेश्याओं का मेला लगता था। इसलिए यहाँ के मनचले लोग आदि विश्वेश्वर को रंडीबाज़ महादेव के नाम से पुकारते हैं।

"यहाँ के बुढ़वा मंगल के मेले में भी वेश्याओं की बड़ी धूम रहती थी। वर्ष के अन्तिम मंगलवार को बुढ़वा मंगल कहते थे। मेरे बचपन में यह मेला तीन दिन होता था—मंगल दंगल और झिगवा का मेला। पहले लोग झाँझ-करताल बजाते हुए अपनी नावों पर अस्सी-घाट से आते थे और दुर्गामन्दिर के

दर्शन करके लौट जाते थे। बाद में वेश्याओं का समावेश होने से मेला तीन दिन के बजाय छः दिन का होने लगा। महाराज बनारस, महाराज विजयानगरम् और गोपाल मन्दिर वालों की नावें सजने लगीं। मेले में ज़िले-भर की वेश्याएँ आती थीं। पान की दूकानें नावों पर ही लगती थीं। एक नाव को घेरकर तीस-चालीस नावें बँध जाती थीं।

"मेरे बचपन में महफ़िलें बड़ी जोरदार हुआ करती थीं। एक अग्रवाल सज्जन के यहाँ तीन दिन की महफ़िल हुई। उसमें इत्र का इतना प्रयोग हुआ था कि महफ़िल के बाद भी तीन-चार दिन तक गली महकती रही।

"पुरानी वेश्याओं में बड़ी मैना अति प्रसिद्ध थी। जब मैंने देखा तब वह साठ-पैंसठ वर्ष की थी। वह गाँजा पीती थी; गाँजे का लप्पा लगाकर ही गाती थी। बुढ़वा मंगल में वह सवेरे रामनगर में गाती थी और इस पार छः-सात हज़ार लोगों की भीड़ खड़ी सुनती थी। बड़ी मैना के अतिरिक्त यहाँ शिव कुँवर हुस्नाजवाहर, छोटी मैना, राजेश्वरी, विद्याधरी आदि के नाम भी बड़े प्रसिद्ध हुए। यहाँ की प्राचीन वेश्याओं के नाम आपको भारतेन्दु बाबू हरिश्चन्द्र-रचित 'वेश्या स्तोत्र' में मिल जाएँगे।

"पंजाब में वेश्या को कंजरी कहते हैं। उर्दू-साहित्य में रंडी शब्द युवती स्त्री के अर्थ में प्रयुक्त हुआ है। राजस्थान में जयपुर के आस-पास सुन्दरी युवती को रंडी कहते हैं। मराठी और बंगला भाषाओं में राँड शब्द वेश्या का पर्याय-वाचक है।"

वेश्याओं के अतिरिक्त अन्य गानेवालियों के सम्बन्ध में भी बातें चल पड़ीं। रायकृष्णदासजी बोले, "विवाहिता कथकिनें घरों की स्त्रियों को गाना सुनाने जाया करती थीं। इनमें कोई-कोई किसी की रक्षिता भी हो जाया करती थी। मुसलमानों में मीरासिनें होती थीं, उनमें भी विवाहिता और रक्षिता दोनों ही हुआ करती थीं। मीरासी अधिकतर भाँड का काम करते थे। डोम जाति भी गाने के लिए प्रसिद्ध थी। 'संगीत रत्नाकर' में 'डुम्ब' कृति का उल्लेख मिलता है। चौरासी सिद्धों में डुम्ब भी हैं। डुम्ब से डोम, डोम से ड़ोम फिर रोम हुआ। यूरोप के जिप्सियों की भाषा रोमनी कहलाती है।"

अमेरिका के फ़ॉग आर्ट म्यूज़ियम के डायरेक्टर महोदय भी उस समय राय साहब द्वारा भोजन पर आमन्त्रित होकर वहाँ उपस्थित थे। उन्होंने बतलाया कि जिप्सी जाति के लोग अमेरिका में भी हैं। वे सदल-बल नगरों में आकर दूकानें खोलते हैं, चोरी इत्यादि भी करते हैं तथा उनकी स्त्रियाँ वेश्या-वृत्ति करती हैं। कुछ वर्ष पहले 'न्यूयॉर्कर' पत्रिका में इनके सम्बन्ध में एक विस्तृत लेख भी प्रकाशित हुआ था।

रामचन्द्रजी वर्मा ने 'मुँह लगाई डोमनी गावे ताल-बेताल' की याद चट भी

से दिला दी। उन्होंने कहा, 'ये डोमनियाँ घर की स्त्रियों को भी गाना सुनाती थीं और पुरुषों को भी। इनके अतिरिक्त गौनहार और गौनहारिनें भी हुआ करती हैं। पूर्वी उत्तर प्रदेश में, विशेष रूप से बनारस में गौनहारिनों की परम्परा है। गौनहारिनों में सब जातियों का समावेश होता है। ये स्त्रियाँ बधावे गाती हुई औरतों या मरदों के साथ बाजार में भी निकलती हैं। वेश्या कभी इस प्रकार नहीं गाती। हाँ अपने बधावों में वे अवश्य गाती हैं। बधावे के जुलूस मुसलमानों में भी निकलते हैं। गौनहारिनों की पंचायत भी होती है।''

यहाँ की गायिकाओं में 'गंधर्व' और 'रामजनी' नामक दो वर्ग होते हैं वर्माजी और रायसाहब के मतानुसार रामजनी वर्ग बिहार से आया। (विद्याधरी जी इस बात को नहीं मानतीं।) गंधर्व और रामजनी पहले परस्पर रोटी-बेटी नहीं करते थे।

महफ़िल के सम्बन्ध में वर्माजी को अंत में एक बात और याद आई; बोले, ''यह भी नोट कर लीजिए कि महफ़िलों के बाद 'जशन' होते थे। जितनी तवायफ़ें आती थीं, वे सब जशन में अपने क़ीमती पेशवाज़ पहनकर एक साथ नाचती थीं। जशन में एक साथ गायन भी होते थे। इन जश्नों में नृत्य और गायन-कला के दंगल हुआ करते थे।

डॉक्टर मोतीचन्द्र

ख्यातनामा इतिहास वेत्ता और विद्वान् डॉक्टर मोतीचन्द्र से बम्बई में भेंट हो गई। बनारसी भेंटों की कड़ी में उनके द्वारा प्राप्त जानकारी जोड़ने का लोभ संवरण न कर सका। डॉक्टर साहब ने हाल ही में ईशा की चौथी-पाँचवीं शती गुप्तकाल के लिखे हुए संस्कृत के चार-एक नट-नाटकों का अनुवाद 'शृंगार हाट' के नाम से प्रस्तुत किया है। शृङ्गार हाट के चारों नाटक तत्कालीन वेश्याओं और उनके प्रेमियों के समाज का अनोखा चित्र प्रस्तुत करते हैं। इस अनुवाद की सबसे बड़ी विशेषता यह है कि रूप हाट में जो सांकेतिक शब्द उस समय प्रचलित थे उसके अनुवाद हेतु बनारसी शृङ्गार हाट की वर्तमान सांकेतिक बोली के शब्द प्रयुक्त किये गये हैं। मोतीचन्द्रजी ने बतलाया, गुप्तकालीन 'दारिका सुन्दरी' आजकल 'नौची' कहलाती है, नौची उस वेश्याबाला को कहते हैं जिसके कुँवर-पन को प्रतीक नथनी न उतरी हो। 'बंधकी' सबसे नीची श्रेणी की वेश्या को कहते थे, अब उसे 'टकहिया रंडी' कहा जाता है। पुरुषद्वेषिणी प्रकृति की स्त्री को आज की बोलचाल में 'मरद भड़कनी' कहते हैं। 'पात्री' को अब पतुरिया कहते हैं।

''चतुर्भाणी ('शृङ्गार हाट') में तुम वेश्या के अनेक नाम देखोगे—पुंश्चली, कामिनी, बंधकी, वेशयुवति गणिका, वार मुख्या, गणिका-परिचारिका, गणिका-दारिका, चामर ग्राहिणी, पताका वेश्या, कुंभदासी, रूपाजीवा, मदनदूती, नटी,

शिल्पकारिका—ये सब वेश्या के पर्याय हैं। शंभली, कुट्टनी, गणिकामाता आदि वेश्या अम्मा या 'खाला' के पर्यायवाची शब्द हैं।

"बनारस की महफ़िलों में एक से अधिक बाईजी भी गाती थीं। ऐसे होड़-भरे गाने तीन वर्गों के होते थे—'गजरा', 'झूमर' और 'दंगल'। गजरे में दो वेश्याएँ खड़ी होकर गाती थीं, झूमर में चार-पाँच गायिकाएँ शरीक होती थीं और दंगल में कम्पिटीशन होता था। प्राचीनकाल में दंगल को 'प्राश्निक' कहते थे।

"श्रृंगार हाट में बहुत से ऐसे शब्दों का प्रयोग होता था जिनके व्यंग्यार्थ कुछ और होते थे। जैसे तथागत भगवान् बुद्ध को कहते हैं, मगर श्रृङ्गार हाट में तथागत वह व्यक्ति कहलाता है जो वेश्यागामिता के व्यसन के कारण अपना पुंसत्व खोकर भी खोखली अकड़ दिखाने के लिए आता जरूर है मगर जैसा आता है वैसा ही चला जाता है। ऐसे मर्द को बनारसी बोली में 'गिरदभंभा' कहते हैं। बनारस में वेश्याएँ अब भी इशारों में बातें करती हैं। मान लो कि किसी बाईजी की किसी रईस पर नज़र अटक गई है तो वह मज़ाक-मज़ाक में उससे कह देगी कि अरे हम तोहे खाय जाब, यानी तुम्हें अपने प्रेमाकर्षण में हम बाँध ही लेंगी। इसी प्रकार अनेक बातें बनाती हैं।"

महफ़िलों में नाचने-गाने वालियों को लाने वाला दलाल बनारसी बोली में 'दरोगा' और मदनदूतियों को लाने वाला दलाल 'टाल' कहलाता है।

दुर्गाप्रसादजी खत्री

"वेश्याओं के सम्बन्ध में मेरी जानकारी प्रायः नहीं के बराबर है। हमारे पिता (स्व० देवकीनन्दनजी खत्री) के समय में एक वेश्या-संप्रदाय 'घुड़चढ़ी' कहलाता था। ये घुड़चढ़ी वेश्याएँ घोड़े पर चढ़कर एक ज़मींदार के यहाँ से दूसरे ज़मींदार के यहाँ नाचती-गाती पेट भरती घूमती थीं। मेरे पिताजी को चकिया के जंगलों में ऐसी घुड़चढ़ी वेश्याएँ देखने को मिली थीं। जौनपुर में ये विशेष रूप से पाई जाती थीं; शायद अब भी वहाँ हों।

"एक किस्सा और सुना हुआ याद आ रहा है। इस कथा में थोड़ी सी झिझक वाली बात भी आती है, फिर भी सुनाये देता हूँ। महाराज '....' के दरबार में एक बड़ी सुन्दर वेश्या गा रही थी। मैनाबाई भी वहाँ उपस्थित थी। महाराज उस सुन्दरी वेश्या के रूप और हाव भावों पर अनुरक्त हो गये इसलिये उसके गाने की बड़ी प्रशंसा की और बड़ा इनाम दिया। मैना को बुरा लगा। उसने भी बड़ी तड़प के साथ एक होली गायी, भाव भी बड़ी बारीकी से बतलाये। महाराज बहुत प्रसन्न हुए। मैना को भी खूब इनाम इक़राम मिला। चलते समय मैनाबाई ने रूपवती वेश्या से उठकर कहा, "बीबी नाफ़ा ज़रा कसके बाँधा करो तुम तो महफ़िल में ही ढीला कर देती हो।"

"पहले का समय सस्ती का था। सर्वसाधारण के लोग भी नृत्य-संगीत में रुचि और समझ रखते थे। अपने बचपन में मैंने आँखों देखा है कि खत्री-ब्राह्मणों के लड़के, जिन्हें कोई काम न मिलता था वे दलाली करते थे। दिन-भर में यदि दो आने भी कमा लिये तो उनके घर-भर का पेट पल जाता था—छः पैसे घर में दिये और दो पैसे में अपना सैर-सपाटा हो गया। मुझे याद है कि एक पैसे में चिलम, गौरैया, (गुड़गुड़ी) तमाखू टिकिया और एक गंधक की दियासलाई आ जाती थी। इसी प्रकार एक पैसे में भाँग, दो बादाम, दो इलायची और चार पाँच गोल-मिर्चें आ जाती थीं। 'टुकड़ा' देकर नाव से लोग उस पार जाते थे छानते-फूँकते मस्ती लेते थे और लौट आते थे। फिर जहाँ कहीं नाच गाना होता वहीं पहुँच जाते थे। नड़े घरों में या बड़ी वेश्याओं के यहाँ तो अधिक आने-जाने का अवसर हरएक को मिलता नहीं था; गायिकाओं के घरों के नीचे पान वालों की दूकानों पर अक्सर ये लोग बैठते और संगीत का रस लेते थे।

"बुढ़वा मंगल के मेले में भी प्रसिद्ध वेश्याओं की बड़ी धूम मचती थी। छः-सात बड़ी-बड़ी नावें, जिन्हें पटेले कहा जाता है, एक साथ बाँध दी जाती थीं। उन पर बालू और मिट्टी डालकर फर्श बनाया जाता था, चारदीवारी बनायी जाती थी। बाँस बल्ले के ढाँचे पर शामियाना लगाते थे, खूब सजाते थे। यह कच्छे पाटना कहलाता था। कच्छे सजाने में आपस में होड़ भी खूब चलती थीं। महाराज बनारस और महाराज विजयानगरम् में जिन्हें यहाँ वाले महाराज ईजानगर कहते हैं, बड़ी होड़ चलती थी। यदि एक का कच्छा हरा सजता तो दूसरे का गुलाबी। झाड़, फ़ानूस, क़ालीन और परदे सब एक ही रंग के होते थे। अब तो ये सब बातें कहने-सुनने को ही रह गई हैं। वह युग और था, अब और ज़माना और फिर यह तो नियति का चक्र है; घूमता-बदलता ही रहता है। आज से लगभग चालीस-बयालीस वर्ष पहले चन्द्रशेखर पाठक ने 'वेश्यागमन' नामक एक सुन्दर पुस्तक लिखी थी। यदि कहीं वह पुस्तक मिल जाये तो उसे भी पढ़ जाइएगा।"

श्रीकृष्णदेव प्रसादजी गौड़

मैंने पूछा, वेश्याओं द्वारा रईस युवकों के लूटे जाने की बात तो प्रायः सब जानते हैं, पर क्या ऐसे भी क़िस्से आपके देखने या सुनने में आए हैं जिनमें अपने प्रेमियों के लिये वेश्याओं ने सब कुछ लुटा दिया हो?"

"हाँ-हाँ। यहाँ की भारतेन्दुकालीन प्राचीन वेश्याओं में हुस्ना बड़ी प्रसिद्ध थी, टप्पा गायन की वह विशेषज्ञ मानी जाती थी। एक हिन्दू थे। हुस्ना ने उन्हें रखा। उन पर बड़ा खर्च करती थी। हुस्ना ने उनके नाम पर धर्मशाला भी बनवायी थी। वे हुस्ना वाले '....दास' कहलाते थे। धनेश्वरी नामक एक सुन्दरी वेश्या ने एक युवक को अपने पास रखा। जीवन भर उसे खूब खिलाया,

पिलाया और पाला। प्रतिष्ठित वेश्याएँ उचित-अनुचित का ध्यान भी खूब रखती थीं। यहाँ के एक रईस से विद्याधरी का सम्बन्ध था। एक दिन उनके पुत्र विद्याधरी के यहाँ पहुँचे। विद्याधरी ने पूछा, कहो कैसे आये? कहा, गाना सुनने। विद्याधरी ने कहा जाओ, यह आदत ठीक नहीं।

"अच्छे संस्कारों का परिचय इन वेश्याओं में भी प्रायः लोगों को मिला है। अनेक वर्ष पहले यहाँ की एक वेश्या बाला का एक प्रोफ़ेसर से प्रेम हुआ। वह वेश्या कुछ दिनों फ़िल्मों में भी हीरोइन रही थी। उसे अपने वातावरण से घृणा थी। उसने अन्त में अपने प्रोफ़ेसर प्रेमी से विवाह कर लिया। आज उसे देखकर कोई यह सोच भी नहीं सकता कि वह किसी समय वेश्या थी। उसके दो-तीन बच्चे हैं, बड़ी सुन्दर गृहस्थी है। इसी प्रकार बड़ी मोती की लड़की का एक युवक से रोमांस हुआ। बाद में दोनों ने विवाह करने का निश्चय किया। वह युवक मेरा शिष्य रह चुका था। उसके विवाह का बड़ा विरोध हुआ। जब मेरे पास न्यौता आया तो लोगों ने कहा कि मत जाइये, परन्तु मैं गया, उन्हें आशीर्वाद दिया। उस युवक ने अपनी पत्नी को इंटरमीडिएट तक पढ़ाया। वे लोग अब तुम्हारे लखनऊ में ही रहते हैं। बड़ा सुन्दर परिवार है और दोनों में अब तक बड़ा प्रेम है।"

विनोदशंकरजी व्यास

"पुरानी वेश्याओं को मैंने देखा-सुना नहीं, इसलिये उनके नाम नहीं बताऊँगा। शहर-भर में पचासों अदाई-गदाई तुम्हें उनके नाम बतला देंगे। पुरानियों में हुस्ना को देखा था। मेरे जनेऊ की महफ़िल में हुस्ना का गाना हुआ था, बस तभी सुना था। राजेश्वरी-विद्याधरी का गाना तो पचासों बार सुना। मेरे होश में यहाँ चार गायिकाओं ने बड़ा इनाम पाया—हुस्ना, विद्याधरी, राजेश्वरी और टामीबाई। इनमें अंतिम को मैंने इक्कीस वर्ष अपने पास रखा। इनमें हुस्ना, विद्याधरी आदि गंधर्व रहीं और टीमाबाई रामजनी। रामजनियों में भी खानदानी हैं और गंधर्व तो पुराणों वाली जाति है ही। रामजनो उन्हें कहते हैं जिन्हें गायिकाएँ अपने पैसे से खरीदकर नाचना गाना हर तरह से सिखलाकर तैयार करती हैं।

"घरेलू गानेवालियों में रजवन्ती नाम की कथकिन प्रसिद्ध थी। मेरे यहाँ, प्रसादजी, राय साहब आदि के घरों में वही गाने जाती थी। श्यामा गौनहारिन थी, वह रजवन्ती की 'पालट' थी।—पालट यानी कि उसी ने सिखा-पढ़ाकर अपने साथ लड़की की तरह रख लिया था।

"अरे तुम कहाँ तक पूछोगे, ई सब बड़े टंटे का शास्त्र है। अच्छा तुम्हारे लिए हम एक उपन्यास लिख देंगे इस विषय पर। उसे पढ़ लेना, सब समझ जाओगे।"

"मैंने कही, "भैया, अगर आप आज से उपन्यास लिखने बैठ जाएँ तब तो मैं अपना दोहरा सौभाग्य मानूँगा। लेकिन आप ठहरे मूडों के शाहंशाह, इसलिये भागते भूत की लँगोटी को ही भली मानता हूँ। इस विषय पर यदि आप उपन्यास लिखेंगे तो वह निःसन्देह सरस और घटनापूर्ण होने के साथ-ही-साथ इस विषय का थीसिस भी बन जाएगा। आप हिन्दी को एक अच्छी देन दे जाएँगे।"

अपने तोते का पिंजरा साफ़ करते हुए व्यासजी बोले, "अरे यार, इनकी दुनिया ही बस क्या कहें—!" कटोरी में चने भरे, उसे पिंजरे के अन्दर सरकाकर पिंजरा बन्द करते हुए बोले, "ये वेश्याओं की दुनिया पुरुषों का ही बनाया हुआ जादू है और वह आप ही उससे बँधकर ज़िन्दगी-भर अनुभवों के कड़वे-मीठे घूँट पीता है। वहाँ सब बनावट है। ये लोग 'फैशन' (वासना) की वर्क-अप करती हैं (उकसाती हैं)। पुरुष 'रियल लव' (सच्चा प्यार) देता है। इनके पैसा वसूल करने की ट्रिकें भी अजब-अजब होती हैं। कभी कहेंगी कि फ़लाने का इतना रुपया बाकी है, आठ-दस बार तगादा कर चुका है, अच्छा नहीं लगता। आशिक को तरह-तरह से कटवाती ही रहती हैं। नायिका का निर्देशन रहता है, वेश्या उसी तरह की बातें बनाकर अपने आशिक को काटती है। दोनों के 'इंटिमेट मोमेण्ट्स' (अन्तरंग क्षण) जब गुज़र रहे हैं तब वेश्या फ़रमाइश करेगी कि हमें अमुक चीज़ तुम कल ही ला दो। पुरुषों ने यदि सोत्साह हामी भर ली तो ठीक; अन्यथा वहीं से छिटकेगी। दूसरे दिन लेकर न जाए तो नायिका ही सामने पड़कर ललकारेगी कि लाए ?....अच्छा अब हटाओ ई सब किस्सेबाजी ! वैसे कलकत्ते के फ़ॉरेन ब्राथेल्स (विदेशी चकलेखाने) भी एक अजब अनुभव देते हैं। मैं तुम्हें वह सब बाद में लिख भेजूँगा, तुम आज की मेरी इन सब बातों की नक़ल भेज देना। मैं उसमें संशोधन कर दूँगा और ये सब भी जोड़ दूँगा। इस समय देखो हम बड़ा महत्त्वपूर्ण काम कर रहे हैं। सब साहित्यिकों के संस्मरण लिख रहे हैं। बहुत-सी ऐसी बातें हैं जिन्हें मेरे सिवा और कोई लिख नहीं सकता।"

'आज' कार्यालय

एक दिन 'आज' के सम्पादकीय विभाग में ही मेरी भेंटों की नोटबुक खुल गई। मित्र-मंडली घेरकर मुझे बातें-ही-बातें सुनाने लगी। भाई मोहनलालजी गुप्त और भाई लक्ष्मीशंकरजी व्यास ने प्रमुख रूप से मुझे सूचनाएँ देना आरम्भ किया। विज्ञापन-व्यवस्थापक श्री श्यामदासजी तथा त्रिदण्डीजी के पुत्र और उग्रजी के भतीजे जो अब स्वयं भी सफेद बालों के हो गये हैं, अपनी मन्द मुस्कानों के साथ-साथ कुछ अनुभव भी देते रहे। लेखकों के मजमे में उस समय मैं अकेला लेखक था; बाकी सब बोलक थे।

मोहनजी बोले, "बनारस की कच्ची सराय या हड़हा सराय में क़स्बियाँ

रहती थीं। कुंदीगर के टीला में, जिसे कुंजी टीला भी कहते हैं, क़स्बियाँ सड़क पर या अपने दरवाज़ों पर खड़ी रहती थीं और ग्राहकों को पटाकर ले जाती थीं। कभी-कभी इनके लिए दंगे भी हो जाते थे। नक्खी घाट पर जुलाहों की बस्ती है, वहाँ भी क़स्बिनें रहती हैं। बनारस के पास ही मड़ुआडीह जंकशन है, वहाँ कथकिनों-गौनहारिनों का बहुत बड़ा अड्डा है। दर असल मड़ुआडीह वेश्याओं का भरती-केन्द्र है। वहाँ गाँवों की औरतों को लाकर सिखाते हैं।"

त्रिदण्डीजी के पुत्र ने कथकिनों की वेश्या-वृत्ति का प्रतिवाद किया; बोले, "कथकिनें यों वेश्या नहीं होतीं, गन्धर्वों की भाँति उनमें अपनी लड़कियों को वेश्या बनाने का नियम नहीं है। हाँ, कोई-कोई चरित्र-भ्रष्ट होकर वेश्या हो जाती है, यह और बात है। पहले तो यहाँ तक था कि वेश्याएँ कथकिनों के पानदान तक को छूने का साहस न करती थीं, क्योंकि वे उनके गुरु-कुल की होती हैं।"

काशी के प्रसिद्ध गायकों में बड़े रामदासजी महाराज तथा छोटे रामदासजी महाराज के नाम भी सुनने को मिले। बड़े रामदासजी महाराज अब काफ़ी वृद्ध हैं। कन्टे महाराज काशी के सिद्धहस्त तबलावादक रहे हैं। बतलाया गया कि वह इतना रियाज़ करते थे कि जब तक उनकी उँगलियों से ख़ून नहीं टपकने लगता था तब तक वे अपने रियाज़ को रियाज़ नहीं मानते थे। इन सूचनाओं के देने वाले सज्जन का नाम दुर्भाग्यवश लिखने से छूट गया, इसका मुझे दुःख है।

'सबके गुरु गोवर्धनदास'

भूतभावन भगवान् विश्वनाथ की सनातन नगरी काशी अपनी परम्परागत सभ्यता में भौतिकता को यदि पूर्ण प्रश्रय न देती तो मुझे आश्चर्य ही होता। भोलेबाबा की नगरी केवल चना चबेना गंगाजल या राँड-साँड़ सीढ़ी संन्यासी सेने वाले फक्कड़ों के दम पर ही नहीं जीती वल्कि व्यवसाय, वाणिज्य का सनातन और प्रमुख केन्द्र भी रही है। गंगा, यमुना, गोमती, असी और वरुणा द्वारा दूर-दूर से आया हुआ माल यहाँ एकत्र होता तथा आगे का चालान पाता था। ऐसी समृद्ध नगरी में हर काम के लिए स्पेशलिस्टों यानी विशेषज्ञों का होना कोई अचरज की बात नहीं। महफ़िलों के आयोजन के लिए यहाँ कोई झाड़-फ़ानूस का विशेषज्ञ है तो कोई एक-से रंग-ढंग वाले शहर-भर के कालीनों को इकट्ठा करके लाने में माहिर हैं। पत्तल सकोरों के लिए कोई प्रबन्धकार यदि अपना सानी नहीं रखता तो कोई महफ़िलों के लिए सुरीले मिठबोले पंछियों के पिंजरे लाने में बेजोड़ है। वेश्याओं का चुनाव करने और उन्हें लाने वाले दलाल भी यहाँ हैं। उनके अपने-अपने पेशों के नाम भी हैं। महफिल में लाने वाले दलाल का नाम तो अपनी उस समय की घसीट लिपि को ठीक प्रकार से पढ़ और समझ न पाने के कारण दुर्भाग्यवश आपको नहीं दे सकता, मगर इनके

विपरीत जो दलाल स्त्रियों को सेज के लिए पहुँचाते हैं वे बनारस में 'टाल' कहलाते हैं। अस्तु।

लक्ष्मीशंकर भाई और मोहनजी ने बतलाया कि इन तरह-तरह के विशेषज्ञों में एक चक्रवर्ती विशेषज्ञ गोवर्धन दास गुजराती हुए हैं। उन्हें दिवंगत हुए अभी आठ-दस वर्ष ही हुए होंगे। गोवर्धनदासजी थे तो निर्धन मगर रौब यह पाया था कि बनारस की हर तवायफ़ उनके कण्ट्रोल में थी। वे महफ़िलों का पूरा प्रबन्ध करते थे, महफ़िल सजाने से लेकर दावत, मुजरा आदि हर प्रबन्ध में पटु थे। वे निर्धन किन्तु गुणी वेश्याओं को सजावट के गहने-कपड़ों का प्रबन्ध कर अन्य बड़े-बड़े नगरों में होने वाली महफ़िलों में यश और धन पाने का अवसर भी देते थे। महफ़िल-आयोजकों के व्यवसाय-तन्त्र में गुरु गोवर्धनदास दूर-दूर तक सरनाम थे। भाई श्यामदासजी ने गोवर्धनदासजी की पत्नी के मुख से सुनी हुई बात बतलायी कि उन्होंने कभी अपनी पत्नी को किसी प्रकार का कष्ट नहीं दिया। आजीवन नृत्य और संगीत के फेर में रहते हुए भी वे लँगोट के सच्चे बने रहे। काशी में वेश्याएँ उन्हें बहुत मानती थीं; एक-आध से उनकी चख-चख भी चला करती थी।

वे केवल रईसों की महफ़िलों के ही आयोजक न थे, वरन् नगर के लिए भी प्रतिवर्ष देवोत्थान एकादशी से पूर्णिमा तक जटार मन्दिर (बोलचाल में जड़ाऊ मन्दिर) में संगीत-सम्मेलन आयोजित करते थे। बनारस की चुनी हुई वेश्याओं का गाना होता था। बनारस के हर नये स्त्री-पुरुष कलाकार को वहीं से ख्याति मिली। कंठे महाराज, बीरू महाराज आदि तबलावादक उसी सिद्ध भूमि पर यशस्वी हुए।

एक कलकत्ते वाले गुजराती रईस थे। उनके बगीचे में श्रावणी के प्रति सोमवार को गोवर्धनदासजी द्वारा आयोजित 'सैलें' होती थीं। संगीत उन सैलों का भी अनिवार्य अंग था। गोवर्धनदासजी के जन्म-दिन पर वेश्याएँ मुजरा करने आती थीं; जबरदस्त महफ़िल होती थी।

नगर के श्रेष्ठ हलवाई, झाड़-फ़ानूस, दरी-कालीन, शामियाने, क़नातों वाले आदि सब लोग निर्धन किन्तु सिद्ध प्रबन्ध-विशेषज्ञ गोवर्धनदासजी की प्रजा थे। उन्हें हर बात का सलीक़ा था। कहते थे कि ज्योनार में पत्तलों की पंगत एक-एक बित्ते का फ़ासला छोड़कर यदि बिछायी जाए तो पत्तलों में कभी घट-बढ़ न होगी।

अक्सर वेश्याएँ या अन्य कोई ईर्ष्यालु इनसे लाग-डाट भी मोल ले लेते थे। स्वाभाविक रूप से इनका चक्रवर्तीत्व कइयों को खलता भी रहा होगा। इनके जीते-जी ही कहावत बन गई थी कि 'सबके गुरु गोवर्धनदास'। एक बार इनके द्वारा आयोजित एक महफ़िल में कोई अच्छी गानेवाली इन्हें नीचा दिखाने के

लिए धोखा देकर बाहर की किसी महफ़िल में चली गई। उसने अपने बाहर जाने की सूचना इनसे इतनी गुप्त रखी कि रात में जब उसके महफ़िल में आने का समय निश्चित था तभी गुरुजी को यह समाचार मिल सका। गुरुजी क्षण-भर के लिए तो हतप्रभ हो गए, किन्तु मन में एक नई योजना बिठा ली। पड़ोस में ही एक अन्य रईस के यहाँ भी उसी दिन महफ़िल हो रही थी और मध्य-रात्रि के समय उनके यहाँ भी एक अच्छी गायिका आने वाली थी। गोवर्धनदास जी के शत्रु, जो आमन्त्रित वेश्या के बाहर चले जाने का रहस्य पहले ही से जानते थे, बार-बार कोंचकर पूछते कि गुरुजी, फलानी कब आवेगी ? गुरुजी कुछ न बोले, बाहर चले आये और गली के नाके पर खड़े हो गए। ज्यों ही दूसरी महफ़िल वाली बाईजी का डोला आया त्यों ही उसके कहारों को हाँककर ले गए और बाईजी को अपनी महफ़िल में पहुँचा दिया। एक के जवाब में दूसरी अच्छी गायिका को लाकर गुरुजी ने अपने विपक्षियों को निस्तेज कर दिया। गुरुजी के बाहर चले जाने के बाद यारों ने ज़ोर-शोर से बाईजी के बाहर चले जाने की बात फैला दी थी। मुकुट-सी महफ़िल की मणि ही नदारद हो गई, तब फिर महफ़िल में मजा ही क्या रहा ! इस समय उस गायिका के टक्कर की वेश्या का मिलना भी असम्भव था, क्योंकि सहालग के दिन थे। नगर में जगह-जगह महफ़िल-ज्योनारें हो रही थीं। सभी अच्छी गायिकाएँ उनके लिए पहले ही से निश्चित हो चुकी थीं; अनेक बाहर चली गई थीं। परन्तु ज्योंही गुरुजी एक ही एवज़ में दूसरी नामी को लेकर पहुँचे त्यों ही महफ़िल में उल्लास की लहर दौड़ गई; इनकी साख रह गई। धोखा देने वाली वेश्या को इसका दुष्परिणाम भुगतना पड़ा। परन्तु गोवर्धनदास दयालु थे, अन्त में उसे क्षमा भी मिल गई।

प्रोफेसर रुद्र काशिकेय

"भारतेन्दुकाल की वेश्याओं में ग़फ़ूरन नगर-सुन्दरी मानी जाती थी। सरस्वती यहाँ की श्रेष्ठ नर्तकी थी। लाल कवि ने उसकी प्रशंसा में एक छन्द भी लिखा था, जिसकी एक पंक्ति मुझे याद है—'रंभारती की कहाँ है गती, जहाँ आप सरस्वती नाच रही !'

"यहाँ की गायिकाओं में विद्याधरी और राजेश्वरी ने गोस्वामी दामोदर-लालजी से कामसूत्र पढ़ा था। जयदेव के गीतगोविन्द को जिसने विद्याधरी से सुना है वह कभी भूल नहीं सकता।"

अपने शिष्य उदीयमान कहानी-लेखक चिरंजीव रत्नाकर पाण्डेय द्वारा पत्र लिखवाकर बन्धुवर रुद्र ने मुझे अर्धशताब्दी पूर्व की तौक़ीबाई से सम्बन्धित बेनी कवि का एक छन्द भेजा है। भाई लक्ष्मीशंकर व्यास ने भी तौक़ी का नाम

मुझे बतलाया था। मैना के साथ-ही-साथ वह भी बड़ी प्रसिद्ध थी। रुद्रजी द्वारा भेजा हुआ वेनी कवि का छन्द इस प्रकार है—

तिल भर तुलती नहीं तिलोत्तमा, रंग से रूप सवाई है।
है रती का रुतबा, रती कहाँ उर्वशी भी सुन शरमाई है॥
सुन तान पर होने हैं गलतान, सुर तानसेन की पाई है।
नर नाहर के दृग की पुतरी, काशी में तौखोबाई है॥

वाचस्पतिजी पाठक

आदरणीय भाई पाठकजी विशेष रूप से मेरे काम के लिए एक दिन के वास्ते काशी पधारे।

"गायन विद्या की महिमा केवल सुननेवालियों की गुण-कला के कारण ही नहीं बढ़ी, वरन् सुननेवालों की गुण-ग्राहकता को भी उसका श्रेय देना चाहिए। काशी में प्रसिद्ध गायिकाओं के होने का एक कारण मैं यह भी मानता हूँ कि यहाँ नृत्य-संगीत कला के कुशल जानकार और पारखी रईस भी रहते थे। भारतेन्दुजी स्वयं बड़े जानकार थे। बंगाल को एक रियासत के पदच्युत महाराज यहाँ रहा करते थे। उन दिन हुस्ना का बड़ा नाम था। एक बार हुस्ना ने उनके यहाँ बैठे हुए वात-वात में किसी प्रसंगवश गाना आरम्भ किया। महाराज भी तबले की जोड़ी खींचकर बैठ गए और फिर तो ऐसी संगत जमी कि रात बीत गई। हुस्ना जैसी श्रेष्ठ गायिका थी वैसी ही उदार भी थी। उसने अपने एक हिन्दू प्रेमी के नाम पर धर्मशाला भी बनवायी थी। अन्त में बुढ़ापे में वह पागल हो गई। उसका मुख वानरवत् हो गया था।

"यहाँ की वेश्याओं में यदि हुस्ना जैसी वेश्याएँ रही हैं कि जिन्होंने अपने प्रेमियों पर सर्वस्व लुटा दिया, तो ऐसे वेश्या-प्रेमी भी रहे हैं, जो अपना धनमान-गौरव सब-कुछ गँवाकर भिखारी हो गए। एक धनी व्यक्ति थे। वे एक वेश्या पर आसक्त हो गए। धीरे-धीरे उनकी सारी जमा-जायदाद वेश्या के यहाँ पहुँच गई। अन्त में वेश्या ने उन्हें अपने यहाँ से निकाल दिया। परन्तु वे भी ऐसे धाकड़ प्रेमी थे कि धक्के खाकर भी उसके यहाँ से न टले। कहने लगे कि मुझे अपना टहलुआ बनाकर ही रख लो! वे उसके यहाँ आजीवन पड़े रहे; अपनी वेश्या और उसके यारों की सेवा करते थे और दूर बैठे-बैठे अपनी प्रिया को निहारा करते थे।"

श्री बेनीप्रसादजी अग्रवाल

"भारतेन्दु बड़े भारी समाज-सुधारक थे। वे यहाँ के अग्रवाल समाज के चौधरी भी थे। एक बार विधवा-विवाह का समर्थन करने पर बिरादरी ने उन पर पाँच रुपये जुर्माना भी किया था। भारतेन्दु ने एक मुसलमान तवायफ़ मलका को हिन्दू बनाकर उसका नाम मल्लिका रखा। इस पर वे बिरादरी के

चौधरी-पद से हटा दिये गए। इसी पर लिखा था—"वह यवनी को हिन्दू कीन, वह भाई का साथ न दीन।"

पंडित रामकृष्ण वैद्य

काशी के प्रसिद्ध रईस श्री मुरारीलाल केडिया ने प्रिय भाई राय आनन्द कृष्ण के सुझाव पर वैद्यजी से मेरा परिचय कराया। रामकृष्णजी ने अपने एक परिचय वयोवृद्ध पंडित गिरजाशंकरजो दीक्षित के साथ-साथ निम्नलिखित सूचनाएँ दीं। दीक्षितजी बोले, "अब ऊ मैफ़िलें कहाँ! उनका तो दर्सन भी नहीं हुइ सकता। अब वैसी मैफिलें कराने की औकात किसी की नहीं रह गई। हमारे बचपन में बड़ी मैना, सरसुती औ' हुस्ना का बड़ा नाम रहा। इनसे पहले नन्हीं पागल बड़ी नामी रही, ऊ हरदम उँगलिन पर कुछ गिना करती है पर गावै का एक नम्बर रही। ऊको लोग एही बदे पागल कहत रहे! मैना औ', सरसुतीबाई से बढ़कर कोऊ नाइँ रहा। जौन मैफिल में मैना न होय वह मैफिल सूनी। पुराने लोग सुनावत रहे कि एक बार मैना महराज के हियाँ पहुँची, महराज आम खाते रहे, मैना से बोले, 'अब क्या आयीं? क्या कोयली (गुठली) लेओगी?' मैना बड़ी चतुर रही। कोयली एक गाँव का नाम की रहा सो बोली कि महाराज के शरीर मुख से कोयली निकला है सो हमें वही चाहिये। महाराज ने कोयली गाँव मैना को बकस दिया।"

पंडित रामकृष्ण वैद्य ने मैना के सम्बन्ध में सुनाया कि एक बार दतिया वाली कोठी में, जिसमें आजकल 'संसार' कार्यालय है, किसी रईस की बरात टिकी थी। कोठी के अन्दर विशिष्ट जनों के लिये बाहर से बुलायी गई नामी वेश्याओं के गाने का प्रबन्ध किया गया था तथा बाहर मैदान में शामियाना लगवाकर सर्वसाधारण के मनोरंजन के लिये मैनाबाई के गाने का प्रबन्ध था। मैनाबाई गाने लगी तो बाहर की महफ़िल ऐसी जमी कि अन्दर की महफ़िल वाली वेश्याएँ और उनका संगीत सुनने वाले सभी उठकर बाहर चले आए। बड़ी गुणी थी मैना!

अपने समय में विद्याधरी का भी बड़ा रौब था। एक बार बनारस के एक बड़े रईस राजा के प्राइवेट सेक्रेटरी के लड़के का विवाह था। सभी रईस महफ़िल में आये थे; राजा साहब भी आये थे। रईस उन्हें घेरकर बतियाने लगे। विद्याधरी गा रही थीं, लेकिन सुनने वालों का ध्यान उधर न था। जब बड़े-बड़े लोग ही सुनकार न थे तो छोटे लोगों को क्या कहा जाये। विद्याधरीबाई ने जैसे-तैसे एक चीज़ गाई और फिर चुप हो गईं! आगे बढ़कर राजा साहब से कहा, "हुज़ूर, मैं ग़रीब हूँ और ये सब बड़े-बड़े आदमी हैं। ये आपकी कोठी पर जाकर भी अपनी बातें सुना सकते हैं, इसलिये आज मेरी ही सुनी जाये।"

महफ़िल में एकदम सन्नाटा हो गया और विद्याधरीबाई ने भी फिर ऐसा समाँ बाँधा कि सारी महफ़िल झूम-झूम उठी।

पंडित नृपेन्द्रशंकर मिश्र 'बल्लनजी'

'नागरजी, आप बहुतों से बहुत कुछ पूछ आए, लेकिन एक बात मेरी भी नोट कर लीजिये। मैंने ऐयाशी में लाखों रुपया फूंका, सब जानते हैं। अपने विलासी जीवन में एक सबक मैंने पाया—जो लोग वेश्याओं के पीछे लगे रहते हैं, उन पर जान देते हैं वो यह समझते हैं कि वह मुझ पर जान देती हैं—बस यही साइकोलॉजिकल (मनोवैज्ञानिक) बात आदमी के दिमाग़ को घुमा देती हैं। अपने ऊपर जान निसार करने वाली वेश्या के लिये वह अपना सर्वस्व त्याग करने से भी नहीं चूकता। सच तो यह है कि वह उल्लू बन जाता है, फिर बच नहीं सकता। और जो आदमी यह समझता है कि वेश्या आखिर वेश्या ही है, वह पुरुष को रिझाने का पेशा करती है और हमने पेशा के लिये वेश्या को नौकर रखा है, तो वह किसी भी ऐसी औरत से दब नहीं सकता।''

काशी की वेश्याओं, वहाँ की महफ़िलों, रियासतों चोंचलों और जनता की मस्ती और फक्कड़पन की कहानियों का यदि पूरे तौर पर संग्रह किया जाए तो महाभारत-जैसा एक पोथन्ना तैयार हो सकता है। मैं अपनी निश्चित अवधि में वहाँ का सारतत्त्व यथामति यथाशक्ति पा गया। इससे चाहना होने पर भी स्वयं अपनी इच्छा पर अंकुश रखकर मैं लौट आया। तेज़ी से बदलते हुए समय में पुराने समाज के पिछड़ते हुए चित्र मेरे काशी के मित्रों और वहाँ रहने वाली हिन्दी परिवार की नई पीढ़ी द्वारा अंकित कर लिये जाएँगे, कइयों से इस संबंध में बात भी कर आया हूँ। इधर जनवरी सन् '६० के कहानी नववर्षाङ्क में शिवप्रसादसिंह की एक कहानी 'बेहया' पढ़ने को मिली। चित्त प्रसन्न हुआ। हिन्दी का कथाकार अपने समाज की नई-से-नई समस्या की जानकारी रखता है। गन्धर्व जाति की वेश्याएँ अपनी लड़कियों को अब इस घृणित पेशे से निकालकर उन्हें घर-बारवाली बना रही हैं। 'बेहया' में आपको विद्याधरीजी, सिद्धेश्वरीजी की बात का प्रमाण मिल जाएगा। 'बेहया' की नायिका वेश्या अपनी लड़की को लेकर गाँव जाती है, वह अपना पूर्व इतिहास भूल जाना चाहती है, लेकिन गाँव के ठाकुर भला वेश्या को भली स्त्री बनने का अधिकार क्योंकर दे सकते थे। अपने रसीले प्रस्ताव पर वेश्या की न सुनकर वे उससे अनोखा बदला लेते हैं। एक दिन जब वह अपने घर में नहीं थी तब उसके घर में घुसकर वे उसकी लड़की को बलात् वेश्या बना देते हैं। वेश्या भी बदला लेने पर तुल जाती है। अपनी लड़की का विवाह करने में वह भाग्यवशात् सफल हो जाती है। फिर ठाकुर से बदला लेने के लिए वह उनके कच्ची उमर के इकलौते बेटे को फंसाती है। ठाकुर का वश नहीं चलता, लड़का हाथ से बेहाथ

हो जाता है, मना करने पर लड़कर घर से अलग हो जाता है। ठाकुर के शुभेच्छु एक पंडितजी और स्वयं ठाकुर भी वेश्या से गिड़गिड़ाकर उस लड़के को अपने वेश्या-पाश से मुक्त कर देने की प्रार्थना करते हैं, परन्तु वह किसी की भी नहीं सुनती ! वह तो स्वयं ही अपना वेश्या रूप नगर में छोड़कर आयी थी, उसे चुनौती देकर ठाकुर ने ही जगाया था, फिर वह किसी के लड़के-बच्चों की परवाह क्यों करे ! लेकिन उसी दिन उसे सूचना मिलती है कि वह नानी बन गई है। माँ का हृदय वेश्या के तर्कों को परास्त कर देता है; वह अपना शिकार छोड़ देती है।

बदलते हुए समाज के चित्र अनेक परस्पर-विरोधी बातें लेकर इस समय हमारे सामने आ रहे हैं। पौराणिक सदियों से वेश्या-जीवन बिताने वाली जातियाँ अपना पूर्व रूप त्यागकर नया जीवन ग्रहण कर रही हैं। उनमें से अनेक सीता-सावित्री की परम्परा को नवोत्साह से निष्ठापूर्वक अपना रही हैं। और हमारी सीता-सावित्रियों की बेटियाँ अब कुछ तो अपनी नई आज़ादी के शौक़ में और कुछ अधिक कारणों से, विधिवत् कोठों पर न बैठकर भी छद्म किंवा खुलेआम वेश्या-जीवन बिताने में ही नई सामाजिक चेतना की सार्थकता समझती हैं। सरकार इन वेश्याओं को क्योंकर रोक सकती है !

●

बाईजी नहीं कसबियाँ

श्रद्धेय रायकृष्णदासजी ने अपनी बातों में एक उल्लेखनीय बात कही थी—"महफ़िलों का चलन उठ जाने से कला का तो ह्रास हुआ ही, अदब-क़ायदे, संस्कृति का भी ह्रास हुआ—कसब बढ़ गया।" यह बात अपने ढंग से सही है। रईसों की महफ़िलें अब अपना पुराना रंग-ढंग खो चुकी हैं। आम तौर पर अब वेश्याओं के नृत्य संगीत वाली बैठकें नहीं होतीं। शुभोत्सवों पर अब रईस लोग पार्टियाँ देते हैं; पुरानी चाल की ज्योनारों का चलन उठ चला है। भरत-नाट्यम्, कत्थक और मणिपुरी नृत्यों के नये फैशन के कलाकार, वादक, गायक और गायिकाएँ आदि इन पार्टियों में अतिथियों का मनोरंजन करने के लिए बुलाये जाते हैं; लोकनृत्य और लोकगीतों की टोलियाँ, कव्वाल तथा गलेबाज कविगण भी बुलाये जाते हैं। बाईजी को अब नहीं पूछा जाता। उनका 'बॉक्स ऑफ़िस' मूल्य अब नहीं रहा। पिछले किसी अध्याय में मैं लिख चुका हूँ कि हमारे समाज में संगीत और नृत्य अब जातीय कलाएँ बनकर नहीं रहीं, अब उनका व्यापक प्रचार हो गया है। स्कूल, कॉलेजों और विश्वविद्यालयों में अब नृत्य-संगीत की प्रतियोगिताएँ होती हैं। सरकारी रेडियो, शिक्षा एवं सूचना विभाग भी ऐसी प्रतियोगिताएँ कराते हैं। ऐसी दशा में बाईजी वर्ग का पतन होना स्वाभाविक ही है। इसी कारण बाई जी वर्ग के लिए अब कसब छोड़कर और किसी कला का सहारा नहीं रह गया। कसब के क्षेत्र में भी उनकी प्रति-द्वन्द्विता आर्थिक दृष्टि से हीन नये समाज की लड़कियों से चलती है। व्यभिचार का व्यवसाय अब नये ढंग से चल रहा है।

लगभग सात-आठ वर्ष हुए, लखनऊ की खुफ़िया पुलिस ने यहाँ की एक बड़ी व्यावसायिक संस्था के मैनेजर के पास बंगलौर से आने वाले कुछ अश्लील पत्र पकड़े थे। वे पत्र मुझे भी देखने को मिले। पत्रों के साथ स्त्रियों के दो नग्न चित्र भी थे। पत्र इस प्रकार आरम्भ होते थे, "प्रिय मित्र, पिछले शनिवार की शाम को हमारे क्लब के दो सदस्यों द्वारा सुनाये गए मधुर संस्मरणों की एक-एक प्रति आपके पास भेजी जा रही है। आशा है कि आप भी अपने क्लब के रोचक संस्मरण हमारे पास बराबर भेजते रहेंगे।" उन 'संस्मरणों' में क्या-कुछ नहीं था! मानव द्वारा सदियों से मान्य रिश्तों की पशुवत् अवहेलना उनमें की गई थी। अपने मित्रों—विशेष रूप से क्रिश्चियन और मुसलमान मित्रों—के साथ अपनी पत्नी के समागम की चर्चा बड़े हौसले के साथ की गई थी। ऐसी पुस्तकें भी आती हैं। हिन्दी, उर्दू, बंगला, मराठी, अंग्रेजी, सभी में छपती हैं। अख-

बारी करों और ऐसे ही एजेण्टों द्वारा पचास-साठ पृष्ठों की रद्दी छपी किताबें भी छपे तौर पर दस-पन्द्रह रुपये तक में बेची जाती हैं।

सभ्यता कुछ नातों के सम्बन्ध में हमारे ऊँचे संस्कार जगा चुकी है। स्त्री पुरुष की अङ्कशायिनी, रसदायिनी होकर भी विधिना के नियम से जगत्कारिणी भी है। मैं मानता हूँ कि वह दुनिया के लिये ईश्वरीय संदेश अथवा उपहार लेकर आती है। कौन कह सकता है कि किस स्त्री की कोख से वशिष्ठ, सत्य-काम, जाबाल, ईसा या बुद्ध, गाँधी जैसा महापुरुष ऋषि विचारक कवि अथवा कलाकार अवतरित होकर मानव-सभ्यता को नई गति दे जायेगा! यौन-सम्बन्धों के विकृत रसिये स्त्री के प्रति नितान्त भाव-शून्य होकर जब उसे अपना पशुवत् खिलवाड़-मात्र बनाते हैं तो मेरी इच्छा होती है कि उन्हें फाँसी पर चढ़ा दूँ। वे पत्र दिखलाकर एक सरकारी अधिकारी ने मुझसे पूछा, "आपका क्या विचार है, ये संस्मरण सच्चे हैं?" मैंने कहा, "मुझे इनकी सच्चाई पर पूरा-पूरा अविश्वास है। मैं यह तो नहीं कहता कि मनुष्य ऐसे हीन कारनामे नहीं करता, फिर भी ऐसी बातें प्रायः औसत में कम ही होती होंगी। ये पत्र किसी कामोन्मत्त काल्पनिक के प्रलाप मात्र हैं। जहाँ तक मैं समझता हूँ कि ऐसे पत्र तन-क्षीण, मन मलीन बूढ़े लिखते होंगे अथवा किसी अनुभवहीन-अतृप्त नौजवान की विकृत काम कल्पनाओं से इनकी सृष्टि हुई होगी।" मेरी वह बात सच निकली। लखनऊ में जिन महोदय के यहाँ वे पत्र आते थे, वे आयु में पचपन-साठ वर्ष के थे।

अभी हाल ही में एक विश्वविद्यालय के दो अध्यापकों का क़िस्सा भी मेरी जानकारी में आया। एक प्राध्यापक विवाहित थे, दूसरे कुँआरे। वे दोनों एक ही बिल्डिग के दो फ्लैटों में रहा करते थे। दोनों प्राध्यापक परस्पर गहरे मित्र थे। कुँआरे प्रोफ़ेसर विवाहित प्रोफ़ेसर के यहाँ ही भोजन करते थे तथा उनकी पत्नी के उप-पति भी थे और इस बहाने अपने वेतन का आधे से अधिक भाग वे अपने मित्र को सौंप देते थे। लगभग एक वर्ष पहले कुंवारे प्रोफ़ेसर का ब्याह हो गया। वे अपने पुराने फ्लैट को छोड़कर अपनी नई-नवेली के साथ किसी दूसरे मोहल्ले में घर लेकर रहने लगे। पुराने मित्र को लगा कि वे ठगे गये। उन्होंने शायद यह आशा की थी कि जब मित्र की नई-नवेली आयेगी तो वे भी उसके साझे के पति बन जायेंगे। आशा फलवती न होने पर वे बौखला गये; उन्होंने उप-कुलपति को इस सम्बन्ध में शिकायती पत्र लिखा। नव-विवाहित प्रोफ़ेसर ने उत्तर में कहा कि मित्र की रज़ामन्दी से ही उन्होंने ऐसा किया और वे उसके लिये पैसा भी दिया करते थे। चारों ओर इस बात की चर्चा फैली; बड़ी बदनामी हुई। नव-विवाहित प्रोफ़ेसर विश्वविद्यालय से निकाल दिये गये।

यह झूठ नहीं है कि कई विश्वविद्यालयों में कई प्राध्यापिकायें वहाँ के सत्तावन प्राध्यापकों की रखैलें मात्र हैं। बहुत-सी लड़कियाँ फर्स्ट डिवीजन लाने और अपना कैरियर बनाने की लालसावश प्रोफ़ेसरों को अपने साथ मनमानी करने देती हैं। अफ़सरी सभ्यता में भी मातहतों की पत्नी, बहन, बेटी-दान अपना महत्व रखता है। एक भुक्तभोगी महिला की कथा मैं पहले ही लिख आया हूँ। व्यावसायिक सभ्यता में माल बेचने के लिए सुन्दर, जवान और चतुर औरतों का सहयोग अब आवश्यक हो गया है।

इनके अतिरिक्त आर्थिक कारणों से चलने वाला कसब दिनोंदिन बढ़ोत्तरी पर है। जो लड़कियाँ नौकरी करती हैं, उनका सम्बन्ध भी अधिकतर एक से अधिक पुरुषों के साथ हो जाया करता है। कुछ ही महीनों पहले एक मित्र ने आगरे में मुझे और बन्धुवर डॉक्टर रामविलास शर्मा को अपने पड़ोस का एक क़िस्सा सुनाया था। एक ही परिवार की एक पढ़ी-लिखी लड़की नौकर हो गई। परिवार के कमाऊ लड़कों की भाँति वह मनमानी करने लगी, अपने मित्रों के साथ घूमने-फिरने जाने लगी; देर-सबेर से घर आने लगी। बूढ़े माता-पिता को यह बुरा लगता था। एक दिन मित्रवर अपने कमरे की खिड़की पर खड़े हुए देख रहे थे—नीचे अपने घर में वह कमाऊ लड़की सजी-बजी दालान में खड़ी थी और उसकी माँ कह रही थी कि तू कंजरियों (वेश्याओं) की तरह लोगों के साथ बाहर घूमती-फिरती है, घर की आबरू खोती है।'' लड़की झिड़ककर बोली, ''तैनू की ?''—तुझे क्या मतलब ?

उस लड़की के वाक्य में वर्तमान युग का अन्धा विद्रोह फूटा था। जिस प्रकार सोलहवीं शताब्दी से लेकर बाद की सदियों का यूरोप में पतियों के विरुद्ध पत्नियों के व्यभिचार-विद्रोह का स्वर गूंजा था, वैसा ही अब इस देश में भी गूंजने लगा है। इस अन्धे विद्रोह से कोई भी शक्तिशाली सरकार मात्र डंडे के ज़ोर पर नहीं लड़ सकती। जब तक समाज न बदले तब तक सरकारी कानून प्रायः निकम्मे ही साबित हुआ करते हैं।

यहाँ प्रश्न उठता है कि समाज का आमूल परिवर्तन होने तक क्या सरकारें इस दिशा में कोई क़दम न उठाएँ ? उत्तर में 'ना' तो कैसे कहूँ, पर एकाएक 'हाँ' कहते भी झिझक होती है। सरकार आखिर है तो हम ही लोगों की और हम समाजवादी लोकतन्त्र का आदर्श लेकर भी अधिकतर अपने व्यवहार में सामन्ती पूँजीवादी मान्यताओं को ही बरस रहे हैं। सत्ता जिनके हाथों में है वे नैतिक रूप से नया भारत बनाना तो चाहते हैं, परन्तु उनके सामने की राह साफ़ नहीं। वे पूँजीपतियों को दबाना चाहते हैं। मगर उनकी सत्ता को अपनी सत्ता से समाप्त नहीं कर पाते। अनेक सरकारी मन्त्रीगण और ओहदेदार इस बात से डरते हैं कि उन्हें समाप्त करने के फेर में कहीं कम्युनिज्म न आ जाएँ।

जनता की नैतिक शक्ति का संगठन न कर पाने के कारण दूसरा कोई सबल उपाय उनके सामने नहीं। फिर क्या करें, मुँह से समाजवाद के नारे लगाते हैं और कर्म से पूँजीपतियों के पिछलग्गू बनते चले जाते हैं। मैं शिकायत के तौर पर नहीं कह रहा, फिर भी यह सत्य है कि हमारे वरेण्य नेताओं के देश के नवयुवकों को अपने साथ लेकर चलने की वह अनुभवी बुद्धि ही नहीं जो इनसे एक पीढ़ी पहले के नेताओं में गाँधीजी के नेतृत्व के कारण थी। गाँधीजी अपने साथ जवाहर और सुभाष-जैसे विरोधी मत के नवयुवकों को लेकर भी चल सकते थे, परन्तु हमारे आज के नेता नवयुवकों के विद्रोह को न पहचानकर, उन्हें सहन न कर उनके कलयुगी असंयम का रोना रोने बैठ गये हैं। हर विद्रोही स्वर को उन्होंने कम्युनिज्म का प्रभाव माना। नतीजा यह हुआ कि हमारा कम्युनिज्म भी निकम्मा हो गया और गाँधीवाद भी—न इधर के रहे न उधर के रहे।

यह सब कहने-सुनने के बाद भी बात फिर वहीं-की-वहीं रह जाती है—समाज न बदलने तक क्या हम निकम्मे बैठे रहें ? सरकारी मशीन से तनिक भी काम न लें, उसकी शिकायत ही करते रहें ?—नहीं, समाज बदलने के दो ही उपाय हैं—या तो रूसी-चीनी कम्युनिस्टों अथवा नाज़ियों के समान फौजी डिक्टेटरी के दम से उसे बरबस बदला जाये, या फिर सामूहिक चेतना को नये स्तर पर उठाकर नैतिक आन्दोलनों को लगातार जगाये रखा जाये। जिन्होंने सत्याग्रह-आन्दोलनों के दिनों में विलायती कपड़ों का बहिष्कार करने की लड़ाइयाँ देखी हैं, जिन्होंने शक्तिशाली अंग्रेज सरकार की लाठियों और गोलियों को भी अपनी अद्‌भुत नैतिक शक्ति से सहन कर भय के हथियारों को निकम्मा बना दिया, वे भारतीय जन और उस समय के त्यागी गाँधीवादी नेता अपने ही छोटे भाई-बहनों बेटे-बेटियों को कोसते हुए उसके निकम्मेपन का रोना क्योंकर रो सकते हैं ? पिछले पचास-साठ वर्षों में लगातार बाल-विवाह के विरुद्ध और विधवा-विवाह के पक्ष में लेख, कहानियाँ, उपन्यास और नाटक लिखे गये; जाति वर्ण-व्यवस्था पर विशेष रूप से अछूत जातियों के उत्थान पर, अनेक नैतिक आन्दोलन जगाये गये; परदा-प्रथा के विरुद्ध और नारी-शिक्षा के पक्ष में सामाजिक विचार जगाये गये—ये सब सरकारी मशीन के बिना ही अपनी वर्तमान सफलता को सिद्ध कर सके हैं। अब उसी सफलता के कारण सरकारी मशीन भी इन सामाजिक क्रान्तियों को क़ानूनी तौर से आगे बढ़ा सकने में समर्थ सिद्ध हो रही है। विचार की गति और शक्ति अद्‌भुत होती है; उस पर अनास्था नहीं की जा सकती। मजे की बात है कि पहले महायुद्ध में लाखों कमा कर सेठ बन जाने वाले लोग काले चोर या मुनाफ़ाखोर न कहलाये, मगर दूसरे महायुद्ध तक नई चेतना के भारतीय समाज ने अपने कष्टमय जीवन के अनुभवों द्वारा मुनाफ़ाखोरी की अर्थ-व्यवस्था को पुण्य के बजाय पाप सिद्ध कर दिया। इधर

कुछ वर्षों में भारतीय दण्ड-विधान की बेईमानी-सम्बन्धी धारा नम्बर चारसौबीस हमारा सामाजिक मुहावरा बन गई है। मुनाफ़ाखोरों को मुनाफ़ाखोरी के लिये गालियाँ और कोसने-काढ़ने वाले व्यक्ति उस समय अनिवार्यतः मार्क्सवादी कम्युनिस्ट या सोशलिस्ट ही नहीं, वरन जनसंघी, कांग्रेसी, अकाली आदि भी हैं तथा पार्टीविहीन जन-साधारण के व्यक्ति भी। यह नई सामाजिक-आर्थिक चेतना इस समय शिकायत के रूप में व्याप्त है। इस शिकायत को कर्म की लगन में भी बदला जा सकता था, शायद अब भी बदला जा सकता है। और मेरी समझ में वेश्या-वृत्ति तब तक समाप्त नहीं हो सकती जब तक आर्थिक व्यवस्था बदलने के लिए सरकारी और ग़ैर-सरकारी उपायों के साथ-साथ ज़ोरदार नैतिक आन्दोलन न जगाया जाय।

आज हर नगर में छोटे-बड़े लखपतियों की संख्या पहले से कहीं अधिक बढ़ गई है। गल्ला-व्यापारी, पंसारी, दवाफ़रोश या ऐसे ही धन्धों वाले लोग हमारे देखते-ही-देखते पैसे वाले बन गये। महाजनों के यहाँ भी मध्य-वर्गीय संकटग्रस्त गृहस्थों का पैसा ब्याज के रूप में अधिकाधिक पहुँचने लगा। और पैसे वाले होने पर यह स्वाभाविक ही है कि वे या उनके बाल-बच्चे उन ऐश-आरामों को भोगने की इच्छा करें जो पैसे द्वारा सुलभ होते हैं और जिनकी पूर्व पब्लिसिटी उनकी चेतना पर, अरमानों पर, छाई है। मुझे अच्छी तरह से मालूम है कि इन नये लखपतियों अथवा उनके लाडलों द्वारा किस प्रकार स्वयं उनके ही मोहल्लों की बहू-बेटियाँ फुसलायी, भरमायी या दबायी जाती हैं। पिछले साठ-सत्तर वर्षों में जितने सामाजिक, राजनीतिक और नैतिक आन्दोलन जागे, उन सबकी जगायी हुई आज़ादी की गरमी इस समय और कहीं विशेष गति न पाकर काम-मार्गी होकर अपने ही अन्धे विद्रोह से जूझ-जूझकर स्वयं अपने को तथा समूचे समाज को खाये जा रही है। एक ओर नये पैसे की हेकड़ी समाज को बिगाड़ रही है तो दूसरी ओर अन्धे विद्रोह की शेख़ी। इन शक्तियों को कैसे हम सही रास्ते पर लाएँ?

सुधार-विचार

मेरे सामने सुधार का प्रश्न नहीं, दासता का है। स्त्री बल, छल और अर्थ से दबाई जाकर पुरुष की काम-तृप्ति का साधन बने, यह मैं एक क्षण के लिये भी सहन नहीं कर सकता। इस मोरचे को यदि सरकारी और गैर-सरकारी तौर पर साथ-साथ डटकर साध लिया जाये, तो फिर शौक़िया वेश्याओं और व्यभिचारियों की आदत पर क़ाबू पाते देर न लगेगी। स्त्री-पुरुषों की शौक़िया बहुगामिता की नींव तो कायरता के दलदल में धँसी है। उसके लिए नैतिक नारों और थोड़ी निगरानी से ही अच्छा उपचार हो सकता है, परन्तु वेश्या-वृत्ति सदियों तक हमारे समाज में अथवा यों कहें कि सम्पूर्ण मानव सभ्यता के इतिहास में धर्म और शासन की पूर्ण स्वीकृति लेकर ही आगे बढ़ी है। उसकी अनैतिकता में भी हमारा नैतिक बल फँसा पड़ा है—महाजनी भाषा में कहूँ तो पूँजी बेसूद फँसी पड़ी है; उपजाऊ धरती बिना बीज के हमारे लिये निकम्मी है, जंगली विषैली घासें और काँटेदार वृक्षों के जंगल भले ही उसकी उर्वरा शक्ति को चूसकर फलते-फूलते रहें।

खुली और छिपी वेश्यावृत्ति

वेश्या-वृत्ति की समस्या को मैं मुख्यतः दो रूपों में देखूँगा। एक वह वेश्या-वृत्ति है जिसका संगठन छिपे तौर पर घर-गिरस्तों के बीच में ही होता है। इनके संगठन दरअसल बड़े टुटपुँजिये होते हैं—दो-चार व्यभिचारिणी राँड बेवाएँ मिलकर आस-पास में अपना कुटनपना फैलाकर अमीर मर्दों और ग़रीब औरतों के बीच में दलाली कर लेती हैं; अपने घरों में उनके मिलने का प्रबन्ध कर देती हैं—बस, यही थोड़ा-बहुत दन्द-फन्द है। इनमें कुछ संगठनकर्ता अथवा कर्त्रियाँ अपने कुछ नगर-व्यापी सम्बन्ध भी रखती हैं, मगर इनके धन्धे का कोई उस प्रकार का गहन आयोजित जाल नहीं होता जिस प्रकार लड़कियाँ भगाने, खरीदने और उन्हें मार-मारकर वेश्या बनाने वालों का जाल होता है। होटलों, चकलेखानों और खानगी अड्डों में औरतें सप्लाई करनेवाले लोग कभी-कभी इन मोहल्लों की कुटनियों का लाभ तो अवश्य उठा लेते हैं, परन्तु पूरी तौर पर इनके क्षेत्र में धँस नहीं पाते। शायद उनका उग्र और हिंसात्मक स्त्री व्यापार इन आधे शौक़िया और दब्बू यानी आबरूदार (?) स्त्री-व्यावसायिकों को पूरे तौर पर सहन नहीं हो सकता। एक दृष्टि से यह समाज के लिये सौभाग्य की बात है।

मोहल्ले के कुटन-चक्र में कौन-कौन आती हैं ?

एक ऐसी युवतियाँ जिनका विवाह दहेज समस्या के कारण चौबीस-पच्चीस वर्ष की आयु तक भी नहीं हो पाता, ऐसी युवतियों की माताएँ और बड़ी-बूढ़ियाँ अधिकतर उनके दुर्भाग्य पर अनजाने में ही अपने ताने-टोनों से कठिन मार्मिक प्रहार किया करती हैं। जवानी की सहज भूख, वर के अभाव; दहेज के अभाव और व्यावहारिक रूप में घरेलू स्नेह के अभाव में विद्रोहवश ऐसे कुटन-चक्रों में वे आसानी से जा पड़ती हैं। अपनी छिपी कमाई से अपने शौक़ की चुटपुट चीजें ले आने में, घरवालों की नज़रों से छिपाकर सहेलियों को दिखाने में उन्हें मानसिक सन्तोष मिलता है। हमें यहाँ पर एक बात और ध्यान में रखनी चाहिये कि इस हद तक आगे बढ़ जाने वाली लड़कियाँ भी अधिक-से-अधिक दस में चार ही होती हैं; छः को प्रायः पुरुष-समागम के अन्तिम परिणाम गर्भाधान से अपार भय लगता है। मुझे कुछेक समझदार जानकारों से मालूम हुआ है कि मौके मिलने पर अधिकतर लड़कियाँ लड़कों के साथ छिपी छेड़-छाड़ से ही मन बहलाती हैं, उनका अन्तरंग संग नहीं करतीं।

ऐसी युवती पत्नियाँ इन कुटन-चक्रों में अवश्य और अधिकता से पड़ती है जिनके फैशन की चाह पितृ-गृह और पति-गृह में ग़रीबी के कारण फल नहीं पाती। फैशन की चाह और अर्थहीनता मिलकर आज की साक्षर किन्तु अशिक्षित युवती में सबसे अधिक विद्रोह की भावना लगती है। इस विद्रोह में काम-सुख का महत्त्व प्रथम नहीं बल्कि दूसरे नम्बर का होता है। यहाँ तो पैसे के लिये अपना तन दूसरे को देकर युवती अपने पति से मानसिक बदला लेती है। जो युवती संयोगवश वनस्पति मार्का क्षीण स्वास्थ्य के ग़रीब पुरुष के पल्ले बँध जाती है, उसका मानसिक विद्रोह करेले पर नीम चढ़ा-सा प्रबल कटु होता है। परन्तु यहाँ भी जानकारों का कहना है कि ऐसी विवाहिता स्त्रियाँ, जो भरे-पूरे घरों में रहती हैं, प्रायः बिगड़ने के अवसर नहीं पातीं। जो अकेले-दुकेले घरों में रहती हैं या जिनके घर में सास-ननद-जेठानी आदि में कोई बिगड़ी हुई होती हैं, वे ही जल्दी ऐसे चक्रों में फँस जाती हैं।

जवान विधवाएँ तीसरे नम्बर पर आती हैं। इनमें बहुत-सी तन और धन दोनों ही भूखों की मारी होती हैं। कुछेक मामलों में तो मैं भली भाँति जानता हूँ कि छोटे-छोटे बच्चों वाली विधवाएँ अपनी गृहस्थी के पालनार्थ अन्य कामों के साथ-साथ इस काम का सहारा भी लेती हैं।

पैसा खर्च कर कामेच्छा तृप्त करने वाली कुछ पकी-पोढ़ी स्त्रियाँ भी इन कुटन-चक्रों के सहारे अपने रस-साधन प्राप्त करती हैं। इनमें भी ऐसी ही स्त्रियाँ आती हैं जो अपने घरों में ऐसे काम के लिये साधन, अवसर या स्थान नहीं जुटा पातीं, या ऐसी आती हैं जिन्हें विभिन्न पुरुषों की चाट पड़ जाती है।

इन चारों प्रकार की स्त्रियों में प्रायः खुले खेल खेलने का साहस किसी में भी नहीं होता। इसलिये जो लोग यह दलील देते हैं कि कसबियों के खुले बाज़ार बन्द कर देने से ये छिपे अड्डे बढ़ जाएँगे, वे समस्या को केवल ऊपरी सतह पर ही देखते हैं। यह संभव है कि वेश्यालयों और चकलेखानों पर लगातार पुलिस के छापे पड़ने के कारण कुछ लोग मोहल्लों के इन अड्डों द्वारा जीने का प्रयास करें, पर ऐसी दशा में वे बड़ी मुश्किल से ही सफल हो पाएँगे। जो लोग आबरूदारी की आड़ लेकर पाप करते हैं वे बे-आबरूई के व्यापार तंत्र को अपने क्षेत्र में हरगिज़ प्रवेश करने देना नहीं चाहते। अलावा इसके जब खुले बाज़ार का व्यापार घेर-घेरकर समाप्त किया जाएगा तो ये कायरों के व्यापारिक अड्डे उसकी सहम के मारे ही बहुत-एक उजड़ जायेंगे और यदि कहीं एक भी ऐसा अड्डा पकड़ लिया गया तो फिर ऐसे अन्य अड्डों के उजड़ते देर नहीं लगेगी।

जहाँ इन अड्डों का समाप्त करना हमारा लक्ष्य हो वहाँ ही मोहल्लों में सिलाई-बुनाई-कढ़ाई आदि के कम फीस वाले अथवा मुफ्त शिक्षा देने वाले स्कूल भी खोले जाएँ। उनकी आर्थिक कमाई के लिये घरेलू उद्योगों के सहकारी कारखाने भी खोले जाएँ। उपयुक्त मनोरंजन और बौद्धिक प्रतियोगिताएँ भी करायी जाएँ। गरीब और दहेज समस्याग्रस्त घरों की लड़कियों के लिये सामूहिक कन्यादान-यज्ञों का आयोजन भी होना चाहिये। एक वार्ड में विशाल मण्डप रचकर अनेक युवक-युवतियों के विवाहों का आयोजन किया जाय। विभिन्न क्षेत्रों में विचारवान पढ़े-लिखे लोगों और दानी-धर्मात्मा धनिकों के सहयोग से यह कार्य संभव हो सकता है। सामूहिक कन्यादान-यज्ञों से प्राइवेट में दहेज तय करने वाले निर्धन वरपक्षीय लोग सहज ही प्रगतिशील समाज के वश में आ जाएँगे। इससे जाति और वर्णसमस्या की खण्डहर दीवारें भी ढहकर नये समाज की ज़मीन को चौरस बना जाएँगी।

गायिकाओं और नर्तकियों की एक विशेष जाति की अब आवश्यकता नहीं रह गई। जो वेश्याएँ परम्परा से संगीत-नृत्य की जीविका कमाती हैं, उनके लिए श्रीमती सिद्धेश्वरी द्वारा प्रस्तावित छात्रावासों का विचार मुझे बहुत हद तक सही लगता है। ऐसी वेश्याओं में अनेक पैसे वाली भी हैं। वे यदि अपनी संतानों को लेकर स्वयं ही इस वातावरण से अलग हट जायँ तो अच्छा होगा। मेरा निजी मत है कि नाच-गाने का पेशा करने के लिये व्यक्तिगत अड्डे अब नहीं रखने चाहिये। क्लबों और रेस्तराओं में संगीत नृत्य के आयोजन हो सकते हैं। गाने-बजाने के नाम पर यदि व्यक्तिगत कोठे रहेंगे तो वहाँ कसब अवश्य होगा।

झमेले की जड़ कुटनी नायिका

मैं अपने मित्र लखनऊ के प्रसिद्ध एडवोकेट पंडित श्रीशंकर शर्मा की इस

बात से सहमत हूँ कि वेश्या से अधिक वेश्या-नायिका घातक है। हमें यह न भूलना चाहिये कि ईसा के जन्म से भी कई शताब्दियों पूर्व मौर्य साम्राज्य के महामन्त्री आचार्य कौटिल्य सरकारी तौर पर वेश्याओं के पोषण का विधान बना गये थे और प्रायः तभी पाटलिपुत्र की वीरसेना आदि वेश्याओं के लिये मुनिवर दत्तकाचार्य ने वेश्या-शास्त्र रचा था। ईसा की तीसरी शताब्दी में रचे गये 'कामसूत्र' के 'वैशिक अधिकरण' में वेश्याओं को धन कमाने के लिये अनेक मनोविज्ञान सिद्ध लटके बताये गये हैं।

दामोदर गुप्त का 'कुट्टनीमतम्'

ईस्वी सन् ७५५-७८६ में कश्मीर-नरेश जयापीड़ के प्रधान मन्त्री दामोदर गुप्त ने इन कुटनियों की चालबाजियों का गहरा अध्ययन कर 'कुट्टनीमतम्' नामक एक अनोखा काव्य-ग्रन्थ रचा था। दामोदर गुप्त ने एक कहानी से कुट्टनीमतम् का आरम्भ किया है—

काशी की एक नर्तकी मालती को अपने रूप-गुण का कोई ग्राहक न मिलता था। हारकर वह अपने नगर की एक कुटनी के यहाँ गयी। इस कुटनी का नाम विकराला था। विकराला का रूप-वर्णन भी बड़ा मज़ेदार किया गया है। मालती जब विकराला के यहाँ गयी तो उसने उसे बेंत के बने एक आसन पर बैठे देखा। विकराला के दाँत बड़े-बड़े थे, ठोड़ी झुकी हुई, नाक बड़ी पर चपटी थी। विकराला के शरीर की खाल झूलने लगी थी। उसकी अनगिनत झुर्रियों-पड़ी सूखी छातियों के चूचुक लम्बे और भद्दे थे। कानों की लोरियाँ बिना आभूषण के लम्बी-लम्बी लटक रही थीं। उसकी आँखें गड्ढे में धँसी हुई नशे से लाल हो रही थीं। उसके गले में पत्थरों और जड़ी-बूटियों की मालाएँ पड़ी हुई थीं। विकराला अपने द्वारा पाली जाने वाली सुन्दरी वेश्याओं से घिरी हुई बैठी थी। उन सुन्दरियों की चाह रखने वाले नगर-पुत्रों ने खुशामद में विकराला के पास जो मूल्यवान् उपहार भेजे थे, वह उन्हीं को देख रही थी।

मालती ने विकराला की बड़ी खुशामद की। विकराला ने भी सोचा कि माल अच्छा है, काबू में रहेगा लाभ करायेगा। उसने मालती की सुन्दरता की तारीफ की और कहा कि उसे एक बड़े राज्याधिकारी के पुत्र चिन्तामणि को फाँसना चाहिये। विकराला ने मालती को प्रेमी फँसाने के लटके सिखलाये; उसने मालती को कुछ ऐसी कहानियाँ सुनायीं जिन्हें अपने प्रेमियों को सुनाकर वह उन्हें वेश्याओं के प्रेम का भरोसा दिला सकती है।

कथा सरित्सागर का 'आल-जाल'

हम देखते हैं कि नायिकाओं यानी वेश्या-अम्माओं तथा कुटनियों का जाल नया नहीं, उस पर सदियों के अनुभव का गहन ताना-बाना बुना हुआ है।

'कथा-सरित्सागर' में भी वेश्याओं की चालब.ज़ियों का परिचय देने वाली एक मज़ेदार कहानी मिलती है।

चित्रकूट का एक सेठ था। उसने अपने लड़के ईश्वर वर्मा को दूसरी विद्याएँ सिखलाने के साथ-ही-साथ कुटनी-शास्त्र की शिक्षा भी मकरकटी नाम की एक घाघ वेश्या से दिलवाई। ईश्वर वर्मा पाँच करोड़ रुपये लेकर तिजारत करने के लिये विदेश गया। मार्ग में किसी वेश्या ने उसे लुभा लिया और ऐसा फाँसा कि वह आगे कहीं जा ही न पाया। वेश्या तथा उसकी माँ ने धीरे-धीरे करके उसके ढाई करोड़ रुपये हड़प लिये। इसके बाद ईश्वर वर्मा रुक न सका। उसने शेष धन से व्यापार करने का निश्चय कर लिया। वेश्या और उसकी माता ईश्वर वर्मा को किसी प्रकार भी रोक न सकीं।

ईश्वर वर्मा नगर की सीमा तक पहुँचा। वेश्या और उसकी माता उसे वहाँ तक छोड़ने से लिये आयी थीं। वेश्या अनवरत आँसू ढलकाती जा रही थी। ज्योंही नगर की सीमा के बाहर कुछ दूर तक ईश्वर वर्मा का क़ाफ़िला बढ़कर पहुँचा, त्योंही उसकी प्रेयसी वेश्या पास ही बने हुये एक कुएँ में विरहाकुल होकर कूद पड़ी। उसकी अम्मा ने हाय-तोबा मचायी। वेचारा ईश्वर वर्मा लौट पड़ा। वेश्या कुएँ से निकाली गई। ईश्वर वर्मा फिर छोड़कर कहीं न जा सका। सात-छः महीने में उसके बचे-खुचे ढाई करोड़ रुपये भी माँ-बेटी ने छीन लिए, फिर उसे गरदनिया देकर निकाल दिया।

लज्जित एवं दुखी होकर वह अपने घर पहुँचा। उसके पिता ने सब हाल सुनकर उस कुटनी मकरकटी को बुलवाया, जिसने एक हज़ार रुपया लेकर ईश्वर वर्मा को कुटनी-शास्त्र में प्रशिक्षित किया था। मकरकटी ने सारा हाल सुना और बोली कि उस वेश्या ने पहले ही से कुएँ में जाल तनवा दिया होगा। इसी से वह कुएँ में कूदकर भी नहीं डूबी और ईश्वर वर्मा उसको डूबते देखकर चकमे में फँस गया। खैर, मकरकटी ने कहा कि तुम एक बार उसके यहाँ फिर जाओ। उसने अपना 'आल' नाम का एक बन्दर भी ईश्वर वर्मा के साथ कर दिया। उस बन्दर की यह विशेषता थी कि अपने मुँह के अन्दर की दोनों थैलियों में एक-एक हजार रुपये भर लेता था और आदेश देने पर रुपये अपने मुँह से निकालकर दो-चार-दस-बीस या सौ-दो सौ रुपयों का भुगतान चट से गिनकर कर देता था। देखने वाला यही समझता कि बन्दर वरदानी है और माँगने पर इच्छानुसार धन देता है।

मकरकटी के आदेशानुसार ईश्वर वर्मा उस बन्दर को लेकर पुनः उसी वेश्या के यहाँ गया। वह रात में चुपचाप बन्दर को दो हज़ार स्वर्ण-मुद्राएं खिला देता और दिन-भर उससे भुगतान करवाता। वेश्या और उसकी माँ ऐसे बरदानी बन्दर को हस्तगत करने के लिये विकल हो उठीं। ईश्वर वर्मा इस

बार पोढ़े मन से कुछ ठाने हुये बैठा था; उसने ऐसा दाँव खेला कि अपने गये हुए पाँच करोड़ रुपये ही नहीं बल्कि उस वेश्या की भी सारी जमा-पूँजी उस बन्दर के बदले में लेकर चलता बना। बन्दर भी बाद में रहस्य खुल जाने पर खिजलायी हुई वेश्या और उसकी माता द्वारा मारे जाने पर उनके नाक-कान खसोटकर भाग आया।

शास्त्रों द्वारा वेश्या को धन लूटने का आदेश

सोने की चूड़ियों का कलह-नाटक करके बुड्ढे आशिक से पाँच हजार के रुपयों के गहने झटकने वाली वेश्या की कहानी मैं पहले लिख आया हूँ। उसने सच पूछिए तो कोई नया या अजब काम नहीं किया; उसने दरअसल धर्म की ही कमाई की क्योंकि धन-संग्रह करना ही वेश्या का धर्म है। 'कामसूत्र' के 'वैशिक अधिकरण' में महर्षि वात्स्यायन ने 'वेश्याओं' के ऊपर 'कृपा करके' उनके हित की अनेक बातें लिखी हैं। 'वेश्यानां पुरुषाधिगमे रतिर्वृत्तिश्च सर्गात् 'अर्थात् पुरुषों की प्राप्ति होने पर रति और जीविका के लिये ही वेश्या की सृष्टि है। इसीलिए उनका दोहरा व्यक्तित्व भी होता है। वे एक ओर जहाँ रति के कारण स्वाभाविक रूप से प्रवृत्त होती हैं वहाँ ही धन के लोभ में नाटक भी साधती हैं। नक़ली को असली दिखलाना ही उनका धर्म है। वेश्या अपने प्रेमी ग्राहक के प्रति आरम्भ से लोभ दबाकर भी प्रेम अधिक दरसाये, यह कामसूत्र का आदेश है। पुरुष तभी फँसता है जब कि उसे यह मालूम हो कि वेश्या उस पर जान देती है। 'अलुब्धतां च ख्यापयेत्तस्य निदर्शनार्थम्'—अपने प्रेमानुराग को सच्चा सिद्ध करने के लिये वेश्या निर्लोभपने का दिखावा अवश्य करे। अपने प्रभाव को कायम रखने के लिए धन तरकीबों से ही सूंते—'न चानुपायेनार्थान साधयेदायत्ति संरक्षणार्थम्।'

दत्तकाचार्य लिख गए हैं कि वेश्याओं के पास दो प्रकार के पुरुष आते हैं—एक तो वे जिनसे कि उन्हें प्रीतिरहित धन की प्राप्ति होती है और दूसरे वे जिनसे रति और यश सिद्ध होता है। धन पाने के लिए वेश्या को ऐसे ही प्रेमियों का चुनाव करना चाहिये जो अपने माता-पिता के अधीन न होकर इच्छामत धन दे सकें। दूसरे रईसों की होड़ाहोड़ी में अपनी शान जताने के लिए अधिक खर्च करने वाला भी वेश्या का उपयुक्त धनी हो सकता है। खुशामद चाहने वाला मूर्ख; अपने को पुरुष सिद्ध करने की इच्छा रखने वाला नपुंसक, धनी माँ-बाप का इकलौता लाड़ला, ढोंगी महन्त और अपनी वेश्यागामिता को छिपाकर रखने वाले दम्भी जन वेश्या को अधिक पैसा दे सकते हैं। राजदरबार में कुछ ऐसे प्रभावशाली व्यक्ति होते हैं जो स्वयं तो खर्च नहीं करते, पर राजदरबार से पैसा दिला देते हैं। शास्त्रकार वेश्याओं को ऐसे व्यक्तियों से भी घुल-मिलकर चलने की सलाह देता है। बहुत से लोग सिद्धांतः यह मानते हैं कि संपत्ति भोग

से नहीं वरन् भाग्य से मिलती है; ऐसे लोग भी अधिक धन झटकने के लिये वेश्या के सुपात्र होते हैं। शूरवीर छैली अपने स्वभाव के कारण उदार होता है, वेश्या को उससे भी माल झटकना चाहिये। वैद्य लोग पैसा तो नहीं देते; परन्तु इलाज मुफ्त कर देते हैं, इसलिए उनसे भी स्वार्थवश वेश्या को मेल-जोल बनाए रखना चाहिये।

धन लूटने के और भी तरीक़े कामसूत्र के वैशिक अधिकरण में तीसरे अध्याय में बतलाए गये हैं। यहाँ विस्तार से उनका उल्लेख करने की आवश्यकता नहीं। संक्षेप में, फिर से इतना दोहरा देना ही यथेष्ट होगा कि वेश्या नायिकाओं पर पूरा काबू रखे बिना वेश्या-वृत्ति समाप्त नहीं हो सकती। वेश्या-तंत्र की आयोजनकर्त्री नायिका होती है, वेश्या नहीं।

रक्षागृह सरकारी हो अथवा गैर-सरकारी

अंग्रेजी राज में सरकारी मशीन हमारी सामाजिक समस्याओं को पूरी तरह सुलझाने की ओर ध्यान नहीं देती थी, इसलिए उस समय ताजे तौर पर जागी हुई हमारी राष्ट्रीय चेतना ने अनेक उदार, संवेदनशील एवं कर्मठ महापुरुषों से ऐसे काम करवाए जो कि कायदे से सरकारी ट्रक ही बड़े पैमाने पर किये जा सकते थे। आर्यसमाज, सनातन धर्म, दक्षिणी सभा और कुछ जातीय संस्थाओं द्वारा अनाथालय एवं महिलाश्रम उस समय स्थापित किये गए थे। ये संस्थाएँ जनता के चन्दे से चला करती थीं। कालांतर में इस देव-कार्य में शैतान घुस बैठे; ऐसी संस्थाएँ अधिकतर गुप्त चकलेखाने मात्र ही रह गईं। प्राइवेट संस्थाओं का इस प्रकार पतन हो जाना स्वाभाविक ही है। जो संस्थापक थे उनका उद्देश्य महान् था और जो अब संचालक हैं वे अधिकतर महज़ महानता की लकीर पीटते हैं। पैसा सेठों से मिलता है और इस प्रकार ये संस्थाएँ जल्द ही दूषित हो जाती हैं।

सरकारी रक्षागृहों में थोड़ी-बहुत व्यभिचार-लीला हो जाना असंभव नहीं, फिर भी वहाँ अपेक्षाकृत अधिक संयम हो सकता है; क्योंकि दान अथवा चन्दे की रकम देने वाले वहाँ अपने रस का सौदा करने की गुंजाइश न पा सकेंगे। इन रक्षागृहों में सुधारी जाने वाली लड़कियों की समस्याओं का अध्ययन करने के लिए शिक्षाशास्त्री, मनोवैज्ञानिक, चिकित्सकों, पत्र-संपादकों, कलाकार, शिक्षित एवं प्रौढ़ विचारवान् महिलाओं का सलाहकार-मण्डल भी स्थापित करना चाहिये। इन रक्षागृहों का संचालन मुख्य रूप से महिला अधिकारियों द्वारा ही किया जाना चाहिये। भेंटें करते हुए मुझे बराबर यह अनुभव भी हुआ कि आज की नवयुवती वेश्याएँ दिन-भर प्रायः निकम्मी रहती हैं। अपनी चेतना में वे पुरुषों के काम-प्रयोग का साधन-मात्र हैं और कुछ भी नहीं। पढ़ना-लिखना, चार गुन-ढंग सीखना, ये सब उनके लिए व्यर्थ की बातें हैं। पुरानी वेश्या राज-

नीति, काव्य, साहित्य, शिकार, घुड़सवारी इत्यादि अनेक हुनर सीखती थी। अब इन सब बातों से उसका कोई वास्ता नहीं रहा। इसलिए उनका खाली दिमाग शैतान का कारखाना बना रहता है।

कसबियों और कलाकार वेश्या-पुत्रियों को अलग-अलग रखना चाहिए। दोनों से अलग-अलग ढंग और मेहनत के काम भी लेने चाहिये। कसबियों से शारीरिक श्रम अधिक कराना चाहिए, अन्यथा उनका काम-रोग न थमेगा। उनके साथ एक ओर जहाँ सख्ती हो वहाँ दूसरी ओर उन्हें अच्छे कामों के लिये प्रोत्साहन भी भरपूर मिलना चाहिए। सख्तियों से उन्हें परायी दासता का अनुभव न हो वरन् वे यह अनुभव करें कि ये सख्तियाँ उनके व्यक्तित्व के प्रति सम्मान और स्नेह-भाव के साथ-साथ उनके भले के लिए ही की जा रही है। सख्ती हो, डाँट पड़े तो उनके विद्रोह करने की इच्छा हरगिज न जाग्रत होने पाए। सहानुभूति सबसे अच्छी दवा है। सहानुभूति के साथ दिया जाने वाला दण्ड भी करुणा है और इसीलिए उसका सुफल भी मिलता है।

●

करि सिंगार सेजहिं चलीं...
स्वकीया, परकीया और गणिका

स जयति संकल्पभवो रतिमुख शतपत्र चूंबन भ्रमरः ।
यस्यानुरक्त ललनानयनान्त विलोकनं वसतिः ।।

[प्रेममयी सुन्दर कामिनियों की मद-भरी कनखियों में बसने वाले, रति के मुखकमल को भँवर के समान सदा चूमनेवाले संकल्पभव कामदेव की जय हो !]
—'कुट्टनीमतम्'

उपरोक्त वंदना में कामदेव को 'संकल्पभव' अर्थात् दिमाग से पैदा होने वाला बतलाया गया है । काम की यह विशेषता कुटनियों, वेश्याओं और कुलटाओं की कहानियों के साथ जोड़कर देखने पर हमारे सामने मानव-सभ्यता का एक सीधा-सच्चा नक्शा खिंच जाता है । विशेष रूप से विश्व-पुरुष के इस संकल्पभव काम ने विश्व-नारी की सामाजिक स्थिति को सदा भूकंप की डोलती धरती जैसा बना दिया । इस संकल्पभव काम ने अपने विभिन्न मानवीय नातों से अनुभव-सार के रूप में हमें दो शब्द दे दिये—प्रेम और व्यभिचार ।

प्रेम और व्यभिचार

प्रेम शब्द अपनी परिभाषा को लेकर स्त्री-पुरुष, प्राणीमात्र और परमेश्वर तक छाया है । उसकी व्याख्या करने का साहस सहसा नहीं हो रहा, फिर भी इतना तो अपने पोढ़े मन और आप्टे के संस्कृत कोष के आधार पर कह सकता हूँ कि प्रेम का अर्थ आनन्द है । वह आनन्द ऐसा है जिसे हम चमत्कार के साथ अनुभव करते हैं, आँखें खुली-की-खुली रह जाती हैं, मनुष्य की गति, मति, अहंकार, सब स्तब्ध हो जाते हैं, केवल आनन्द ही चेतना में व्याप्त होता है ।

व्यभिचार का अर्थ है सही रास्ते से हटना । तर्कशास्त्र के अनुसार व्यभिचार मिथ्या हेतु है, अर्थात् व्यभिचार में हेतु की उपस्थिति बिना साध्य के होती है । पर-स्त्री अथवा पर-पुरुष को भजने वाले अपने सही मार्ग से हटने के कारण ही व्यभिचारी कहलाते हैं ।

सवाल यह आता है कि व्यभिचारी के काम हेतु में क्या वह शक्ति—रागात्मक वृत्ति—साध्य नहीं होती जिसे प्रेम कहा जाता है ? क्या प्रेम सकाम नहीं? मुझे तो ऐसा लगता है कि कुछ नातों को याद करके स्त्री-पुरुष जब एक-दूसरे के प्रति आकृष्ट होते हैं तब उनकी चित्तवृत्ति पर निश्चित रूप से काम की छाया होती है । नई जवानी में स्त्री-पुरुष जब एक-दूसरे के प्रति अनुरक्त होते हैं, तब

उसमें अपना पुरुषत्व और नारीत्व सार्थक करने की तड़प होती है। नई भावना में वे यह सहज अनुभव करते हैं कि दोनों एक-दूसरे के बिना अधूरे हैं। सत्य के स्पर्श की यह ताजगी बड़े महत्व की होती है। उसके बासी होने से मनुष्य का चरित्र गिर जाता है। वे ही विवाहित स्त्री-पुरुष अन्य स्त्री-पुरुषों की ओर खिचते हैं जिनका जीवन अथवा काम-जीवन सन्तुष्ट नहीं होता। पारस्परिक आकर्षण को वे एक-दूसरे से प्रेम हो जाना मानते हैं। उन्हें आनन्द मिलता है, भले ही वह घुटन-भरा हो। उदाहरण के लिए पिछले किसी अध्याय में बखानी गई तमंचा-काण्ड वाली कहानी लें। क्या पतित्यक्ता सेठानी को अपने बरेली वाले प्रेमी के प्रति अनुराग नहीं था? क्या अपने प्रिय के स्मरण अथवा दर्शन-मात्र से उसे आनन्द नहीं मिलता होगा? घुटन दूसरा सत्य है, उस या उसके दुष्परिणामों की तरफ़ से हमारी आँखें मिची नहीं हैं फिर भी यहाँ हम आनन्द पक्ष को ही देखेंगे।

महाकवि आनन्दघन और महाकवि मीर की दो उक्तियाँ याद आती हैं—

जबतें निहारे घनआनन्द सुजान प्यारे।
तबतें अनोखी आगि लागि रही चाह की॥

और—हम तौरे इश्क से तो वाकिफ नहीं हैं, लेकिन।
सीने में कोई जैसे दिल को मला करे हैं॥

मेरा विश्वास है कि जिस किसी के किसी से कभी नैन जुड़े होंगे, वह चाह की अनोखी आग लगने और सीने के अन्दर किसी के द्वारा दिल मले जाने की बात का समर्थन करेगा। चाह की आग और दिल की मलदल आमतौर पर सकाम होती है। दिल मिलते ही पत्थर पानी हो जाता है और ममता व्यापक रूप धारण करती है। परस्पर अनुरक्त स्त्री-पुरुष शारीरिक रूप से एक होने की सुविधा न पाकर भी अपनी चाहत में तरह-तरह से एक महसूस करते हैं—यह हवा जो सारी दुनिया में व्याप्त है हर साँस में डोलता है, प्यार के आलम में मानो आशिक और माशूक के लिए ही एक दूसरे की साँसों का संदेशा लिये डोलती है। आकाश के चाँद-तारे प्रिय और प्रियतमा के आनन बन जाते हैं। हम तरह-तरह से और अपनी चाहत में तड़प-तड़पकर एक-दूसरे की विभिन्न चाहनाओं को अपनी बनाने की ललक दिखाते हैं। आप ग़ौर करेंगे कि प्रेमी के शाकाहारी होने की बात अगर कहीं प्रेमिका के कानों तक पहुँच गई तो प्रेमिका को भी मांसाहार से क्रमशः अरुचि हो जायगी। प्रेमी को यदि अमुक रंग की साड़ी पसन्द है तो प्रेमिका वही पहनेगी। अपनी तीव्र अनुराग में दोनों इतने एकरस हो जाते हैं कि दोनों को एक-दूसरे में कोई भी बुराई नजर नहीं आती; जो प्रिय का प्यारा होता है वह प्रिया का भी प्यारा हो जाता है। वह गली,

वह सड़क, जहाँ प्रेमी और प्रेमिका रहते हैं, एक-दूसरे को बावली पवित्रता का आभास कराने लगती हैं।

उल्फत का जब मजा है कि दोनों हों बेक़रार।
दोनों तरफ हो आग बराबर लगी हुई॥

यह बराबर की आग—यह परमानुराग—उस स्थिति को भी पा लेता है जिसे हम दिव्य प्रेम कहते हैं। इस सीमा पर आकर प्रेम निष्काम हो जाता है। हम केवल चाहने के लिए ही चाहते हैं, इसके अलावा प्रियतम या प्रियतमा से और कुछ नहीं चाहते। ऐसी स्थिति में हमारा अनुराग श्रद्धा का रूप लेकर स्थायी हो जाता है।

मगर बहुत हद तक सर्वसाधारण के दैनिक आचार में यह महज कहने की बात ही होती है। हमने ऐसे अनेक देखे हैं जो हफ़्तों, महीनों या कभी-कभी बरसों तक एक-दूसरे के प्रति ऐसा दिव्य प्रेम-भाव बढ़ाकर भी फिर क्रमशः उसे छोड़ देते हैं। हमने यह भी देखा है कि कितनी तड़प लेकर प्रेमी-प्रेमिका यदि लुकाचोरी दैहिक रूप में एक-दूसरे को प्राप्त कर लेते हैं तो फिर उनका प्रेम का नशा उतर जाता है। हमने यह भी देखा है कि वे पुरुष या स्त्रियाँ, जिन्होंने कभी एक-दूसरे तक ही अपनी जीवनाकांक्षा को सीमित कर लिया था, बार-बार अनेक प्रिय अथवा प्रियाओं के पीछे वैसी ही आहें भरते हैं। आप इनमें से किसी से पूछिये कि भैया, चार दिन पहले तो तुम कहते थे कि मैं अमुक के बिना नहीं जी सकता और अब कहते हो कि मैं अमुक के बिना नहीं रह सकता—यह क्या माजरा है? तो वह चट-से बे-झिझक कहेगा कि हाँ, वह तो थी ही, मगर यह उससे भी महान् है। मुझे आश्चर्य होता है कि कैसे उनकी तड़प झूठी नहीं पड़ती। आश्चर्य भले ही हो, पर वस्तुस्थिति आमतौर पर यही है। प्रेम स्थायी भाव है, प्रेम में मरकर जीना आता है, यानी कि ठीक वही होता है जैसे पृथ्वी का आकर्षण छोड़कर रॉकेट चन्द्रलोक पहुँच जाता है। मनुष्य की चेतना एकदम नई स्थिति पा लेती है। व्यभिचार की स्थिति में अनुराग इस हद तक कभी नहीं पहुँच सकता। क्योंकि उसमें भय की भावना ही निहित होती है इसलिये उस चलतू चीज को, जिसे लोग प्रेम कहते हैं; मैं काम-वासना मानता हूँ। और यदि यह किसी को बुरा लगे तो मैं इसे लौकिक प्रेम मान सकता हूँ।

कुलटा और वेश्या में भेद

अब प्रश्न यह उठता है कि क्या इससे प्रेम करने वाली परिणीता स्त्रियाँ या एक के बाद अनेक से दिल लगाने वाली कुमारिकाएँ वेश्याएँ नहीं हैं; और क्या इनके प्रेमियों को हम वेश्यागामी नहीं कह सकते? एक अंग्रेज विद्वान् वार्डला महोदय आज से लगभग एक सौ सत्रह वर्ष पूर्व यही लिख गए हैं कि स्त्री-पुरुष का अवैध काम-भोग ही वेश्या-वृत्ति है। शायद यह बात किसी हद तक ठीक हो, परन्तु

अपने शब्द-भण्डार को देखते हुए मुझे ऐसा लगता है कि वेश्या शब्द कुलटा अथवा पुंश्चली स्त्री से भिन्न है। वेश्या अथवा गणिका का अर्थ है जनता की स्त्री। संस्कृत भाषा में वेश्या को पण्य-वधू भी कहा जाता है। पण्य शब्द का अर्थ है बेचने-खरीदने योग्य। वेश्या को पण्यांगना और पण्य-विलासिनी भी कहा जाता है। नायिका भेद में गणिका-लक्षण बतलाते हुए महाकवि मतिराम लिखते हैं—

> **धन दै जाके संग मैं, रमैं पुरुष सब कोई।**
> **ग्रन्थन को मति देखिकै, गणिका जानहु सोइ॥**

इससे और वेश्या शब्दों का अर्थ अलग-अलग और स्पष्ट हो जाता है। अनेक पुरुषों के पीछे चलने वाली पुंश्चली या कुलटा के लिए यह आवश्यक नहीं है कि वह अपनी देह को भाड़े पर उठाए। अपनी काम-वासना की तृप्ति के लिए वह एक से अधिक पुरुषों का अंग-संग भले ही करे, किसी स्थिति में आर्थिक प्रयोजन से आगे चलकर वेश्या भले ही हो जाए, पर आरम्भ में हर कुलटा को वेश्या कहने का अधिकार हमें नहीं है।

जिन देशों में तलाक़ की प्रथा प्रचलित है वहाँ एक स्त्री एक या अनेक पतियों को तलाक देकर बार-बार अपना विवाह करती है। विधवाओं के पुनर्विवाह भी होते हैं। हमारे देश में बहुत-सी जातियों में विधवा-विवाह होते हैं, या पति में कोई दोष होने पर अथवा गहरी अनबन होने पर स्त्री दूसरे के घर बैठ जाती है, या माता-पिता के द्वारा बिठा दी जाती है। ऐसी स्त्रियों को वेश्या तो कहा ही नहीं जा सकता, आम तौर पर इन्हें कुलटा भी नहीं कहा जाता। महर्षि वात्स्यायन ने ऐसी घर-बिठउवा करने वाली स्त्रियों को 'पुनर्भू' नाम दिया है। इसलिये मानव-समाज में वेश्या की स्थिति कुलटा से अलग है। एक बात यह भी मार्के की है कि सारी दुनिया में वेश्या को समाज ने सदियों तक सम्माननीय भी माना है। किसी कुलटा के प्रति कारणवश हम आदर करने लगते हैं, फिर भी हम उनसे मन-ही-मन घृणा करते हैं, परन्तु वेश्या के साथ कभी ऐसा दुहरा मन नहीं होता। वेश्या पुरुष के कामाचार और कला एवं वाणी-विलास के लिये निर्मित एक विधिवत् साधन है। जिस प्रकार अपनी विवाहिता स्त्री के साथ सम्भोग करने के कारण कोई पुरुष पापी नहीं कहलाता, उसी प्रकार अब से पच्चीस-पच्चास वर्ष पहले तक वेश्या-संग के लिए भी उसे कोई दोष नहीं देता था। यह होते हुए भी, जैसा कि जार्ज रैले स्कॉट ने अपने 'वेश्यावृत्ति का इतिहास' नामक ग्रन्थ में लिखा है, "जो वेश्यावृत्ति का पोषण-संरक्षण करने के लिए अधिक जिम्मेदार हैं, जिनकी रातें शराबखानों, चकलों और नाइट क्लबों में गुजरती हैं वे लोग भी अपनी घरेलू औरतों के साथ होने पर भी वेश्या-संबन्धी चर्चा चलाने में संकोच करते हैं; वे उन काफ़े, रेस्तराओं

तक जाने से बचते हैं जहाँ रूपजीवाओं के मिलने की सम्भावना होती है। संयोग से यदि कोई ऐसी मिल भी गई कि जिसके साथ शायद पिछली रात ही राग-रंग में गुजारी हो तो वे चतुराई से उसे अनजाना-अनदेखा ही कर जाएँगे। वेश्या नैतिकता की दृष्टि से सभ्य समाज से सदा बॉयकाट पाती है।'

'तिरिया-चरित्तर'

इतिहास का चक्र कहें, नियति का खेल, अपना सौभाग्य या दुर्भाग्य मानें कि मानव-सभ्यता के विकास में शुरू से ही एक लंगर बँध गया। सामाजिक व्यवस्था अपनी नींव में ही अव्यवस्थित रह गई। पुरुष नारी का नाता प्राकृतिक विधान से तो बराबरी का था, लेकिन ऐतिहासिक कारणों से पुरुष के सामाजिक विधान से वह पुरुष की भोग्या-दासी, मोल ली हुई सम्पत्ति, उसके उत्तराधिकारियों की जननी-मात्र ही रह गई। इस सनातन संघर्ष में एक ध्यान में रखने योग्य बात यह भी है कि स्त्री को पुरुष से सामाजिक समता पाने का वैधानिक अधिकार भी है। आदर्श के रूप में अर्धनारीश्वर का प्रतीक हमारे सामने काफ़ी पुराने समय से है। हमारी सभ्यता ने मातृतीर्थ को छोड़कर नारी को सामाजिक समता देने का आडम्बर भी काफ़ी ईमानदारी के साथ रचा है। हाँ जननी के रूप में नारी के प्रति पुरुष की श्रद्धा सचमुच पूर्ण शुद्ध, अभिन्न और अनन्त है। यह होते हुए भी जननी के रूप में भी नारी की स्थिति असम ही रहती है, यहाँ वह पुरुष के लिए अपना मानवी रूप छोड़कर देवी बन जाती है, पुरुष से ऊँचा आसन ग्रहण कर लेती है। इसलिए नारी के मातृपक्ष को थोड़ी देर के लिये ध्यान में अलग रखकर यदि हम अपनी नारी की प्राचीनतम सामाजिक स्थिति देखें तो मेरी ऊपर की बात किसी के लिये भी चिढ़ाने वाली वस्तु नहीं सिद्ध होगी। इस सन्तुलन ने पुरुष और नारी के नाते की अनेक उलझन-भरी मानसिक क्रियाओं-प्रतिक्रियाओं का जाल दे दिया। क्या अजब हैरत है कि योगी साधक, सन्तजनों के लिए नारी नरक का द्वार, घर में वह घरैतिन घर-मालकिन होते हुए भी ढोल गँवार और शूद्र के साथ ताड़ना की अधिकारिणी है, बाज़ार में वह सर्ववल्लभा, जानेजहाँ होकर भी सामाजिक विधान के अनुसार नीच है, फ़ाहशा है। चाहे 'कथा-सरित्सागर' लीजिए या 'क़िस्सा अलिफ़लैला हज़ार दास्तां' उठाइये हर तरफ़ तिरिया-चरित्तर के बड़े रोने रोये गए हैं।

यह त्रिया-चरित्र वाला सिद्धान्त एक इतना बड़ा सामाजिक झूठ है कि यदि इस शब्द के साथ फैली हुई नारी-विरोधी भावना को ज़ोरदार प्रचार से न मिटाया गया, तो आज के नये युग में स्त्री पुरुष में समता लाने की बात कहीं अधर में ही लटकी रह जाएगी। स्त्री हो अथवा पुरुष शहज़ोर की सत्ता में दबकर रहने वाला कमज़ोर निश्चित रूप से विद्रोह करेगा। स्त्री-जाति में अनेक ने भी यही किया। परदेश जाने वाला पुरुष कामेच्छा जागने पर वेश्यागमन कर

सकता है, दूसरा विवाह भी कर सकता है, परन्तु परदेशी की कामाकुल पत्नी यदि ऐसा करे तो पापिन हो जाती है। पाप शब्द जुड़ा, यानी अपने प्रति मान हानि का बोध हुआ और फिर भी सहज प्रकृतिजन्य कामेच्छा मन में बनी रही तब मनोवैज्ञानिक रूप से स्त्री अपने मन के दो सत्यों से बँध जाती है--उसे अपने असम्मान से चिढ़ भी होती है और अपनी कामेच्छा की सत्यता के प्रति आकर्षण भी। पाप को ढकने के लिए उसे षड्यन्त्र रचने पड़ते हैं, पुरुष की तरह उसका मानस स्वस्थ गति नहीं कर पाता। कामचर्या करते हुए स्त्री-जाति पापिनी अथवा पुण्यशीला केवल गर्भ धारण करने के कारण ही होती है। पुरुष सुख लेकर मुक्त हो जाता है, नारी काम-सुख से बँध जाती है। उसके गर्भ में सन्तान नहीं वरन् किसी पुरुष का उत्तराधिकारी पलता है और यदि वह सन्तान किसी की उत्तराधिकारी नहीं है तो लावारिस है, अवैधानिक है। पाप-पुण्य की जड़ यहीं से शुरू हो जाती है।

वेश्या की सन्तानें चूंकि अपने पिता से उत्तराधिकार नहीं पातीं, इसलिये उसे चाहने पर किसी का भी गर्भ धारण करने में संकोच नहीं होता। यह सच है कि वेश्या अथवा उसकी सन्तान को हम वह आदर नहीं देते जो अपने उत्तराधिकारियों और उनकी जननियों को देते हैं। घरेलू स्त्री किसी भी व्यक्ति अथवा राष्ट्र के सम्मान का प्रश्न इसीलिये बन जाती है। हमने इतिहास में देखा है कि विजेता विजित राष्ट्र की घरेलू स्त्रियों के साथ आम तौर पर बलात्कार करते हैं। महमूद ग़ज़नवी या उसके समान पुराने विजेताओं की बात क्या कहें, इस बीसवीं सदी में भी विजेता विजितों का अपमान करने के लिये उनकी माँ पत्नी, बहन, बहू, बेटियों को मँगा कर उनके खुलेआम जुलूस निकालते हैं। नाजियों ने पोलैण्ड जीतने पर यही किया था; हिन्दुस्तान-पाकिस्तान का बँटवारा होने पर भी अनेक जगह ऐसे जुलूस निकाले गए। यदि हिन्दू और सिख घरेलू स्त्रियों के साथ अनाचार हुआ तो उन्होंने मुसलमानों को पापी बतलाया और मुसलमान स्त्रियों के साथ हुआ तो उन्होंने हिन्दुओं और सिखों को पापी बतलाया। तब इस पाप का आधार क्या रहा है? मैं तो समझता हूँ कि पुरुषों को इस सम्बन्ध में पाप-पुण्य की विवेचना करने का अधिकार नहीं। पाप पुरुष ने किया; पुरुष ने स्त्री को बलात अपनी भोग्या बनाया। उसने स्वजाति के सार्वभौमिक पितृसत्तात्मक आर्थिक सामाजिक विधान की मिट्टी पलीद की। मज़े की बात है कि विजेता यदि विजितों की घरेलू स्त्रियों के बजाय उनकी वेश्याओं के साथ ऐसा बलात्कार करें अथवा उनके नंगे जुलूस निकालें तो आम तौर पर कहीं चिड़िया चूं भी न करेगी। मोपासां की प्रसिद्ध कहानी 'कौर्टिज़न' में शरीफ़ों की भावना का मार्मिक निरूपण किया गया है।

यह सब देखते हुए हम तिरिया चरित्तर वाले सिद्धान्त में केवल स्त्रियों का

पाप देखने को किसी प्रकार राज़ी नहीं होंगे। हमारे मन में एक विचार यह भी उठा करता है कि स्त्री-पुरुष की समता वाली जिस समाजवादी सभ्यता को दिनों-दिन जोश के साथ आज की दुनिया में प्रतिष्ठित कर रहे हैं उसमें पुरुष की व्यक्तिगत पूँजी के उत्तराधिकार की समस्या इतनी जटिल नहीं रह जायेगी। इसलिये ऐसी परिस्थिति में स्त्रियों के सतीत्व वाली महाभावना का मूल्य क्या होगा ? बच्चे मानव-जाति के होंगे, उनके लालन-पालन की ज़िम्मेदारी अधिकतर सरकारों पर होगी, बच्चे मानवीय करुणा की पुकार के आधार पर नाजायज़ नहीं माने जाएँगे, तब फिर पतिव्रत धर्म की आवश्यकता ही क्या रहेगी ? नये समाज में आर्थिक दासता की निशानी वेश्या भी न रह जाएगी, इससे पत्नी का पुराना रूप भी स्वभावतया नष्ट हो जायगा। स्त्री और पुरुष दोनों ही आर्थिक रूप से स्वतन्त्र होंगे; वे अपनी कामेच्छा को लेकर स्वाधीन होंगे; किसी से सेज पर मिलने-न-मिलने के लिए अपना अधिकार रखेंगे; उनके सामाजिक और राजनीतिक अधिकार भी समान होंगे। तब हम पर-स्त्री अथवा पर-पुरुष को भजने वाले नर-नारियों को व्यभिचारी अथवा कुलटा किस प्रकार कह सकेंगे ? ये तमाम शब्द ही निरर्थक हो जाएँगे। सती और असती यानी एक-पुरुष-व्रती अथवा बहु-पुरुष-गामनी में मान-मर्यादा का भेद भी न रह जायेगा।

मैं जानता हूँ मेरी ये बातें बहुत से पाठकों के मन को धक्का देंगी, क्योंकि ऐसे विचार आने पर स्वयं मैंने भी अपने दिल में धक्के महसूस किये हैं। एकाएक यह भी लगा है कि ऐसी निकम्मी मानव-सभ्यता को लेकर हम क्या करेंगे ? इस नई सभ्यता को लाने के लिये हम क्यों प्रयत्नशील हों ?

यथार्थ का यह रूप देखकर मुझे सहसा इस समय अपनी काया के कभी-न-कभी आने वाले अन्तिम क्षण की याद हो आई। इस देह के न रहने पर मेरा या मेरे जीवतत्व का क्या होगा, या वो कैसी स्थिति में रहेगा ? सवाल बड़ा घुटन-भरा है और फ़िलहाल इसका जवाब भी नहीं मिल सकता। मगर यह घुटन, यह ला-ज़वाबी मेरी पहली घुटन को समाप्त-सा करते हुए उसका जवाब भी सामने ला रही है। मुझे लगता है कि कल की नई विश्वव्यापी सामाजिक मानव-चेतना आज से बहुत भिन्न होगी, यह यथार्थ है। मगर इसके साथ-ही-साथ एक और यथार्थ भी है जिसे हम स्पिरिच्वलिज्म या आध्यात्मिक रहस्यवादी बकवास कहकर टाल दिया करते हैं। काम के क्षेत्र में, चाहे वह पाप रूपी काम हो या पुण्य रूपी काम, यह स्पिरिच्वलिज्म का यथार्थ अधिकतर बड़े-बड़े बखेड़े-जंजाल खड़े कर दिया करता है। सिर्फ़ उन चकलेखानों की बात छोड़ दीजिए जहाँ देह का व्यापार पैसा देते ही यों सहज भाव से चल पड़ता है जैसे कि स्विच दबाते ही मशीन चल पड़ती है। बाकी हर प्रकार के काम सम्बन्धों में एक-न-एक प्रकार का अपुनपौ का लगाव भी कुछ-न-कुछ तो हो ही जाता है। अपने फ़िल्म जीवन में

एक बात मेरे आज़माने में आई। जिनसे किसी का एक बार लग-लगाव हो जाता है वे स्त्रियाँ उस पुरानी गरमी के बहुत दूर चले जाने पर भी अनेक के साथ कुछ दिन, महीने या बरस वैसे ही बिताने के बाद भी अगर सामने आ जाती हैं तो पुराना लगाव कम-से-कम एक क्षण के लिये तो तीव्र रूप से जाग ही पड़ता है। स्त्री खास तौर पर उस क्षण के लिये पुरुष पर अपना अधिकार मान लेती है। ऐसी ही भावना पुरुषों में भी जागती है। फिर भी जहाँ तक मेरा अनुभव है स्त्री इस अधिकार-भावना को अपनी प्राण-शक्ति से पुरुष की अपेक्षा अधिक तीव्र उछाल देती है। पुरुष यह गति किसी स्त्री की देह प्राप्त करने से पूर्व दे पाता है। उस समय तो वह इस अधिकार गति में इतना प्राण वेग भरता है कि स्त्रियाँ उसके जादू से बँध जाती हैं। मैंने यह भी अनुभव किया है कि जिन स्त्री-पुरुषों का काम-संग समान सुख-संतोष की पटरी पर बैठ जाता है वे दोनों ही भले बहुचारी हों मगर अपना पारस्परिक आकर्षण कभी नहीं खो पाते। यही नहीं, बल्कि एक-दूसरे के प्रति दोनों की माँग अधिकाधिक बढ़ जाती है। होते-होते वे एकाचारी हो जाते हैं। स्त्री के छोटे-से-छोटे सुख-दुख पर पुरुष की नज़र ऐसी सध जाती है कि चूक नहीं होती और स्त्री की मनोदशा भी ऐसी ही हो जाती है। मैंने देखा है कि ऐसा भाव बँध जाने पर स्त्री-पुरुष में काम-संग की इच्छा प्रायः बहुत कम हो जाती है; ऐसे प्रेमियों के लिये वह दिन त्योहार का-सा अनोखी लहरों-भरा होता है जब कि वे अंग-संग करते हैं।

मैं इस अनुभव को झुठला नहीं सकता। प्राणों का वह पारस्परिक आकर्षण, जो काम-सुख से भी अधिक श्रेष्ठ-मान्य हो वह चाहे स्पिरिच्वलिज़्म हो या और कुछ मगर यथार्थ अवश्य है। इसे व्यक्तिगत अनुभव कहकर भी टाला नहीं जा सकता। हमारे देश में अब भी और अब से दस-बीस वर्ष पहले यह आम रिवाज था कि माता-पिता अपनी सन्तानों के लिए पति अथवा पत्नी चुन देते थे। अंग्रेज़ी सभ्यता के आने से पहले किसी वर-कन्या के होश में भी यह नहीं आता था कि वे एक-दूसरे के लिये अपनी-अपनी कल्पनानुसार योग्य हैं अथवा अयोग्य। आमतौर पर तो बरसों तक दो-चार बच्चों के माँ-बाप बन जाने तक भी पति-पत्नी एक-दूसरे की सूरत भी ठीक तरह से नहीं देख पाते थे—दिन में घूँघट और रात के अँधेरे में मिलन आम घरों का चलन था। मानवता के इतिहास में नर-नारियों के ऐसे असंख्य एकाचारी जोड़े होंगे। रसज्ञ और तीव्र संवेदनशील स्वस्थ तन वाले शिक्षित संस्कारी स्त्री-पुरुष अपने नैतिक सौंदर्य में जिस एकाचार का श्रेष्ठत्व दर्शन करते हैं वह प्रायः औसत गँवार का सहज गुण होता है; ऐसा स्त्रियों में तो विशेष रूप से होता है। इसलिये मैं यह मानने को तैयार नहीं कि नये युग में हर प्रकार की परतन्त्रता हट जाने के बाद भी नर-नारी एकाचारी नहीं रहेंगे। वैसे भी एक बात सबके लिये आज़माने और अपने-

आपसे पूछ देखने लायक है कि समाज में बड़ी विविधता रहने पर भी एकाचारिता अधिक प्रचलित है या व्यभिचार ? हम सब आपस में ज़माने को रोया करते हैं तो उस 'ज़माने' शब्द के पीछे जितने बुरे चित्र होते हैं उतने ही क्या भले चित्र भी होते हैं ?

एक बात और भी महत्त्वपूर्ण है। अपनी सन्तान के लालन-पालन की ज़िम्मेदारी स्त्री-पुरुष को काम-जीवन के अतिरिक्त पारस्परिक सहयोग और अभेद्यता का एक नूतन यथार्थ भी प्रकट करती है। सन्तान दोनों का सम-सन्तोष समानंद होती है। सन्तान स्त्री-पुरुष की ऐसी सृष्टि है जिसे दोनों में से कोई अकेला नहीं रच सकता। इसलिये मेरी समझ में तो स्त्री-पुरुष में बड़े-छोटे या दरबारी आदि की बात ही नहीं उठनी चाहिये। जब एक के बिना दूसरे का अस्तित्व ही सम्भव नहीं, तब अलग-अलग लगकर भी वास्तव में वे अलग कहाँ हैं ? दोनों की इस प्राकृतिक स्थिति को ध्यान में रखते हुए भी मुझे यही लगता है कि आगामी मानव-सभ्यता में स्त्री-पुरुष के एकाचार सिद्धान्त की महिमा और बढ़ेगी। दोनों की सन्तान जब पुरुष को निजी सम्पत्ति और सत्ता की उत्तराधिकारी मात्र ही न रहेगी, तब उनकी कामेच्छा में ज़िम्मेदारी की भावना बहुत अधिक स्पष्ट होकर निखरेगी। इसलिये निःशंक होकर हमें अपने काम-विकारों का इलाज करना चाहिये।

काम-विकारों का सामाजिक इलाज

हमारे काम-जीवन की विकृतियाँ मुख्य रूप से दो विभागों में बाँटी जा सकती हैं। एक प्रकार की विकृतियाँ उस भारतीय समाज में हैं जो अब भी दाढ़ी-चोटी रखता है, मन्दिर-मस्जिद-गुरुद्वारे में जाता है, जाति-बिरादरियों और ऊँच-नीच में विश्वास रखता है—सदियों की परम्पराओं में जड़ीभूत होकर भी नई दुनिया में रहने के कारण उससे भी अछूता नहीं है। इस समाज में काम-जीवन को लेकर पाप-पुण्य की मान्यताएँ कुछ और हैं।

इनके अतिरिक्त एक ऐसा भारतीय समाज भी है, जो दाढ़ी-चोटी के साम्प्रदायिक लगाव से मुक्त है, मन्दिर, मस्जिद, गिरजा आदि से उसका कोई नैतिक लगाव नहीं; अगर पैदाइशी लगाव से उसका हिन्दू नाम है तो वह हिन्दू है अथवा इसी प्रकार मुसलमान अथवा सिख, ईसाई आदि है। इस समाज में किसी हिन्दू या सिख लड़की का पति मुसलमान या ईसाई बिना किसी मानसिक हलचल या बाधा के हो सकता है और मुसलमान लड़की भी इसी प्रकार हिन्दू-सिख को अपना पति वरण कर सकती है। ऐसे विवाहों में माता-पिता स्नेही-बन्धु, सब हँसी-खुशी से शामिल होते हैं, लड़की वाला निःसंकोच लड़के वाले के यहाँ खाना खाता है, दान-दहेज रीति-रस्मों का भी कोई झमेला नहीं होता यह भारतीय समाज अपेक्षाकृत बहुत छोटा है और प्रायः बड़े नगरों में ही है। इस समाज में भी स्त्री-पुरुष के एकाचार का बड़ा मान है। जो एकाचार नहीं बरतते उनकी निन्दा होती है। हाँ, वे उन तमाम परेशानियों से मुक्त हैं जो ऐसी स्थिति में पुरानी भारतीय मान्यताओं के समाज में पाप-पुण्य की गहरी विवेचना का कारण बन जाती हैं। मान लीजिये कि पुराने समाज में किसी मुसलमान लड़की का किसी हिन्दू लड़के से प्रेम हो जाय तो दोनों को अपने माता-पिताओं से आशीर्वाद के बजाय क्रोध-भरी गालियाँ मिलेंगी। दोनौं का प्रेम पुण्य के बजाय घोर पाप होगा। ऐसा विवाह करने वाले युवक-युवती अनेक मानसिक उलझनों में भी फँस सकते हैं। ये उलझनें हमारा समाज उन पर व्यर्थ ही लादता है। प्रेम की लुका-चोरी वाली स्थिति घातक है; बहुत-सा व्यभिचार तो इस लुका-चोरी की स्थिति से विद्रोह के रूप में फूटता है।

आमतौर पर हमारे पुराने घरों में लड़कियों की स्थिति लड़कों से बुरी होती है। पितृसत्तात्मक समाज में लड़के का जन्म लड़की की अपेक्षा अधिक प्रसन्नता का कारण होता है। मैंने बहुत से घरों में देखा है, प्यार में भी लड़कियों को छेड़कर यही कहते हैं कि तू कब मरेगी। आम तौर पर लड़कों का

ज्यादा खयाल रखा जाता है। अपना यह सहज निरादर लड़की के स्वाभिमान को चोट पहुँचाता है! डॉक्टर मिस गौरी बनर्जी ने अपनी किताब 'सेक्स डेलिन्क्वंट विमैन' में सच ही लिखा है कि घर में निरादर पाने वाली लड़कियाँ जब कामी जनों के चापलूसी-भरे फुसलावे सुनती हैं तो उन्हें यह समझ में आता है कि वह उनकी इज्जत कर रहा है। यह इज्ज़त का नशा ही उनमें काम-समर्पण करवाने का मुख्य कारण होता है।

मेरे खयाल में यदि सरकारी समाज कल्याण केन्द्र और सार्वजनिक संस्थाएँ मिलकर विश्व-साहित्य से प्रेम के सुन्दर-सुन्दर व्याख्यात्मक वाक्य और छन्द चुनकर छोटी प्रचार पुस्तिकाएँ निकालें, स्त्री-पुरुष के दबाव या फुसलाव वाले क्षणिक काम-जीवन से उत्पन्न होनेवाली विषम समस्याओं के तथ्य और साथ ही-साथ स्वस्थ प्रेमजन्य काम-जीवन के तथ्य यदि लड़के-लड़कियों के सामने आएँगे तो निःसन्देह युवक-समाज को बड़ा लाभ होगा। मैं यह तो नहीं मानता कि काम-सम्बन्धी तथ्यों और मनोवैज्ञानिक सूत्रों के अधिकाधिक प्रचार से नर-नारियों के रिश्ते में हर तरफ़ सतयुग-ही-सतयुग झलकने लगेगा, फिर भी स्वस्थ काम-चेतना के प्रसार से आज की काम-विकृत दुनिया का नक्शा अवश्य बहुत बदल जायेगा। जन-जनार्दन करे ऐसा ही हो!

●

परिशिष्ट

'वारवधू विवेचन'

एवं बाबू बच्चूसिंह 'भक्त' का 'वेश्यास्तोत्र'

सन् १९२९ ई० में साहित्य सदन, अमृतसर से 'वारवधू विवेचन' नामक एक अच्छी पुस्तक प्रकाशित हुई थी। मुझे भाई उदयशंकर शास्त्री की कृपा से यह पुस्तक प्राप्त हुई। पुस्तक पर लेखक का नाम नहीं छपा है; या तो लेखक महोदय ही इस विषय की पुस्तक के साथ अपना नाम सम्बद्ध करने में संकोच कर गए होंगे अथवा कॉपीराइट खरीदने वाले प्रकाशक ने अपने पैसों की तोल में लेखक के श्रम को नगण्य समझा होगा। जो हो, लगभग इकतीस-बत्तीस वर्ष पूर्व काफ़ी हद तक सही दृष्टिकोण से इस विषय को देखने वाले लेखक की सराहना किये बगैर नहीं रह सकता। पुस्तक के प्रारम्भिक परिच्छेदों में हिन्दू-मुस्लिम और ईसाइयों के धर्मानुसार स्वर्ग में अप्सराओं और हूरों के अस्तित्व पर विचार किया गया है। विभिन्न देशों के इतिहास में वेश्याओं की अच्छी-बुरी स्थितियों के हवाले भी इस पुस्तक में दिये गए हैं। लेखक ने यद्यपि स्पष्ट रूप से तो यह कहीं भी नहीं लिखा कि वेश्यावृत्ति उन्मूलन आन्दोलन ग़लत है, परन्तु उसने विभिन्न देशों और कालों के सुधारवादी आन्दोलन की निःसारता अवश्य दरशाई है। इस पुस्तक में भारतीय सुधारकों द्वारा सन् १८९३ ई० में वाइसराय के पास भेजे गए एक प्रार्थना-पत्र का उल्लेख किया गया है। मद्रास के 'हिन्दू सोशल रिफ़ॉर्म एसोसिएशन' तथा दूसरे नगरों के कतिपय सुधारकों ने वायसराय को लिखा कि वेश्याएँ गृहस्थ जीवन को मिट्टी में मिलाती हैं तथा जनसमुदाय का चरित्र-नाश करती हैं। इसलिये हम लोगों ने यह निश्चय किया है कि ऐसे सार्वजनिक उत्सवों में जहाँ वेश्याओं का नाच-गाना होगा हम सम्मिलित न होंगे। आप भी कृपया अपने सम्मान में आयोजित होने वाले उत्सवों में इनका नाच-गाना बन्द करा दें। वाइसराय के शिमला-स्थित महल से २३ सितम्बर १८९३ ई० को इसका उत्तर भेजा गया। उसमें लिखा था : "....भारतवर्ष में भ्रमण करते हुए हुज़ूर वाइसराय को ऐसे जल्सों में शामिल होना पड़ा है जहाँ कि वेश्याओं का नृत्य भी प्रोग्राम में शामिल था। वहाँ वेश्याओं का नाच हुज़ूर वाइसराय ने देखा है। हुज़ूर वाइसराय को उस नाच में कोई ऐसी बात दृष्टिगोचर नहीं हुई जिससे कि सर्वसाधारण के चरित्र पर बुरा प्रभाव पड़ता हो। इस कारण हुज़ूर वाइसराय आपकी प्रार्थना स्वीकार करने में असमर्थ हैं।"

वाइसराय के इस उत्तर से हमारे सुधारवादियों को बड़ी निराशा हुई। 'इण्डियन सोशल रिफार्मर' तथा 'दि लाहौर प्योरिटी सर्वेण्ट' नामक पत्रों में सुधारवादियों के साथ पूरी सहानुभूति दिखलाई गई। अंग्रेज सरकार ने उस पर कोई ध्यान नहीं दिया। परन्तु जान पड़ता है कि लाहौर-म्युनिसिपैलिटी उन दिनों सुधारवादियों के ही अधिकार में थी। क्योंकि उन्हीं दिनों, वाइसराय का उत्तर प्रकाशित होने के बाद लाहौर की वेश्याएँ वहाँ की नगरपालिका के आदेश से एक मुहल्ले से हटाकर दूसरे मुहल्ले में बसायी गई थीं।

मैं किसी भी प्रकार के सुधारवादियों की नीयत को कभी गलत नहीं मान सका। पर अब यह अनुभव अवश्य करता हूँ कि सुधारवाद की लहर किसी भी क्षेत्र में पूरी तरह शक्तिशाली सिद्ध नहीं हुआ करती। सुधारों का नारा नयी चेतना के लिए किसी हद तक एक धरातल अवश्य प्रस्तुत कर देता है। गदर के बाद नयी चेतना के प्रकाश में यह स्वाभाविक ही था कि धनी-मानी वर्ग में धुर तक समायी हुई विलासिता के खिलाफ़ जिहाद बोला जाए। स्वयं भारतेन्दु और उनके समकालीन लेखकों ने रंडी-भड़ुओं से घिरे रहने वाले आभिजात्य कुलों के युवकों के उद्‌बुद्ध करने में कोई कसर न उठा रखी। उनके बाद भी साहित्य में विलासिता की प्रतीक वेश्या का विरोध होता रहा। महात्मा गाँधी ने भी वेश्या-वृत्ति के विरुद्ध आवाज उठाई किन्तु उनका दृष्टिकोण स्वाभाविक रूप से अन्य सुधारवादियों से भिन्न था। सुधारवादी जबकि वेश्याओं को समाज का शत्रु मानकर उन्हें नेस्तनाबूद करने पर तुले हुए थे तब गाँधीजी वेश्याओं को परि-स्थितियों का शिकार मानकर स्वयं उन्हीं से आत्म-सुधार की माँग कर रहे थे। सुधारकों ने अमृतसर में वेश्याओं के मुहल्ले में पहरा देना आरम्भ किया ताकि वेश्यागामी वहाँ न पहुँच सकें। वेश्याएँ घबराहट में अमृतसर छोड़कर भागीं। दो सप्ताह में लोगों का पहरेदारी का जोश हवा हो गया। वेश्याएँ फिर लौट आईं। गांधीजी ने वेश्याओं को परेशान करने की कोई स्कीम नहीं बनाई, बल्कि वे उनसे मिले। उक्त पुस्तक में नैनीताल और काशी में उनकी वेश्याओं से मिलने की बात भी लिखी है। गांधीजी की प्रेरणा से काशी में एक 'तवायफ़-सभा' की स्थापना हुई। काशी की वयोवृद्धा प्रतिष्ठित गायिका हुस्नाबाई उसकी अध्यक्षा निर्वाचित हुईं। 'वारवधू विवेचन' पुस्तक में हुस्नाबाई में भाषण की अविकल नकल छपी है जिसमें उन्होंने वेश्याओं से आत्म-सुधार करने और स्वतन्त्रता आन्दोलन में भाग लेने की अपील की। अपने भाषण के अन्त में उन्होंने इस सभा की स्थापना का श्रेय काशी की तत्कालीन सरनाम गायिका विद्याधरी बाई को दिया। सौभाग्य से विद्याधरी बाई अब तक जीवित हैं। मैंने उन्हें पत्र लिख-कर उक्त मीटिंग की पुरानी बातों पर अपनी स्मृति का प्रकाश डालने की प्रार्थना की। विद्याधरी जो अब काफ़ी बूढ़ी है। छिआसी-सत्तासी वर्ष की आयु में हर

बात याद रखना कठिन हो जाता है फिर भी उन्होंने उस सभा की कुछ बातों पर प्रकाश डाला। उनका पत्र यथावत् उद्धृत कर रहा हूँ :

"महात्मा गाँधी द्वारा जो हम लोगों ने मीटिंग की थी वह बहुत दिनों की बात है और मुझे अच्छी तरह से स्मरण नहीं है। लेकिन यह बात मुझे जरूर याद है कि महात्माजी ने उस मीटिंग में वेश्यावृत्ति बन्द करने के लिए कहा था और लड़के तथा लड़कियों की शादी-ब्याह करने के लिए कहा था, जिसमें कि मैं सर्वप्रथम ही इसमें सहमत हुई। राष्ट्रीय आन्दोलन में महात्मा जी मुझसे कहते थे कि आप अंग्रेज गवर्नमेंट के विरुद्ध स्वाधीनता के लिए राष्ट्रीय गाना भारत के प्रत्येक रियासतों तथा नगरों में जहाँ आपका संगीत प्रोग्राम हो वहाँ अवश्य गाया कीजिए। मैंने वही किया। निम्नलिखित पद मैं उस समय गाया करती थी। कोतवाल पुलिस, इन्सपेक्टर, इत्यादि की कड़ी निगाह रहते हुए भी मैंने किसी की एक न मानी। वह पद इस प्रकार है :—

चुन-चुन के फूल ले लो अरमान रह न जाये,
ये हिन्द का बगीचा गुलजार रह न जाये।
ये वो चमन नहीं है लेने से हो उजाड़,
उल्फत का जिसमें कुछ भी एहसान रह न जाये।
कर दो जबान बन्दी जेलों में चाहे भर दो,
माता पै कोई होता कुर्बान रह न जाये।
छलो फरेब से तुम भारत का माल लूटो,
इसके लिए यों कुछ भी सामान रह न जाये ॥१॥
भारत न रह सकेगा हरगिज गुलामखाना,
आजाद होगा होगा आया है वो जमाना।
खूं खौलने लगा है अब हिन्दुस्तानियों का,
कर देंगे जालिमों के बन्द बस जुर्म ढाना।
कौमी तिरंगे झण्डे पर जाँ निसार उनकी,
हिन्दू, मसीह, मुस्लिम गाते हैं ये तराना।
परवाह अब किसे है इस जेल वो दमन की,
एक खेल हो रहा है फाँसी पे झूल जाना।
भारत वतन हमारा भारत के हम हैं बच्चे,
माता के वास्ते है मंजूर सर कटाना ॥२॥

"ऐसे ही कई एक पद थे, लेकिन वो इस समय स्मरण नहीं हैं।"

इस पत्र से तथा हुस्नाबाई के भाषण में वेश्याओं द्वारा राष्ट्रीय आन्दोलनों में भाग लेने की अपील का आशय एकदम स्पष्ट हो जाता है। गाँधीजी ने अपनी नीति-कुशलता से वेश्याओं को दुत्कारने या नीचा दिखाने के बजाय उन्हें

उनके पेशों के अनुरूप ही आन्दोलन का प्रचार कार्य सौंप दिया। सहस्रों वर्षों की महिमा लिए हुए एक वर्ग को सहसा उखाड़कर नहीं फेंका जा सकता। यह बात मेरे मन में स्पष्ट ही उभरती है और इसीलिए सुधारवादियों की नीयत पर श्रद्धा रखते हुए भी मैं उनकी कार्य-प्रणाली का विश्वास नहीं रख पाता।

उदयशंकरजी शास्त्री की कृपा से मुझे बाबू शेरबहादुरसिंह वर्मा प्रसिद्ध नाम बाबू बच्चूसिंह 'भक्त' वैष्णव, मझोली निवासी द्वारा रचित खड्ग-विलास प्रेस बाँकीपुर द्वारा सन् १८६४ ई० में प्रकाशित 'वेश्या-स्तोत्र' का तीसरा संस्करण भी देखने को मिल गया। उक्त स्तोत्र के सम्बन्ध में पहले भी सुन चुका था। हास्य और व्यंग्य की अनुपम छटा इसमें छहरी है। स्वयं भारतेन्दु ने इस पुस्तिका की भूमिका लिखी है। जिस प्रकार प्राचीन ग्रन्थों में इष्टदेव को प्रणाम करने तथा मंगलाचरण लिखने का चलन था उसी प्रकार इस पुस्तक का आरम्भ भी हुआ है। बानगी देखिए :

श्लोक

वस्त्राभरणसम्पन्ना, भावे न परिपूरितम्।
मूत्ररोग-फलन्देहि, वेश्यावर्ग नमोस्तुते॥

छप्पै

जै जै जै विधुवदनि मैन मन मोद बढ़ावनि।
सिन्धु-सुता विख्यात सिन्धु-तनया मन भावनि॥
नृत्य-गान में निपुन भाव बहु विधि दरसावनि।
कोक कलानि प्रवीन रसिक उर रस उपजावनि॥
जै चपल नैन पिक बैन अरु, विध्य बदनि चम्पक बरनि।
धर्म-कर्म, सुख-लाज-भय, तन-मन-धन सर्बस हरनि॥

इसके उपरांत गद्यमय स्तोत्र आरम्भ होता है जो आज भी पढ़ने में मजा देता है। बड़े चुभते शहद-भरी छुरी से व्यंगों की छटा देखने को मिलती है। स्तोत्र के बाद अष्टोत्तरी माला लिखी गई है। इसमें भारतेन्दुकालीन प्रायः सभी प्रसिद्ध वेश्याओं के नाम आ जाते हैं। खोजियों के लिए चूँकि नामों का महत्त्व होता है, इसलिए मिल जाने पर उसे सँजोना उचित और आवश्यक भी है। बाबू बच्चूसिंह की सुप्रसिद्ध वेश्या-अष्टोत्तरी इस प्रकार है :

दोहा

विनय सहित कर पाठ पुनि, करौं अनेक प्रनाम।
तदनंतर अब जपत हौं, अष्टोत्तर शत नाम॥

चौपाई

तौकी, मैना, उमदा, मुन्ना,
उत्तम, जगमग, तारा, गुन्ना।

चन्द्रकला, गुलबदन, जानकी
फैजन, बिब्बा और मानकी ।।१।।
चंचल, चन्दर, चम्पा, सुन्दर
हीरा, मानिक, पन्ना, मुन्दर।
बिन्नानी, बिग्गा, अरु प्यारी
छम्मी, जानी, जान-दुलारी ।।२।।
जुहरा और मुश्तरी, कुन्दन
सदाबहार, बुलाकन, गुलशन।
पंचम और अमीला, गन्नो
नाजो और अलादेई बन्नो ।।३।।
मासूमन, मिरचाई, कल्लो
स्यामा, नोखी, भोलो, डल्लो।
हुसेन बाँदी, जीनत, रज्जो
गुल्ला, सोना, रूपा, फज्जो ।।४।।
सरस्वती, जमुना, मनतूरन
गंगा, सरजू और गफूरन।
रजनी, बब्बन और गनेसी
फुस्सो, नन्हीं और महेसी ।।५।।
मूँगा, मोतीजान, इमामन
महबूबन, सुखबदन, गुलामन।
लक्खीजान, नियामत, कमला
यादन, माधव, शब्बो बिमला ।।६।।
हैदर, जिश्चीजान, नबाबन
गिल्ली, गुंचादहन, गुलाबन।
विलायती, हुस्ना और हूरन
नज्जो, रंगबहार, जहूरन ।।७।।
राजकली, शिवकली, वजोरन
बेगम, दुन्नी और अमीरन।
बूटा, बन्दीजान, बशीरन
सद्दो, मद्दो और नसीरन ।।८।।

दोहा

विद्याधरी, महम्मदी, उम्मेदा; महताव।
कृपा करो अब भक्त पै, मेरी प्रिये शिताब।

इति अष्टोत्तरी-माला

फल दोहा

जप माला छापा तिलक, दरसावत सब कोय ।
या माला सों रहित जे, धन्य पुरुष हैं सोय ।।
प्रेम सहित नित प्रातईहिं, पढ़े जो मन-चित लाइ ।
इनके छल-बल सो सदा, भक्त रहे बिलगाय ।।

कुछ प्रसिद्ध वेश्याएँ

'वारवधू विवेचन' में कुछ प्रसिद्ध वेश्याओं के किस्से दिये गए हैं। लगभग सवा-डेढ़ सौ वर्ष पूर्व प्रयाग की गायिका रहिमनबाई और वहीं के एक अति प्रतिष्ठित कपूर खत्री साहूकार मोनीशाह की अद्‌भुत प्रेम-कहानी वर्णित है। मोहीशाहजी बड़े सौभाग्यशाली थे। धन, मान, रूप और गुण इन चारों ही पदार्थों का विपुल वैभव उनके पास था। इसके अतिरिक्त कहा जाता है कि उन्हें देवी कृपा से गान विद्या स्वयं सिद्ध थी। वे अपने समय के गायनाचार्यों में माने जाते थे। रहिमन बाई उर्फ रहीम वाली भी गाने में सरनाम थी दोनों का मन एक दूसरे में मिल गया और फिर तो यह हालत हुई कि एक के बिना दूसरे को कल नहीं पड़ती थीं। होते-होते दोनों एक प्रकार से पति-पत्नी की भाँति ही रहने लगे। एक बार दोनों ने आपस में यह तय किया कि दोनों में से जिसका अन्तकाल पहले आ जाए, उसके सिरहाने बैठकर सब शोक और लोक-लाज छोड़कर दूसरा साथी संगीत-नाद सुनाये।

यह बात हुए भी पचास साल बीत गये। दोनों का भरपूर बुढ़ापा था कि मोनीशाह मरने को पड़े। बहुत इलाज हुआ पर वैद्य-हकीमों ने हार मान ली। बाबू शाह धरती पर उतार लिये गये। घर में कोहराम मच गया तभी रहिमन बाई उठीं और तानपूरा लाकर परलोक की तैयारी में लगे अपने बेहोश प्रेमी के सिरहाने बैठ गईं। लोगों से कहा शान्त रहें और फिर अलाप आरम्भ किया। ज्योंहो स्वर पंचम पर पहुँचा कि बाबूसाहब की उँगलियों में थिरकन होने लगी, ऐसा लगा मानो तानपूरा छेड़ रहे हों। रहिमन का स्वर ज्यों-ज्यों रसमग्न होता गया, त्यों-त्यों बाबूसाहब के मुखमण्डल पर आनन्द की कान्ति बढ़ने लगी। उनमें फिर से प्राण लौट आये। अब चिकित्सकों ने सँभाल लिया। इसके बाद बाबू साहब छः बरस और जिये। रहिमन के अगाध शास्त्रीय ज्ञान एवं अलौकिक स्वर के सामने बड़े-बड़े कलावन्त नतमस्तक हो जाते थे।

चन्द्रभागा

उक्त पुस्तक में चन्द्रभागा नामक एक राजपूत वेश्या का जिक्र है। बाप बढ़ई थे। चन्द्रभागा बड़ी सुन्दर थी। चौदह वर्ष की आयु में संयोगवश एक बड़ी रियासत के महाराज के सामने पड़ गई और उसके मन चढ़ गई। वे उसे मध्यभारत में स्थित अपनी रियासत में ले गये। उसके दो अपूर्व गुणसम्पन्न पुत्र

हुए। वहाँ रहकर चन्द्रभागा ने बड़े-बड़े उस्तादों से गाना सीखा और अपने ज़माने में बड़ा नाम पाया। होरी और धमार गानों में तो वह अद्वितीय थी। रागों के फन्दे और पेचों की बारीकियाँ भी उसे खूब आती थीं। किसी बात से महाराज से अनबन हो गई, भागकर लखनऊ चली आई। फिर महाराज ने बहुतेरा चाहा मगर वह लौटकर न गई।

इसी प्रसंग में लखनऊ में सुना गया एक किस्सा भी अंकित कर देना चाहता हूँ। एक बार मध्यभारत की एक बड़ी रियासत के महाराज लखनऊ के नखास मुहल्ले में रहनेवाली एक वेश्या के घर छिपकर आये। वहाँ उनका कुछ लोगों से लड़ाई-झगड़ा हो गया। इन्होंने गोली चला दी। एक आदमी मर गया। भगदड़ मच गई। महाराज को अपनी स्थिति का होश आया। वे भागे और उस ज़माने के एक बहुत बड़े रईस की कोठी में शरण ली। तवायफ़ ने यह बतला दिया था कि यह हत्या महाराज के द्वारा हुई है। अंग्रेज सरकार महाराज को गिरफ्तार करने पर कटिबद्ध हो गई, परन्तु महाराज को शरण देने वाले लखनऊ के वे रईस भी कुछ कम प्रभावशाली न थे। किसी को कानोंकान खबर न हुई और महाराज रातोंरात अपने रियासत में पहुँचा दिये गए। महाराज ने रईस महोदय को बारह गाँवों की जागीर ग्वालियर में दी जो स्वराज्य के पहले तक उन्हीं के वंशजों के पास रही।

के० एल० गावा ने अपनी पुस्तक 'फ़ेमस ट्रायल्स' में भी ऐसी घटनाओं के सम्बन्ध में लिखा है।

●

इस पुस्तक के दूसरे संस्करण में मैंने 'वार वधू विवेचन' पुस्तक के गुमनाम लेखक का नाम एक जानकारी के आधार पर प्रकाशित किया था किन्तु बाद में स्व० कृष्णाचार्य ने 'धर्मयुग' में मेरी सूचना को गलत बतलाया और लिखा कि पुस्तक के लेखक श्री सुधाकर देव गोस्वामी थे, स्व० मोहन राकेश के पिता स्व० कर्मचन्द गुजलानी नहीं। बाद में मुझे गोस्वामी जी से एक बार मथुरा में भेंट करने का अवसर भी मिला था। गोस्वामी जी ने बतलाया कि धर्मगुरु होने के कारण उन्होंने उक्त पुस्तक में अपना नाम प्रकाशित नहीं किया था। उन्होंने यह भी स्पष्ट किया कि स्व० श्री गुजलानी उनके एक मित्र अवश्य थे किन्तु 'वारवधू विवेचन' के लेखक नहीं। गोस्वामी जी के पास उस समय भी उपर्युक्त पुस्तक की कुछ प्रतियाँ शेष बची थीं।